二刻拍案驚奇

书名题字／沈尹默

插图本

中国古典小说藏本

二刻拍案惊奇（上）

凌濛初 著

陈迩冬、郭隽杰 校注

人民文学出版社

图书在版编目(CIP)数据

二刻拍案惊奇:全2册/(明)凌濛初著;陈迩冬,郭隽杰校注.—北京:人民文学出版社,2020(2022.5重印)

(中国古典小说藏本;插图本)
ISBN 978-7-02-013869-2

Ⅰ.①二… Ⅱ.①凌…②陈… ③郭… Ⅲ.①话本小说—小说集—中国—明代 Ⅳ.①I242.3

中国版本图书馆CIP数据核字(2018)第037695号

责任编辑　胡文骏
装帧设计　刘　静
责任印制　任　祎

出版发行　人民文学出版社
社　　址　北京市朝内大街166号
邮政编码　100705

印　　刷　北京新华印刷有限公司
经　　销　全国新华书店等

字　　数　568千字
开　　本　787毫米×1092毫米　1/32
印　　张　26.625　插页36
印　　数　10001—13000
版　　次　1996年6月北京第1版
印　　次　2022年5月第2次印刷

书　　号　978-7-02-013869-2
定　　价　67.00元(全两册)

如有印装质量问题,请与本社图书销售中心调换。电话:010-65233595

出版说明

中国古典小说源远流长、佳作如林,是蕴含与传承中华优秀传统文化的重要文学体裁,在中国文学史乃至世界文学史上占有重要地位。人民文学出版社在成立之初即致力于中国古典小说的整理与出版,半个多世纪以来陆续出版了几乎所有重要的中国古典小说作品。这些作品的整理者,均为古典文学研究名家,如聂绀弩、张友鸾、张友鹤、张慧剑、黄肃秋、顾学颉、陈迩冬、戴鸿森、启功、冯其庸、袁世硕、朱其铠、李伯齐等,他们精心的校勘、标点、注释使这些读本成为影响几代读者的经典。

此次我们推出"中国古典小说藏本(插图本)"丛书,将这些优秀的经典之作集结在一起,再次进行全面细致的修订和编校,以期更加完善;所选插图为名家绘图或精美绣像,如孙温绘《红楼梦》、孙继芳绘《镜花缘》、金协中绘《三国演义》、程十髪绘《儒林外史》等,以丰富读者的阅读体验。

人民文学出版社编辑部
2020 年 1 月

目 录

前言___001

二刻拍案惊奇序___001

二刻拍案惊奇小引___001

卷之一	进香客莽看金刚经	出狱僧巧完法会分___001
卷之二	小道人一着饶天下	女棋童两局注终身___024
卷之三	权学士权认远乡姑	白孺人白嫁亲生女___056
卷之四	青楼市探人踪	红花场假鬼闹___081
卷之五	襄敏公元宵失子	十三郎五岁朝天___113
卷之六	李将军错认舅	刘氏女诡从夫___136
卷之七	吕使君情媾宦家妻	吴太守义配儒门女___159
卷之八	沈将仕三千买笑钱	王朝议一夜迷魂阵___179
卷之九	莽儿郎惊散新莺燕	㑒梅香认合玉蟾蜍___198
卷之十	赵五虎合计挑家衅	莫大郎立地散神奸___225
卷十一	满少卿饥附饱飏	焦文姬生仇死报___244
卷十二	硬勘案大儒争闲气	甘受刑侠女著芳名___268
卷十三	鹿胎庵客人作寺主	剡溪里旧鬼借新尸___284
卷十四	赵县君乔送黄柑	吴宣教干偿白镪___300

卷 十 五	韩侍郎婢作夫人	顾提控掾居郎署___326
卷 十 六	迟取券毛烈赖原钱	失还魂牙僧索剩命___350
卷 十 七	同窗友认假作真	女秀才移花接木___367
卷 十 八	甄监生浪吞秘药	春花婢误泄风情___400
卷 十 九	田舍翁时时经理	牧童儿夜夜尊荣___419
卷 二 十	贾廉访赝行府牒	商功父阴摄江巡___437
卷二十一	许察院感梦擒僧	王氏子因风获盗___455
卷二十二	痴公子狠使噪脾钱	贤丈人巧赚回头婿___480
卷二十三	大姊魂游完宿愿	小姨病起续前缘___502
卷二十四	庵内看恶鬼善神	井中谭前因后果___520
卷二十五	徐茶酒乘闹劫新人	郑蕊珠鸣冤完旧案___537
卷二十六	懵教官爱女不受报	穷庠生助师得令终___553
卷二十七	伪汉裔夺妾山中	假将军还姝江上___570
卷二十八	程朝奉单遇无头妇	王通判双雪不明冤___587
卷二十九	赠芝麻识破假形	撷草药巧谐真偶___603
卷 三 十	瘗遗骸王玉英配夫	偿聘金韩秀才赎子___620
卷三十一	行孝子到底不简尸	殉节妇留待双出柩___637
卷三十二	张福娘一心贞守	朱天锡万里符名___652
卷三十三	杨抽马甘请杖	富家郎浪受惊___668
卷三十四	任君用恣乐深闺	杨太尉戏宫馆客___685
卷三十五	错调情贾母詈女	误告状孙郎得妻___707
卷三十六	王渔翁舍镜崇三宝	白水僧盗物丧双生___724

卷三十七　叠居奇程客得助　三救厄海神显灵___743
卷三十八　两错认莫大姐私奔　再成交杨二郎正本___761
卷三十九　神偷寄兴一枝梅　侠盗惯行三昧戏___779
附：
卷 四 十　宋公明闹元宵杂剧___808

前　言

凌濛初所撰《二刻拍案惊奇》，是继《拍案惊奇》之后的又一部拟话本短篇小说集。这两部书的思想倾向和艺术风格均相同，故人们习惯上常合称之为"二拍"。"二拍"与冯梦龙的"三言"(《喻世明言》、《警世通言》、《醒世恒言》)齐名，但二者也有所不同。"三言"基本上是宋、元、明已有话本的总集，文字上虽也经过润饰加工，而着力在编。"二拍"则是拟话本的专集，着力在撰，正如孙楷第《三言二拍源流考》所云："凌氏的拟话本小说，得力处在于选择话题，借一事而构设意象。往往本事在原书中不过数十字，记叙旧闻，了无意趣。在小说则清谈娓娓，文逾数千。抒情写景，如在耳目。化神奇于臭腐，易阴惨为阳舒，其功力亦实等于创作。"

"三言"与"二拍"的先后出现，是一个很值得研究的文学现象和社会现象。明代中叶以后，我国资本主义经济形态开始萌芽，农业生产有了商品化的趋向，而冶炼、铸造、船舶、纺织、印染、刺绣、陶瓷、造纸、印刷等等诸行业的手工业作坊大量涌现，导致城镇人口的急剧增加，市民阶层空前壮大。"三言""二拍"的出现，正是适应了市民阶层的文化需求而产生的，并且带有明显的商品性质。凌濛初在《拍案惊奇序》中说："独龙子犹氏所辑《喻世》等诸言，……肆中人见其行世颇捷，意余当别有秘本，图出而衡之。……因取古今来杂碎事可新听睹、佐谈谐者,演而畅之,得若干卷。"又于《二刻拍案惊奇小引》中说:"贾人一试之而效,谋再试之。……意不能恝,聊复缀为四十则。"可见在"二拍"的撰写过程中,自始至终得到了书贾的怂恿、鼓励和支持,书贾与作者之间形成了一种密切而稳定的合作关系。书贾自然要讲究盈利,他们发现,除了应试时文以瞄准士子群外,还有一个广大的市民阶层,也需要精神的食粮。市民中不乏识字的人,文化程度不高,诗词文赋看不懂,却又不满足于只是听书看戏,倒是这种通俗而又富有故事情节的话本、拟话本小说很适合他们的口味。于是书贾们积极寻觅编撰者以合作,"三言""二拍"相继推出,"行世颇捷","一试之而效",可谓炮炮打响,走俏市场。这似乎也可以称作是一种资本主义萌芽的表现。如何将文学作品推向市场,"三言""二拍"的有意识编撰,作了可贵的尝试,直接影响了明末清初此类小说的大量流通。仅此一点,不就很有意义么!

为适应市民阶层的文化需求,《二刻拍案惊奇》的内容也有所侧重。

首先是对人欲的充分肯定。我们知道,城市的基本运作模式,是以交换为原则的商品经济。在当时,经商已成为热门,如卷三十七所云:"徽州风俗,以商贾为第一等生业,科第反在次着。"囤积居奇,待价而售以牟取暴利,被认为是正当的资本积累。随着商品经济的发展,人们的欲望越来越多,越来越强。这种欲望,有世俗的一面,例如卷十五云:"元来徽州人有个僻性,是乌纱帽、红绣鞋,一生只这两件不争银子,其馀诸事悭吝了。"与官府勾结,过宿娼的糜烂生活,追求这种人欲显然不足取。但"二刻"中表现最多的是维护自身价值、争取个性独立的一面。卷二写村童周国能精通棋道后,就对父母说:"儿既有此绝艺,便当挟此出游江湖间,料不须带着盘费走。"于是走南闯北,赢得了声誉。卷十七少女蜚娥"一向妆做男子",为洗刷父亲的冤屈,京师也敢闯,"虽是路途遥远,孩儿弓矢可以防身。倘有甚么人盘问,凭着胸中见识,也支持得他过"。她对自己充满信心,以我为主,去应付各种复杂的情况。卷三十九中的神偷懒龙,"虽是个贼,煞是有义气",戏弄官府,劫富济贫,总是独来独往,具有极大的自由性。在妇女问题上表现得尤为突出。卷十一作者评论男女关系时有一段话:"天下事有好些不平的所在。假如男人死了,女人再嫁,便道是失了节,玷了名,污了身子,是个行不得的事,万口訾议。及至男人家丧了妻子,却又凭他续弦再娶,置妾买婢,做出若干的勾当,把死的丢在脑后,不提起了,并没人道他薄幸负心,做一场说话。就是生前房室之中,女人少有外情,便是老大的丑事,人世羞言。及至男人家撇了妻子,贪淫好色,宿娼养妓,无所不为,总有议论不是的,不为十分大害。所以女子愈加可怜,男人愈加放肆。这些也是伏不得女娘们心里的所在。"这种对封建礼教的大胆批判,主张男女平等,表现人欲的思想,无疑具有民主性、进步性。

另外,市民阶层大多为农村中分离出来的手工业者,与农民有着亲近的血缘关系,社会地位大抵相同,深受封建统治阶级的奴役和压迫。揭露官府的黑暗,抨击贪官污吏的罪行,是"二刻"的又一大主题,约占三分之一的篇目。卷十有一句话:"衙门中没有一个肯不要赚钱的。"贪赃枉法成了封建社会官场的通例。卷一的常州柳太守，就是个"极贪的性子"，为把洞庭山某寺所藏的白居易手抄《金刚经》弄到手，不惜唆使盗贼栽赃诬陷。卷四中的杨佥宪受了张廪生的贿赂，为绝后患，竟将张廪生及其四个仆人统统杀死。卷十二更对大儒朱熹的假公济私行为作了严厉批判，"为着成心上边，硬断一事，屈了一个下贱妇人"。在官与民的对立中，作者是站在人民大众的一边。"善恶到头终有报，只争来早与来迟。"对不法官吏予以警告，对被压迫者寄予同情，这在本书中表现得尤为鲜明。

今日所见《二刻拍案惊奇》最早的刊行本，为崇祯五年（1632）尚友堂刻本。此刻本国内仅存残卷，所幸日本内阁文库尚藏有一部完本，上海古籍出版社据此予以影印，我们此次整理，即以这个影印本作为底本。但这个本子是否就是原刻本，还有疑问。因凌濛初《二刻拍案惊奇小引》中说"聊复缀为四十则"，当为四十卷，均新编拟话本小说。而此本卷二十三《大姊魂游完宿愿，小姨病起续前缘》与《拍案惊奇》重出，卷四十《宋公明闹元宵杂剧》又非小说，实仅存小说三十八卷，与作者之说不符。在没有新的发现之前，这个本子尚属最完整的本子。

这次整理本书的原则，一如我们校注的《拍案惊奇》，尽量保持原刻的面貌，除明显的错夺予以订正外，一些虽有不畅却勉强可通的地方，一律不作改动。文中露骨的个别淫秽文字，则酌予删节。繁体字、异体字均改排为相应的简化字和通行字，而对一些明人小说中的习惯用字则不加改动。如"那"，有时通"哪"，有时通"挪"；"总然"

即今之"纵然";"持疑"即今之"迟疑"。必要时在注解中加以说明。

本书校释,初由岳翁陈迩冬先生担任,殊料不久便一病不起,校释工作只好由我来接替。翁在病中一直关注着本书的整理工作,但最终也未能看到出版,谨以此书作为对他的纪念。

在《拍案惊奇》和《二刻拍案惊奇》校注过程中,吸收了王古鲁先生和章培恒先生不少研究成果,在此说明并致谢。另外也得到了顾学颉先生和王利器先生的指教,人民文学出版社戴鸿森、陈新、弥松颐诸先生均提出许多宝贵意见,特别是责任编辑陈建根先生逐字逐句地佉正错夺,修订错误,查寻资料,付出了艰辛的劳动,在此一并致谢。

郭隽杰
1993 年 11 月于北京西坝河

二刻拍案惊奇序

尝记《博物志》云:"汉刘褒画《云汉图》,见者觉热;又画《北风图》,见者觉寒。"窃疑画本非真,何缘至是?然犹曰人之见为之也。甚而僧繇点睛,雷电破壁;吴道玄画殿内五龙,大雨辄生烟雾。是将执画为真,则既不可;若云赝也,不已胜于真者乎?然则操觚之家,亦若是焉则已矣。

今小说之行世者,无虑百种。然而失真之病,起于好奇。知奇之为奇,而不知无奇之所以为奇。舍目前可纪之事,而驰骛于不论不议之乡,如画家之不图犬马而图鬼魅者,曰:"吾以骇听而止耳。"夫刘越石清啸吹笳,尚能使群胡流涕,解围而去。今举物态人情,恣其点染,而不能使人欲歌欲泣于其间。此其奇与非奇,固不待智者而后知之也。

则为之解曰:"文自《南华》、《冲虚》,已多寓言;下至非有先生、凭虚公子,安所得其真者而寻之?"不知此以文胜,非以事胜也。至演义一家,幻易而真难,固不可相衡而论矣。即如《西游》一记,怪诞不经,读者皆知其谬;然据其所载,师弟四人各一性情,各一动止,试摘取其一言一事,遂使暗中摸索,亦知其出自何人,则正以幻中有真,乃为传神阿堵。而已有不如《水浒》之讥。岂非真不真之关,固奇不奇之大较也哉!

即空观主人者,其人奇,其文奇,其遇亦奇。因取其抑塞磊落之才,出绪馀以为传奇,又降而为演义,此《拍案惊奇》之所以两刻也。其所捃摭,大都真切可据。即间及神天鬼怪,故如史迁纪事,摹写逼真,而龙之踞腹,蛇之当道,鬼神之理,远而非无,不妨点缀域外之观,以破俗儒之隅见耳。若夫妖艳风流一种,集中亦所必存。唯污蔑世界之谈,则戛戛乎其务去。鹿门子常怪宋广平之为人,意其铁心石肠,而为《梅花赋》,则清便艳发,得南朝徐庾体。由此观之,凡托于椎陋以眩世,殆有不足信者夫。主人之言固曰:"使世有能得吾说者,以为忠臣孝子无难;而不能者,不至为宣淫而已矣。"此则作者之苦心,又出于平平奇奇之外者也。

时剞劂告成,而主人薄游未返。肆中急欲行世,征言于余。余未知搦管,毋乃"刻画无盐,唐突西子"哉!亦曰"簸之扬之,糠秕在前"云尔。

壬申冬日睡乡居士题并书

二刻拍案惊奇小引

丁卯之秋事,附肤落毛,失诸正鹄,迟回白门。偶戏取古今所闻一二奇局可纪者,演而成说,聊舒胸中磊块。非曰行之可远,姑以游戏为快意耳。同侪过从者索阅一篇竟,必拍案曰:"奇哉所闻乎!"为书贾所侦,因以梓传请。遂为钞撮成编,得四十种。支言俚说,不足供酱瓿;而翼飞胫走,较捻髭呕血、笔冢研穿者,售不售反霄壤隔也。嗟乎,文诅有定价乎!

贾人一试之而效,谋再试之。余笑谓:"一之已甚。"顾逸事新语可佐谈资者,乃先是所罗而未及付之子墨,其为柏梁馀材、武昌剩竹,颇亦不少。意不能恝,聊复缀为四十则。其间说鬼说梦,亦真亦诞。然意存劝戒,不为风雅罪人,后先一指也。

竺乾氏以此等亦为绮语障,作如是观。虽现稗官身为说法,恐维摩居士知贡举,又不免驳放耳。

    崇祯壬申冬日即空观主人题于玉光斋中

二刻拍案惊奇卷之一

进香客莽看金刚经　　出狱僧巧完法会分

诗曰：

世间字纸藏经同，见者须当付火中。

或置长流清净处，自然福禄永无穷。

话说上古苍颉[1]制字，有鬼夜哭，盖因造化秘密从此发泄尽了。只这一哭，有好些个来因。假如孔子作《春秋》[2]，把二百四十二年间乱臣贼子心事阐发，凛如斧钺，遂为万古纲常之鉴，那些奸邪的鬼岂能不哭？又如子产铸刑书[3]，只是禁人犯法，流到后来，奸胥舞文，酷吏锻罪，只这笔尖上边几个字，断送了多多少少人！那些屈陷的鬼岂能不哭？至于后世以诗文取士，凭着暗中朱衣神[4]，不论好歹，只看点头。他肯点点头的，便差池[5]些，也会发高科，做高

---

[1] 苍颉——也作"仓颉"，传说为上古黄帝时的史官、汉字创造者。
[2] 《春秋》——孔子所作，是我国现存最早的编年史书，简略地记载鲁隐公元年（公元前722）至鲁哀公十四年（公元前481）间的历史。
[3] 子产铸刑书——子产，即公孙侨，春秋时郑国人，著名政治家。郑简公时，在子产主持下实行改革，把"刑书"（法律条文）铸在鼎上公布。
[4] 朱衣神——又称"朱衣使者"，据宋赵令畤《侯鲭录》载：欧阳修知贡举时，每阅试卷，便觉有一朱衣人在旁，朱衣人点头的，文章就入格，回头看却又不见人。
[5] 差池——亦作"差迟"，意为差错、失误。

官;不肯点头的,遮莫[1]你怎样高才,没处叫撞天的屈。那些呕心抽肠的鬼,更不知哭到几时,才是住手。可见这"字"的关系,非同小可。况且圣贤传经讲道,齐家治国平天下,多用着他不消说;即是道家青牛骑出去[2],佛家白马驮将来[3],也只是靠这几个字,致得三教[4]流传,同于三光[5]。那字是何等之物,岂可不贵重他?每见世间人,不以字纸为意。见有那残书废叶,便将来包长包短,以致因而揩台抹桌,弃掷在地,扫置灰尘污秽中。如此作践,真是罪业[6]深重。假如偶然见了,便轻轻拾将起来,付之水火,有何重难的事,人不肯做?这不是人不肯做,一来只为人不晓得关着祸福,二来不在心上的事,匆匆忽略过了。只要能存心的人,但见字纸便加爱惜,遇有遗弃即行收拾,那个阴德可也不少哩!

宋时王沂公[7]之父,爱惜字纸。见地上有遗弃的,就拾起焚烧;便是落在粪秽中的,他毕竟设法取将起来,用水洗净,或投之长流

---

[1] 遮莫——亦作"遮末",诗词戏曲小说中常用俗语,写法和含义极多,这里是无论、即使的意思。
[2] 道家青牛骑出去——道家传说,据晋葛洪《抱朴子》载,老子骑青牛出散关,为关令尹喜作《道德经》,遂有了道家经典。
[3] 佛家白马驮将来——佛家传说,据东魏杨衒之《洛阳伽蓝记》载,汉明帝闻西方有异神,遣使向西域求之,时以白马负经而来,佛教遂传入中国。
[4] 三教——指儒教、道教、佛教。
[5] 三光——指日、月、星。
[6] 罪业——佛教术语,意同罪孽。佛教"业"泛指一切身心活动。
[7] 王沂公——即下文所说的王曾,北宋益都(今山东省青州市)人,仁宗时官拜宰相,封沂国公。

水中，或候烘晒乾了用火焚过。如此行之多年，不知收拾净了万万千千的字纸。一日，妻有娠将产，忽梦孔圣人来分付道："汝家爱惜字纸，阴功甚大。我已奏过上帝，遣弟子曾参来生汝家，使汝家富贵非常。"梦后果生一儿。因感梦中之语，就取名为王曾。后来连中三元[1]，官封沂国公。宋朝一代中三元的止得三人，是宋庠、冯京与这王曾，可不是最希罕的科名了！谁知内中这一个，不过是惜字纸积来的福，岂非人人做得的事？如今世上人见了享受科名的，那个不称羡，道是"难得"？及致爱惜字纸这样容易事，却错过了不做，不知为何。且听小子说几句：

苍颉制字，爰有妙理。

三教圣人，无不用此。

眼观秽弃，颡当有泚[2]。

三元科名，惜字而已。

一唾手事，何不拾取？

小子因为奉劝世人惜字纸，偶然记起一件事来。一个只因惜字纸，拾得一张故纸，合成一大段佛门中因缘，有好些的灵异在里头。有诗为证：

翰墨因缘法宝流，山门珍秘永传留。

------

[1] 连中三元——指旧时在乡试、会试、廷试三级科举考试中连续获得第一名。乡试第一名叫解元，会试第一名叫会元，廷试第一名叫状元。

[2] 颡（sǎng 嗓）当有泚（cǐ 此）——头上应该冒汗。用《孟子·滕文公上》"其颡有泚"句。颡，额头。泚，汗水流出。

从来神物多呵护,堪笑愚人欲强谋。

却说唐朝侍郎白乐天[1],号香山居士,他是个佛门中再来人[2],专一精心内典[3],勤修上乘[4],虽然顶冠束带是个宰官身,却自念佛看经,做成居士相。当时因母病,发愿手写《金刚般若经》百卷,以祈冥佑,散施在各处寺宇中。后来五代、宋、元,兵戈扰乱,数百年间,古今名迹,海内亡失已尽,何况白香山一家遗墨,不知多[5]怎地消灭了。唯有吴中太湖内洞庭山一个寺中,流传得一卷。直至国朝嘉靖[6]年间,依然完好,首尾不缺。凡吴中贤士大夫、骚人墨客,曾经赏鉴过者,皆有题跋在上,不消说得。就是四方名公游客,也多曾有赞叹顶礼[7]、请求拜观、留题姓名日月的,不计其数,算是千年来希奇古迹,极为难得的物事[8]。山僧相传,至宝收藏,不在话下。

且说嘉靖四十三年,吴中大水,田禾淹尽,寸草不生,米价踊贵。各处禁粜闭籴,官府严示平价,越发米不入境了。元来大凡年荒米贵,官府只合静听民情,不去生事。少不得有一伙有本钱趋利的商

---

[1] 白乐天——白居易,字乐天,号香山居士,唐代大诗人。
[2] 再来人——佛教称再度转世皈依佛门的人。
[3] 内典——佛教徒对佛教经典的称谓。
[4] 上乘——即"大乘",佛教中的一个重要流派,产生于公元一、二世纪的印度,强调一切众生皆可成佛,一切修行应以自利利他并重。
[5] 多——同"都",明人小说中的通俗用法。
[6] 嘉靖——明世宗朱厚熜年号,公元1522—1566年。
[7] 顶礼——佛教徒最尊敬的礼节,头、手、足五体投地,俯伏叩拜。
[8] 物事——吴方言,犹如说"东西"。

人,贪那贵价,从外方贱处贩将米来。有一伙有家当囤米的财主,贪那贵价,从家里廒〔1〕中发出米去。米既渐渐辐辏〔2〕,价自渐渐平减。这个道理,也是极容易明白的。最是那不识时务执拗的腐儒做了官府,专一遇荒,就行禁粜、闭粜、平价等事。他认道是不使外方籴了本地米去,不知一行禁止,就有棍徒诈害。遇见本地交易,便自声扬犯禁,拿到公庭,立受枷责。那有身家的怕惹事端,家中有米,只索闭仓高坐。又且官有定价,不许贵卖,无大利息,何苦出粜?那些贩米的客人见官价不高,也无想头。就是小民私下愿增价暗籴,惧怕败露,受责受罚,有本钱的人不肯担这样干系,干这样没要紧的事。所以越弄得市上无米,米价转高。愚民不知,上官不谙,只埋怨道:"如此禁闭,米只不多;如此抑价,米只不贱。"没得解说,只囫囵说一句"救荒无奇策"罢了。谁知多是要行荒政,反致越荒的。

闲话且不说。只因是年米贵,那寺中僧侣颇多,坐食烦难。平日檀越〔3〕,也为年荒米少,不来布施。又兼民穷财尽,饿殍盈途,盗贼充斥,募化无路。那洞庭山位在太湖中间,非舟楫不能往来。寺僧平时吃着十方〔4〕,此际料没得有凌波出险、载米上门的了。真个是:

----

〔1〕廒——本作"敖",粮仓。因秦汉时在敖山(今河南省荥阳市北)上置谷仓,称"敖仓",遂沿习而得名。
〔2〕辐辏(fúcòu 服凑)——车轮的辐聚集在毂上,引申为聚集。
〔3〕檀越——僧人对为寺院施舍财物者的尊称,即下文所说的"施主"。檀越是梵文音译,施主是意译。
〔4〕吃着十方——指靠各方施舍来维持生活。佛教以东、西、南、北、东南、西南、东北、西北、上、下等十个方位为"十方"。

香积厨[1]中无宿食,净明钵里少馀粮。

寺僧无计奈何。内中有一僧,法名辨悟,开言对大众道:"寺中僧徒不少,非得四五十石米,不能度此荒年。如今料无此大施主,难道抄了手[2],坐看饿死不成?我想白侍郎《金刚经》真迹,是累朝相传至宝,何不将此件到城中,寻个识古董人家,当[3]他些米粮,且度一岁?到来年有收,再图取赎,未为迟也。"住持[4]道:"相传此经值价不少,徒然守着他,救不得饥饿,真是戤米囤饿杀[5]了。把他去当米,诚是算计。但如此年时,那里撞得个人肯出这样闲钱,当这样冷货?只怕空费着说话罢了。"辨悟道:"此时要遇个识宝太师[6],委是不能勾。想起来,只有山塘上王相国府当内严都管[7],他是本山人,乃是本房[8]檀越,就中与我独厚。这卷白侍郎的经,他虽未必识得,却也多曾听得。凭着我一半面皮,挨当他几十挑米,敢是[9]

---

〔1〕 香积厨——僧寺的食厨,因"香积如来以众香钵盛满香饭与化菩萨",故称。见《维摩诘所说经·香积佛品》。
〔2〕 抄了手——即抄手。两手及臂交叉于胸前。悠闲、漫不经意状。
〔3〕 当(dàng 档)——这里作动词,指以物作抵押借钱。下文"王相国府当内"的"当"指当铺,名词。
〔4〕 住持——寺院中的主持者。
〔5〕 戤(gài 盖)米囤饿杀——守着米囤挨饿。戤,倚、靠。杀,副词,表示程度之深。
〔6〕 太师——原为周代最高的一种官职名,后作皇帝对重臣的加衔以示恩宠,这里泛指高级官员。
〔7〕 都管——即总管家。
〔8〕 本房——佛教有不同宗支,师徒相授,有远近亲疏之分。本房即指本支。
〔9〕 敢是——大概是。敢,约估之词。

有的。"众僧齐声道:"既然如此,事不宜迟,只索就过湖去走走。"住持走去房中,厢内捧出经来。外边是宋锦包袱包着,揭开里头看时,却是册叶一般装的,多年不经裱褙,糨气[1]已无,周围镶纸多泛浮了。住持道:"此是传名的古物,如此零落了,知他有甚好处!今将去与人家,藏放得好些,不要失脱了些便好。"众人道:"且未知当得来当不来,不必先自耽忧。"辨悟道:"依着我说,当便或者当得来,只是救一时之急,赎取时这项钱粮还不知出在那里!"众人道:"且到赎时再做计较。眼下只是米要紧,不必多疑了。"当下雇了船只,辨悟叫个道人随了,带了经包,一面过湖,到山塘上来。

行至相府门前,远远望去,只见严都管正在当中坐地。辨悟上前稽首,相见已毕,严都管便问道:"师父何事下顾?"辨悟道:"有一件事特来与都管商量,务要都管玉成则个[2]。"都管道:"且说看何事。可以从命,无不应承。"辨悟道:"敝寺人众缺欠斋粮,目今年荒米贵,无计可施。寺中祖传《金刚经》,是唐朝白侍郎真笔,相传价值千金,想都管平日也晓得这话的。意欲将此卷当在府上铺中,得应付米百来石,度过荒年,救取合寺人众生命,实是无量功德。"严都管道:"是甚希罕东西,金银宝贝做的,值此价钱?我虽曾听见老爷与宾客们常说,真是千闻不如一见。师父且与我看看再商量。"辨悟在道人手里接过包来,打开看时,多是零零落落的旧纸。严都管道:"我只说是

---

[1] 糨(jiàng 酱)气——指粘连性能。糨,裱褙所用的糨糊。
[2] 则个——元明戏曲小说中常用的句末语气词,略表祈使。

怎么样金碧辉煌的,元来是这等悔气色脸,倒不如外边这包,还花碌碌好看。如何说得值多少东西?"都管强不知以为知的,逐叶翻翻。一直翻到后面去,看见本府有许多大乡宦名字及图书[1]在上面,连主人也有题跋手书印章,方喜动颜色道:"这等看起来,大略也值些东西,我家老爷才肯写名字在上面。除非为我家老爷这名字,多值了百来两银子,也不见得。我与师父相处中,又是救济好事,虽是百石不能勾,我与师父五十石去罢。"辨悟道:"多当多赎,少当少赎。就是五十石也罢,省得担子重了,他日回赎难措处。"当下严都管将经包袱得好了,捧了进去。终久是相府门中手段,做事不小,当真出来写了一张当票,当米五十石。付与辨悟,道:"人情当的,不要看容易了。"说罢,便叫开仓斛[2]发。辨悟同道人雇了脚夫,将米一斛一斛的盘明下船,谢别了都管,千欢万喜,载回寺中不题。

且说这相国夫人平时极是好善,尊重的是佛家弟子,敬奉的是佛家经卷。那年冬底,都管当中送进一年簿籍,到夫人处查算。一向因过岁新正,忙忙未及简勘[3]。此时已值二月中旬,偶然闲手揭开一叶看去,内一行写着:"姜字五十九号:当洞庭山某寺《金刚经》一卷,本米五十石。"夫人道:"奇怪!是何经卷,当了许多米去?"猛然想道:"常见相公说道:'洞庭山寺内有卷《金刚经》,是山门之宝。'莫非

---
[1] 图书——私人图章。旧时称官印叫印,称私印叫图书。
[2] 斛(hú 胡)——一种量器,古代一斛为十斗,南宋末年改为五斗。
[3] 简勘——检查;审核。简,通"检"。

即是此件?"随叫养娘[1]们传出去,取进来看。不逾时取到。夫人盥手净了,解开包,揭起看时,见是古老纸色,虽不甚晓得好处与来历出处,也知是旧人经卷。便念声佛道:"此必是寺中祖传之经,只为年荒,将来当米吃了。这些穷寺里,如何赎得去?留在此处亵渎,心中也不安稳。譬如我斋了这寺中僧人一年,把此经还了他罢。省得佛天面上取利,不好看。"分付当中都管说:"把此项五十石作做夫人斋僧之费,速唤寺中僧人,还他原经供养去。"

都管领了夫人的命,正要寻便稍信[2]与那辨悟,教他来领此经。恰值十九日是观世音[3]生日,辨悟过湖来观音山上进香,事毕到当中来拜都管。都管见了道:"来得正好!我正要寻山上烧香的人,稍信与你。"辨悟道:"都管有何分付?"都管道:"我无别事,便为你旧年所当之经。我家夫人知道了,就发心布施这五十石本米与你寺中,不要你取赎了,白还你原经去,替夫人供养着。故此要寻你来还你。"辨悟见说,喜之不胜,合掌道:"阿弥陀佛[4]!难得有此善心的施主,使此经重还本寺,真是佛缘广大。不但你夫人千载流传,连老都管也种福不浅了!"都管道:"好说,好说。"随去禀知夫人,请了

---

[1] 养娘——对婢女的称呼。
[2] 稍信——捎信。稍,同"捎"。
[3] 观世音——佛教大乘菩萨之一,唐人因避太宗李世民讳而称"观音",佛经传说这位菩萨大慈大悲,广化众生,故深受民间崇奉。我国汉族地区以农历二月十九日为观音节。
[4] 阿弥陀佛——大乘佛教的佛名,西方"极乐世界"的教主,佛家传说只要心诚地念其佛号即可超脱,故"阿弥陀佛"时时念于僧人口中。

此经出来，奉还辨悟。夫人又分付都管："可留来僧一斋。"都管遵依，设斋请了辨悟。

辨悟笑嘻嘻捧着经包，千恩万谢而行。到得下船埠头，正值山上烧香多人坐满船上，却待开了。辨悟叫住，也搭将上去，坐好了，开船。船中你说张家长，我说李家短，不一时行至湖中央。辨悟对众人道："列位说来说去，总不如小僧今日所遇施主，真是个善心喜舍、量大福大的了。"众人道："是那一家？"辨悟道："是王相国夫人。"众人内中有的道："这是久闻好善的。今日却如何布施与师父？"辨悟指着经包道："即此便是大布施。"众人道："想是你募缘簿上开写得多了。"辨悟道："若是有心施舍，多些也不为奇。专为是出于意外的，所以难得。"众人道："怎生出于意外？"辨悟就把去年如何当米，今日如何白还的事，说了一遍，道："一个荒年，合寺僧众多是这夫人救了的。况且寺中传世之宝，正苦没本利赎取，今得奉回，实出侥幸。"众人见说一本经当了五十石米，好生不信。有的道："出家人惯说天话[1]，那有这事！"有的道："他又不化我们东西，何故掉谎？敢是真的。"又有的道："既是值钱的佛经，我们也该看看。一缘一会，也是难得见的。"要与辨悟取出来看。辨悟见一伙多是些乡村父老，便道："此是唐朝白侍郎真笔，列位未必识认。亵亵渎渎，看他则甚？"内中有一个教乡学假斯文的，姓黄，号丹山，混名黄撮空，听得辨悟说话，便接口道："师父出言太欺人！甚么白侍郎、黑侍郎，便道

---

[1] 天话——吴方言，即大话。明冯梦龙《古今谭概》："吴下谓大言曰天话。"

我们不认得？那个白侍郎,名字叫得白乐天,《千家诗》[1]上多有他的诗,怎欺负我不晓得？我们今日难得同船过湖,也是个缘分,便大家请出来看看古迹。"众人听得,尽拍手道:"黄先生说得有理!"一齐就去辨悟身边,讨取来看。

辨悟四不拗六[2],抵当众人不住,只得解开包袱,摊在舱板上,揭开经来。那经叶叶不粘连的了,正揭到头一板,怎当得湖中风大,忽然一阵旋风,搅到经边一掀,急得辨悟忙将两手揿住,早把一叶吹到船头上。那时辨悟只好按着,不能脱手去取,忙叫众人快快收着。众人也大家忙了手脚,你挨我挤,吆吆喝喝,磕磕撞撞,那里抔[3]得着？说时迟,那时快,被风一卷,早卷起在空中。元来一年之中,惟有正二月的风是从地下起的,所以小儿们放纸鸢风筝,只在此时。那时是二月天气,正好随风上去,那有下来的风恰恰吹来还你船中？况且太湖中间沕沕漾漾[4]的所在,没弄手脚处,只好共睁着眼望空仰看。但见:

天际飞冲,似炊烟一道直上;云中荡漾,如游丝几个翻身。纸鸢到处好为邻,俊鹘飞来疑是伴。底下叫的叫,跳的跳,只在湖中一叶舟;上边往一往,来一来,直通海外三千国。不生得补

---

[1]《千家诗》——本为南宋刘克庄所编一部唐宋绝句、律诗的总集名,后民间又有几种不同的《千家诗》选本,皆很浅显,为乡学的启蒙读物。这里系指后者。
[2] 四不拗六——吴方言,意为少数违拗不过多数。
[3] 抔——同"捞"字。
[4] 沕(wǎng往)沕漾漾——水域深而广阔。

青天的大手抓将住,没处借系白日的长绳缚转来。

辨悟手按着经卷,仰望着天际,无法施展,直看到望不见才住。眼见得这一纸在爪哇国[1]里去了,只叫得苦。众人也多呆了,互相埋怨。一个道:"才在我手边,差一些儿不拿得住。"一个道:"在我身边飞过,只道你来拿,我住了手。"大家唧哝。一个老成的道:"师父再看看,敢是吹了没字的素纸还好。"辨悟道:"那里是素纸!刚是揭开头一张,看得明明白白的。"众人疑惑,辨悟放开双手看时,果然失了头一板。辨悟道:"千年古物,谁知今日却弄得不完全了!"忙把来叠好,将包包了,紫涨了面皮,只是怨怅。众人也多懊悔,不敢则声。黄撮空没做道理处,文诌诌强通句把不中款解劝的话。看见辨悟不喜欢,也再没人敢讨看了。船到山边,众人各自上岸散讫。

辨悟自到寺里来,说了相府白还经卷缘故,合寺无不喜欢赞叹,却把湖中失去一叶的话瞒住不说。寺僧多是不在行的,也没有人翻来看看,交与住持收拾过罢了。

话分两头。却说河南卫辉府[2]有一个姓柳的官人,补了常州府太守[3],择日上任。家中亲眷,设酒送行。内中有一个人,乃是个博学好古的山人[4],曾到苏杭四处游玩访友过来。席间对柳太

---

[1] 爪哇国——古国名,即今印度尼西亚爪哇岛,很早就与我国友好往来。古时交通不便,被认为是极遥远的地方。
[2] 卫辉府——明代府名,即今河南省卫辉市。
[3] 太守——原为战国时对郡守的尊称,后亦作一府最高行政长官"知府"的别称。
[4] 山人——隐居山林之人。

守说道:"常州府与苏州府接壤。那苏州府所属太湖洞庭山某寺中,有一件希奇的物事,乃是白香山手书《金刚经》。这个古迹,价值千金。今老亲丈[1]就在邻邦,若是有个便处,不可不设法看一看。"那个人是柳太守平时极尊信的。他虽不好古董,却是个极贪的性子,见说了值千金,便也动了火[2],牢牢记在心上。

到任之后,也曾问起常州乡士大夫,多有晓得的。只是苏、松[3]隔属,无因得看。他也不是本心要看,只因千金之说上心,希图频对人讲,或有奉承他的解意了,购求来送他,未可知。谁知这些听说的人,道是隔府的东西,他不过无心问及,不以为意。以后在任年馀,渐渐放手长了。有几个富翁为事打通关节[4],他传出密示,要苏州这卷《金刚经》。讵知富翁要银子反易,要这经却难。虽曾打发人寻着寺僧求买,寺僧道是家传之物,并无卖意。及至问价,说了千金,买的多不在行,伸伸舌,摇摇头,恐怕做错了生意,折了重本,看不上眼,不是算了。宁可苦着百来两银子送进衙去,回说"《金刚经》乃本寺镇库之物,不肯卖的,情愿纳价"罢了。太守见了白物[5],收了顽涎,也不问起了。如此不止一次,这《金刚经》倒是那太守发科

---

〔1〕 老亲丈——对人表示亲近和尊重的称谓。
〔2〕 动了火——犹如说动了心。
〔3〕 松——松江府,元置,辖境相当现在上海市。松江古时亦属苏州,此处"苏、松"并举,实皆指"苏"。
〔4〕 打通关节——行贿说情。关节,指关键地方、机要所在。
〔5〕 白物——银子的隐语。

分[1]、起发人[2]的丹头[3]了。因此明知这经好些难取,一发上心。

有一日,江阴县中解到一起劫盗,内中有一行脚头陀僧[4]。太守暗喜道:"取《金刚经》之计,只在此僧身上了。"一面把盗犯下在死囚牢里,一面叫个禁子[5]到衙来,悄悄分付他道:"你到监中,可与我密密叮嘱这行脚僧,我当堂再审时,叫他口里扳[6]着苏州洞庭山某寺是他窝赃之所,我便不加刑罚了。你却不可泄漏讨死吃!"禁子道:"太爷分付,小的性命恁地[7]不值钱?多在小的身上罢了。"禁子自去依言行事。

果然,次日升堂,研问这起盗犯,用了刑具,这些强盗各自招出赃仗窝家。独有这个行脚僧,不上刑具就一口招道:"赃在洞庭山某寺窝着,寺中住持叫甚名字。"元来行脚僧人做歹事的,一应荒庙野寺投斋投宿,无处不到,打听做眼[8]。这寺中住持姓名,恰好他晓得的,正投太守心上机会。太守大喜,取了供状,叠成文卷,一面

---

[1] 发科分——发动。科分,举动、行为,也作"科泛"、"科范"。
[2] 起发人——骗人。
[3] 丹头——由头。本指道家精炼而成的丹药,常用来比喻促成事物变化的主要因素。
[4] 行脚头陀僧——云游各地以行乞为生的僧人,可蓄短发。"头陀"为梵文音译,"行脚僧"是俗称。
[5] 禁子——看守犯人的狱卒。
[6] 扳——原意是用力使朝自己方向移动,这里是攀扯、牵连的意思。
[7] 恁地——如此地、这样地。
[8] 做眼——通过别人来了解情况。

行文到苏州府捕盗厅来,要提这寺中住持,差人赍文坐守。

捕厅佥了牌,另差了两个应捕[1],驾了快船,一直望太湖中洞庭山来。真个:

> 人似饥鹰,船同蜚虎[2]。鹰在空中思攫食,虎逢到处立吞生。静悄村墟,魆地[3]神号鬼哭;安闲舍宇,登时犬走鸡飞。
> 即此便是活无常[4],阴间不数真罗刹[5]。

应捕到了寺门前,雄纠纠的走将入来,问道:"那一个是住持?"住持上前稽首道:"小僧就是。"应捕取出麻绳来便套。住持慌了手脚道:"有何事犯,便直得如此?"应捕道:"盗情事发,还问甚么事犯?"众僧见住持被缚,大家走将拢来,说道:"上下[6]不必粗鲁,本寺是山塘王相府门徒[7],等闲[8]也不受人欺侮。况且寺中并无歹人,又不曾招接甚么游客住宿,有何盗情干涉?"应捕见说是相府门徒,又略略软了些,说道:"官差吏差,来人不差。我们捕厅因常州府盗情事,扳出与你寺干连,行关守提[9]。有干无干,当官折辨,不关我等心上,只要打发我等起身。"一个应捕假做好人道:"且宽了缚,等他去

---

[1] 应捕——缉捕盗贼的公差。
[2] 蜚(fēi 飞)虎——即飞虎。蜚通"飞"。
[3] 魆(xū 虚)地——猛地、突然间。
[4] 无常——迷信传说中阴间专门勾摄生人灵魂的小鬼。
[5] 罗刹(chà 岔)——古印度传说中食人血肉的恶鬼。
[6] 上下——旧时对公差的尊称。
[7] 门徒——这里指寺院对主要施主的自称。
[8] 等闲——寻常,平常。
[9] 行关守提——以公文提取犯人。关,指关文,旧时官府间的平行文书。

周置。这里不怕他走了去。"住持脱了身,讨牌票[1]看了,不知头由。一面商量收拾盘缠去常州分辨,一面将差使钱送与应捕。应捕嫌多嫌少,诈得满足了才住手。应捕带了住持下船。辨悟叫个道人跟着,一同随了住持,缓急救应。到了捕厅,点了名,办了文书解将过去,免不得书房与来差多有了使费。住持与辨悟、道人共是三人,雇了一个船,一路盘缠了来差,到常州来。说话的[2],你差了。隔府关提,尽好使用支吾,如何去得这样容易?看官有所不知,这是盗情事,不比别样闲讼,须得出身辨白。不然,怎得许多使用?所以只得来了。

　　未见官时,辨悟先去府中细细打听劫盗与行脚僧名字、来踪去迹,与本寺没一毫影响,也没个仇人在内。正不知祸根是那里起的,真摸头路不着[3]。说话间,太守升堂,来差投批,带住持到。太守不开言问甚事繇,即写监票发下监中去。住持不曾分说得一句话,竟自黑碌碌地吃监了。太守监罢了住持,唤原差到案前来,低问道:"这和尚可有人同来么?"原差道:"有一个徒弟,一个道人。"太守道:"那徒弟可是了事的[4]?"原差道:"也晓得事体的。"太守道:"你悄地对那徒弟说,可速回寺中去取那本《金刚经》来,救你师父,便得无

---

　　[1] 牌票——差役执行公务时所持的凭证,类似现在的"搜查证"、"拘捕证"。
　　[2] 说话的——话本、拟话本小说中保留的说书艺人习惯用语,听众称说书艺人为"说话的",下文"看官"则是说书艺人对听众的称呼。
　　[3] 摸头路不着——莫名其妙。
　　[4] 了事的——懂得人情事故、会办事的。

事。若稍迟几日,就讨绝单[1]了。"原差道:"小的去说。"

太守退了堂,原差跌跌脚道:"我只道真是盗情,元来又是甚么《金刚经》!"——盖只为先前借此为题,诈过了好几家,衙门人多是晓得的了。——走去一十一五对辨悟说了。辨悟道:"这是我上世之物。怪道日前有好几起常州人来寺中求买,说是府里要。我们不卖与他。直到今日,却生下这个计较[2],陷我师父,强来索取。如今怎么处?"原差道:"方才明明分付,稍迟几日,就讨绝单。我老爷只为要此经,我这里好几家受了累。何况是你本寺有的,不送得他,他怎肯住手,却不枉送了性命?快去与你住持师父商量去!"辨悟就央原差领了到监里,把这些话一一说了。住持道:"既是如此,快去取来送他,救我出去罢了。终不成为了大家门面的东西,断送了我一个人性命罢?"辨悟道:"不必二三[3],取了来就是。"对原差道:"有烦上下代禀一声,略求宽容几日,以便往回。师父在监,再求看觑。"原差道:"既去取了,这个不难,多在我身上,放心前去。"

辨悟留下盘缠与道人送饭。自己单身,不辞辛苦,星夜赶到寺中。取了经卷,复到常州。不上五日,来会原差道:"经已取来了,如何送进去?"原差道:"此是经卷,又不是甚么财物,待我在转桶边击梆,禀一声递进去不妨。"果然原差递了进去。

---

[1] 绝单——又叫"气绝单",狱中犯人死亡报告单。
[2] 计较——这里指算计、阴谋。
[3] 二三——三心二意,犹豫不决。

太守在私衙,见说取得《金刚经》到,道是宝物到了,合衙人眷,多来争看。打开包时,太守是个粗人,本不在行,只道千金之物,必是怎地庄严;看见零零落落,纸色晦黑,先不像意〔1〕。揭开细看字迹,见无个起首,没头没脑。看了一会,认有细字号数,仔细再看,却元来是第二叶起的。太守大笑道:"凡事不可虚慕名,虽是古迹,也须得完全才好。今是不全之书,头一板就无了,成得甚用?说甚么千金百金,多被这些酸子〔2〕传闻误了,空费了许多心机。难为这个和尚坐了这几日监,岂不冤枉!"内眷们见这经卷,既没甚么好看,又听得说和尚坐监,一齐撺掇,叫还了经卷,放了和尚。太守也想道没甚紧要,仍旧发与原差,给还本主。

衙中传出去,说少了头一张,用不着,故此发了出来。辨悟只认还要补头张,怀着鬼胎道:"这却是死了!"正在心慌,只见连监的住持多放了出来。原差来讨赏道:"已此没事了。"住持不知缘故。原差道:"老爷起心要你这经,故生这风波。今见经不完全,没有甚么头一张,不中他意,有些懊悔了。他原无怪你之心,经也还了,事也罢了。恭喜!恭喜!"住持谢了原差,回到下处〔3〕,与辨悟道:"那里说起,遭此一场横祸!今幸得无事,还算好了。只是适才听见说经上没了头张,不完全,故此肯还。我想此经怎的不完全?"辨悟才把前日太湖中众人索看,风卷去头张之事,说了一遍。住持道:"此天意也!

---

〔1〕 像意——吴方言,合意。
〔2〕 酸子——穷酸的读书人。
〔3〕 下处——住宿的地方。

若是风不吹去首张,此经今日必然被留,非复我山门[1]所有了。如今虽是缺了一张,后边名迹还在,仍旧归吾寺宝藏,此皆佛天之力。"喜喜欢欢,算还了房钱饭钱,师徒与道人三众,雇了一个船,同回苏州来。

过了浒墅关[2]数里,将到枫桥,天已昏黑。忽然风雨大作,不辨路径。远远望去,一道火光烛天,叫船家对着亮处,只管摇去。其时风雨也息了,看看至近,却是草舍内一盏灯火明亮,听得有木鱼声。船到岸边,叫船家缆好了,辨悟踱上去叩门讨火。门还未关,推将进去,却是一个老者靠着桌子诵经。见是个僧家,忙起身叙了礼。辨悟求点灯,老者打个纸捻儿,蘸蘸油点着了,递与辨悟。辨悟接了纸捻,照得满屋明亮。偶然抬头带眼,见壁间一幅字纸粘着,无心一看,吃了一惊,大叫道:"怪哉!怪哉!"老者问道:"师父见此纸为何大惊小怪?"辨悟道:"此话甚长。小舟中还有师父在内,待小僧拿火去照了,然后再来奉告,还有话讲。"老者道:"老汉是奉佛弟子,何不连尊师接了起来?"老者就叫小厮祖寿出来,同了辨悟,到舟中来接那一位师父。辨悟未到船上,先叫住持道:"师父快起来,不但投着主人,且有奇事了!"住持道:"有何奇事?"辨悟道:"师父且到里面,见了主人,请看一件物事。"住持同了辨悟走进门来,与主人相见了。辨悟拿了灯,拽了住持的手,走到壁间,指着那一幅字纸道:"师父可认认

---

[1] 山门——佛寺的大门,这里借指寺院。
[2] 浒墅关——在苏州市西北,又称许关镇。

看。"住持抬眼一看,只见首一行是"金刚般若波罗密经",第二行是"法会因由分第一",正是白香山所书,乃经中之首叶,在湖中飘失的。拍手道:"好像是吾家经上的,何缘得在此处?"老者道:"贤师徒惊怪此纸,必有缘故。"辨悟道:"老丈肯把得此纸的根繇一说,愚师徒也剖心相告。"老者摆着椅子道:"请坐了献茶,容老汉慢讲。"师徒领命,分次坐了。

奉茶已毕,老者道:"老汉姓姚,是此间渔人。幼年不曾读书,从不识字,只靠着鱼虾为生。后来中年家事尽可度日了,听得长老们说因果,自悔作业[1]太多,有心修行。只为不识一字,难以念经,因此自恨。凡见字纸,必加爱惜,不敢作践,如此多年。前年某月某日晚间,忽然风飘甚么物件下来,到于门首。老汉望去,只看见一道火光落地,拾将起来,却是一张字纸。老汉惊异,料道多年宝惜字纸,今日见此光怪,必有奇处。不敢亵渎,将来粘在壁间,时常顶礼。后来有个道人到此,见了,对老汉道:'此《金刚经》首叶。若是要念全经,我当教汝。'遂手出一卷,教老汉念诵一遍。老汉随口念过,心中豁然,就把经中字一一认得。以后日渐增加,今颇能遍历诸经了。记得道人临别时指着此纸道:'善守此幅,必有后果。'老汉一发不敢怠慢,每念诵时,必先顶礼。今两位一见,共相惊异,必是晓得此纸的来历了。"住持与辨悟同声道:"适间迷路,忽见火光冲天,随亮到此,却只是灯火微明,正在怪异。方才见老丈见教,得此纸时,也见火光,乃知

---
[1] 作业——即"作孽",罪过。

是此纸显灵,数当会合。老丈若肯见还,功德更大了。"老者道:"非师等之物,何云见还?"辨悟道:"好教老丈得知:此纸非凡笔,乃唐朝侍郎白香山手迹也。全经一卷,在吾寺中,海内知名。吾师为此,近日被一个狠官人拿去,强逼要献,几丧性命。没奈何,只得献出。还亏得前年某月某日,湖中遇风,飘去首叶。那官人嫌他不全,方得重还。今日正奉归寺中供养,岂知却遇着所失首叶在老丈处,重得瞻礼。前日若非此纸失去,此经已落他人之手;今日若非此纸重逢,此经遂成不全之文。一失一得,不先不后,两番火光,岂非韦驮尊天〔1〕有灵,显此护法手段出来么?"老者似信不信的答应。

辨悟走到船内,急取经包上来,解与老者看,乃是第二叶起的。将来对着壁间字法纸色,果然一样无差。老者叹异,念佛不已。将手去壁间揭下来,合在上面,长短阔狭,无不相同。一卷经完完全全了,三人尽皆欢喜。老者分付治斋款款,就留师徒两人同榻过夜。

住持私对辨悟道:"起初我们恨柳太守,如今想起来,也是天意。你失去首叶,寺中无一人知道,珍藏到今。若非此一番跋涉,也无从遇着原纸来完全了。"辨悟道:"上天晓得柳太守起了不良之心,怕夺了全卷去,故先吹掉了一纸;今全卷重归,仍旧还了此一纸。实是天公之巧,此卷之灵。想此老亦是会中人,所云道人,安知不是白侍郎托化来的?"住持道:"有理,有理。"

是夜姚老者梦见韦驮尊天来对他道:"汝幼年作业深重,亏得中

---

〔1〕 韦驮尊天——古代印度传说中的神将,佛教作为护法神。

年回首，爱惜字纸，已命香山居士启汝天聪[1]。又加守护经文，完成全卷，阴功更大，罪业尽消。来生在文字中受报，福禄非凡。今生且赐延寿一纪[2]，正果而终。"老者醒来，明明记得。次日对师徒二人道："老汉爱护此纸经年，今见全经，无量欢喜。虽将此纸奉还，老汉不能忘情，愿随老师父同行，出钱请个裱匠，到寺中重新装好，使老汉展诵几遍，方为称怀。"师徒二人道："难得檀越如此信心[3]，实是美事。便请下船，同往敝寺随喜[4]一番。"

老者分付了家里，带了盘缠，唤小厮祖寿跟着。又在城里接了一个高手的裱匠，买了作料，一同到寺里来。盘桓了几日，等裱匠完工，果然裱得焕然一新。便出衬钱[5]，请了数众[6]，展念《金刚经》一昼夜。与师徒珍重而别。后来每年逢诞日或佛生日[7]，便到寺中瞻礼白香山手迹一遍，即行持念一日，岁以为常。年过八十，到寺中沐浴，坐化[8]而终。寺中宝藏此卷，闻说至今犹存。有诗为证：

一纸飞空大有缘，反因失去得周全。

拾来宝惜生多福，故纸何当浪弃捐？

----

[1] 天聪——上天赋予的听力，这里指聪明才智。
[2] 一纪——岁星一周，即十二年。
[3] 信心——犹如说诚心。
[4] 随喜——佛家称游览寺院。
[5] 衬钱——与僧人做斋事的钱。
[6] 数众——即数僧。"僧"为梵语"僧伽"的省略，意思即"众"。
[7] 佛生日——农历四月初八日，为纪念佛祖释迦牟尼诞生的节日。
[8] 坐化——佛教徒盘膝端坐，安然而死。

小子不敢明说寺名,只怕有第二个像柳太守的,寻踪问迹,又生出事头来。再有一诗笑那太守道:

伧父[1]何知风雅缘?贪看古迹只因钱。

若教一卷都将去,宁不冤他白乐天!

---

[1] 伧父——对鄙贱者的蔑称。

二刻拍案惊奇卷之二

小道人一着饶天下　女棋童两局注终身

词云：

　　百年伉俪是前缘，天意巧周全。试看人世，禽鱼草木，各有蝉联。　　从来材艺称奇绝，必自种姻娅。文君琴思，仲姬画手，匹美双传[1]。（词寄《眼儿媚》）

自古道：物各有偶。才子佳人，天生匹配，最是人世上的佳话。看官且听小子说：

山东兖州府钜野县，有个秾芳亭，乃是地方居民秋收之时，祭赛田祖先农、公举社会[2]聚饮的去处。向来亭上有一匾额，大书三字在上，相传是唐颜鲁公[3]之笔，失去已久，众人无敢再写。一日正值社会之期，乡里父老相商道："此亭徒有其名，不存其匾。只因向

---

[1] "文君"三句——是说卓文君与司马相如以琴相知，管仲姬与赵孟頫以画相爱，成为两对受人敬重的夫妻。卓文君，汉代临邛人，卓王孙之女，适新寡，司马相如以琴挑之，遂私奔。司马相如，字长卿，成都人，汉代著名辞赋家。管道升，字仲姬，吴兴人，元代女画家，嫁赵孟頫。赵孟頫，字子昂，湖州人，元代文学家、书画家，卒谥魏国公。
[2] 社会——祀社和赛会。社，古指土地神，百姓每于春秋两季举行祭祀，称为"春社"、"秋社"，统称"社日"。社日民俗常以箫鼓百戏迎神，叫做"赛会"。
[3] 颜鲁公——颜真卿，字清臣，盛唐时著名书法家，创"颜体"，博学多才，因其封鲁郡开国公，故世称"颜鲁公"。

是木匾，所以损坏。今若立一通石碑在亭中，别请当今名笔，写此三字在内，可垂永久。"此时只有一个秀才，姓王名维翰，是晋时王羲之[1]一派子孙，惯写颜字，书名大盛。父老具礼相求，道其本意。维翰欣然相从，约定社会之日就来赴会，即当举笔。父老砻石[2]端正。到于是日，合乡村男妇儿童，无不毕赴，同观社火。你道如何叫得社火？凡一应吹箫、打鼓、踢球、放弹、拘拦[3]、傀儡、五花爨弄[4]，诸般戏具，尽皆施呈，却像献来与神道观玩的意思，其实只是人扶人兴，大家笑耍取乐而已。所以王孙公子，尽有携酒挟伎，特来观看的。直待诸戏尽完，赛神礼毕，大众齐散，止留下主会几个父老，亭中同分神福[5]，享其祭馀，尽醉方休。此是历年故事。

此日只为邀请王维翰秀才书石，特接着上厅行首[6]谢天香，在会上相陪饮酒。不想王秀才别被朋友留住，一时未至。父老虽是设着酒席，未敢自饮，呆呆等待。谢天香便问道："礼事已毕，为何迟留不饮？"众父老道："专等王秀才来。"谢天香道："那个王秀才？"父老

---

[1] 王羲之——字逸少，东晋杰出书法家，被后人誉为"书圣"。他官至右军将军，世称"王右军"。
[2] 砻（lóng 龙）石——将碑面（这里指碑石）打磨平整。砻，磨。
[3] 拘拦——又作"勾栏"，宋代百戏的演出场所，这里当指杂技表演。
[4] 五花爨（cuàn 窜）弄——金、元院本的别称，这里指戏曲演出。爨弄，意为表演。元陶宗仪《辍耕录》云："国朝院本五人：一曰'副净'，一曰'副末'，一曰'引戏'，一曰'末泥'，一曰'孤装'。又谓之'五花爨弄'。"院本演出大都由末泥、引戏、副净、副末、孤装五人组成，故名。
[5] 分神福——也叫"散福"，指分享祭神的酒肉供品。
[6] 上厅行首——亦称"大行首"。官妓应承歌舞，色艺出众者排在行列之前，称为"上厅行首"，后来也用作名妓的代称。

道:"便是有名会写字的王维翰秀才。"谢天香道:"我也久闻其名,可惜不曾会面。今日社酒,却等他做甚?"父老道:"他许下在石碑上写'秾芳亭'三字。今已磨墨停当在此,只等他来动笔罢,然后饮酒。"谢天香道:"既是他还未来,等我学写个儿耍耍何如?"父老道:"大姐又能写染〔1〕?"谢天香道:"不敢说能,粗学涂抹而已。请过大笔一用,取一回笑话,等王秀才来时,抹去了再写不妨。"父老道:"俺门那里有大笔?凭着王秀才带来用的。"谢天香看见瓦盆里墨浓,不觉动了挥洒之兴,却恨没有大笔应手。心生一计,伸手在袖中摸出一条软纱汗巾来,将角儿团簇得如法,拿到瓦盆边,蘸了浓墨,向石上一挥,早写就了"秾芳"二字。正待写"亭"字起,听得鸾铃响,一人指道:"兀的不〔2〕是王秀才来也!"谢天香就住手不写,抬眼看时,果然王秀才骑了高头骏马,瞬息来到亭前,从容下马,到亭中来。众父老迎着,以次相见,谢天香末后见礼。王秀才看了谢天香容貌,谢天香看了王秀才仪表,两相企羡,自不必说。

王秀才看见碑上已有"秾芳"二大字,墨尚未干,称赞道:"此二字笔势非凡,有恁样高手在此,何待小生操笔!却为何不写完了?"父老道:"久等秀才不到,此间谢大姐先试写一番看看,刚写得两字,恰好秀才来了,所以住手。"谢天香道:"妾身不揣〔3〕,闲在此间作耍

---

〔1〕 写染——写字绘画。
〔2〕 兀的不——这岂不,表反问语气,为元、明戏曲小说中的常用词。兀的,指示代词,含有这、这个的意思,兼有加强语气的作用。
〔3〕 不揣——即"不揣冒昧"的省语。揣,估量。

取笑，有污秀才尊目。"王秀才道："此书颜骨柳筋〔1〕，无一笔不合法，不可再易。就请写完罢了。"父老不肯，道："专仰秀才大名，是必要烦妙笔一番。"谢天香也谦逊道："贱妾偶尔戏耍，岂可当真？"王秀才道："若要抹去二字，真是可惜。倘若小生写来，未必有如此妙绝，悔之何及？恐怕难为父老每〔2〕盛心推许，容小生续成罢了。只问适间大姐所用何笔，就请借用一用。若另换一管，锋端不同了。"谢天香道："适间无笔，乃贱妾用汗巾角蘸墨写的。"王秀才道："也好，也好，就借来试一试。"谢天香把汗巾递与王秀才。王秀才接在手中，向瓦盆中一蘸，写个"亭"字续上去，看来笔法俨如一手写成，毫无二样。父老内中也有斯文在行的，大加叹赏道："怎的两人写来恰似出于一手？真是才子佳人，可称双绝。"王秀才与谢天香俱各心里喜欢，两下留意。

父老一面就命勒石匠把三字刻将起来，一面就请王秀才坐了首席，谢天香陪坐，大家尽欢吃酒。席间王秀才与谢天香讲论字法，两人多是青春美貌，自然投机。父老每多是有年纪历过多少事体过的，有甚么不解意处？见两人情投意合，就撺掇〔3〕两下成其夫妇。后来竟偕老终身。

这是两个会写字的成了一对的话。看来天下有一种绝技，必有

---

〔1〕 颜骨柳筋——颜，颜真卿。柳，柳公权，亦唐代大书法家。这里是说谢天香的字兼有颜柳两家的长处。
〔2〕 每——同"们"。
〔3〕 撺掇——怂恿、促成。

一个同声同气的在那里凑得。在夫妻里面,更为希罕。自古书画琴棋,谓之文房四艺。只这王谢两人,便是书家一对夫妻了。若论画家,只有元时魏国公赵子昂,与夫人管氏仲姬两个多会画,至今湖州天圣禅寺东西两壁,每人各画一壁,一边山水,一边竹石,并垂不朽。若论琴家,是那司马相如与卓文君,只为琴心相通,临邛夜奔。这是人人晓得的,小子不必再来敷演[1]。如今说一个棋家,在棋盘上赢了一个妻子,千里姻缘,天生一对,也是一段希奇的故事,说与看官每听一听。有诗为证:

世上输赢一局棋,谁知局内有夫妻。

坡翁当日曾遗语,胜固欣然败亦宜[2]。

话说围棋一种,乃是先天河图[3]之数:三百六十一着,合着周天三百六十五度四分度之一;黑白分阴阳,以象两仪[4];立四角,以按四象[5]。其中有千变万化,神鬼莫测之机,仙家每每好此,所以有王质烂柯[6]之说。相传是帝尧所置,以教其子丹朱。此亦荒唐

---

[1] 敷演——讲述并加以发挥。
[2] "坡翁"二句——坡翁指苏轼。苏轼字子瞻,号东坡居士,北宋杰出文学家。他在《观棋》文中说:"胜固欣然,败亦可喜。"
[3] 河图——传说伏羲氏时,有龙马从黄河背负"河图"出现,伏羲据以画为八卦,演天意。
[4] 两仪——指天地。
[5] 四象——指春、夏、秋、冬四时。
[6] 王质烂柯——据梁任昉《述异记》载,晋人王质入山打柴,见两童子下棋,置斧而观,顷刻斧柄尽烂,回家后已无同时代之人。柯,斧柄。

之谈，难道唐虞[1]以前连神仙也不下棋？况且这家技艺，不是寻常教得会的。若是天性相近，一下手晓得走道儿[2]，便有非常仙着[3]，着出来，一日高似一日，直到绝顶方休。也有品格所限，只差得一子两子地步，再上进不得了。至于本质下劣，就是奢遮的[4]国手师父指教他秘密几多年，只到得自家本等[5]，高也高不多些儿。真所谓棋力酒量，恰像个前生分定，非人力所能增减也。

宋时蔡州[6]大吕村有个村童，姓周，名国能，从幼便好下棋。父母送他在村学堂读书，得空就与同伴每画个盘儿，拾取两色砖瓦块做子赌胜。出学堂来，见村中老人家每动手下棋，即袖着手儿站在旁边，呆呆地厮看。或时看到闹处[7]，不觉心痒，口里漏出着把[8]来，指手画脚教人，定是寻常想不到的妙着。自此日着日高，是村中有名会下棋的高手。先前曾饶[9]过国能几子的，后来多反受国能饶了，还下不得两平。遍村走将来，并无一个对手。此时年才十五六

---

[1] 唐虞——传说中远古时的两个部落名。唐，陶唐氏，尧为其领袖。虞，有虞氏，舜为其领袖。唐虞也即指尧舜时期。
[2] 走道儿——这里指行棋布子的方法，犹如说走棋。
[3] 仙着（zhāo 招）——不同寻常的手段。着，同"招"，招式、招法。
[4] 奢遮的——吴方言，出众、出色，有本事的。
[5] 本等——本来、分内。这里指自己本来就能达到的程度。
[6] 蔡州——治所在今河南省汝南县。
[7] 闹处——指棋下到紧张激烈的时候。
[8] 着把——指一两招棋。把，约略之辞。
[9] 饶——让。此指"让子棋"，即让对手先摆上几颗子，然后再对弈。古代下围棋不贴子，先行棋者有利，让对方先行棋，叫"饶先"，见下文。

岁,棋名已著一乡。乡人见国能小小年纪,手段高得嶙屼,尽传他在田畔拾枣,遇着两个道士打扮的,在草地上对坐,安枰[1]下棋。他在旁边蹲着观看,道士觑着笑道:"此子亦好棋乎?可教以人间常势。"遂就枰上指示他攻守杀夺、救应防拒之法。也是他天缘所到,说来就解,一一领略不忘。道士说:"自此可无敌于天下矣!"笑别而去。此后果然下出来的迥出人上,必定所遇是仙长,得了仙诀过来的。有的说是这小伙子调喉[2],无过是他天性近这一家,又且耽在里头,所以转造转高,极穷了秘妙,却又撰出见神见鬼的天话,哄着愚人。这也是强口人不肯信伏的常态。总来不必辨其有无,却是棋高无敌是个实的了。

因为棋名既出,又兼年小希罕,便有官员士夫、王孙公子与他往来。又有那不伏气甘折本[3]的小二哥与他赌赛,十两五两输与他的。国能渐渐手头饶裕,礼度熟闲,性格高傲,变尽了村童气质,弄做个斯文模样。父母见他年长,要替他娶妻。国能就心里望头[4]大了,对父母说道:"我家门户低微,目下取得妻来,不过是农家之女,村妆陋质,不是我的对头[5]。儿既有此绝艺,便当挟此出游江湖间,料不须带着盘费走。或者不拘那里,天缘有在,等待依心像意,寻

---

〔1〕 安枰——摆好棋盘。枰,围棋盘。
〔2〕 调喉——亦作"调嘴",指能说会道,卖弄唇舌。引申为哄骗人、说谎话。
〔3〕 折(shé)本——赔本、亏本。
〔4〕 望头——吴方言,盼头、希望。
〔5〕 对头——匹敌。

个对得我来的好女儿为妻,方了平生之愿。"父母见他说得话大,便就住了手。过不多几日,只见国能另换了一身衣服,来别了父母出游。父母一眼看去,险些不认得了。你道他怎生打扮?

> 头戴包巾,脚蹬方履。身上穿浅地深绿的蓝服,腰间系一坠两股的黄绦。若非葛稚川[1]侍炼药的丹童,便是董双成[2]同思凡的道侣。

说这国能葛巾野服,扮做了道童模样。父母吃了一惊,问道:"儿如此打扮,意欲何为?"国能笑道:"儿欲从此云游四方,遍寻了一个好妻子来做一对耳。"父母道:"这是你的志气,也难阻你。只是得手便回,莫贪了别处欢乐,忘了故乡。"国能道:"这个怎敢。"

是日是个黄道吉日[3],拜别了父母,即便登程。从此自称小道人,一路行去。晓得汴梁[4]是帝王之都,定多名手,先向汴京进发。到得京中,但是对局,无有不输与小道人的,棋名大震。往来多是朝中贵人,东家也来接,西家也来迎,或是行教,或是赌胜,好不热闹过日。却并不见一个对手,也无可意的女佳人撞着眼里的。混过了多时,自想姻缘未必在此,遂离了京师,又到太原、真定[5]等处游荡。

---

[1] 葛稚川——即葛洪。东晋道士、名医。字稚川,又名抱朴子。丹阳句容(今属江苏)人。精通炼丹术,兼通医学。
[2] 董双成——传说为西王母侍女,炼丹得道,驾鹤升仙。
[3] 黄道吉日——旧时迷信星命之说,认为青龙、明堂、金匮、天德、玉堂、司命等六辰都是吉神。六辰值日的日子,不避凶忌,是宜于办事的好日子,称"黄道吉日"。
[4] 汴梁——今河南省开封市,北宋时的都城,故又称汴京。
[5] 真定——今河北省正定县。

一路行棋，眼见得无出其右，奋然道："吾闻燕山[1]乃辽国郎主[2]在彼称帝，雄丽过于汴京，此中必有高人国手、天下无敌的在内。今我在中国[3]既称绝技，料然到那里不到得输与人了，何不往彼一游，寻个出头的国手，较一较高低，也与中国吐一吐气，博他一个远乡异域的高名，传之不朽。况且自古道：'燕赵多佳人。'或者借此技艺，在王公贵人家里出入，图得一个好配头也不见得。"遂决意往北路进发，风飡水宿，夜住晓行，不多几日，已到了燕山地面。

且说燕山形胜：

> 左环沧海，右拥太行，北枕居庸[4]，南襟河济[5]。向称天府之国，暂为夷主所都。

此时燕山正是耶律部落称尊之所，宋时呼之为北朝，相与为兄弟之国。盖自石晋[6]以来，以燕云一十六州让与彼国了，从此渐染中原教化，百有馀年。所以夷狄名号，向来只是单于、可汗、赞普、郎主等类。到得辽人，一般称帝称宗，以至官员职名，大半与中国相参；衣冠文物，百工技艺，竟与中华无二。

---

[1] 燕山——这里指燕京，即今北京市，辽建都于此。
[2] 郎主——契丹族部落首领的名号。下文还提到"单于"，匈奴族首领名号；"可汗"，蒙古族首领名号；"赞普"，藏族首领名号。
[3] 中国——此指中原地区，即黄河流域。
[4] 居庸——即居庸关，在今北京市延庆县境，为长城的重要关口之一。
[5] 河济——黄河和济水。
[6] 石晋——即五代的后晋，为石敬瑭所建国号，曾将今山西北部、河北北部的燕、云等十六个州割让与契丹，以换取支持。

辽国最好的是弈棋。若有第一等高棋,称为国手,便要遣进到南朝,请人比试。曾有一个王子最高,进到南朝。这边棋院待诏[1]顾思让也是第一手,假称第三手,与他对局,以一着解两征[2],至今棋谱中传下"镇神头"势。王子赢不得顾待诏,问通事[3],说是第三手。王子愿见第一。这边回他道:"赢得第三,方见第二;赢得第二,方见第一。今既赢不得第三,尚不得见第二,怎能勾见得第一?"王子只道是真,叹口气道:"我北朝第一手,赢不得南朝第三手,再下棋何干!"摔碎棋枰,伏输而去。却不知被中国人瞒过了。此是已往的话。

只说那时辽国围棋第一称国手的,乃是一个女子,名为妙观,有亲王保举,受过朝廷册封为女棋童。设个棋肆,教授门徒。你道如何教授?盖围棋三十二法,皆有定名:

> 有冲,有干,有绰,有约,有飞,有关,有劄,有粘,有顶,有尖,有觑,有门,有打,有断,有行,有立,有捺,有点,有聚,有跷,有挟,有拶,有辟,有刺,有勒,有扑,有征,有劫,有持,有杀,有松,有盘。

妙观以此等法,传授于人。多有王侯府中送将男女来学棋,以及大家小户少年好戏欲学此道的,尽来拜他门下,不记其数,多呼妙观为师。妙观亦以师道自尊,妆模做样,尽自矜持,言笑不苟。也要等待对手,等闲未肯嫁人。却是棋声传播,慕他才色的,咽干了涎唾,只是不能

---

[1] 待诏——此指待命供奉内廷的人。
[2] 一着解两征——着了一颗子,解救了两处征子的危机。征,围棋术语,指一方的子走下去总处于被剿杀的地步。
[3] 通事——这里指翻译人员。

胜他,也没人敢启齿求配。空传下个美名,受下许多门徒,晚间师父娘只是独宿而已。有一首词,单道着妙观好处:

> 丽质本来无偶,神机早已通玄。枰中举国莫争先,女将驰名善战。　　玉手无惭国手,秋波合唤秋仙。高居师席把棋传,石作门生也眩。(右词寄《西江月》)

话说国能自称小道人,游到燕山,在饭店中歇下。已知妙观是国手的话,留心探访。只见来到肆前,果然一个少年美貌的女子在那里点指画脚,教人下棋。小道人见了,先已飞去了三魂,走掉了七魄,恨不得双手抱住了他,做一点两点的事。心里道:"且未可露机,看他着法如何。"呆呆地袖着手,在旁冷眼厮觑。见他着法还有不到之处,小道人也不说破。一连几日,有些耐不得了,不觉口中嗫嚅,逗露出一两着来。妙观出于不意,见指点出来的多是神着,抬眼看时,却是一个小伙儿,又是道家妆扮的,情知有些诧异。心里疑道:"那里来此异样的人?"忍着只做不睬,只是大刺刺[1]教徒弟们对局。妙观偶然指点一着,小道人忽攘臂争道:"此一着未是胜着,至第几路,必然受亏。"果然下到其间,一如小道人所说。妙观心惊道:"奇哉!此童不知自何处而来,若再使他在此观看,形出我的短处,枉为人师,却不受人笑话?"大声喝道:"此系教棋之所,是何闲人乱入厮混?"便叫两个徒弟把小道人搠[2]了出来,不容观看。小道人冷笑道:"自

---

〔1〕 大刺刺——大模大样。
〔2〕 搠(sǒng 耸)——推。

家棋低,反要怪人指教。看你躲得过我么?"反了手,踱了出来。私下想道:"好个美貌女子!棋虽非我比,女人中有此,也不易得。只在这几个黑白子上,定要赚[1]他到手。倘不如意,誓不还乡。"

走到对门,问个老者道:"此间店房可赁与人否?"老者道:"赁来何用?"小道人道:"因来看棋,意欲赁个房儿住着,早晚偷学他两着。"老者道:"好,好。对门女棋师,是我国中第一手,说道天下无敌的。小师父小小年纪,要在江湖上云游,正该学他些着法。老汉无儿女,止有个老嬷缝纫度日,也与女棋师往来得好。此门面房空着,专一与远来看棋的人闲坐,趁[2]几文茶钱的。小师父要赁,就打长赁了也好。"小道人就在袖里摸出包来,拣一块大些的银子与他,做了定钱。抽身到饭店中搬取行囊,到这对门店中安下。

铺设已定,见店中有见成[3]垩[4]就的木牌在那里,他就与店主人说,要借来写个招牌。老者道:"要招牌何用? 莫非有别样高术否?"小道人道:"也要在此教教下棋,与对门棋师赛一赛。"老者道:"不当人子[5]! 那里还讨个对手么?"小道人道:"你不要管,只借我牌便是。"老者道:"牌自空着,但凭取用。只不要惹出事来,做了话靶[6]。"小道人道:"不妨,不妨。"就取出文房四宝来,磨得墨浓,蘸

---

[1] 赚——旧时俗语,相当于现在口语中"弄到手"的"弄"字。
[2] 趁——乘。吴方言中"趁"、"乘"同音。这里有顺便得取的意思。
[3] 见成——即"现成"。"见"为"现"的古字。
[4] 垩(è恶)——"垩"原为一种白色泥土,这里作动词用,意为用白色涂料粉刷。
[5] 不当人子——吴方言,意同"罪过"。
[6] 话靶——供人谈笑的话题、材料。也作"话擂"、"话把"。

得笔饱,挥出一张牌来,竖在店面门口。只因此牌一出,有分交[1]:绝技佳人,望枰而纳款;远来游客,出手以成婚。你道牌上写的是甚话来?他写道:

> 汝南小道人手谈[2],奉饶天下最高手一先。

老者看见了道:"天下最高手你还要饶他先哩?好大话!好大话!只怕见我女棋师不得。"小道人道:"正要饶得你女棋师,才为高手。"老者似信不信,走进里面去,把这些话告诉老嬷。老嬷道:"远方来的人敢开大口,或者有些手段,也不见得。"老者道:"点点年纪,那里便有甚么手段?"老嬷道:"有智不在年高。我们女棋师又是有年纪的么?"老者道:"我们下[3]着这样一个人,与对门作敌,也是一场笑话。且看他做出便见。"

不说他老口儿两下唧哝,且说这边立出牌来,早已有人报与妙观得知。妙观见说写的是饶天下最高手,明是与他放对的了,情知是昨日看棋的小伙,心中好生忿忿不平。想道:"我在此擅名已久,那里来这个小冤家,来寻我们的错处!发个狠,要就与他决个胜负。"又转一个念头道:"他昨日看棋时,偶然指点的着数,多在我意想之外。假若与他决一局,幸而我胜,劈破他招牌,赶他走路不难。万一输与

---

〔1〕 有分交——也作"有分教",话本及章回小说中的常用语,用来提示事态发展的趋向和后果。
〔2〕 手谈——下围棋的雅称。
〔3〕 下——下榻,下宿,即住的意思。

他了,此名一出,那里还显得有我?此事不可造次[1]。须着一个先探一探消息,再作计较。"妙观有个弟子张生,是他门下最得意的高手,也是除了师父再无敌手的。妙观唤他来,说道:"对门汝南小道人口说大话,未卜手段虚实,我欲与决输赢,未可造次。据汝力量,已与我争不多些儿了。汝可先往一试,看汝与彼优劣,便可以定彼棋品。"

张生领命而出,走到小道人店中,就枰求教。张生让小道人是客。小道人道:"小牌上有言在前,遮莫是高手,也要饶他一先,决不自家下起。若输与足下时,受让未迟。"张生只得占先下了。张生穷思极想,方才下得一着,小道人只随手应去。不到得完局,张生已败。张生拱手伏输道:"客艺果高,非某敌手。增饶一子,方可再请教。"果然摆下二子,然后请小道人对下。张生又输了一盘。张生心服道:"还饶不住,再增一子。"增至三子,然后张生觉得松些,恰恰下个两平。——看官听说:凡棋有敌手,有饶先,有先两;受饶三子,厥品[2]中中,未能通幽,可称用智。受得国手三子饶的,也算是高强了。只为张生也是妙观门下出色弟子,故此还挣得来;若是别一个,须动手不得。看来只是小道人高得紧了。——小道人三局后,对张生道:"足下之棋,也算高强,可见上国一斑矣。不知可有堪与小道对敌的,请出一个来,小道情愿领教。"张生晓得此言是搦[3]他师父

------

[1] 造次——鲁莽、轻率。
[2] 厥品——其品,指棋品。
[3] 搦(nuò 诺)——挑逗、诱使。

出马，不敢应答，作别而去。来到妙观跟前，密告道："此小道人技艺甚高，怕吾师也要让他一步。"妙观摇手，戒他不可说破，惹人耻笑。自此之后，妙观不敢公然开肆教棋。

旁人见了标牌，已自惊骇，又见妙观收敛起来，那张生受饶三子之说，渐渐有人传将开去，正不知这小道人与妙观果是高下如何。自有这些好事的人，三三两两议论。有的道："我们棋师不与较胜负，想是不放他在眼里的了。"有的道："他牌上明说饶天下最高手一先，我们棋师难道忍得这话起，不与争雄？必是个有些本领的棋师，不敢造次出头。"有的道："我们棋师现是本国第一手，并无一个男人赢得他的。难道别处来这个小小道人，便恁地高强不成？是必等他两个对一对局，定个输赢来我们看一看，也是着实有趣的事。"又一个道："妙是妙，他们岂肯轻放对？是必众人出些利物[1]，与他们赌胜，才弄得成。"内中有个胡大郎道："妙，妙。我情愿助钱五十千。"支公子道："你出五十千，难道我又少得不成？也是五十千。"其余也有认出十千、五千的，一时凑来，有了二百千之数。众人就推胡大郎做个收掌之人，敛出钱来多交付与他。就等他约期对局，临时看输赢，对付发利物，名为保局。此也是赌胜的旧规。其时众人议论已定。胡大郎等利物齐了，便去两边约日比试手段。果然两边多应允了，约在第三日午时，在大相国寺方丈[2]内对局。众人散去，到期再会。

---

[1] 利物——指竞赛的奖品。
[2] 方丈——此指寺院中长老或住持居住的地方。

女棋童妙观得了此信，虽然应允，心下有些虚怯。道："利物是小事，不争〔1〕与他赌胜，一下子输了，枉送了日前之名。此子远来作客，必然好利。不如私下买嘱他，求他让我些儿，我明收了利物，暗地加添些与他，他料无不肯的。怎得个人来与我通此信息便好！"又怕弟子们见笑，不好商量得。思量对门店主老孆常来此缝衣补裳的，小道人正下在他家，何不央他来做个引头〔2〕，说合这话也好。

算计定了，魆地〔3〕着个女使招他来说话。老孆听得，便三脚两步走过门来，见了妙观道："棋师娘子有何分付？"妙观直引他到自己卧房里头坐下了。妙观开口道："有件事要与孆孆商量则个。"老孆道："何事？"妙观道："汝南小道人正在孆孆家里下着，奴有句话要孆孆说与他。孆孆好说得么？"老孆道："他自恃棋高，正好来与娘子放对。我见老儿说道，众人出了利物，约着后日对局，娘子却又要与他说甚么话？"妙观道："正为对局的事，要与孆孆商量。奴在此行教已久，那个王侯府中不唤奴是棋师？寻遍一国，没有奴的对手。眼见得手下收着许多徒弟哩！今远来的小道人，却说饶尽天下的大话。奴曾教最高手的弟子张生去试他两局，回来说，他手段颇高。众人要看我每两下本事，约定后日放对。万一输与他了，一则丧了本朝体面，二则失了日前名声，不是耍处。意欲央孆孆私下与他说说，做个

---

〔1〕 不争——旧时戏曲小说中常用词，含义颇多：只因、只为、不只、不但、不打紧、没关系、不相差……这里作如果、若是解。
〔2〕 引头——在双方之间传话说合的人。
〔3〕 魆（xū虚）地——这里是暗地、偷偷地之意。

人情,让我些个。"嬷嬷道:"娘子只是放出日前的本事来,赢他方好,怎么折了志气,反去求他?况且见赌着利物哩,他如何肯让?"妙观道:"利物是小事。他若肯让奴赢了,奴一毫不取,私下仍旧还他。"嬷嬷道:"他赢了你棋,利物怕不是他的?又讨个大家喝声采不好?却明输与你了,私下受这样说不响〔1〕的钱,他也不肯。"妙观道:"奴再于利物之外,私下赠他五十千。他与奴无仇,况又不是本国人,声名不关甚么干系。得了若干利物,又得了奴这些私赠,也勾了他了。只要嬷嬷替奴致意于他,说奴已甘伏,不必在人前赢奴,出奴之丑便是。"嬷嬷道:"说便去说,肯不肯,只凭得他。"妙观道:"全仗嬷嬷说得好些。肯时,奴自另谢嬷嬷。"老嬷道:"对门对户,日前相处面上,甚么大事,说起谢来?"嘻嘻的笑了出去。

走到家里,见了小道人,把妙观邀去的说话,一十一五对他说了。小道人见说罢,便满肚子痒起来道:"好,好。天送个老婆来与我了!"回言道:"小子虽然年幼远游,靠着些小技艺,不到得少了用度,那钱财颇不希罕。只是旅邸孤单,小娘子若要我相让时,须依得我一件事,无不从命。"老嬷道:"可要怎生?"小道人嘻着脸道:"妈妈是会事〔2〕的,定要说出来?"老妈道:"说得明白,咱好去说。"小道人道:"日里人面前对局,我便让让他;晚间要他来被窝里对局,他须让让我。"老嬷道:"不当人子!后生家讨便宜的话莫说!"小道人道:"不

---

〔1〕 说不响——意为说不出口,无法对人讲。
〔2〕 会事——懂事、晓事。

是讨便宜。小子原非贪财帛而来,所以住此许久,专慕女棋师之颜色耳。嬷嬷为我多多致意,若肯容我半晌之欢,小子甘心诈输,一文不取。若不见许,便当尽着本事对局,不敢容情。"老嬷道:"言重,言重。老身怎好出口?"小道人道:"你是妇道家,对女人讲话有甚害羞?这是他喉急[1]之事,便依我说了,料不怪你。"说罢,便深深一喏[2]道:"事成另谢媒人!"老嬷笑道:"小小年纪,倒好老脸皮。说便去说,万一讨得骂时,须要你赔礼!"小道人道:"包你不骂的。"老嬷只得又走将过对门去。

妙观正在心下虚怯,专望回音。见了老嬷,脸上堆下笑来,道:"有烦嬷嬷尊步。所说的事,可听依么?"老嬷道:"老身磨了半截舌头,依倒也依得,只要娘子也依他一件事。"妙观道:"遮莫是甚么事,且说将来,奴依他便了。"老嬷道:"若是娘子肯依,倒也不费本钱。"妙观道:"果是甚么事?"老嬷道:"这件事易则至易,难则至难。娘子恕老身不知进退的罪,方好开口。"妙观道:"奴有事相央嬷嬷,尽着有话便说,岂敢有嫌?"老嬷又假意推让了一回,方才带笑说道:"小道人只身在此,所慕娘子才色兼全,他阴沟洞里想天鹅肉吃[3]哩。"妙观通红了脸,半晌不语。老嬷道:"娘子不必见怪。这个原是他妄

---

[1] 喉急——着急。
[2] 喏(rě 惹)——古时男子所行的一种礼节,即"作揖"。有时一边作揖,一边出声致敬,叫"唱喏"。大声致敬,称"大喏"、"肥喏"。
[3] 阴沟洞里想天鹅肉吃——吴地俗语,即"癞蛤蟆想吃天鹅肉",指非分之想。阴沟(地下排水沟)洞里往往是癞蛤蟆聚生地。

想,不是老身撰造出来的话。娘子怎生算计,回他便了。"妙观道:"我起初原说利物之外再赠五十千,也不为轻鲜,只可如此求他了。肯让不肯让,好歹回我便了,怎胡说到这个所在?羞人答答的。"老嬷道:"老身也把娘子的话一一说了。他说道,原不希罕钱财,只要娘子允此一事,甘心相让,利物可以分文不取。叫老身就没法回他了,所以只得来与娘子直说。老身也晓得不该说的,却是既要他相让,他有话不敢隐瞒。"妙观道:"嬷嬷,他分明把此话挟制着我,我也不好回得。"嬷嬷道:"若不回他,他对局之时,决不容情。娘子也要自家算计。"妙观见说到对局,肚子里又怯将起来;想着说到这话,又有些气不忿。思量道:"叵耐[1]这没廉耻的小弟子孩儿[2],我且将计就计,哄他则个。"对老嬷道:"此话羞人,不好直说。嬷嬷见他,只含糊说道,若肯相让,自然感德非浅,必当重报就是了。"

嬷嬷得了此言,想道:"如此说话,便已是应承的了。我且在里头撮合了他两口,必有好处到我。"千欢万喜,就转身到店中来,把前言回了小道人。小道人少年心性,见说有些口风儿,便一团高兴,皮风骚痒起来。道:"虽然如此传言送语不足为凭,直待当面相见,亲口许下了,方无翻悔。"老嬷只得又去与妙观说了。妙观有心求他,无言可辞,只得约他黄昏时候灯前一揖为定。

是晚,老嬷领了小道人,径到妙观肆中客坐里坐了。妙观出来相

---

[1] 叵耐——不可耐,含有可恨之意。
[2] 弟子孩儿——骂人的话,犹如说"娼妇养的"。弟子,指娼妓。

见。拜罢,小道人开口道:"小子云游到此,得见小娘子芳容,十分侥幸。"妙观道:"奴家偶以小艺擅名国中,不想遇着高手下临,奴家本不敢相敌。争奈众心欲较胜负,不得不在班门弄斧。所有奉求心事,已托店主嬷嬷说过,万望包容则个。"小道人道:"小娘子分付,小子岂敢有违?只是小子仰慕小娘子已久,所以在对寓栖迟,不忍舍去。今客馆孤单,若蒙小娘子有见怜之心,对局之时,小子岂敢不揣自逞?定当周全娘子美名。"妙观道:"若得周全,自当报德,决不有负足下。"小道人笑容满面,作揖而谢道:"多感娘子美情,小子谨记不忘。"妙观道:"多蒙相许,一言已定。夜晚之间,不敢亲送,有烦店主嬷嬷伴送过去罢。"叫丫鬟另点个灯,转进房里来了。小道人自同老嬷到了店里,自想适间亲口应承,这是探囊取物,不在话下的了。只等对局后图成好事,不题。

到了第三日,胡大郎早来两边邀请对局,两人多应允了,各自打扮停当,到相国寺方丈里来。胡大郎同支公子,早把利物摆在上面一张桌儿上。中间一张桌儿,放着一个白铜镶边的湘妃竹棋枰,两个紫檀筒儿,贮着黑白两般云南窑棋子。两张椅,东西对面放着,请两位棋师坐着交手。看的人只在两横长凳上坐。妙观让小道人是客,坐了东首,用着白棋。妙观请小道人先下子。小道人道:"小子有言在前,这一着先要饶天下最高手,决不先下的。直待赢得过这局,小子才占起[1]。"妙观只得拱一拱道:"恕有罪!应该低者先下了。"果然

---

[1] 占起——先下第一颗棋子。

妙观手起一子,小道人随手而应。正是:

> 花下手闲敲,出楸枰,两下交。争先布摆妆圈套。单敲这着,双关那着,声迟思入风云巧。笑山樵,从交柯烂,谁识这根苗?(右调《黄莺儿》)

小道人虽然与妙观下棋,一眼偷觑着他容貌,心内十分动火。想着他有言相许,有意让他一分,不尽情攻杀,只下得个两平。算来白子一百八十着,小道人认输了半子。这一番却是小道人先下起了。少时完局,他两人手下明白,已知是妙观输了。旁边看的嚷道:"果然是两个敌手!你先我输,我先你输,大家各得一局。而今只看这一局,以定输赢。"妙观见第二番这局,觉得力量掤拽[1],心里有些着忙。下第三局时,频频以目送情。小道人会意,仍旧东支西吾,让他过去。临了收拾了官着[2],又是小道人少了半子。大家齐声喝采道:"还是本国棋师高强,赢了两局也!"小道人只不则声,呆呆看着妙观。胡大郎便对小道人道:"只差半子,却算是小师父输了。小师父莫怪。"忙忙收起了利物,一同众人,哄了女棋师妙观到肆中,将利物交付,各自散去。

小道人自和一二个相识,尾着众人闲话而归。有的问他道:"那里不争出了这半子?却算做输了一局,失了这些利物。"小道人只是冷笑不答。众人恐怕小道人没趣,多把话来安慰他,小道人全然不以

---

[1] 掤(bēng 崩)拽——勉强支撑。明代顾起元《客座赘语·方言》:"南都方言……勉强营为曰掤拽。"
[2] 官着(zhāo 招)——犹"官子"。围棋下到最后,只剩交界处尚可着子,称"官子"。

为意。到了店中,看的送的多已散去,店中老嬷便出来问道:"今日赌胜的事却怎么了?"小道人道:"应承过了说话,还舍得放本事赢他?让他一局过去,帮衬[1]他在众人面前生光采,只好是这样凑趣了。"老嬷笑道:"这等却好。他不忘你的美情,必有好处到你,带挈老身也兴头[2]则个。"小道人口里与老嬷说话,一心想着佳音,一眼对着对门,盼望[3]动静。

此时天色将晚,小道人恨不得一霎时黑下来。直至点灯时候,只见对面肆里"扑"地把门关上了。小道人着了急,对老嬷道:"莫不这小妮子负了心?有烦嬷嬷往彼处探一探消息。"老嬷道:"不必心慌,他要瞒生人眼哩。再等一会,待人静后没消息,老身去敲开门来,问他就是。"小道人道:"全仗嬷嬷作成好事。"正说之间,只听得对过门环"珰"的一响,走出一个丫鬟来,径望店里走进。小道人犹如接着一纸九重恩赦,心里好不侥幸,只听他说甚么好话出来。丫鬟向嬷嬷道了万福,说道:"侍长棋师小娘子多多致意嬷嬷,请嬷嬷过来说话则个。"老嬷就此同行,起身便走。小道人赶着,附耳道:"嬷嬷精细着。"老嬷道:"不劳分付。"带着笑脸同丫鬟去了。小道人就像热地上蚰蜒,好生打熬不过,禁架[4]不定。正是:

眼盼捷旌旗,耳听好消息。

---

[1] 帮衬——旧时俗语,有相帮、附和、凑趣、体贴等意思。
[2] 兴头——高兴、得意。
[3] 盼望——盼望。盼,此处读音 pàn(盼),通"盼",后多此用法。
[4] 禁架——把握、控制。

若得遂心怀,愿彼观音力。

却说老嬷随了丫鬟走过对门,进了肆中,只见妙观早已在灯下笑脸相迎,直请至卧房中坐地。开口谢道:"多承嬷嬷周全之力,日间对局,侥幸不失体面。今要酬谢小道人相让之德,原有言在先的,特请嬷嬷过来交付利物并谢礼与他。"老嬷道:"娘子花朵儿般后生,怎地会忘事?小道人原说不希罕财物的,如何又说利物谢礼的话?"妙观假意失惊道:"除了利物谢礼,还有甚么?"老嬷道:"前日说过的,他一心想慕娘子,诸物不爱,只求圆成好事。娘子当面许下了他。方才叮嘱了又叮嘱,在家盼望,真似渴龙思水哩。娘子如何把话说远了?"妙观变起脸来道:"休得如此胡说!奴是清清白白之人,从来没半点邪处,所以受得朝廷册封,王亲贵戚供养,偌多〔1〕门生弟子尊奉。那里来的野种,敢说此等污言!教他快些息了妄想,收此利物及谢礼过去,便宜他多了。"说罢,就指点丫鬟将日间收来的二百贯文利物,一盘托出,又是小匣一个,放着五十贯的谢礼,交付与老嬷,道:"有烦嬷嬷,将去交付明白。"分外又是三两一小封,送与老嬷做辛苦钱,说道:"有劳嬷嬷两下周全,些小微礼,勿嫌轻鲜则个。"那老嬷是个经纪人家,眼孔小的人,见了偌多东西,心里先自软了。又加自己有些油水,想道:"许多利物,又添上谢礼,真个不为少了,那个小伙儿也该心满意足。难道只痴心要那话〔2〕不成?且等我回他去看。"

---
〔1〕 偌多——这么多。偌,如此、这般。
〔2〕 那话——话本小说中常用的代词,指代那些不便明言的事物,犹如说那件事、那东西。

便对妙观道:"多蒙娘子赏赐,老身只得且把东西与他再处。只怕他要说娘子失了信,老身如何回他?"妙观道:"奴家何曾失甚么信?原只说自当重报,而今也好道不轻了。"随唤两个丫鬟,捧着这些钱物,跟了老嬷,送在对门去;分付放下便来,不要停留。两个丫鬟领命,同老嬷三人共拿了礼物,径往对门来。果然丫鬟放下了物件,转身便走。

小道人正在盼望之际,只见老嬷在前,丫鬟在后,一齐进门,料道必有好事到手。不想放下手中东西,登时去了,正不知是甚么意思,忙问老嬷道:"怎的说了?"老嬷指着桌上物件道:"谢礼尽多在此了,收明便是,何必再问?"小道人道:"那个希罕谢礼?原说的话要紧。"老嬷道:"要紧!要紧!你要紧,他不要紧,叫老娘怎处?"小道人道:"说过的话,怎好赖得?"老嬷道:"他说道原只说自当重报,并不曾应承甚的来,叫我也不好替你讨得嘴。"小道人道:"如此混赖,是白白哄我让他了。"老嬷道:"见放着许多东西,白也不算白了。只是那话且消停消停,抹干了嘴边这些顽涎再做计较。"小道人道:"嬷嬷休如此说。前日是与小子觌面[1]讲的话,今日他要赖将起来?嬷嬷再去说一说,只等小子今夜见他一见,看他当面前怎生悔得!"老嬷道:"方才为你磨了好一会牙,他只推着谢礼,并无些子口风。而今去说也没干,他怎肯再见你?"小道人道:"前日如何去一说就肯相见?"老嬷道:"须知前日是求你的时节,作不得难。今事体已过,自然不同

---

〔1〕 觌(dí敌)面——当面,迎面。

了。"小道人叹口气道:"可见人情如此！我枉为男子,反被这小妮子所赚。毕竟在此守他个破绽出来,出这口气。"老嬷道:"且收拾起了利物,慢慢再看机会商量。"当下小道人把钱物并叠过了,闷闷过了一夜。有诗为证:

> 亲口应承总是风,两家黑白未和同。
>
> 当时未见一着错,今日满盘还是空。

一连几日没些动静。一日,小道人在店中闲坐,只见街上一个番汉,牵着一匹高头骏马,一个虞候[1]骑着。到了门前,虞候跳下马来,对小道人声喏道:"罕察王府中请师父下棋,备马到门,快请骑坐了就去。"小道人应允,上了马,虞候步行随着。瞬息之间,已到王府门首。小道人下了马,随着虞候进去,只见诸王贵人正在堂上饮宴。见了小道人,尽皆起身道:"我辈酒酣,正思手谈几局,特来奉请。今得到来恰好。"即命当直的[2]掇[3]过棋桌来。

诸王之中先有两个下了两局,赌了几大觥酒,就推过高手,与小道人对局。以后轮换请教,也有饶六七子的,也有饶四五子的,最少的也饶三子两子,并无一个对下的。诸王你争我嚷,各出意见,要逞手段。怎当得小道人随手应去,尽是神机莫测。诸王尽皆叹服,把酒称庆。因问道:"小师父棋品与吾国棋师妙观,果是那个为高?"小道人想着妙观失信之事,心里有些怀恨,不肯替他隐瞒,便道:"此女棋

---

〔1〕 虞候——古代高级官员的侍从。
〔2〕 当直的——即仆人。
〔3〕 掇——吴方言,指用双手持物。

本下劣,枉得其名,不足为道。"诸王道:"前日闻得你两人比试,是妙观赢了,今日何反如此说?"小道人道:"前日他叫人私下央求了小子,小子是外来的人,不敢不让本国的体面,所以故意输与他。岂是棋力不敌?若放出手段来,管取他输便了。"诸王道:"口说无凭,做出便见。去唤妙观来,当面试看。"

罕察立命从人控马去,即时取将女棋童妙观到来。妙观向诸王行礼毕,见了小道人,心下有好些忸怩,不敢撑眼看他,勉强也见了一礼。诸王俱赐坐了,说道:"你每两人多是国手,未定高下,今日在咱门面前比试一比试。咱们出一百千利物为赌,何如?"妙观未及答应,小道人站起来道:"小子不愿各殿下破钞。小子自有利物,与小娘子决赌。"说罢,袖中取出一包黄金来,道:"此金重五两,就请赌了这些。"妙观回言道:"奴家却不曾带得些甚么来,无可相对。"小道人向诸王拱手道:"小娘子无物相赌,小子有一句话说来,请问各殿下看,可行则行。"诸王道:"有何话说?"小道人道:"小娘子身畔无金,何不即以身躯出注?如小娘子得胜,就拿了小子的黄金去;若小子胜了,赢小娘子做个妻房。可中也不中?"诸王见说,俱各拍手跌足,大笑起来道:"妙!妙!妙!咱们多做个保亲,正是风流佳话。"妙观此时欲待应承,情知小道人手段高,输了难处;欲待推却,明明是怯怕赌胜,不交手算输了。真是在左右两难。怎当得许多贵人在前力赞,不繇得你躲闪。亦且小道人兴高气傲,催请对局。妙观没个是处,羞惭窘迫,心里先自慌乱了。勉强就局,没一子下去是得手的,觉是触着便碍。正所谓"棋高一着,缚手缚脚"。况兼是心意不安的,把平日的力量一发减了,连败了两局。小道人起身出局,对着诸王叩一头道:"小子告赢了。多谢各殿下赐婚。"诸王抚掌称快道:"两个国手,原是天生一对。妙观虽然输了局,嫁得此丈夫,可谓得人矣。待有吉日了,咱们各助花烛之费就是了。"急得个妙观羞惭满面,通红了脸皮,无言可答,只低着头不做声。罕察每人与了赏赐,分付从人,各送了回家。

　　小道人扬扬自得,来对店主人与老嬷道:"一个老婆被小子棋盘上赢了来,今番须没处躲了。"店主、老嬷问其缘故。小道人将王府中与妙观对局赌胜的事说了一遍。老嬷笑道:"这番却赖不得了!"店主人道:"也须使个媒、行个礼才稳。"小道人笑道:"我的媒人大哩,各位殿下多是保亲。"店主人道:"虽然如此,也要个人通话。"小道人道:"前日他央嬷嬷求小子,往来了两番。如今这个媒,自然是嬷嬷做了。"老嬷道:"这是带挈老身吃喜酒的事,当得效劳。"小道人道:"小子如今即将昨日赌胜的黄金五两,再加白银五十两为聘仪,择一吉日,烦嬷嬷替我送去订约成亲则个。"店主人即去房中取出一本择日的星书来,翻一翻道:"明日正是黄道日,师父只管行聘便了。"一夜无词。

　　次日,小道人整顿了礼物,托老嬷送过对门去。连这老嬷也装扮得齐整起来:

　　　　白皙皙脸揸胡粉,红霏霏头戴绒花。胭脂浓抹露黄牙,鬏髻浑如斗大。　　没把臂一双窄袖,忒狼犺[1]一对宽鞋。世间

---

〔1〕 狼犺(kàng 抗)——吴方言,指大而笨重的东西。亦作"狼抗"。

何处去寻他,除是金刚[1]脚下。

说这店家老嬷,装得花簇簇地,将个盒盘盛了礼物,双手捧着,一径到妙观肆中来。妙观接着,看见老嬷这般打扮,手中又拿着东西,也有些瞧科[2],忙问其来意。老嬷嘻着脸道:"小店里小师父多多拜上棋师小娘子,道是昨日王府中席间娘子亲口许下了亲事,今日是个黄道吉日,特着老身来作伐[3]行礼。这个盒儿里的,就是他下的聘财,请娘子收下则个。"妙观呆了一晌才回言道:"这话虽有个来因,却怎么成得这事?"老嬷道:"既有来因,为何又成不得?"妙观道:"那日王府中对局,果然是奴家输与他了。这话虽然有的,止不过一时戏言。难道奴家终身之事,只在两局棋上结了不成?"老嬷道:"别样话戏得,这个话他怎肯认做戏言?娘子前日央求他时节,他兀自妄想。今日又添出这一番赌赛事体,他怎由得你翻悔?娘子休怪老身说,看这小道人人物聪俊,年纪不多,你两家同道中又是对手,正好做一对儿夫妻。娘子不如许下这段姻缘,又完了终身好事,又不失一时口信,带挈老身也吃一杯喜酒,未知娘子主见如何?"妙观叹口气道:"奴家自幼失了父母,寄养在妙果庵中,亏得老道姑提挈成人,教了这一家技艺。自来没一个对手,得受了朝廷册封,出入王宫内府,谁不钦敬?今日身子虽是自家做得主的,却是上无尊长之命,下无媒妁

---

[1] 金刚——佛教传为护法之神。
[2] 瞧科——看出了行为意向。科,即"科范",举动、行为。
[3] 作伐——即做媒。

之言，一时间凭着两局赌赛，偶尔亏输，便要认起真来，草草送了终身大事，岂不可羞？这事断然不可。"老嬷道："只是他说娘子失了口信，如何回他？"妙观道："他原只把黄金五两出注的，奴家偶然不带得东西在身畔，以后输了。今日拚得赔还他这五两，天大事也完了。"老嬷道："只怕说他不过。虽然如此，常言道事无三不成，这遭却是两遭了。老身只得替你再回他去，凭他怎么处。"妙观果然到房中箱里面，秤了五两金子，把个封套封了，拿出来，放在盒儿面上，道："有烦嬷嬷还了他。重劳尊步，改日再谢。"老嬷道："谢是不必说起，只怕回不倒时，还要老身聒絮〔1〕哩。"

老嬷一头说，一头拿了原礼，并这一封金子，别了妙观，转到店中来。对小道人笑道："原礼不曾收，回敬倒有了。"小道人问其缘故，老嬷将妙观所言，一一说了。小道人大怒道："这小妮子昧了心，说这等说话！既是自家做得主，还要甚尊长之命，媒妁之言？难道各位大王算不得尊长的么？就是嬷嬷将礼物过去，便也是个媒妁了，怎说没有？总来他不甘伏，又生出这些话来混赖，却将金子搪塞。我不希罕他金子，且将他的做个告状本，告下他来，不怕他不是我的老婆。"老嬷道："不要性急。此番老身去，他说的话比前番不同，也是软软的了。还等老身去再三劝他。"小道人道："私下去说，未免是我求他了，他必然还要拿班〔2〕。不如当官告了他，须赖不去。"

---

〔1〕 聒絮——又作"絮聒"、"激聒"，意为唠叨、饶舌。
〔2〕 拿班——装模作样、摆架子。也作"拿班作款"。

当下写就了一纸告词,竟到幽州路总管府来。那幽州路总管泰不华正升堂理事,小道人随牌进府,递将状子上去。泰不华总管接着,看见上面写道:

> 告状人周国能,为赖婚事。能本籍蔡州,流寓马足。因与本国棋手女子妙观赌赛,将金五两聘定,诸王殿下,尽为证见。讵料[1]事过心变,悔悖前盟。夫妻一世伦常,被赖死不甘伏。恳究原情,追断完聚,异乡沾化。上告。

总管看了状词,说道:"元来为婚姻事的。凡户婚田土之事,须到析津、宛平[2]两县去,如何到这里来告?"周国能道:"这女子是册封棋童的,况干连着诸王殿下,非天台[3]这里不能主婚。"总管准了状词,一面差人行拘妙观对理。

差人到了妙观肆中,将官票与妙观看了。妙观吃了一惊,道:"这个小弟子孩儿,怎便如此恶取笑?"一边叫弟子张生将酒饭陪待了公差,将赏钱出来打发了,自行打点出官。公差知是册封的棋师,不敢啰唣[4],约在衙门前相会,先自去了。

妙观叫乘轿,抬到府前,进去见了总管。总管问道:"周国能告你赖婚一事,这怎么说?"妙观道:"一时赌赛亏输,实非情愿。"总管

---

[1] 讵(jù巨)料——不料、没想到。讵,岂。
[2] 析津、宛平——均辽时所改县名。析津,即今北京市大兴区。宛平,故县治在今北京市丰台区。
[3] 天台——指幽州路总管。台,旧时对高级长官的尊称。辽的都城(今北京市)隶属幽州管辖,是所谓"天子脚下",故称。
[4] 啰唣——纠缠、吵闹。

道:"既已输了,说不得情愿不情愿。"妙观道:"偶尔戏言,并无甚么文书约契,怎算得真?"周国能道:"诸王殿下多在面上作证,大家认做保亲,还要甚文书约契?"总管道:"这话有的么?"妙观一时语塞,无言可答。总管道:"岂不闻'一言既出,驷马难追'。况且婚姻大事,主合不主离。你们两人,既是棋中国手,也不错了配头。我做主,与你成其好事罢。"妙观道:"天台张主,岂敢不从?只是此人不是本国之人,萍踪浪迹,嫁了他,须随着他走。小妇人是个官身[1],有许多不便处。"周国能道:"小人虽在湖海飘零,自信有此绝艺,不甘轻配凡女。就是妙观,女中国手,也岂容轻配凡夫?若得天台做主成婚,小人情愿超籍在此,两下里相帮行教,不回故乡去了。"总管道:"这个却好。"妙观无可推辞,只得凭总管断合。

周国能与妙观各回下处。周国能就再央店家老嬷重下聘礼,约定日期成亲。又到各王府说知,各王府俱各助花红灯烛之费。胡大郎、支公子一干好事的,才晓得前日暗地相嘱、许下佳期之说,大家笑耍,各来帮兴。成亲之日,好不热闹。

过了几时,两情和洽,自不必说。周国能又指点妙观神妙之着,两个都造到绝顶,竟成对手。诸王贵人以为佳话,又替周国能提请官职,封为棋学博士[2],御前供奉[3]。后来周国能差人到蔡州,密地接了爹娘到燕山,同享荣华。周老夫妻见了媳妇一表人物,两心快

---

〔1〕官身——在公家当差的人。妙观"受过朝廷册封",故称。
〔2〕博士——古时对有一技之长的人所封的官职。
〔3〕供奉——专门在皇帝左右供职的人,只有官级,无有职掌。

乐，方信国能起初不肯娶妻，毕竟寻出好姻缘来，所谓有志者事竟成也。有诗为证：

　　国手惟争一着先，个中藏着好姻缘。
　　绿窗相对无馀事，演谱推敲思入玄。

二刻拍案惊奇卷之三

权学士权认远乡姑　白孺人白嫁亲生女

词云：

世间奇物缘多巧，不怕风波颠倒。遮莫一时开了，到底还完好。　　丰城剑气冲天表，雷焕张华分宝。他日偶然齐到，津底双龙袅[1]。

此词名《桃源忆故人》，说着世间物事有些好处的，虽然一时拆开，后来必定遇巧得合。那丰城剑气是怎么说？晋时大臣张华，字茂先，善识天文，能辨古物。一日，看见天上斗牛分野[2]之间，宝气烛天，晓得豫章丰城县中当有奇物出世。有个朋友雷焕，也是博物的人，遂选他做了丰城县令，托他到彼，专一为访寻发光动天的实物。分付他道："光中带有杀气，此必宝剑无疑。"那雷焕领命，到了县间，

---

〔1〕"丰城剑气"四句——《晋书·张华传》：雷焕为丰城县令，得双剑，一赠张华，一留自佩。张华死，失剑所在。雷焕死，子雷华持剑行至延平津，剑忽于腰间跃出堕水。只见水下两龙蟠萦，各长数丈，于是失剑。这四句便概括此事。下文叙"丰城剑气"故事，与传有出入。丰城，县名，故治在今江西省丰城市西南，晋时属豫章郡（今南昌市）。

〔2〕斗牛分野——"斗"、"牛"是星宿名。古代根据天上星宿的位置来划分地面相应的区域，叫做"分野"。按"豫章丰城"应为"翼"、"轸"二星的分野，王勃《滕王阁序》有"星分翼轸"和"龙光射牛斗之墟"的句子，此处用混了。

看那宝气,却在县间狱中。雷焕领了从人,到狱中尽头去处,果然掘出一对宝剑来,雄曰纯钩,雌曰湛卢。雷焕自佩其一,将其一献与张华。各自宝藏,自不必说。后来张华带了此剑,行到延平津[1]口,那剑忽在匣中跃出,到了水边,化成一龙。津水之中也钻出一条龙来,凑成一双,飞舞升天而去。张华一时惊异,分明晓得宝剑通神,只水中这个出来凑成双的,不知何物。因遣人到雷焕处问前剑所在。雷焕回言道:"先曾渡延平津口,失手落于水中了。"方知两剑分而复合,以此变化而去也。至今人说因缘凑巧,多用延津剑合故事,所以这词中说的,正是这话。

而今说一段因缘,隔着万千里路,也只为一件物事,凑合成了,深为奇巧。有诗为证:

温峤曾输玉镜台[2],圆成钿合更奇哉。

可知宿世红丝系,自有媒人月下来[3]。

话说国朝有一位官人,姓权,名次卿,表字文长,乃是南直隶宁国府[4]

---

[1] 延平津——一名剑津,今名建溪,在福建省南平市东。南平晋时为延平县。
[2] "温峤"句——温峤,字太真,东晋将领。《世说新语·假谲》载:温峤丧妇,适从姑嘱峤为其女择婿,峤遂将北征刘聪时所得玉镜台为聘礼,得成夫妇。
[3] "可知"二句——用"月下老人"的传说。据李复言《续幽怪录·定婚店》载:唐代韦固欲早娶妇,一次赴约议婚,天尚不明,遇一老人向月检书,问之,是婚姻簿;问囊中何物,答是红丝绳,以此系男女之足,必成夫妇。后因称主管人世婚姻的神为"月下老人",简称"月老";也用指媒人。
[4] 南直隶宁国府——明代将直接隶属京师管辖的地区称为直隶。明初定都南京,永乐以后移都北京,故有南直隶与北直隶之称。南直隶辖境相当现在江苏、安徽两省。宁国府属南直隶,治所在今安徽省宣城市。

人氏。少年登第,官拜翰林编修[1]之职。那翰林生得仪容俊雅,性格风流,所事在行[2],诸般得趣,真乃是天上谪仙[3],人中玉树[4]。他自登甲第[5],在京师为官一载有馀。京师有个风俗,每遇初一、十五、二十五日,谓之庙市,凡百般货物,俱赶在城隍庙前,直摆到刑部街上来卖,挨挤不开、人山人海的做生意。那官员每清闲好事的,换了便巾便衣,带了一两个管家长班[6]出来步走游看,收买好东西、旧物事。朝中惟有翰林衙门最是清闲,不过读书下棋、饮酒拜客,别无他事相干。权翰林况且少年心性,下处闲坐不过,每遇做市热闹时,就便出来行走。

一日,在市上看见一个老人家,一张桌儿上摆着许多零碎物件,多是人家动用家伙,无非是些灯台、铜构、壶瓶、碗碟之类,看不得在文墨[7]眼里的。权翰林偶然一眼瞟去,见就中有一个色样奇异些的盒儿。用手去取来一看,乃是个旧紫金钿盒儿,却只是盒盖。翰林

---

[1] 翰林编修——翰林,指"翰林院",始置于唐初,本为各种文艺技术内廷供奉之处,明代始将修史、著作、图书等事务并归翰林院,成为外朝官署,故尊称入翰林院做官的人为"翰林"。编修,官名,掌修国史,属翰林院。
[2] 所事在行——意谓什么事情都知道,有经验。在行,也叫"懂行"、"内行"。
[3] 谪仙——从上界贬谪到人间的神仙,喻神采飘逸而有才学的人。《唐书·李白传》记贺知章见李白赞叹说:"子,谪仙人也!"
[4] 玉树——喻人品不凡,才貌俱佳。《世说新语·容止》:"魏明帝使后弟毛曾与夏侯玄并坐,时人谓蒹葭倚玉树。"
[5] 登甲第——指中进士。俗称进士为"甲科",亦称"甲第"。
[6] 长班——旧时官员随身使唤的仆人,也叫"长随"。
[7] 文墨——写文章的人。

认得是件古物,可惜不全,问那老儿道:"这件东西,须还有个底儿,在那里?"老儿道:"只有这个盖,没有见甚么底。"翰林道:"岂有没底的理?你且说这盖是那里来的,便好再寻着那底了。"老儿道:"老汉有几间空房在东直门,赁与人住。有个赁房的,一家四五口,害了天行症候〔1〕,先死了一两个后生。那家子慌了,带病搬去,还欠下些房钱,遗下这些东西作退帐。老汉收拾得,所以将来货卖度日。这盒儿也是那人家的,外边还有一个纸簏儿〔2〕藏着,有几张故字纸包着,咱也不晓得那半扇盒儿要做甚用,所以摆在桌儿上,或者遇个主儿买去,也不见得。"翰林道:"我倒要买你的,可惜是个不全之物。你且将你那纸簏儿来看。"老儿用手去桌底下摸将出来,却是一个破碎零落的纸糊头簏儿。翰林道:"多是无用之物,不多几个钱,卖与我罢。"老儿道:"些小之物,凭爷赏赐罢。"翰林叫随从管家权忠与他一百个钱,当下成交。老儿又在簏中取出旧包的纸儿来包了,放在簏中,双手递与翰林。翰林叫权忠拿了,又在市上去买了好几件文房古物。回到下处来,放在一张水磨天然几上,逐件细看,多觉买得得意。落后看到那纸簏儿,扯开盖,取出纸包来。开了纸包,又细看那钿盒,金色灿烂,果是件好东西。颠倒相来〔3〕,到底只是一个盖。想道:"这半扇落在那里?且把来藏着,或者凑巧有遇着的时节,也未可知。"随取原包的纸儿包他。只见纸破处,里头露出一些些红的出

------

〔1〕 天行症候——流行性疾病,也叫"时疫"。
〔2〕 纸簏(lù鹿)儿——即字纸篓儿。用竹篾或柳条编的圆形盛器。
〔3〕 颠倒相来——颠过来,倒过去,反复察看。相,辨察。

来。翰林把外边纸儿揭开来看,里头却衬着一张红字纸。翰林取出,定睛一看,道:"元来如此!"你道写的甚么? 上写道:

> 大时雍坊住人徐门白氏,有女徐丹桂,年方二岁。有兄白大,子曰留哥,亦系同年生。缘氏夫徐方,原籍苏州,恐他年隔别无凭,有紫金钿盒,各分一半,执此相寻为照。

后写着年月,下面着个押字[1]。翰林看了道:"元来是人家婚姻照验之物,是个要紧的,如何却将来遗下,又被人卖了? 也是个没搭煞[2]的人了。"又想道:"这写文书的妇人,既有丈夫,如何却不是丈夫出名?"又把年月迭起指头算一算看,笑道:"立议之时,到今一十八年,此女已是一十九岁,正当妙龄,不知成亲与未成亲。"又笑道:"妄想他则甚! 且收起着。"因而把几件东西一同收拾过了。

到了下市,又踱出街上来行走,看见那老儿仍旧在那里卖东西。问他道:"你前日卖的盒儿,说是那一家掉下的。这家人搬在那里去了,你可晓得?"老儿道:"谁晓得他! 他一家人,先从小的死起,死得来慌了,连夜逃去。而今敢是死绝了,也不见得。"翰林道:"他住在你家时,有甚么亲戚往来?"老儿道:"他有个妹子,嫁与下路人[3],住在前门。以后不知那里去了,多年不见往来了。"权翰林自想道:"问得着时,还了他那件东西,也是一桩方便的好事。而今不知头

---

〔1〕 押字——在契约文书上签字,也叫"画押"。
〔2〕 没搭煞——没头没脑、糊里糊涂,含有荒唐的意思。也作"没掂三"、"没挞煞"。
〔3〕 下路人——又称"下江人",指长江下游地区的人。

绪,也只索繇他罢了。"

回还寓所,只见家间有书信来,夫人在家中亡过了。翰林痛哭了一场,没情没绪,打点回家,就上个告病的本。奉圣旨:"权某准回籍调理,病痊赴京听用。钦此。"权翰林从此就离了京师,回到家中来了。

话分两头。且说钿盒的来历。苏州有个旧家子弟,姓徐名方,别号西泉,是太学中监生[1]。为干办[2]前程,留寓京师多年。在下处岑寂,央媒娶下本京白家之女为妾。生下一个女儿,是八月中得的,取名丹桂。同时,白氏之兄白大郎也生一子,唤做留哥。白氏女人家性子,只护着自家人。况且京师中人不知外方头路[3],不喜欢攀扯外方亲戚,一心要把这丹桂许与侄儿去。徐太学自是寄居的人,早晚思量回家,要留着结下路亲眷,十分不肯。一日,太学得选了闽中二尹[4],打点回家赴任,就带了白氏出京。白氏不得遂愿,恋恋骨肉之情,瞒着徐二尹,私下写个文书。不敢就说许他为婚,只把一个钿盒儿分做两处,留与侄儿做执照,指望他年重到京师,或是天涯海角,做个表证。白氏随了二尹到了吴门[5]。元来二尹久无正室,

---

[1] 太学中监生——太学,古时的大学,明代时为全国最高学府。在太学读书的学生称"太学生",肄业后统称"监生"。
[2] 干办——这里作动词,办理的意思。
[3] 头路——吴方言,犹如说"头绪"。
[4] 二尹——即"二府",也叫"府同知",为明代州府知府的佐官,犹如现在所说"第二把手"。
[5] 吴门——苏州的别称。

白氏就填了孺人[1]之缺,一同赴任。又得了一子,是九月生的,名唤糕儿。二尹做了两任官回家,已此把丹桂许下同府陈家了。白孺人心下之事,地远时乖,只得丢在脑后。虽然如此,中怀歉然,时常在佛菩萨面前默祷,思想还乡,寻钿盒的下落。已后二尹亡逝,守了儿女,做了孤孀,才把京师念头息了。想那出京时节,好歹已是十五六个年头。丹桂长得美丽非凡。所许陈家儿子年纪长大,正要纳礼成婚,不想害了色痨,一病而亡。眼见得丹桂命硬,做了望门寡妇[2],一时未好许人,且随着母亲、兄弟,穿些淡素衣服,挨着过日。正是:

孤辰寡宿无缘分,空向天边盼女牛。

不说徐丹桂凄凉。且说权翰林自从断了弦[3],告病回家,一年有馀,尚未续娶。心绪无聊,且到吴门闲耍,意图寻访美妾。因怕上司府县知道,车马迎送,酒礼往来,拘束得不耐烦;揣料[4]自己年纪不多,面庞娇嫩,身材琐小,傍人看不出他是官,假说是个游学秀才,借寓在城外月波庵隔壁静室中。那庵乃是尼僧,有个老尼,唤做妙通师父,年有六十已上,专在各大家往来,礼度熟闲,世情透彻。看见权翰林一表人物,虽然不晓得是埋名贵人,只认做青年秀士,也道他不

---

[1] 孺人——封号名,《礼记·曲礼下》:"天子之妃曰后,诸侯曰夫人,大夫曰孺人,士曰妇人,庶人曰妻。"明代作为七品官的母亲或妻子的封号。旧时也作对妇人的尊称。
[2] 望门寡妇——旧时称已许配人家未婚而夫死的女人。
[3] 断了弦——俗称丧妻为"断弦",再娶为"续弦"。
[4] 揣料——预料、料想。

是落后的人，不敢怠慢，时常叫香公[1]送茶来，或者请过庵中清话。权翰林也略把访妾之意问及妙通，妙通说是出家之人不管闲事，权翰林也就住口，不好说得。

是时正是七月七日，权翰林身居客邸，孤形吊影，想着牛女银河之事[2]，好生无聊。乃咏宋人汪彦章《秋闱》词，改其末句一字云[3]：

> 高柳蝉嘶，采菱歌断，秋风起。晚云如髻，湖上山横翠。
>
> 廉卷西楼，过雨凉生袂。天如水。画楼十二，少个人同倚。
>
> （词寄《点绛唇》）

权翰林高声歌咏，趁步走出静室外来。新月之下，只见一个素衣的女子，走入庵中。翰林急忙尾[4]在背后，在黑影中闪着身子，看那女子。只见妙通师父出来接着，女子未叙寒温，且把一炷香在佛前烧起。那女子生得如何？

> 闻道双衔凤带，不妨单着鲛绡。夜香知与阿谁烧？怅望水沉烟袅。　　云鬟风前丝卷，玉颜醉里红潮。莫教空度可怜宵，月与佳人共僚[5]（音了）。（词寄《西江月》）

---

〔1〕香公——寺庙中管理香火的人。
〔2〕牛女银河之事——指牛郎织女七月七日在银河鹊桥相会的神话故事。
〔3〕"乃咏"二句——汪藻，字彦章，北宋末饶州德兴人，官拜翰林学士，知徽州、宣州，晚居永州。存词仅四首。《点绛唇》词末句原为"有个人同倚"，"改其末句一字"，即改"有"为"少"。
〔4〕尾——尾随，跟踪。
〔5〕僚(liǎo 了)——通"嫽"，意为美好。

那女子拈着香,跪在佛前,对着上面,口里喃喃呐呐,低低微微,不知说着许多说话,没听得一个字。那妙通老尼便来收科〔1〕道:"小娘子,你的心事说不能尽,不如我替你说一句简便的罢。"那女子立起身来道:"师父怎的简便?"妙通道:"佛天保佑,早嫁个得意的丈夫,可好么?"女子道:"休得取笑。奴家只为生来命苦,父亡母老,一身无靠,所以拜祷佛天,专求福庇。"妙通笑道:"大意相去不远。"女子也笑将起来。妙通摆上茶食,女子吃了两盏茶,起身作别而行。

权翰林在暗中看得明白,险些儿眼里放出火来,恨不得走上前一把抱住。见他去了,心痒难熬。正在禁架不定,恰值妙通送了女子回身转来,见了道:"相公还不曾睡?几时来在此间?"翰林道:"小生见白衣大士〔2〕出现,特来瞻礼。"妙通道:"此邻人徐氏之女,丹桂小娘子。果然生得一貌倾城,目中罕见。"翰林道:"曾嫁人未?"妙通道:"说不得。他父亲在时,曾许下在城陈家小官人,比及将次成亲,那小官人没福死了,担阁了这小娘子做了个望门寡,一时未有人家来求他的。"翰林道:"怪道穿着淡素,如何夜晚间到此?"妙通道:"今晚是七夕牛女佳期,他遭着如此不偶之事,心愿不足,故此对母亲说了,来烧炷夜香。"翰林道:"他母亲是甚么样人?"妙通道:"他母亲姓白,是个京师人。当初徐家老爷在京中选官,娶了来家的,且是直性子好相与。对我说还有个亲兄在京,他出京时节,有个侄儿方两岁,与他女

---

〔1〕 收科——犹如说"收场"。
〔2〕 白衣大士——俗称观音菩萨为"白衣大士",这里比喻身穿素衣的徐丹桂。

儿同庚[1]的。自出京之后,杳不相闻,差不多将二十年来了,不知生死存亡,时常托我在佛前保佑。"翰林听着,呆了一会,想道:"我前日买了半扇钿盒,那包的纸上,分明写是'徐门白氏,女丹桂;兄白大,子白留哥'。今这个女子姓徐名丹桂,母亲姓白,眼见得就是这家了。那卖盒儿的老儿说,那家死了两个后生,老人家连忙逃去,把信物多掉下了。想必死的后生,就是他侄儿留哥,不消说得。谁想此女如此妙丽,在此另许了人家,可又断了。那信物却落在我手中,却又在此相遇,有如此凑巧之事?或者倒是我的姻缘,也未可知。"以心问心,跌足道:"一二十年的事,三四千里的路,有甚查帐处?只须如此如此!"

算计已定,对妙通道:"适才所言白老孺人,多少年纪了?"妙通道:"有四十多岁了。"翰林道:"他京中亲兄可是白大?侄儿子可叫做留哥?"妙通道:"正是,正是。相公如何晓得?"翰林道:"那孺人正是家姑,小生就是白留哥,是孺人的侄儿。"妙通道:"相公好取笑!相公自姓权,如何姓白?"翰林道:"小生幼年离了京师,在江湖上游学,一来慕南方风景,二来专为寻取这头亲眷,所以移名改姓,游到此地。今偶然见师父说着端的[2],也是一缘一会,天使其然。不然,小生怎地晓得他家姓名?"妙通道:"元来有这等巧事!相公,你明日

---

[1] 同庚——年龄相同。清顾张思《土风录》云:"年齿曰庚,问人年曰尊庚,同年岁曰同庚。"
[2] 端的——究竟、底细。

去认了令姑,小尼再来奉贺便了。"

翰林当下别了老尼,到静室中游思妄想,过了一夜。天明起来,叫管家权忠,叮嘱停当了说话。结束整齐,一直问到徐家来。到了门首,看见门上一个老儿在那里闲坐。翰林叫权忠对他说:"可进去通报一声,有个白大官,打从京中出来的。"老儿说道:"我家老主人没了,小官儿又小,你要见那个的?"翰林道:"你家老孺人可是京中人姓白么?"老儿道:"正是姓白。"权忠道:"我主人是白大官,正是孺人的侄儿。"老儿道:"这等,你随我进去通报便是。"老儿领了权忠,竟到孺人面前。权忠是惯事的人,磕了一头,道:"主人白大官,在京中出来,已在门首了。"白孺人道:"可是留哥?"权忠道:"这是主人乳名。"孺人喜动颜色道:"如此喜事!"即忙唤自家儿子道:"糕儿,你哥哥到了,快去接了进来!"那小孩子嬉嬉颠颠,摇摇摆摆,出来接了翰林进去。翰林靦靦腆腆、冒冒失失进去,见那孺人起来,翰林叫了姑娘[1]一声,唱了一喏,待拜下去。孺人一把扯住道:"行路辛苦,不必大礼。"孺人含着眼泪看那翰林,只见眉清目秀,一表非俗,不胜之喜。说道:"想老身出京之时,你只有两岁,如今长成得这般好了。你父亲如今还健么?"翰林假意掩泪道:"弃世久矣。小侄只为眼底没个亲人,见父亲在时,曾说有个姑娘嫁在下路,所以小侄到南方来游学,专欲寻访。昨日偶见月波庵妙通师父,说起端的,方知姑娘在

------

[1] 姑娘——吴方言,姑母。

此,特来拜见。"孺人道:"如何声口〔1〕不像北边?"翰林道:"小侄在江湖上已久,爱学南言,所以变却乡音也。"翰林叫权忠送上礼物,孺人欢喜收了,谢道:"至亲骨肉,只来相会便是,何必多礼?"翰林道:"客途乏物孝敬姑娘,不必说起。且喜姑娘康健。昨日见妙通说过,已知姑夫不在了。适间这位是表弟,还有一位表妹,与小侄同庚的,在么?"孺人道:"你姑夫在时,已许了人家,姻缘不偶,未过门就断了。而今还是个没吃茶〔2〕的女儿。"翰林道:"也要请相见。"孺人道:"昨日去烧香,感了些风寒,今日还没起来梳洗。总是你在此还要久住,兄妹之间,时常可以相见。且到西堂安下了行李再处。"一边分付排饭,一手拽着翰林到西堂来。打从一个小院门边经过,孺人用手指道:"这里头就是你妹子的卧房。"翰林鼻边悄闻得一阵兰麝之香,心中好生徯幸〔3〕。那孺人陪翰林吃了饭,着落〔4〕他行李在书房中,是件〔5〕安顿停当了,方才进去。权翰林到了书房中,想道:"特地冒认了侄儿,要来见这女子,谁想尚未得见。幸喜已认做是真,留在此居住,早晚必然生出机会来。不必性急,且等明日相见过了,再作道理。"

----

〔1〕 声口——说话的声音、语气。
〔2〕 没吃茶——没有接受聘礼,即未正式订婚。旧时聘妇多用茶,据《天中记》载:"凡种茶树必下子,移植则不生,故聘妇必以茶为礼。"
〔3〕 徯(xī 西)幸——迷惑。
〔4〕 着落——安顿、处置。
〔5〕 是件——各件、件件。

且说徐氏丹桂,年正当时,误了佳期,心中常怀不足。自那七夕烧香,想着牛女之事,未免感伤情绪,兼冒了些风寒,一时懒起。见说有个表兄自京中远来,他曾见母亲说,小时有许他为婚之意,又闻得他容貌魁梧,心里也有些暗动,思量会他一面。虽然身子懒怯,只得强起梳妆。对镜长叹道:"如此好容颜,到底付之何人也?"有《绵搭絮》一首为证:

> 瘦来难任,宝镜怕初临。鬼病侵寻,闷对秋光冷透襟。最伤心静夜闻砧。慵拈绣纴,懒抚瑶琴。终宵里有梦难成。待晓起翻嫌晓思沉。

梳妆完了,正待出来见表兄,只见兄弟糕儿急急忙忙走将来道:"母亲害起急心疼来,一时晕去。我要到街上去取药,姐姐可快去看母亲去。"桂娘听得,疾忙抽身便走了出房,减妆〔1〕也不及收,房门也不及锁,竟到孺人那里去了。

权翰林在书房中梳洗已毕,正要打点精神,今日求见表妹,只听得人传出来道:"老孺人一时急心疼晕倒了!"他想道:"此病惟有前门棋盘街定神丹一服立效,恰好拜匣〔2〕中带得在此。我且以子侄之礼,入堂问病,就把这药送他一丸。医好了他,也是一个讨好的机会。"就去开出来,袖在袖里,一径望内里来问病。路经东边小院,他昨日见孺人说,已晓得是桂娘的卧房。却见门开在那里,想道:"桂

---

〔1〕 减妆——梳妆匣,又称"镜奁"。
〔2〕 拜匣——旧时用来盛柬帖或礼物的小木匣。

娘一定在里头,只作三不知[1]闯将进去,见他时再作道理。"翰林捏着一把汗,走进卧房。只见:

> 香奁尚启,宝镜未收。剩粉残脂,还在盆中荡漾;花钿翠黛,依然几上铺张。想他纤手理妆时,少个画眉人凑巧。

翰林如痴似醉,把桌上东西这件闻闻,那件嗅嗅,好不伎痒[2]。又闻得扑鼻馨香,回首看时,那绣帐牙床,锦衾角枕,且是整齐精洁。想道:"我且在他床里眠他一眠,也沾他些香气,只当亲挨着他皮肉一般。"一躺躺下去,眠在枕头上,呆呆地想了一回。等待几时,不见动静,没些意智[3],慢慢走了出来。将到孺人房前,摸摸袖里,早不见了那丸药,正不知失落在那里了。定性想一想,只得打原来路上,一路寻到书房里去了。

桂娘在母亲跟前,守得疼痛少定。思量房门未锁,妆台未收,跑到自房里来。收拾已完,身子困倦,揭开罗帐,待要歇息一歇息。忽见席间一个纸包,拾起来打开看时,却是一丸药,纸包上有字,乃是"定神丹,专治心疼,神效"几个字。桂娘道:"此自何来?若是兄弟取至,怎不送到母亲那里去,却放在我的席上?除了兄弟,此处何人来到?却又恰恰是治心疼的药,果是跷蹊[4]。且拿到母亲那里去,

---

[1] 三不知——这里是匆忙的意思。姚福《青溪暇笔》云:"俗谓忙遽曰三不知,即始、中、终三者皆不能移也。"
[2] 伎痒——也作"技痒",本指有一技之长,遇机会极想表现一番;这里是难忍的意思,犹如俗语所说"心里痒痒"。
[3] 意智——主见、心计。
[4] 跷蹊——亦作"蹊跷",离奇、古怪,不合常理。

问个端的。"取了药,掩了房门,走到孺人处来,问道:"母亲,兄弟取药回来未曾?"孺人道:"望得眼穿。这孩子不知在那里顽耍,再不来了。"桂娘道:"好教母亲得知,适间转到房中,只见床上一颗丸药,纸上写着'定神丹,专治心疼,神效'。我疑心是兄弟取来的,怎不送到母亲这里,却放在我的房中?今兄弟兀自[1]未回,正不知这药在那里来的。"孺人道:"我儿,这定神丹,只有京中前门街上有得卖,此处那讨这?分明是你孝心所感,神仙所赐。快拿来我吃!"桂娘取汤来,递与孺人,咽了下去。一会,果然心疼立止。母子欢喜不尽。

孺人疼痛既止,精神疲倦,濛濛的睡了去。桂娘守在帐前,不敢移动。恰好权翰林寻药不见,空手走来问安,正撞着桂娘在那里,不及回避。桂娘认做是白家表兄,少不得要相见的,也不躲闪。这里权翰林正要亲傍,堆下笑来,买将上去[2],唱个肥喏道:"妹子,拜揖了!"桂娘连忙还礼道:"哥哥万福。"翰林道:"姑娘病体若何?"桂娘道:"觉道好些,方才睡去。"翰林道:"昨日到宅,渴想妹子芳容一见。见说玉体欠安,不敢惊动。"桂娘道:"小妹听说哥哥到来,心下急欲迎侍,梳洗不及,不敢草率。今日正要请哥哥厮见,恰遇母亲病急脱身不得。不想哥哥又进来问病,幸瞻丰范。"翰林道:"小兄不远千里而来,得见妹子玉貌,真个是不枉奔波走这遭了。"桂娘道:"哥哥与母亲姑侄至亲,自然割不断的。小妹薄命之人,何足挂齿?"翰林道:

---

〔1〕兀自——尚、还。
〔2〕买将上去——故意招引而走上前去。买,招惹。

"妹子芳年美质,后禄正长,佳期可待,何出此言?"此时两人对话,一递一来。桂娘年大知味,看见翰林丰姿俊雅,早已动火了八九分。亦且认是自家中表兄妹一脉,甜言软语,更不羞缩。对翰林道:"哥哥初来舍下,书房中有甚不周到处,可对你妹子说,你妹子好来照瞭〔1〕一二。"翰林道:"有甚么不周到?"桂娘道:"难道不缺长少短?"翰林道:"虽有缺少,不好对妹子说得。"桂娘道:"但说何妨?"翰林道:"所少的,只怕妹子不好照管。然不是妹子,也不能照管。"桂娘道:"少甚东西?"翰林笑道:"晚间少个人作伴耳。"桂娘通红了面皮,也不回答,转身就走。翰林赶上去,一把扯住道:"携带小兄到绣房中,拜望妹子一拜望,何如?"桂娘见他动手动脚,正难分解,只听得帐里老孺人开声道:"那个在此说话响?"翰林只得放了手,回首转来道:"是小侄问安。"其时桂娘已脱了身,跑进房里去了。

孺人揭开帐来,看见了翰林道:"元来是侄儿到此。小兄弟街上未回,妹子怎不来接待?你方才却和那个说话?"翰林心怀鬼胎,假说道:"只是小侄,并没有那个。"孺人道:"这等是老人家听差了。"翰林心不在焉,一两句话,连忙告退。孺人看见他有些慌速,失张失志〔2〕的光景,心里疑惑道:"起初我服的定神丹,出于京中,想必是侄儿带来的,如何却在女儿房内?适才睡梦之中,分明听得与我女儿说话,却又说道没有。他两人不要晓得前因,辄便私自往来,日后做

---

〔1〕 照瞭——照看,同"照料"。
〔2〕 失张失志——惊慌失措、失魂落魄的样子。亦作"失张失智"、"失张失致"。

出勾当。他男长女大，况我原有心配合他的。只是侄儿初到，未见怎的，又不知他曾有妻未，不好就启齿。且再过几时，看相机会，圆成罢了。"

踌躇之间，只见糕儿拿了一贴药走将来道："医生入娘贼出去了，等了多时，才取这药来。"孺人嗔他来迟，说道："等你药到，娘死多时了。今天幸不疼，不吃这药了。你自陪你哥哥去。"糕儿道："那哥哥也不是老实人。方才走进来撞着他，却在姐姐卧房门首东张西张，见了我方出去了。"孺人道："不要多嘴。"糕儿道："我看这哥哥也标致，我姐姐又没了姐夫，何不配与他了，也完了一件事。省得他做出许多馋痨喉急出相。"孺人道："孩子家怎地轻出口！我自有主意。"孺人虽喝住了儿子，却也道是有理的事，放在心中打点，只是未便说出来。

那权翰林自遇桂娘，两下交口之后，时常相遇，便眉来眼去，彼此有情。翰林终日如痴似狂，拿着一管笔写来写去，茶饭懒吃。桂娘也日日无情无绪，恹恹欲睡，针线慵拈，多被孺人看在眼里。然两个只是各自有心，碍人耳目，不曾做甚手脚。

一日，翰林到孺人处去，恰好遇着桂娘梳妆已毕，正待出房。翰林阑门[1]迎着，相唤了一礼。翰林道："久闻妹子房闱精致，未曾得造一观。今日幸得在此相遇，必要进去一看。"不由分说，望门里一钻，桂娘只得也走了进来。翰林看见无人，一把抱住道："妹子慈悲，

---

[1] 阑门——置于门外的栅门。

救你哥哥客中一命则个!"桂娘不敢声张,低低道:"哥哥尊重。哥哥不弃小妹,何不央人向母亲处求亲,必然见允。如何做那轻薄模样?"翰林道:"多蒙妹子指教,足见厚情。只是远水救不得近火,小兄其实等不得那从容的事了。"桂娘正色道:"若要苟合,妹子断然不从。他日得做夫妻,岂不为兄所贱?"拶脱〔1〕了身子,望门外便走,早把个云髻扭歪,两鬓都乱了。急急走到孺人处,喘气尚是未息。孺人见了,觉得有些异样,问道:"为何如此模样?"桂娘道:"正出房来,撞见哥哥后边走来,连忙先跑,走得急了些个。"孺人道:"自家兄妹,何必如此躲避?"孺人也只道侄儿就在后边来,却又不见到。元来没些意思,反走出去了。

孺人自此,又是一番疑心,性急要配合他两个了,只是少个中间撮合的人。猛然想道:"侄儿初到时,说道见妙通师父说了,才寻到我家来的。何不就叫妙通来,与他说知其事,岂不为妙?"当下就分付儿子糕儿,叫他去庵中接那妙通,不在话下。

却说权翰林走到书房中,想起适才之事,心中快快。又思量桂娘有心于他,虽是未肯相从,其言有理。却不知我是假批子〔2〕,教我央谁的是?自又忖道:"他母子俱认我是白大,自然是钿盒上的根瓣〔3〕了。我只将钿盒为证,怕这事不成?"又转想一想道:"不好,不

---

〔1〕 拶脱——"拶"字未见于字书,俗语无定字,作者自造。"拶脱"当是"挣脱掉"的意思。
〔2〕 假批子——也作"假坯子",表面像真的,而内里是假的,犹言"冒牌货"。
〔3〕 根瓣——根由、缘故。

好。万一名姓偶然相同,钿盒不是他家的,却不弄真成假?且不要打破网儿,只是做些工夫,偎得亲热,自然到手。"正胡思乱想,走出堂前闲步,忽然妙通师父走进门来。见了翰林,打个问讯[1]道:"相公,你投亲眷,好处安身,许久了,再不到小庵走走。"权翰林还了一礼,笑道:"不敢瞒师父说,一来家姑相留,二来小生的形孤影只,岑寂不过,贪着骨肉相傍,懒向外边去了。"妙通道:"相公既苦孤单,老身替你做个媒罢。"翰林道:"小生久欲买妾,师父前日说不管闲事,所以不敢相央。若得替我做个媒人,十分好了。"妙通道:"亲事倒有一头在我心里。适才白老孺人相请说话,待我见过了他,再来和相公细讲。"翰林道:"我也有个人在肚里,正少个说合的,师父来得正好。见过了家姑,是必到书房中来走走,有话相商则个。"妙通道:"晓得了。"

说罢话,望内里就走进去,见了孺人。孺人道:"多时不来走走。"妙通道:"见说孺人有些贵恙,正要来看,恰好小哥来唤我,故此就来了。"孺人道:"前日我侄初到,心中一喜一悲,又兼辛苦了些儿,生出病来。而今小恙已好,不劳费心。只有一句话儿,要与师父说说。"妙通道:"甚么话?"孺人道:"我只为女儿未有人家,日夜忧愁。"妙通道:"一时也难得像意的。"孺人道:"有倒有一个在这里,正要与师父商量。"妙通道:"是那个,倒要与我出家人商量?"孺人道:"且莫说出那个。只问师父一句话,我京中来的侄儿,说道先认得你的,可

---

[1] 问讯——僧道合掌向人致意。

晓得么？"妙通道："在我那里作寓好些时，见我说起孺人，才来认亲的。怎不晓得？且是好一个俊雅人物。"孺人道："我这侄儿，与我女儿同年所生，先前也曾告诉师父过的。当时在京，就要把女儿许他为妻，是我家当先老爹不肯。我出京之时，私下把一个钿盒分开两扇，各藏一扇，以为后验，写下文书一纸。当时侄儿还小，经今年远，这钿盒、文书虽不知还在不在，人却是了。眼见得女儿别家无缘，也似有个天意在那里。我意欲完前日之约，不好自家启齿，抑且不知他京中曾娶过妻否，要烦你到西堂与我侄儿说此事。如若未娶，待与他圆成了，可好么？"妙通道："这个当得，管取一说就成。且拿了这半扇钿盒去，好做个话柄。"孺人道："说得是。"走进房里去，取出来交与妙通。

妙通袋在袖里了，一径到西堂书房中来。翰林接着，道："师父见过家姑了？"妙通道："是见过了。"翰林道："有甚说话？"妙通道："多时不见，闲叙而已。"翰林道："可见我妹子么？"妙通道："方才不曾见。再过会，到他房里去。"翰林道："好个精致房，只可惜独自孤守。"妙通道："目下也要说一个人与他了。"翰林道："起先师父说，有头亲事，要与小生为媒。是那一家？"妙通道："是有一家，是老身的檀越。小娘子模样尽好，正与相公厮称。只是相公要娶妾，必定有个正夫人了。他家却是不肯做妾的。"翰林道："小生曾有正妻，亡过一年多了。恐怕一时难得门当户对的佳配，所以且说个取妾。若果有好人家，像得吾意，自然聘为正室了。"妙通道："你要怎么样的才像得你意？"翰林把手指着里面道："不瞒老师父说，得像这里表妹方妙。"妙通笑道："容貌倒也差不多儿。"翰林道："要多少聘财?"妙通袖里摸出钿盒来,道："不须别样聘财,却倒是个难题目。他家有半扇金盒儿,配得上的就嫁他。"翰林接上手一看,明知是那半扇的底儿,不胜欢喜。故意问道："他家要配此盒,必有缘故。师父可晓得备细?"妙通道："当初这家子,原是京中住的,有个中表曾结姻盟,各分钿盒一扇为证。若有那扇,便是前缘了。"翰林道："若论钿盒,我也有半扇,只不知可配得着否?"急在拜匣中取出来一配,却好是一个盒儿。妙通道："果然是一个,亏你还留得在。"翰林道："你且说那半扇是那一家的?"妙通道："再有那家? 怎伴不知,倒来哄我? 是你的亲亲表妹桂娘子的,难道你倒不晓得?"翰林道："我见师父藏头露尾,不肯直说出来,所以也做哑装呆,取笑一回。却又一件,这是家姑从幼许我的,何必今日又要师父多这些宛转?"妙通道："令姑也曾道来,年深月久,只怕相公已曾别娶,就不好意思,所以要老身探问个明白。今相公弦断未续,钿盒现配成双,待老身回覆孺人,只须成亲罢了。"翰林道："多谢撮合大恩。只不知几时可以成亲,早得一日也好。"妙通道："你这馋样的新郎! 明日是中秋佳节,我撺掇孺人就完成了罢。等甚么日子?"翰林道："多感! 多感!"

妙通袖里怀了这两扇完全的钿盒,欣然而去,回覆孺人。孺人道是骨肉重完,旧物再见,喜欢无尽,只待明日成亲吃喜酒了。此时胸中十万分,那有半分道不是他的侄儿? 正是:

只认盒为真,岂知人是假。

奇事颠倒颠,一似塞翁马[1]。

权翰林喜之如狂,一夜不睡。绝早起来,叫权忠到当铺里去赁了一顶儒巾,一套儒衣,整备拜堂。孺人也绝早起来,料理酒席,催促女儿梳妆。少不得一对参拜行礼。权翰林穿着儒衣,正似白龙鱼服[2],掩着口只是笑。连权忠也笑。傍人看的,无非道是他喜欢之故,那知其情?但见花烛辉煌,恍作游仙一梦。有词为证:

银烛灿芙渠,瑞鸭[3]微喷麝烟浮。喜红丝初绾,宝合曾输。何郎[4]俊才调凌云,谢女[5]艳容华濯露。月轮正值团圆暮,雅称锦堂欢聚。(右调《画眉序》)

酒罢送入洞房,就是东边小院桂娘的卧房,乃前日偷眠妄想、强进挨光[6]的所在。今日停眠整宿,你道快活不快活?权翰林真如入蓬莱山岛[7]了。入得罗帏,男贪女爱,两情欢畅,自不必说。云雨既阑,翰林抚着桂娘道:"我和你千里姻缘,今朝美满,可谓三生有幸。"桂娘道:"我和你自幼相许,今日完聚,不足为奇。所喜者,隔着

---

[1] 塞翁马——即"塞翁失马,焉知非福"的故事。《淮南子·人间训》:"近塞上之人,有善术者,马无故亡而入胡,人皆吊之。其父曰:'此何遽不为福乎?'居数月,其马将胡骏马而归。"
[2] 白龙鱼服——此处比喻贵人化装出行。汉刘向《说苑·正谏》载:"昔白龙下清泠之渊,化为鱼,渔者豫且射中其目。"
[3] 瑞鸭——指鸭形薰香炉。
[4] 何郎——三国时何晏貌美,以才秀知名,世称"何郎"。后借指有才华的年轻美男子。
[5] 谢女——晋人谢奕之女谢道韫,聪敏有文才,后因以"谢女"泛指女郎。
[6] 挨光——偷情。
[7] 蓬莱山岛——传说中的海上仙山。

多年，又如此远路，到底团圆，乃像是天意周全耳。只有一件，你须不是这里人。今入赘我家，不知到底萍踪浪迹，归于何处。抑且不知你为儒为商，作何生业。我嫁鸡逐鸡，也要商量个终身之策。一时欢爱，不足恋也。"翰林道："你不须多虑。只怕你不嫁得我，既嫁了我，包你有好处。"桂娘道："有甚好处？料没有五花官诰[1]夫人之分。"翰林笑道："别件或者烦难，若只要五花官诰，包管箱笼里就取得出。"桂娘啐了一啐道："亏你不羞。"桂娘只道是一句夸大的说话，不以为意。翰林却也含笑不就明言，且只软款温柔，轻怜痛惜，如鱼似水，过了一夜。

　　明晨起来，各各梳洗已毕，一对儿穿着大衣，来拜见尊姑，并谢妙通为媒之功。正行礼时，忽听得堂前一片价筛锣，像有十来个人，喧嚷将起来，慌得小舅糕儿没钻处。翰林走出堂前来，问道："谁人在此啰唣？"说声未了，只见老家人权孝同了一班京报人[2]，一见了就磕头道："京中报人特来报爷高升的。小人们那里不寻得到？方才街上遇见权忠，才知爷寄迹在此。却如何这般打扮？快请换了衣服。"权翰林连忙摇手，叫他不要说破，禁得那一个住？你也"权爷"，我也"权爷"，不住的叫。拿出一张报单来，已升了学士之职，只管嚷着求赏。翰林着实叫他们"不要说我姓权"，京报人那管甚么头緖，

----

[1] 五花官诰——皇帝对官员妻室的诰封文书。明代五品以上的官员妻室才能得到诰封，五品以下用敕命授予。这里指诰封。
[2] 报人——传达"报单"的人。"报单"，向升官、得官、科考得中的人家送去的喜报。

早把一张报喜的红纸高高贴起在中间。上写：

飞报：贵府老爷权高升翰林学士〔1〕命下。

这里跟随管家权忠，拿出冠带，对学士道："料想瞒不过了，不如老实行事罢。"学士带笑，脱了儒巾儒衣，换了冠带，讨香案来，谢了圣恩。分付京报人出去门外候赏，转身进来，重请岳母拜见。

那孺人出于不意，心慌撩乱，没个是处。好像青天里一个霹雳，不知是那里起的。只见学士拜下去，孺人连声道："折杀〔2〕老身也！老身不知贤婿姓权，乃是朝廷贵臣，真是有眼不识泰山。望高抬贵手，恕家下简慢之罪。"学士道："而今总是一家人，不必如此说了。"孺人道："不敢动问贤婿，贤婿既非姓白，为何假称舍侄，光降寒门？其间必有因由。"学士道："小婿寄迹禅林，晚间闲步，月下看见令爱芳姿，心中仰慕无已。问起妙通师父，说着姓名居址，家中长短备细，故此托名前来，假意认亲。不想岳母不疑，欣然招纳，也是三生有缘。"妙通道："学士初到庵中，原说姓权。后来说着孺人家事，就转口说了姓白。小尼也曾问来，学士回说道，因为访亲，所以改换名姓。岂知贵人游戏，我们多被瞒得不通风，也是一场天大笑话。"孺人道："却又一件，那半扇钿盒却自何来？难道贤婿是通神的？"学士笑道："侄儿是假，钿盒却真。说起来实有天缘，非可强也。"孺人与妙通多惊异道："愿闻其详。"学士道："小婿在长安市上，偶然买得此盒一

---

〔1〕翰林学士——官名，皇帝的文学侍从之臣。明代废除了宰相制，翰林学士参预国家机要，阁臣即从学士中选拔。
〔2〕折杀——旧称因享受过分而减损福寿。这里用以表示承受不起。

扇。那包盒的，却是文字一纸，正是岳母写与令侄留哥的，上有令爱名字。今此纸见在小婿处，所以小婿一发有胆冒认了。求岳母饶恕欺诳之罪。"孺人道："此话不必题起了。只是舍侄家为何把此盒出卖，卖的是甚么样人，贤婿必然明白。"学士道："卖的是一个老儿，说是令兄旧房主。他说令兄全家遭疫，少者先亡，止遗老口，一时逃去。所以把物件遗下，拿出来卖的。"孺人道："这等说起来，我兄与侄皆不可保，真个是物在人亡了。"不觉掉下泪来。妙通便收科道："老孺人，姻缘分定，而今还管甚侄儿不侄儿，是姓权是姓白。招得个翰林学士做女婿，须不辱莫了你的女儿。"孺人道："老师父说得有理。"大家称喜不尽。

此时桂娘子在旁，逐句逐句听着，口虽不说出来，才晓得昨夜许他五花官诰做夫人，是有来历的，不是过头说话。亦且钿盒天缘，实为凑巧，心下得意，不言可知。权学士既喜着桂娘美貌，又见钿盒之遇，以为奇异，两下恩爱非常。重谢了妙通师父，连岳母小舅都带了赴任。后来秩满[1]，桂娘封为宜人[2]，夫妻偕老。

世间百物总凭缘，大海浮萍有偶然。

不向长安买钿盒，何从千里配婵娟。

---

[1] 秩满——也叫"俸满"，指官吏任期届满。
[2] 宜人——封建时代命妇的一种封号，明代五品封"宜人"。

二刻拍案惊奇卷之四

青楼市探人踪　红花场假鬼闹

昔宋时三衢守宋彦瞻,以书答状元留梦炎[1],其略云:

尝闻前辈之言,吾乡昔有第奉常而归,旗者、鼓者、馈者、迓者[2]、往来而观者,阗路骈陌,如堵墙。既而闺门贺焉,宗族贺焉,姻者、友者、客者交贺焉。至于仇者,亦蒙耻含愧而贺且谢焉。独邻居一室,扃鐍[3]远引,若避寇然。予因怪而问之。愀然曰:"所贵乎衣锦之荣者,谓其得时行道也,将有以庇吾乡里也。今也或窃一名,得一官,即起朝贵暮富之想。名愈高,官愈穹,而用心愈谬。武断者有之,庇奸慝[4]持州县者有之。是一身之荣,一乡之害也。其居日以广,邻居日以蹙,吾将入山林深密之地以避之。是可吊,何以贺为?

------

[1] "昔宋时"二句——宋彦瞻、留梦炎皆南宋末年时人。三衢,即衢州,以境内有三衢山,故称;衢州辖境相当现在浙江省衢县、江山、常山、开化四县,治所在今衢州市。状元,对殿试一甲第一名的称谓,为科名中最高荣誉。留梦炎淳祐五年(1245)中状元,衢州人,衢州太守宋彦瞻给他写此信,带有规劝的用意。
[2] 迓(yà 亚)者——迎接的人。
[3] 扃鐍(jiōngjué 坰决)——门窗、箱箧可以加锁的地方。这里作动词用,意思是锁好门窗和箱箧。
[4] 奸慝(tè 特)——奸诈阴险的人。慝,邪念。

此一段话载在《齐东野语》[1]中。皆因世上官宦,起初未经发际变泰[2],身居贫贱时节,亲戚、朋友、宗族、乡邻,那一个不望他得了一日,大家增光?及至后边风云际会,超出泥涂,终日在仕宦途中、冠裳里面,驰逐富贵,奔趋利名,将自家困穷光景尽多抹过,把当时贫交看不在眼里,放不在心上,全无一毫照顾周恤之意,淡淡相看,用不着他一分气力。真叫得官情纸薄。不知向时盼望他这些意思,竟归何用!虽然如此,这样人虽是恶薄,也只是没用罢了。撞着有志气、肩巴[3]硬的,拚得个不奉承他,不求告他,也无奈我何,不为大害。更有一等狠心肠的人,偏要从家门首打墙脚起,诈害亲戚,侵占乡里,受投献,窝盗贼,无风起浪,没屋架梁,把一个地方搅得荠菜[4]不生,鸡犬不宁,人人惧惮,个个收敛,怕生出衅端,撞在他网里了。他还要疑心别人仗他势力,得了甚么便宜,心下不放松的,昼夜算计。似此之人,乡里有了他,怎如没有的安静?所以宋彦瞻见留梦炎中状元之后,把此书规讽他,要他做好人的意思。其间说话虽是愤激,却句句透切着今时病痛。看官每不信,小子而今单表一个作恶的官宦,做着没天理的勾当,后来遇着清正严明的宪司[5]做对头,方得明正

---

[1] 《齐东野语》——宋、元间周密所写的笔记;多记南宋朝政轶事,典实可稽,信而有征。
[2] 发际变泰——有了名利地位,发家致富,可以安乐无忧。发际,即发迹。泰,安乐。
[3] 肩巴——亦作"肩靶",即肩膀。
[4] 荠(jì计)菜——一种野生的草本植物,嫩叶可以吃,全草可入药。
[5] 宪司——朝廷委驻各行省的高级官吏。

其罪,说来与世上人劝戒一番。有诗为证:

> 恶人心性自天生,慢道多因习染成。
>
> 用尽凶谋如翅虎,岂知有日贯为盈。

这段话文,乃是四川新都县有一乡宦,姓杨,是本朝甲科,后来没收煞[1],不好说得他名讳。其人家富心贪,凶暴残忍,居家为一乡之害,自不必说。曾在云南做兵备佥事[2]。其时属下有个学霸廪生[3],姓张,名寅。父亲是个巨万财主,有妻有妾。妻所生一子,就是张廪生。妾所生一子,名唤张宾,年纪尚幼。张廪生母亲先年已死,父亲就把家事尽托长子经营。那廪生学业尽通,考试每列高等,一时称为名士,颇与郡县官长往来。只是赋性阴险,存心不善。父亲见他每事苛刻取利,常劝他道:"我家道尽裕,勾你几世受用不了。况你学业日进,发达有时,何苦锱铢较量,讨人便宜怎的?"张廪生不以为好言,反疑道:"父亲必竟身有私藏,故此把财物轻易,嫌道我苛刻。况我母已死,见前父亲有爱妾幼子,到底他们得便宜。我只有得眼面前东西,还有他一股之分,我能有得多少?"为此日夕算计,结交官府,只要父亲一倒头[4],便思量摆布这庶母幼弟,占他家业。已

---

[1] 没收煞——没结局,没有好下场。
[2] 兵备佥事——以"佥事"身份任职"兵备巡道"。佥事是按察使属下的官员,分理各道刑名,统称"分巡道",简称"巡道"。明代在各省重要地方设置有整饬兵备的"巡道",叫"兵备巡道"。故下文称杨某为"杨巡道"。
[3] 廪生——科举中生员名目之一。因享有廪膳补助,故称"廪生"。廪,官府发放的粮米。
[4] 一倒头——意思即一死,犹如现在俗语所说"一撒手"、"一蹬腿"。

后父亲死了,张廪生恐怕分家,反向父妾要索取私藏。父妾回说"没有"。张廪生罄将房中箱笼搜过,并无踪迹。又道他埋在地下,或是藏在人家,胡猜乱嚷,没个休息。及至父妾要他分家与弟,却又分毫不吐,只推道:"你也不拿出来,我也没得与你儿子。"族人各有私厚薄,也有为着哥子的,也有为着兄弟的,没个定论。未免两下搬斗,构出讼事。那张廪生有两子,俱已入泮[1],有财有势,官府情熟。眼见得庶弟孤儿寡妇,下边没申诉处,只得在杨巡道手里告下一纸状来。

张廪生见杨巡道准了状,也老大吃惊。你道为何吃惊?盖因这巡道又贪又酷,又不让体面,恼着他性子,眼里不认得人。不拘甚么事由,匾打侧卓[2],一味倒边。还亏一件好处,是要银子;除了银子,再无药医的。有名叫做"杨疯子",是惹不得的意思。张廪生忖道:"家财官司,只凭府县主张。府县自然为我斯文一脉,料不有亏。只是是这疯子手里的状,不先停当得他,万一拗彆[3]起来,依着理断个平分,可不去了我一半家事?这是老大的干系。"张廪生世事熟透,便寻个巡道梯己过龙[4]之人,与他暗地打个关节,许下他五百两买心红的公价。巡道依允,只要现过采[5],包管停当;若有不妥,不动分文。张廪生只得将出三百两现银,嵌宝金壶一把,镂丝金首饰

---

[1] 入泮——入学做了生员。周代诸侯的学校前有半圆形水池,叫"泮水",故称学校为"泮宫",称入学为"入泮"。
[2] 匾打侧卓——即旁敲侧击。
[3] 拗(niù 牛去声)彆——闹别扭,故意拧着劲儿。
[4] 梯己过龙——梯己,贴近的人,心腹人。过龙,指过付贿赂。
[5] 过采——交付"采头",意即先交贿赂。吴方言称好处费为"采头"。

一副，精工巧丽，价值颇多，权当二百两，他日备银取赎。要过龙的写了议单，又讨个许赎的执照。只要府县申文上来，批个像意批语，永杜断与兄弟之患。目下先准一诉词为信。若不应验，原物尽还。要虞生又换了小服，随着过龙的到私衙门首，当面交割。四目相视，各自心照。张虞生自道算无遗策，只费得五百金，巨万家事一人独享，岂不是九牛去得一毛，老大的便宜了？喜之不胜。

　　看官，你道人心不平。假如张虞生是个克己之人，不要说平分家事，就是把这一宗五百两东西让与小兄弟了，也是与了自家骨肉，那小兄弟自然是母子感激的。何故苦苦贪私，思量独吃自屙〔1〕，反把家里东西送与没些相干之人？不知驴心狗肺，怎样生的！有诗曰：

　　　　私心只欲蔑天亲，反把家财送别人。

　　　　何不家庭略相让，自然忿怒变欢欣。

张虞生如此算计，若是后来依心像意，真是天没眼睛了。岂知世事浮云，倏易不定。杨巡道受了财物，准了诉状下去，问官未及审详〔2〕。时值万寿圣节〔3〕将近，两司〔4〕里头，例该一人赍表进京朝贺。恰好轮着该是杨巡道去，没得推故，杨巡道只得收拾起身。张虞生着急，又寻那过龙的去讨口气。杨巡道回说："此行不出一年可回，府

---

〔1〕 独吃自屙——意思即独吞、独占。"屙"，原误作"疴"。"屙"，吴方言称大便为"屙屎"。
〔2〕 审详——审问和汇报。旧时诉讼问案叫"审"，对上级陈报的官文书叫"详"。
〔3〕 万寿圣节——皇帝的生日。
〔4〕 两司——指承宣布政使司和提刑按察使司，是明代各省最高的两个官署。

县且未要申文,待我回任,定行了落。"张廪生只得使用[1]衙门,停阁了词状,呆呆守这杨佥宪回道。

争奈天不从人愿,杨佥宪赍表进京,拜过万寿,赴部考察[2]。他贪声大著,已注了"不谨"项头,冠带闲住[3]。杨佥宪闷闷出了京城,一面打发人到任所接了家眷,自回籍去了。

家眷动身时,张廪生又寻了过龙的去,要倒出这一宗东西。衙里回言道:"此是老爷自做的事。若是该还,须到我家里来自与老爷取讨,我们不知就里。"张廪生没计奈何,只得住手,眼见得这一项银子抛在东洋大海里了。这是张廪生心劳术拙,也不为奇。若只便是这样没讨处罢了,也还算做便宜。张廪生是个贪私的人,怎舍得五百两东西平白丢去了? 自思:"身有执照,不干得事,理该还我。他如今是个乡官,须管我不着,我到他家里讨去。说我不过,好歹还我些。就不还得银子,还我那两件金东西也好。况且四川是进京必由之道,由成都省下到新都,只有五十里之远,往返甚易。我今年正贡[4],

---

[1] 使用——这里指用钱通融贿赂。
[2] 赴部考察——至吏部接受政绩考核。吏部为掌管全国官吏任免、考课、升降、调动等事务的中央机构。明制,外官三年一察,综其功过,以定升降。
[3] "已注"二句——是说在考核的案卷上,杨巡道的上司在考语项内已注了"不谨",语含不满,没有给予处罚,也没有再任职务,实为罢官,而给个自动离职的名分。所以说"冠带闲住"。
[4] 贡——科举制度中,由府、州、县学考选生员入京师国子监读书,谓之"贡"。这种考试称"考贡",考取者叫"贡生"。明代的贡生有"岁贡"、"选贡"、"恩贡"、"纳贡"等不同名目。但入选的贡生大都是由廪生挨次升贡的,生员心中有数,故文中说"我今年正贡"。

须赴京廷试。待过成都时,恰好到彼讨此一项,做路上盘缠,有何不可?"算计得停当,怕人晓得了暗笑,把此话藏在心中,连妻子多不曾与他说破。

此时家中官事未决,恰值宗师[1]考贡,张廪生已自贡出了学门。一时兴匆匆地回家受贺,饮酒作乐了几时,一面打点长行,把争家官事,且放在一边了。带了四个家人,免不得是张龙、张虎、张兴、张富,早晚上道,水宿风飡,早到了成都地方。在饭店里宿了一晚。张贡生想道:"我在此间,还要迁道往新都取讨前件,长行行李留在饭店里不便。我路上几日,心绪郁闷,何不往此间妓馆一游,拣个得意的宿他两晚,遣遣客兴。就把行囊下在他家,待取了债,回来带去,有何不可?"就唤四个家人,说了这些意思。那家人是出路的[2],见说家主要嫖,是有些油水的事,那一个不愿随鞭镫?簇拥着这个老贡生,竟往青楼市上去了。

老生何意入青楼,岂是风情未肯休?

只为业冤当显露,埋根此处做关头。

却说张贡生走到青楼市上,走来走去,但见:

艳抹浓妆,倚市门而献笑;穿红着绿,搴帘箔以迎欢。或联袖,或凭肩,多是些凑将来的姊妹;或用嘲,或共语,总不过造作出的风情。心中无事自惊惶,日日恐遭他假母[3]怒;眼里有人

---
[1] 宗师——对主考官的尊称。
[2] 出路的——经常出门在外的人。
[3] 假母——义母、养母,指妓院的"鸨母"。

难撮合,时时任换□□生来。

张贡生见了这些油头粉面行径,虽然眼花撩乱,没一个同来的人,一时间不知走那一家的是,未便入马[1]。只见前面一个人摇摆将来,见张贡生带了一伙家人东张西觑,料他是个要嫖的勤儿[2],没个帮的人,所以迟疑。便上前问道:"老先生定是贵足,如何踹此贱地?"张贡生拱手道:"学生客邸无聊,闲步适兴。"那人笑道:"只是眼嫖,怕适不得甚么兴。"张贡生也笑道:"怎便晓得学生不倒身[3]?"那人笑容可掬道:"若果有兴,小子当为引路。"张贡生正投着机,问道:"老兄高姓贵表?"那人道:"小子姓游,名守,号好闲,此间路数最熟。敢问老先生仙乡上姓?"张贡生道:"学生是滇中。"游好闲道:"是云南了。"后边张小撺出来[4]道:"我相公是今年贡元,上京廷试的。"游好闲道:"失敬,失敬,小子幸会。奉陪乐地一游,吃个尽兴,作做主人之礼何如?"张贡生道:"最好。不知此间那个妓者为最?"游好闲把手指一招二招的道:"刘金、张赛、郭师师、王丢儿,都是少年行时[5]的姊妹。"张贡生道:"谁在行些?"游好闲道:"若是在行,论这些雏儿[6]多不及一个汤兴哥,最

---

[1] 入马——指勾搭上手。
[2] 勤儿——喻指风流好色之徒。明徐渭《南词叙录》:"勤儿,言其勤于悦色不惮烦也,亦曰刷子,言其乱也。"
[3] 倒身——置身、插足,特指宿娼。
[4] 撺出来——吴方言,指插入其间,这里是插嘴的意思。
[5] 行时——犹如现在俗语所说"走红",指受到人们的赞叹和喜爱。
[6] 雏儿——本指幼禽,借喻年轻无阅历的人。此指刚入青楼的年幼妓女。

是帮衬软款,有情亲热。也是行时过来的人,只是年纪多了两年,将及三十岁边了,却是着实有趣的。"张贡生道:"我每自家年纪不小,倒不喜欢那孩子心性的,是老成些的好。"游好闲道:"这等不消说,兴哥那里去就是。"于是陪着张贡生,一直望汤家进来。

兴哥出来相见,果然老成丰韵,是个作家体段[1],张贡生一见心欢。告茶毕,叙过姓名,游好闲一一代答明白。晓得张贡生中意了,便指点张家人,将出银子来,送他办东道[2]。是夜游好闲就陪着饮酒。张贡生原是洪饮的,况且客中高兴,放怀取乐。那游好闲去了头,便是个酒坛。兴哥老在行,一发是行令不犯,连觥不醉的。三人你强我赛,吃过三更方住。游好闲自在寓中去了。张贡生遂与兴哥同宿。兴哥放出手段,温存了一夜,张贡生甚是得意。次日叫家人把店中行李尽情搬了来,顿放在兴哥家里了。

一连住了几日,破费了好几两银子,贪慕着兴哥才色,甚觉恋恋不舍。想道:"我身畔盘费有限,不能如意。何不暂往新都,讨取此项到手,便多用些在他身上也好。"出来与这四个家人商议,装束了鞍马,往新都去。他心里道指日可以回来的,对兴哥道:"我有一宗银子在新都,此去只有半日路程。我去讨了来,再到你这里顽耍几时。"兴哥道:"何不你留住在此,只教管家们去取讨了来?"张贡生道:"此项东西,必要亲身往取的。叫人去,他那边不肯发。"兴哥道:

---

[1] 作家体段——犹如说"行家气派"。作家,也作"做家",本指会操持家务,这里指对自己的职业很在行。
[2] 东道——以酒食请客者,亦称"东道主"。

"有多少东西?"张贡生道:"有五百多两。"兴哥道:"这关系重大,不好阻得你。只是你去了,万一不到我这里来了,教我家枉自盼望。"张贡生道:"我一应行囊都不带去,留在你家;只带了随身铺盖,并几件礼物去。好歹一两日,随即回来了。看你家造化,若多讨得到手,是必多送你些。"兴哥笑道:"只要你早去早来,那在乎此?"两下珍重而别。

看官,你道此时若有一个见机[1]的人对那张贡生道:"这项银子,是你自己欺心不是处,黑暗里葬送了,还怨怅兀谁?那官员每手里东西,有进无出,老虎喉中讨脆骨,大象口里拔生牙,都不是好惹的,不要思想到手了。况且取得来,送与衑衑[2]人家,又是个填不满底雪井。何苦枉用心机,走这道路?不如认个悔气,歇了帐罢。"若是张贡生闻得此言,转了念头,还是老大的造化。可惜当时没人说破;就有人说,料没人听。只因此一去,有分交:半老书生,狼籍作红花之鬼;穷凶乡宦,拘挛为黑狱之囚。正是:

猪羊入屠户之家,一步步来寻死路。

这里不题。

且说杨金宪自从考察断根[3]回家,自道日暮穷途,所为愈横。家事已饶,贪心未足,终日在家设谋运局,为非作歹。他只有一个兄弟,排行第二,家道原自殷富,并不干预外事,倒是个守本分的。见哥

---

[1] 见机——看破天机,意即有先见之明。
[2] 衑衑(hángyuàn 杭院)——即"行院",妓院。
[3] 断根——此指丢掉了官职,脱离了官场。

子作恶,每每会间微词劝谏。佥宪道:"你仗我势做二爷,挣家私勾了,还要管我?"话不投机。杨二晓得他存心克毒,后来未必不火并自家屋里,家中也养几个了得的家人,时时防备他。近新一病不起,所生一子,止得八岁。临终之时,唤过妻子在面前,分付众家人道:"我一生止存此骨血。那边大房做官的,虎视眈眈,须要小心抵对他,不可落他圈套之内。我死不瞑目。"泪如雨下,长叹而逝。死后,妻子与同家人辈牢守门户,自过日子,再不去叨忝[1]佥宪家一分势利。

佥宪无隙可入,心里思量:"二房好一分家当,不过留得这一个黄毛小厮[2]。若断送了他,这家当怕不是我一个的?"欲待暗地下手,怎当得这家母子关门闭户,轻易不来他家里走动。想道:"我若用毒药之类暗算了他,外人必竟知道是我,须瞒不过,亦且急忙不得其便。若纠合强盗劫了他家,害了性命,我还好瞒生人眼,假公道话,只把失盗做推头[3],谁人好说得是我? 总是不害得他性命,劫得家私一空,也只当是了。"他一向私下养着剧盗三十馀人,在外庄听用。但是掳掠得来的,与他平分;若有一二处做将出来,他就出身包揽遮护。官府晓得他刁,公人怕他的势,没个敢正眼觑他。但有心上不像意,或是眼里动了火的人家,公然叫这些人去搬了来庄里分

---

[1] 叨(tāo 涛)忝——谦词,叨光,忝列。
[2] 小厮——通常指年轻僮仆,这里是对小孩的一种蔑称。平步青《霞外攟屑》:"今人呼小子,古曰小厮。"
[3] 推头——推辞、借口。

了。弄得久惯,不在心上。他只待也如此劫了小侄儿子家里,趁便害了他性命。争奈他家家人昼夜巡逻,养着狼也似的守门犬数只,隄防[1]甚紧。也是天有眼睛,到别处去,摔了就来;到杨二房去几番,但去便有阻碍,下不得手。

金宪正在时刻挂心,算计必克,忽然门上传进一个手本[2]来,乃是"旧治下云南贡生张寅禀见"。心下吃了一惊,道:"我前番曾受他五百两贿赂,不曾替他完得事,就坏官回家了。我心里也道此一宗银两必有后虑,不想他果然直寻到此。这事元不曾做得,说他不过,理该还他。终不成咽了下去又吐出来?若不还他时,他须是个贡生,酸子智量,必不干休。倘然当官告理,且不顾他声名不妙,谁耐烦与他调唇弄舌?我且把个体面见见他,说话之间,或者识时务不提起,也不见得。若是这等,好好送他盘缠,打发他去罢了。若是提起要还,又作道理。"金宪以口问心,计较已定,踱将出厅来,叫请贡生相见。张贡生整肃衣冠,照着旧上司体统,行个大礼,送了些土物为候敬。金宪收了,设坐告茶。金宪道:"老夫承乏贵乡,罪过多端。后来罢职家居,不得重到贵地。今见了贵乡朋友,还觉无颜。"张贡生道:"公祖[3]大人直道不容,以致忤时。敝乡士民,迄今廑想[4]明德。"金宪道:"惶恐,惶恐。"又拱手道:"恭喜贤契岁荐了。"张贡生

---

[1] 隄(dī 低)防——小心防备。隄防,今写作"提防"。
[2] 手本——也叫"手板",旧时下官见上官或门生见座师所用的名帖。
[3] 公祖——旧时对知府以上官员的尊称。
[4] 廑(qín 勤)想——总是想着。廑,殷勤。

道:"挨次幸及,殊为叨冒。"金宪道:"今将何往,得停玉趾?"张贡生道:"赴京廷试,假途贵省,特来一觐台光。"金宪道:"此去成都五十里之遥,特烦枉驾,足见不忘老朽。"张贡生见他说话不招揽,只得自说出来道:"前日贡生家下有些琐事,曾处一付礼物,面奉公祖大人处收贮,以求周全。后来未经结局,公祖已行,此后就回贵乡。今本不敢造次,只因贡生赴京缺费,意欲求公祖大人发还此一项,以助贡生利往。故此特来叩拜。"金宪作色道:"老夫在贵处,只吃得贵乡一口水,何曾有此赃污之事,出口诬蔑!敢是贤契被别个光棍哄了?"张贡生见他昧了心,改了口不认帐,若是个知机的,就该罢了。怎当得张贡生原不是良善之人,心里着了急,就狠狠的道:"是贡生亲手在私衙门前交付的,议单执照俱在,岂可昧得?"金宪见有议单执照,回嗔作喜道:"是老夫忘事,得罪!得罪!前日有个妻弟,在衙起身,需索老夫馈送。老夫宦囊萧然,不得已,故此借宅上这一项打发了他。不匡〔1〕日后多阻,不曾与宅上出得力,此项该还。只是妻弟已将此一项用去了,须要老夫赔偿,且从容两日,必当处补。"张贡生见说肯还,心下放了两分松。又见说用去,心中不舍得那两件金物,又对佥宪道:"内中两件金器,是家下传世之物,还求保全原件则个。"金宪冷笑了一声道:"既是传世之物,谁教轻易拿出来?且放心,请过了洗尘的薄款〔2〕再处。"就起身请张贡生书房中慢坐,一面分付

---

〔1〕 不匡——不料。
〔2〕 薄款——微薄的款待,对宴席的谦称。

整治酒席。张贡生自到书房中去了。

金宪独自算了一回。他起初打白赖[1]之时,只说张贡生会意,是必凑他的趣,他却重重送他个回敬做盘缠,也倒两全了。岂知张贡生算小,不还他体面,搜根剔齿,一直说出来。然也还思量还他一半现物,解了他馋涎。只有那金壶与金首饰,是他心上得意的东西,时刻把玩的,已曾几度将出来夸耀亲戚过了,你道他舍得也不舍得?张贡生恰恰把这两件口内要紧。金宪左思右思,便一时不怀好意了,哏地[2]一声道:"一不做,二不休。他是个云南人,家里出来,中途到此间的,断送了他,谁人晓得?须不到得尸亲知道。"就叫几个干仆[3],约会了庄上一伙强人,到晚间酒散听候使用。

分付停当,请出张贡生来赴席。席间说些闲话,评论些朝事,且是殷勤。又叫俊俏的安童[4]频频奉酒。张贡生见是公祖的好意,不好推辞。又料道是如此美情,前物必不留难,放下心怀,只顾吃酒,早已吃得醺醺地醉了。又叫安童奉了又奉,只等待不省人事方住。又问:"张家管家们可曾吃酒了未?"却也被几个干仆轮番更换,陪伴饮酒。那些奴才们见好酒好饭,道是投着好处,那里管三七二十一,只顾贪婪无厌,四个人一个个吃得瞪眉瞪眼,连人多不认得了。禀知

---

[1] 白赖——赖掉、不认帐。
[2] 哏地——狠狠地、凶恶地。
[3] 干仆——精明强干的仆人。
[4] 安童——书童、小童仆。

了佥宪,佥宪分付道:"多送在红花[1]场结果去。"

元来这杨佥宪有所红花场庄子,满地种着红花,广衍有一千馀亩。每年卖那红花,有八九百两出息[2]。这庄上造着许多房子,专一歇着客人,兼亦藏着强盗。当时只说送张贡生主仆到那里歇宿。到得庄上,五个人多是醉的,看着被卧,倒头便睡,鼾声如雷,也不管天南地北了。那空阔之处,一声锣响,几个飞狠的庄客走将拢来,多是有手段的强盗头,一刀一个。遮莫有三头六臂的,也只多费得半刻工夫;何况这一个酸子与几个呆奴,每人只生得一颗头,消得几时,早已罄净。当时就在红花稀疏之处,掘个坎儿,做一堆儿埋下了。可怜张贡生痴心指望讨债,还要成都去见心上人,怎知遇着狠主,弄得如此死于非命。正是:

不道逡巡命,还贪倾刻花。

黄泉无妓馆,今夜宿谁家?

过了一年有馀,张贡生两个秀才儿子在家,自从父亲入京以后,并不曾见一纸家书、一个便信回来。问着个把京中归来的人,多道不曾会面,并不晓得。心中疑惑,商量道:"滇中处在天末[3],怎能勾京中信至? 还往川中省下打听,彼处不时有在北京还往的。"于是两个凑些盘缠在身边了,一径到成都,寻个下处宿了。在街市上行来走

------

[1] 红花——一种草本植物,花可入药,也可作染料;实可榨油。
[2] 出息——这里指出产的收入。
[3] 天末——犹如说"天边",此指云南距都城极为遥远。

去闲撞,并无遇巧熟人。两兄弟住过十来日,心内无聊,商量道:"此处尽多名妓,我每各寻一个消遣则个。"两个小伙子,也不用帮闲,我陪你,你陪我,各寻一个雏儿:一个童小五,一个顾阿都。接在下处,大家取乐。混了几日,闹烘烘、热腾腾的,早把探父亲信息的事撇在脑后了。

一日,那大些的有跳槽[1]之意。两个雏儿晓得他是云南人,戏他道:"闻得你云南人只要嫖老的,我每敢此不中你每的意?不多几日,只要跳槽。"两个秀才道:"怎见得我云南人只要嫖老的?"童小五便道:"前日见游伯伯说,去年有个云南朋友到这里来,要他寻婊子,不要兴头的,只要老成的。后来引他到汤家兴哥那里去了。这兴哥是我们母亲一辈中人,他且是与他过得火热,也费了好些银子。约他再来,还要使一主大钱,以后不知怎的了。这不是云南人要老的样子?"两个秀才道:"那云南人姓个甚么?怎生模样?"童小五、顾阿都大家拍手笑道:"又来赸[2]了!不在我每肝上的事,管他姓张姓李?那曾见他模样来。只是游伯伯如此说,故把来取笑。"两个秀才道:"游伯伯是甚么人?住在那里?这却是你每晓得的。"童小五、顾阿都又拍手道:"游伯伯也不认得,还要嫖?"两个秀才必竟要问个来历。童小五道:"游伯伯千头万脑的人,撞来就见;要寻他,却一世也难。你要问你们贵乡里,竟到汤兴哥家问不是!"两个秀才道:"说得

---

[1] 跳槽——略同于"改换门庭",此指抛开旧日相好,另觅新欢。
[2] 赸(shàn 善)——通"讪",取笑,讥笑。

有理。"留小的秀才窝伴着两个雏儿,大的秀才独自个问到汤家来。

那个汤兴哥自从张贡生一去,只说五十里的远近,早晚便到。不想去了一年有多,绝无消息。留下衣囊行李,也不见有人来取。门户人家,不把来放在心上,已此放下肚肠了。那日无客,在家闭门昼寝,忽然得一梦,梦见张贡生到来,说道取银回来。至要叙寒温,却被扣门声急,一时惊醒。醒来想道:"又不曾念着他,如何魆地有此梦?敢是有人递信息取衣装,也未可知。"正在疑似间,听得又扣门响。兴哥整整衣裳,叫丫鬟在前,开门出来。丫鬟叫一声:"客来了!"张大秀才才那[1]得脚进,兴哥抬眼看时,吃了一惊道:"分明像张贡生一般模样,如何后生了许多?"请在客坐里坐了,问起地方姓名,却正是云南姓张。兴哥心下老大稀罕,未敢遽然说破。张大秀才先问道:"请问大姐,小生闻得这里去年有个云南朋友往来,可是甚么样人?姓甚名谁?"兴哥道:"有一位老成朋友,姓张,说是个贡行,要往京廷试,在此经过的。盘桓了数日,前往新都取债去了。说半日路程,去了就来,不知为何一去不来了。"张大秀才道:"随行有几人?"兴哥道:"有四位管家。"张大秀才心里晓得是了,问道:"一去不来,敢是竟自长行了?"兴哥道:"那里是!衣囊行李,还留在我家里,转来取了才起身的。"张大秀才道:"这等为何不来?难道不想进京,还留在彼处?"兴哥道:"多分是取债不来,担阁在彼。就是如此,好歹也该有个信,或是叫位管家来。影响无踪,竟不知甚么缘故。"张大秀才

---

[1] 那——即"挪"字。话本小说中"挪"多作"那"。

道:"见说新都取甚么债?"兴哥道:"只听得说有一宗五百两东西,不知是甚么债。"张大秀才跌脚道:"是了,是了,这等我每须在新都寻去了。"兴哥道:"他是客官甚么瓜葛,要去寻他?"张大秀才道:"不敢欺大姐,就是小生的家父。"兴哥道:"失敬,失敬。怪道模样恁地厮像!这等是一家人了。"笑欣欣的去叫小二整起饭来,留张大官人坐一坐。张大秀才回说道:"这倒不消,小生还有个兄弟在那厢等候。只是适间的话,可是确的么?"兴哥道:"怎的不确?见有衣囊行李在此,可认一认,看是不是。"随引张大秀才到里边房里来,把留下物件与他看。张大秀才认得是实,忙别了兴哥道:"这等,事不宜迟,星夜同兄弟往新都寻去。寻着了,再来相会。"兴哥假亲热的留了一会,顺水推船,送出门。

张大秀才急急走到下处,对兄弟道:"问倒问着了,果然去年在汤家嫖的正是。只是依他家说起来,竟自不曾往京哩。"小秀才道:"这等在那里?"大秀才道:"还在这里新都,我们须到那里问去。"小秀才道:"为何住在新都许久?"大秀才道:"他家说是听得往新都取五百金的债,定是到杨疯子家去了。"小秀才道:"取得取不得,好歹走路,怎么还在那里?"大秀才道:"行囊还在汤家,方才见过的,岂有不带了去,径自跑路的理?毕竟是担阁在新都不来,不消说了。此去那里苦不多远,我每收拾起来,一同去走遭,访问下落则个。"

两人计议停当,将出些银两,谢了两个妓者,送了家去。

一径到新都来,下在饭店里。店主人见是远来的,问道:"两位客官贵处?"两个秀才道:"是云南。到此寻人的。"店主人道:"云南来？是寻人的,不是倒赃[1]的么?"两个秀才吃惊道:"怎说此话?"店主人道:"偶然这般说笑。"两个秀才坐定,问店主人道:"此间有个杨佥事,住在何处?"店主人伸伸舌头:"这人不是好惹的。你远来的人,有甚要紧？没事问他怎么?"两个秀才道:"问声何妨？怎便这样怕他?"店主人道:"他轻则官司害你,重则强盗劫你。若是远来的人,冲撞了他,好歹就结果了性命。"两个秀才道:"清平世界,难道杀了人不要偿命的?"店主人道:"他偿谁的命？去年也是一个云南人,一主四仆,投奔他家,闻得是替他讨甚么任上过手赃的,一夜里多杀了,至今冤屈无伸。那见得要偿命来？方才见两位说是云南,所以取笑。"两个秀才见说了,吓得魂不附体,你看我,我看你,一时做不得声。呆了一会,战抖抖的问道:"那个人姓甚名谁,老丈可知得明白否?"店主人道:"我那里明白？他家有一个管家,叫做老三,常在小店吃酒。这个人还有些天理的,时常饮酒中间,把家主做的歹事,一一告诉我,心中不服。去年云南这五个被害,忒煞乖张[2]了,外人纷纷扬扬,也多晓得。小可每[3]还疑心,不敢轻信。老三说是果然真有的,煞是不平,所以小可每才信。可惜这五个人死得苦恼,没个亲人得知。小可见客官方才问及杨家,偶然如此闲讲。客官,各人自

---

〔1〕倒赃——索回受贿或被盗的财物。
〔2〕忒煞乖张——忒煞,太、极其。乖张,不正常、不一般;这里含有狡诈凶残的意思。
〔3〕小可每——我们。小可,小的,这里是自称谦词;下文"小可衙门",即小的衙门。

扫门前雪,不要闲管罢了。"两个秀才情知是他父亲被害了,不敢声张,暗暗地叫苦。一夜无眠。次日到街上,往来察听,三三两两,几处说来,一般无二。两人背地里痛哭了一场,思量要在彼发觉[1],恐怕反遭网罗。亦且乡宦势头,小可衙门奈何不得他。含酸忍苦,原还到成都来。

见了汤兴哥,说了所闻详细,兴哥也赔了几点眼泪。兴哥道:"两位官人何不告了他讨命?"两个秀才道:"正要如此。"此时四川巡按察院[2]石公正在省下。两个秀才问汤兴哥取了行囊,简出[3]贡生赴京文书,放在身边了。写了一状,抱牌进告。状上写道:

告状生员张珍、张琼,为冤杀五命事。有父贡生张寅,前往新都恶宦杨某家取债,一去无踪。珍等亲投彼处寻访,探得当彼恶宦谋财害命,并仆四人同时杀死。道路惊传,人人可证。尸骨无踪。滔天大变,万古奇冤,亲剩告。　　告状生员张珍,系云南人。

石察院看罢状词,他一向原晓得新都杨金事的恶迹著闻,体访已久,要为地方除害。只因是个甲科,又无人敢来告他,没有把柄,未好动手。今见了两生告词,虽然明知其事必实,却是词中没个实证实据,乱行不得。石察院赶开左右,直唤两生到案前来,轻轻地分付道:

---

[1] 发觉——这里是揭发、追究的意思。
[2] 巡按察院——官署名。明代各省均派一名监察御史前往巡视,考核吏治,称为"巡按"。巡按隶属中央监察机构"都察院",故又称"巡按察院"。
[3] 简出——即捡出。简,通"检"。

"二生所告,本院久知此人罪恶贯盈。但彼奸谋叵测,二生可速回家去,毋得留此。倘为所知,必受其害。待本院廉访〔1〕得实,当有移文〔2〕至彼知会,关取尔等到此明冤。万万不可泄漏。"随将状词折了,收在袖中。两生叩头谢教而出,果然依了察院之言,一面收拾,竟回家中,静听消息去了。

这边石察院待两司作揖之日,独留宪长〔3〕谢公叙话,袖出此状,与他看着,道:"天地间有如此人否?本院留之心中久矣。今日恰有人来告此事,贵司刑法衙门可为一访。"谢廉使道:"此人枭獍〔4〕为心,豺狼成性,诚然王法所不容。"石察院道:"旧闻此家有家僮数千,阴养死士数十,若不得其实迹,轻易举动,吾辈反为所乘。不可不慎。"谢廉使道:"事在下官。"袖了状词,一揖而出。

这谢廉使是极有才能的人,况兼按台嘱付,敢不在心?他司中有两个承差,一个叫做史应,一个叫做魏能,乃是点头会意的人,谢廉使一向得用的。是日叫他两个进私衙来,分付道:"我有件机密事,要你每两个做去。"两个承差叩头道:"凭爷分付,那厢使用,水火不辞。"廉使袖中取出状词来与他两个看,把手指着杨某名字道:"按院

---

〔1〕 廉访——察访。
〔2〕 移文——旧时用于不相统属的官署间的一种公文。
〔3〕 宪长——对刑法衙门长官的尊称,此处指提刑按察使,也叫"廉使"。
〔4〕 枭獍(xiāojìng 萧竟)——旧说枭为恶鸟,生而食母;獍为恶兽,生而食父。比喻忘恩负义或狠毒之人。

老爷要根究他家这事。不得那五个人尸首实迹,拿不倒他;必要体访的实,晓得了他埋藏去处,才好行事。却是这人凶狡非常,只怕容易打听不出。若是泄漏了事机,不惟无益,反致有害。是这些难处。"两承差道:"此宦之恶,播满一乡。若是晓得上司寻他不是,他必竟先去下手,非同小可。就是小的每往彼体访,若认得是衙门人役,惹起疑心,祸不可测。今蒙差委,除非改换打扮,只做无意游到彼地,乘机缉探,方得真实备细。"廉使道:"此言甚是有理。你们快怎么计较了去。"两承差自相商议了一回,道:"除非如此如此。"随禀廉使道:"小的们有一计在此,不知中也不中。"廉使道:"且说来。"承差道:"新都专产红花,小的们晓得杨宦家中有个红花场,利息千金。小的们两个打扮做买红花客人,到彼市买,必竟与他家管事家人交易往来。等走得路数多,人眼熟了,他每没些疑心,然后看机会空便,留心体访,必知端的。须拘不得时日。"廉使道:"此计颇好。你们小心在意,访着了此宗公事,我另眼看你不打紧,还要对按院老爷说了,分外抬举你。"两承差道:"蒙老爷提挈,敢不用心?"叩头而出。

元来这史应、魏能多是有身家的人,在衙门里图出身的。受了这个差委,日夜在心。各自收拾了百来两银子,放在身边了,打扮做客人模样,一同到新都来,只说买红花。问了街上人,晓得红花之事,多是他三管家姓纪的掌管。此人生性梗直,交易公道,故此客人来多投他,买卖做得去,每年与家主挣下千来金利息,全亏他一个。若论家主这样贪暴,鬼也不敢来上门了。当下史应、魏能一竟来到他家,拜望了,各述来买红花之意,送过了土宜[1]。纪老三满面春风,一团和气,就置酒相待。这两个承差是衙门老溜[2],好不乖觉。晓得这人有用他处,便有心结识了他,放出虔婆[3]手段,甜言美语,说得入港。魏能便开口道:"史大哥,我们新来这里做买卖,人面上不熟。自古道:人来投主,鸟来投林。难得这样贤主人。我们序了年庚,结为兄弟何如?"史应道:"此意最好。只是我们初相会,况未经交易,只道是我们先讨好了,不便论量。待成了交易,再议未迟。"纪老三道:"多承两位不弃,足感盛情。待明日看了货,完了正事,另治个薄设,从容请教,就此结义何如?"两个同声应道:"妙!妙!"当夜纪老三送他在客房歇宿,正是红花场庄上之房。

次日起来看了红花,讲倒了价钱。两人各取银子出来兑足了,两下各相让有馀,彼此情投意合。是日纪老三果然宰鸡买肉,办起东道来。史、魏两人市上去买了些纸马[4]香烛之类,回到庄上摆设了,先献了神,各写出年月日时来。史应最长,纪老三小六岁,魏能又小一岁。挨次序立,拜了神,各述了结拜之意道:"自此之后,彼此无欺,有无相济,患难相救,久远不忘。若有违盟,神明殛之。"设誓已毕,从此两人称纪老三为二哥,纪老三称两人为大哥、三哥,彼此喜

---

[1] 土宜——土特产品。
[2] 老溜——老手,指富有经验而办事圆滑的人。
[3] 虔婆——旧指甜言蜜语善于哄弄人的妇女。
[4] 纸马——又称"甲马",旧时祭祀所用,以五色纸或黄纸制成,上印神像。赵翼《陔馀丛考》卷三十云:"昔时画神像于纸,皆有马以为乘骑之用,故曰纸马也。"

乐。当晚吃个尽欢而散。

元来蜀中传下刘、关、张[1]三人之风,最重的是结义。故此史、魏二人先下此工夫,以结其心,却是未敢说甚么正经心肠话。只收了红花停当,且还成都,发在铺中兑客[2],也原有两分利息。收起银子,又走此路。数月之中,如此往来了五六次。去便与纪老三绸缪,我请你,你请我,日日欢饮,真个如兄若弟,形迹俱忘。

一日酒酣,史应便伸伸腰道:"快活,快活。我们遇得好兄弟,到此一番,尽兴一番。"魏能接口道:"纪二哥待我们弟兄,只好这等了。我心上还嫌他一件未到处。"纪老三道:"小弟何事得罪,但说出来。自家弟兄,不要避忌。"魏能道:"我们晚间贪得一觉好睡,相好弟兄,只该着落我们在安静去处,便好。今在此间,每夜听得鬼叫,梦寐多是不安的。有这件不像意,这是二哥欠检点处。小弟心性怕鬼的,只得直说了。"纪老三道:"果然鬼叫么?"史应道:"是有些咤异[3]。小弟也听得的,不只是魏三哥。"魏能道:"不叫,难道小弟掉谎?"纪老三点点头道:"这也怪他叫不得。"对着斟酒的一个伙计道:"你道叫的是兀谁?毕竟是云南那人了。"史应、魏能见说出真话来,只做原晓得的一般,不加惊异。趁口道:"云南那人之死,我们也闻得久了。只是既死之后,二哥也该积些阴骘[4],与你家老爷说个方便,

---

[1] 刘、关、张——指三国蜀汉的刘备、关羽和张飞三人。
[2] 铺中兑客——铺,即货栈。兑客,倒手卖给客商。
[3] 咤异——即"诧异"。咤,通"诧"。
[4] 阴骘(zhì质)——指"阴德"。

与他一堆土埋藏了尸骸也好。为何抛弃他在那里了,使他每夜这等叫苦连天。"纪老三道:"死便死得苦了。尸骸原是埋藏的,不要听外边人胡猜乱说。"两人道:"外人多说是当时抛弃了,二哥又说是埋藏了。若是埋藏了,他怎如此叫苦?"纪老三道:"两个兄弟不信,我领你去看。煞也古怪,但是埋他这一块地上,一些红花也不生哩。"史应道:"我每趁着酒兴,斟杯热酒儿,到他那堆里浇〔1〕他一浇,叫他晚间不要这等怪叫。就在空旷去处,再吃两大杯尽尽兴。"两个一齐起身,走出红花场上来。

纪老三只道是散酒之意,那道是有心的?也起了身,叫小的带了酒盒,随了他们同步。引他们到一个所在来看,但见:

渹漫怨气结成堆,凛冽凄风团作阵。

若还不遇有心人,沉埋数载谁相问?

纪老三把手指道:"那一块一根草也不生的底下,就是他五个的尸骸,怎说得不曾埋藏?"史应就斟下个大杯,向空里作个揖道:"云南的老兄,请一杯儿酒,晚间不要来惊吓我们。"魏能道:"我也奠他一杯,凑成双杯。"纪老三道:"一饮一啄,莫非前定。若不是大哥、三哥来,这两滴酒几时能勾到他泉下?"史应道:"也是他的缘分。"大家笑了一场,又将盒来摆在红花地上,席地而坐,豁了几拳,各各连饮几个大觥。看看日色曛黑,方才住手。两人早已把埋尸的所在周围暗记认定了,仍到庄房里宿歇。

---

〔1〕 浇——指把酒倒在地上,用以祭奠死者。

次日,对纪老三道:"昨夜果然安静些,想是这两杯酒吃得快活了。"大家笑了一回。是日别了纪老三要回,就问道:"二哥几时也到省下来走走,我们也好做个东道,尽个薄意,回敬一回敬。不然,我们只是叨扰,再无回答,也觉面皮忒厚了。"纪老三道:"弟兄家何出此言?小弟没事不到省下,除非冬底要买过年物事,是必要到你们那里走走,专意来拜大哥、三哥的宅上便是。"三人分手,各自散了。

史应、魏能此番踹知了实地,是长是短,来禀明了谢廉使。廉使道:"你们果是能干。既是这等了,外边不可走漏一毫风信,但等那姓纪的来到省城,即忙密报我知道,自有道理。"两人禀了出来,自在外边等候纪老三来省。

看看残年将尽,纪老三果然来买年货,特到史家、魏家拜望。两人住处差不多远,接着纪老三,欢天喜地道:"好风吹得贵客到此!"史应叫魏能偎伴了他道:"魏三哥且陪着纪二哥坐一坐,小弟市上走一走,看中吃的东西,寻些来家请二哥。"魏能道:"是,是。快来则个。"史应就叫了一个小厮,拿了个篮儿,带着几百钱,往市上去了。一面买了些鱼肉果品之类,先打发小厮归家整治;一面走进按察司衙门里头去,密禀与廉使知道。廉使分付史应先家去伴住他,不可放走了。随即差两个公人,写个朱笔票与他,道:"立拘新都杨宦家人纪三面审,毋迟时刻。"公人赍了小票,一径到史应家里来。

史应先到家里,整治酒肴。正与纪老三接风,吃到兴头上,听得外边敲门响。史应叫小厮开了门,只见两个公人跑将进来,对史、魏两人唱了喏。却不认得纪老三,问道:"这位可是杨管家么?"史、魏两人会了意,说道:"正是杨家纪大叔。"公人也拱一拱手,说道:"敝司主要请管家相见。"纪老三吃一惊道:"有何事要见我?莫非错了?"公人道:"不错,见有小票在此。"便拿出朱笔的小票来看。史应、魏能假意吃惊道:"古怪!这是怎么起的?"公人道:"老爷要问杨乡宦家中事体。一向分付道:但有管家到省,即忙缉报。方才见史官人市上买东西,说道请杨家的纪管家。不知那个多嘴的禀知了老爷,故此特着我每到来相请。"纪老三呆了一晌,道:"没事唤我怎的?我须不曾犯事。"公人道:"谁知犯不犯,见了老爷便知端的。"史、魏两人道:"二哥自身没甚事,便去见见不妨。"纪老三道:"决然为我们家里的老头儿,再无别事。"史、魏两人道:"倘若问着家中事体,只是从直说了,料不吃亏的。既然两位牌头[1]到此,且请便席略坐一坐,吃三杯了去何如?"公人道:"多谢厚情。只是老爷立等回话的公事,从容不得。"史应不由他分说,拿起大觥,每人灌了几觥,吃了些案酒[2]。公人又催起身,史应道:"我便陪着二哥到衙门里去去。魏三哥在家,再收拾好了东西,盪热了酒,等见见官来尽兴。"纪老三道:"小弟衙门里不熟,史大哥肯同走走,足见帮衬。"纪老三没处躲闪,只得跟了两个公人,到按察司里来。

传梆禀知谢廉使。廉使不升堂,竟叫进私衙里来。廉使问道:"你是新都杨金事的家人么?"纪老三道:"小的是。"廉使道:"你家主

---

〔1〕 牌头——也叫"牌军",对官衙里差役的敬称。
〔2〕 案酒——下酒的菜肴。

做的歹事,你可知道详细么?"纪老三道:"小的家主果然有一两件不守分勾当,只是小的主仆之分,不敢明言。"廉使道:"你从直说了,我饶你打。若有一毫隐蔽,我就用夹棍了。"纪老三道:"老爷要问那一件?小的好说。家主所做的事非一,叫小的何处说起?"廉使冷笑道:"这也说的是。"案上翻那状词,再看一看,便问道:"你只说那云南张贡生主仆五命,今在何处?"纪老三道:"这个不该是小的说的。家主这件事,其实有些亏天理。"廉使道:"你且慢慢说来。"纪老三便把从头如何来讨银,如何留他吃酒,如何杀死了埋在红花地里,说了个备细。谢廉使写了口词,道:"你这人倒老实,我不难为你。权发监中,待提到了正犯就放。"当下把纪老三发下监中。史应、魏能倒也为日前相处分上,照管他一应事体,叫监中不要难为他,不在话下。

谢廉使审得真情,即发宪牌一张,就差史应、魏能两人赍到新都县,着落知县身上,要金事杨某正身[1],系连杀五命公事。如不擒获,即以知县代解。又发牌捕衙,在红花场起尸。

两人领命,到得县里,已是除夜那一日了。新都知县接了来文,又见两承差口禀紧急,吓得两手无措。忖道:"今日是年晚,此老必定在家。须乘此时,调兵围住,出其不意,方无走失。"即忙唤兵房[2]佥牌出去,调取一卫[3]兵来,有三百馀人。知县自领了,把杨

---

〔1〕 正身——确系本人,而非顶替者。

〔2〕 兵房——明制知县衙门内分为吏、礼、户、兵、刑、工六房,兵房掌管军事。

〔3〕 卫——明代军事编制名,于要害地区设卫,防地可包括几府,卫下设所。这里说"一卫兵",指一部分卫、所的士兵。

家围得铁桶也似。

其时杨佥事正在家饮团年酒。日色未晚,早把大门重重关闭了,自与群妾内宴,歌的歌,舞的舞。内中一妾唱一只《黄莺儿》道:

积雨酿春寒,见繁花树树残。泥涂满眼登临倦。江流几湾,云山几盘,天涯极目空肠断。寄书难,无情征雁,飞不到滇南。

杨佥事见唱出"滇南"两字,一个撞心拳,变了脸色道:"要你们提起甚么滇南不滇南!"心下有些不快活起来。

不想知县已在外边,看见大门关上。两个承差是认得他家路径的,从侧边梯墙而入,先把大门开了,请知县到正厅上坐下。叫人到里边传报道:"邑主〔1〕在外有请。"杨佥事正因"滇南"二字触着隐衷,有些动心。忽听得知县来到正厅上,想道:"这时候到此何干?必有跷蹊。莫非前事有人告发了?"心下惊惶。一时无计,道:"且躲过了他再处。"急往厨下灶前去躲。知县见报了许久不出,恐防有失,忙入中堂,自来搜寻。家中妻妾,一时藏避不及。知县分付:"唤一个上前来说话。"此时无奈,只得走一个妇女出来答应。知县问道:"你家爷那里去了?"这个妇人回道:"出外去了,不在家里。"知县道:"胡说!今日是年晚,难道不在家过年的?"叫从人将拶子〔2〕拶将起来。这妇人着了忙,喊道:"在!在!"就把手指着厨下。知县率领从人,竟往厨下来搜。佥事无计可施,只得走出来道:"今日年夜,

---

〔1〕 邑主——对知县的称谓,意即一县之主。
〔2〕 拶(zǎn趱)子——衙门的一种刑具名。用绳拴五根小木棍,插入手指缝中,然后紧勒。这种刑法叫做"拶指"。

老父母何事直入人内室？"知县道："非干晚生之事，乃是按台老大人、宪长老大人相请，问甚么连杀五命的公事，要老先生星夜到司对理。如老先生不去，要晚生代解。不得不如此唐突。"佥事道："随你甚么事，也须让过年节。"知县道："上司紧急，两个承差坐提，等不得过年。只得要烦老先生一行，晚生奉陪同往就是。"知县就叫承差守定，不放宽展。佥事无奈，只得随了知县出门。知县登时签了解批，连夜解赴会城[1]。两个承差又指点捕官，一面到庄上掘了尸首，一同赶来。那些在庄上的强盗，见主人被拿，风声不好，一哄的走了。

谢廉使特为这事，岁朝[2]升堂。知县已将佥事解进。佥事换了小服[3]，跪在厅下，口里还强道："不知犯官有何事故，钧牌拘提，如捕反寇。"廉使将按院所准状词读与他听。佥事道："有何凭据？"廉使道："还你个凭据。"即将纪老三放将出来，道："这可是你家人么？他所供口词的确，还有何言？"佥事道："这是家人怀挟私恨诬首的，怎么听得？"廉使道："诬与不诬，少顷便见。"说话未完，只见新都巡捕县丞，已将红花场五个尸首在衙门外着落地方收贮，进司禀知。廉使道："你说无凭据，这五个尸首如何在你地上？"廉使又问捕官："相得尸首怎么的？"捕官道："县丞当时相来，俱是生前被人杀死，身首各离的。"廉使道："如何？可正与纪三所供不异，再推得么？"佥事

---

[1] 会城——省城。
[2] 岁朝——阴历正月初一。
[3] 小服——百姓穿的普通衣服。

俯首无辞，只得认了道："一时酒醉触怒，做了这事。乞看缙绅[1]体面，遮盖些则个。"廉使道："缙绅中有此，不但衣冠中禽兽，乃禽兽中豺狼也。石按台早知此事，密访已久，如何轻贷得？"即将杨佥事收下监候，待行关取到原告再问。重赏了两个承差，纪三释放宁家[2]去了。

关文行到云南，两个秀才知道杨佥事已在狱中，星夜赴成都来执命[3]。晓得事在按察司，竟来投到。廉使叫押到尸场上，认领父亲尸首。取出佥事，对质一番。两子将佥事拳打脚踢。廉使喝住道："既在官了，自有应得罪名，不必如此！"将佥事依一人杀死三命者律，今更多二命，拟凌迟处死，决不待时。下手诸盗以为从定罪，候擒获发落。佥事系职官，申院奏请定夺。

不等得旨意转来，杨佥事是受用的人，在狱中受苦不过。又见张贡生率领四仆，日日来打他，不多几时，毙于狱底。佥事原不曾有子，家中竟无主持，诸妾各自散去。只有杨二房八岁的儿子杨清，是他亲侄，应得承受。泼天家业，多归了他。杨佥事枉自生前要算计并侄儿子的，岂知身后连自己的倒与他了。这便是天理不泯处。

那张贡生只为要欺心小兄弟的人家，弄得身子冤死他乡。幸得官府清正，有风力，才报得仇。却是行关本处，又经题请，把这件行贿

---

[1] 缙（jìn 晋）绅——原指旧时官宦的装束，后来用作官宦的代称。《汉书》李奇注："缙，插也；搢笏于绅，绅，大带也。"缙，亦作"搢"。
[2] 宁家——释放或保释回家。
[3] 执命——追查凶手偿命。

上司、图占家产之事,各处播扬开了。张宾此时同了母亲,禀告县官道:"若是家事不该平分,哥子为何行贿?眼见得欺心,所以丧身。今两姓执命既已明白,家事就好公断了。此系成都成案,奏疏分明,须不是撰造得出的。"县官理上说他不过,只得把张家一应产业,两下平分。张宾得了一半,两个侄儿得了一半。两个侄儿也无可争论。张贡生早知道到底如此,何苦将钱去买憔悴?白折了五百两银子,又送了五条性命。真所谓无梁不成,反输一帖[1]也。奉劝世人,还是存些天理,守些本分的好。

  钱财有分苦争多,反自将身入网罗。

  看取两家归束处,心机用尽竟如何。

---

[1] 无梁不成,反输一帖——意思是赌博输了。"无梁"为古代的一种博戏用语,明谢肇淛《五杂俎·人部二》:"双陆一名握槊,本胡戏也……其法以先归宫为胜。亦有任人打子,布满他宫,使之无所归者,谓之'无梁',不成则反负矣。"一帖,一盏。古代博戏输后罚酒一杯。

進香客莽看
金剛經

劉奎筆

女棋童兩局注終身

白孺人白嫁親生女

卷之四・青楼市探人踪

青楼市探人踪

紅花場假鬼鬧

卷之五・襄敏公元宵失子

十三郎五歲朝天

卷之六・李将軍錯認舅

李將軍錯
認舅
劉君裕刻

刘氏女诡从夫

卷之六・刘氏女诡从夫

卷之七・呂使君情媾宦家妻

呂使君情媾
宦家妻

吴太守义配儒门女

卷之七・吴太守义配儒门女

卷之八・沈将仕三千买笑钱

沈将仕三千买笑钱

莽兒郎驚散新鶯燕

卷之九・莽儿郎惊散新莺燕

趙五虎合計
挑家釁

莫大郎立地散神奸

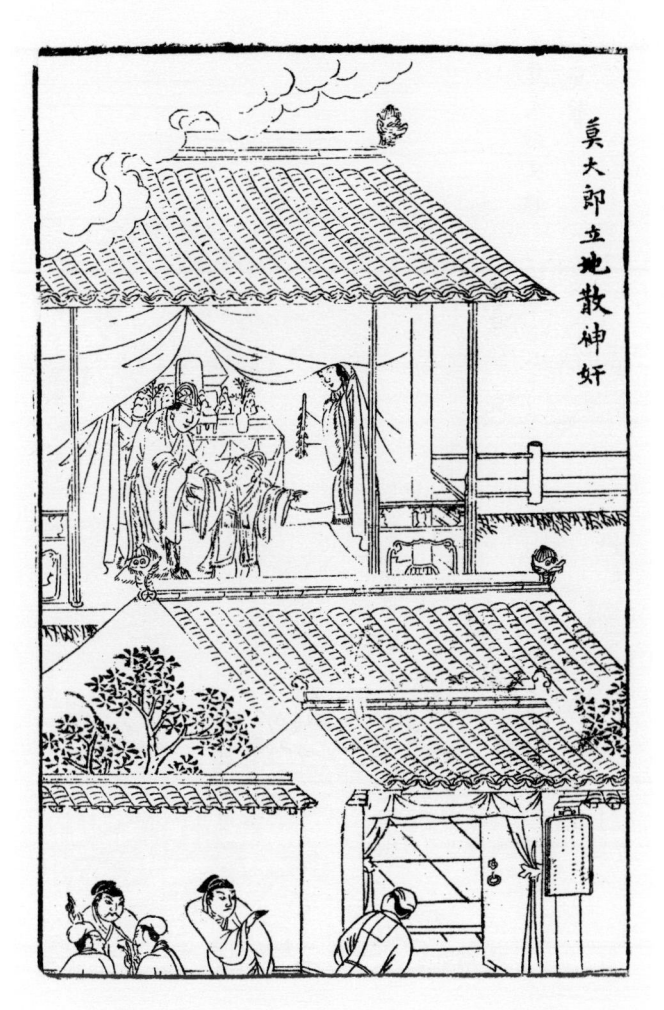

卷之十・莫大郎立地散神奸

焦文姬生仇死報

二刻拍案惊奇卷之五

襄敏公元宵失子　十三郎五岁朝天

词云：

瑞烟浮禁苑。正绛阙春回，新正方半。冰轮[1]桂华满。溢花衢歌市，芙蓉开遍。龙楼两观。见银烛、星球有烂。卷珠帘，尽日笙歌，盛集宝钗金钏。　　堪羡。绮罗丛里，兰麝香中，正宜游玩。风柔夜暖。花影乱，笑声喧。闹蛾儿[2]满路，成团打块，簇着冠儿斗转。喜皇都、旧日风光，太平再见。（词寄《瑞鹤仙》）

这一首词，乃是宋绍兴[3]年间词人康伯可[4]所作。伯可元是北人，随驾南渡，有名是个会做乐府的才子，秦申王[5]荐于高宗皇

---

[1] 冰轮——喻明月。
[2] 闹蛾儿——古代妇女的一种头饰，也叫"闹嚷嚷"，用乌金纸剪成蛱蝶，用小铜丝缠针插于巾帽之上。
[3] 绍兴——宋高宗赵构的年号，公元1131—1162年。赵构称帝前封"康王"。
[4] 康伯可——康与之，字伯可，号顺庵，滑州（今河南省滑县）人，因谄事权奸秦桧，为人所耻；擅词，但多为应制之作，上引词即上元应制。
[5] 秦申王——即秦桧，字会之，江宁（今南京市）人。北宋末为御史中丞，徽、钦二帝被虏北去，他从至金，为太宗弟挞懒所亲信，后遣归南宋，又为高宗宠信，两任宰相，力主向金人称臣乞和。其人极阴险，南宋抗金忠臣良将如岳飞等均被他杀害。申王是他的谥号。

帝。这词单道着上元佳景,高宗皇帝极其称赏,御赐金帛甚多。词中为何说"旧日风光,太平再见"？盖因靖康之乱[1],徽、钦被虏,中原尽属金夷;侥幸康王南渡,即了帝位,偏安一隅,偷闲取乐,还要摸拟盛时光景。故词人歌咏如此,也是自解自乐而已。怎如得当初柳耆卿[2]另有一首词云:

> 禁漏花深,绣工日永,薰风布暖。变韶景、都门十二,元宵三五,银蟾光满。连云复道凌飞观[3]。耸皇居丽,佳气瑞烟葱茜。翠华宵幸,是处层城阆苑。　　龙凤烛、交光星汉。对咫尺鳌山[4]开雉扇。会乐府两籍神仙,梨园四部弦管。向晓色、都人未散。盈万井、山呼鳌抃。愿岁岁,天仗里常瞻凤辇。（词寄《倾杯乐》）

这首词多说着盛时宫禁说话。只因宋时极作兴[5]是个元宵,大张灯火,御驾亲临,君民同乐,所以说道"金吾[6]不禁夜,玉漏莫相催"。

然因是倾城士女通宵出游,没些禁忌,其间就有私期密约,鼠窃狗偷,弄出许多话柄来。当时李汉老[7]又有一首词云:

---

[1] 靖康之乱——靖康为宋钦宗赵桓年号,仅一年,即公元1126年。是年十一月,金军攻陷开封,钦宗及太上皇徽宗均被俘,北宋亡。
[2] 柳耆卿——柳永,字耆卿,建州崇安（今福建省武夷山市）人,官至屯田员外郎,北宋著名词人。
[3] "连云"句——此句底本原佚"连云复道"四字,据柳永词补。
[4] 鳌山——旧时元宵节的一种灯景,将各种灯堆扎成一座鳌形的小山,故得名。
[5] 作兴——吴方言,时兴,流行。
[6] 金吾——即"金吾卫",唐、宋时宫廷禁卫的一种。
[7] 李汉老——李邴,字汉老,任城（今山东省济宁市）人。能词,北宋末年官翰林学士,南宋高宗时迁尚书左丞,改参知政事。

帝城三五，灯光花市盈路。天街游处。此时方信，凤阙都民，奢华豪富。纱笼才过处，喝道转身，一壁小来且住。见许多才子艳质，携手并肩低语。　　东来西往谁家女？买玉梅争戴，缓步香风度。北观南顾。见画烛影里，神仙无数。引人魂似醉，不如趁早，步月归去。这一双情眼，怎生禁得，许多胡觑。（词寄《女冠子》）

细看此一词，可见元宵之夜，趁着喧闹丛中，干那不三不四勾当的，不一而足，不消说起。而今在下说一件元宵的事体，直教：

闹动公侯府，分开帝主颜。

猾徒入地去，稚子见天还。

话说宋神宗朝有个大臣王襄敏公[1]，单讳着一个韶字。全家住在京师，真是潭潭相府，富贵奢华，自不必说。那年正月十五元宵佳节，其时王安石[2]未用，新法未行，四境无侵，万民乐业，正是太平时候。家家户户点放花灯，自从十三日为始，十街九市，欢呼达旦。这夜十五日是正夜，年年规矩，官家[3]亲自出来赏玩通宵，倾城士女专待天颜一看。且是此日难得一轮明月当空，照耀如同白昼，映着

---

[1] 王襄敏公——王韶，字子纯，江州德安（今江西省德安县）人，北宋名将，曾任经略安抚使兼知熙州，多次打败羌族的入侵。襄敏是他的谥号。
[2] 王安石——字介甫，号半山，临川（今江西省抚州市临川区）人。北宋著名的政治家和文学家，熙宁二年（1069）拜参知政事，实行变法，次年拜相。变法因受保守派反对，后失败。
[3] 官家——对皇帝的一种称呼。宋释文莹《湘山野录》："三王官天下，五帝家天下，故称官家。"

名色奇巧花灯，从来叫做灯月交辉，极为美景。襄敏公家内眷，自夫人以下，老老幼幼，没一个不打扮齐整了，祗候人[1]牵着帷幕，出来街上看灯游耍。看官，你道如何用着帷幕？盖因官宦人家女眷，恐防街市人挨挨擦擦，不成体面，所以或用绢段，或用布匹等类，扯作长圈围着，只要隔绝外边人，他在里头走的人，原自四边看得见的。晋时叫他做步障，故有紫丝步障、锦步障之称。这是大人家规范如此。

闲话且过。却说襄敏公有个小衙内[2]，是他末堂[3]最小的儿子，排行第十三，小名叫做南陔。年方五岁，聪明乖觉，容貌不凡。合家内外大小都是喜欢他的，公与夫人自不必说。其时也要到街上看灯。大宅门中衙内，穿着齐整还是等闲，只头上一顶帽子，多是黄豆来大不打眼的洋珠，穿成双凤穿牡丹花样；当面前一粒猫儿眼[4]宝石，睛光闪烁；四围又是五色宝石镶着，乃是鸦青祖母禄之类。只这顶帽也值千来贯钱。襄敏公分付一个家人王吉驮在背上，随着内眷一起看灯。

那王吉是个晓法度的人，自道身是男人，不敢在帷中走，只相傍帷外而行。行到宣德门前，恰好神宗皇帝正御宣德门楼。圣旨许令万目仰观，金吾卫不得拦阻。楼上设着鳌山，灯光灿烂，香烟馥郁，奏

---

[1] 祗候人——对吏役的称谓。
[2] 衙内——也作"牙内"，五代宋初，藩镇的亲卫官多以亲子弟充任，后因称官府权贵的子弟为"衙内"。
[3] 末堂——子女中最后出生的。
[4] 猫儿眼——与下文"鸦青"、"祖母禄（也作绿）"，均为珍贵宝石名。

动御乐,箫鼓喧阗。楼下施呈百戏[1],供奉御览。看的真是人山人海,挤得缝地都没有了。有翰林承旨王禹玉《上元应制》诗为证:

雪消华月满仙台,万烛当楼宝扇开。

双凤云中扶辇下,六鳌海上驾山来。

镐京春酒沾周宴,汾水秋风陋汉才。

一曲升平人尽乐,君王又进紫霞杯。

此时王吉拥在人丛之中,因为肩上负了小衙内,好生不便,观看得不甚像意。忽然觉得背上轻松了些,一时看得浑[2]了,忘其所以,伸伸腰,抬抬头,且是自在,呆呆里向上看着。猛然想道:"小衙内呢?"急回头看时,眼见得不在背上。四下一望,多是面生之人,竟不见了小衙内踪影。欲要找寻,又被挤住了脚,行走不得。王吉心慌撩乱,将身子尽力挨出,挨得骨软筋麻,才到得稀松之处。遇见府中一伙人,问道:"你们见小衙内么?"府中人道:"小衙内是你负着,怎倒来问我们?"王吉道:"正在闹嚷之际,不知那个伸手来我背上接了去。想必是府中弟兄们见我费力,替我抱了,放松我些,也不见得。我一时贪个松快,人闹里不看得仔细,及至寻时,已不见了。你们难道不曾撞见?"府中人见说,大家慌张起来,道:"你来作怪了,这是作耍的事?好如此不小心!你在人千人万处失去了,却在此问张问李,岂不误事?还是分头再到闹头里寻去!"一伙十来个人同了王吉,挨出挨入,高呼

---
[1] 百戏——古代乐舞杂技表演的总称。
[2] 浑——糊涂了。

大叫。怎当得人多得紧了,茫茫里向那个问是? 落得眼睛也看花了,喉咙也叫哑了,并无一些影响。

寻了一回,走将拢来,我问你,你问我,多一般不见,慌做了一团。有的道:"或者那个抱了家去了。"有的道:"你我都在,又是那一个抱去?"王吉道:"且到家问问看又处。"一个老家人道:"决不在家里。头上东西,耀人眼目,被歹人连人盗拐去了。我们且不要惊动夫人,先到家禀知了相公,差人及早缉捕为是。"王吉见说要禀知相公,先自怯了一半,道:"如何回得相公的话? 且从容计较打听,不要性急便好。"府中人多是着了忙的,那由得王吉主张? 一齐奔了家来。私下问问,那得个小衙内在里头? 只得来见襄敏公,却也喏喏嚅嚅,未敢一直说失去小衙内的事。

襄敏公见众人急急之状,倒问道:"你等去未多时,如何一齐跑了回来? 且多有些慌张失智光景,必有缘故。"众家人才把王吉在人丛中失去小衙内之事说了一遍。王吉跪下,只是叩头请死。襄敏公毫不在意,笑道:"去了自然回来,何必如此着急?"众家人道:"此必是歹人拐了去,怎能勾回来? 相公还是着落[1]开封府及早追捕,方得无失。"襄敏公摇头道:"也不必。"众人道是一番天样大、火样急的事,怎知襄敏公看得等闲,声色不动,化做一杯雪水。众人不解其意,只得到帷中禀知夫人。夫人惊慌,抽身急回,噙着一把眼泪,来与相

---
〔1〕 着落——吴方言,"叫……负责"的意思,与卷三"着落他行李在书房中"用义不同。

公商量。襄敏公道:"若是别个儿子失去,便当急急寻访。今是吾十三郎,必然自会归来,不必忧虑。"夫人道:"此子虽然伶俐,点点年纪,奢遮煞也只是四五岁的孩子。万众之中挤掉了,怎能勾自会归来?"养娘每道:"闻得歹人拐人家小厮去,有擦瞎眼的,有斫掉脚的,千方百计摆布坏了,装做叫化的化钱。若不急急追寻,必然衙内遭了毒手。"各各啼哭不住。家人每道:"相公便不着落府里缉捕,招帖[1]也写几张,或是大张告示,有人贪图赏钱,便有访得下落的来报了。"一时间你出一说,我出一见,纷纭乱讲。只有襄敏公怡然不以为意,道:"随你议论百出,总是多的。过几日自然来家。"夫人道:"魔合罗[2]般一个孩子,怎生舍得失去了,不在心上?说这样懈话!"襄敏公道:"包在我身上,还你一个旧孩子便了,不要性急。"夫人那里放心?就是家人每、养娘每,也不肯信相公的话。夫人自分付家人各处找寻去了,不题。

却说那晚南陔在王吉背上,正在挨挤喧嚷之际,忽然有个人趁近到王吉身畔,轻轻伸手过来接去,仍旧一般驮着。南陔贪着观看,正在眼花撩乱,一时不觉。只见那一个人负得在背,便在人丛里乱挤将过去,南陔才喝声道:"王吉如何如此乱走!"定睛一看,那里是个王吉?衣帽装束多另是一样了。南陔年纪虽小,心里煞是聪明,便晓得是个歹人,被他闹里来拐了。欲待声张,左右一看,并无一个认得的熟人。

------

[1] 招帖——亦作"招贴",犹如现在张贴的"启事"。
[2] 魔合罗——也作"摩侯罗"、"摩诃罗"、"磨喝乐",即泥娃娃。宋元习俗,每至七夕乞巧,多用泥土雕塑泥娃娃,作为供养物。

他心里思量道:"此必贪我头上珠帽,若被他掠去,须难寻讨。我且藏过帽子,我身子不怕他怎地。"遂将手去头上除下帽子来,揣在袖中。也不言语,也不慌张,任他驮着前走,却像不晓得甚么的。将近东华门,看见轿子四五乘叠联而来。南陔心里忖量道:"轿中必有官员贵人在内,此时不声张求救,更待何时?"南陔觑轿子来得较近,伸手去攀着轿幰[1],大呼道:"有贼!有贼!救人!救人!"那负南陔的贼出于不意,骤听得背上如此呼叫,吃了一惊。恐怕被人拿住,连忙把南陔撩下背来,脱身便走,在人丛里混过了。

轿中人在轿内闻得孩子声唤,推开帘子一看,见是个青头白脸魔合罗般一个小孩子,心里喜欢。叫住了轿,抱将过来,问道:"你是何处来的?"南陔道:"是贼拐了来的。"轿中人道:"贼在何处?"南陔道:"方才叫喊起来,在人丛中走了。"轿中人见他说话明白,摩他头道:"乖乖,你不要心慌,且随我去再处。"便双手抱来放在膝上,一直进了东华门,竟入大内[2]去了。你道轿中是何等人?元来是穿宫的高品近侍中大人[3]。因圣驾御楼观灯已毕,先同着一般的中贵四五人,前去宫中排宴。不想遇着南陔叫喊,抱在轿中,进了大内。中大人分付从人,领他到自己入直[4]的房内,与他果品吃着,被卧温着,恐防惊吓了他,叮嘱又叮嘱。内监心性喜欢小的,自然如此。

------

[1] 轿幰(xiǎn显)——轿子的帐幕。
[2] 大内——皇宫之内。
[3] 中大人——即下文所说的"中贵",对宦官的一种尊称。
[4] 入直——官员入宫值班供职。直,通"值"。

次早,中大人四五人直到神宗御前,叩头跪禀道:"好教万岁爷爷得知,奴婢等昨晚随侍赏灯回来,在东华门外拾得一个失落的孩子,领进宫来。此乃万岁爷爷得子之兆,奴婢等不胜喜欢。未知是谁家之子,未请圣旨,不敢擅便。特此启奏。"神宗此时前星[1]未耀,正急的是生子一事。见说拾得一个孩子,也道是宜男之祥,喜动天颜,叫快宣来见。

中大人领旨,急到入直房内,抱了南陔,先对他说:"圣旨宣召,如今要见驾哩,你不要惊怕。"南陔见说见驾,晓得是见皇帝了,不慌不忙,在袖中取出珠帽来,一似昨日带了。随了中大人,竟来见神宗皇帝。娃子家虽不曾习着甚么嵩呼拜舞之礼,却也擎拳曲腿,一拜两拜的叩头稽首,喜得个神宗跌脚欢忻。御口问道:"小孩子,你是谁人之子?可晓得姓么么?"南陔竦然起答道:"儿姓王,乃臣韶之幼子也。"神宗见他说出话来,声音清朗,且语言有体,大加惊异。又问道:"你缘何得到此处?"南陔道:"只因昨夜元宵,举家观灯,瞻仰圣容,嚷乱之中,被贼人偷驮背上前走。偶见内家[2]车乘,只得叫呼求救。贼人走脱,臣随中贵大人一同到此。得见天颜,实出万幸。"神宗道:"你今年几岁了?"南陔道:"臣五岁了。"神宗道:"小小年纪,便能如此应对,王韶可谓有子矣。昨夜失去,不知举家何等惊惶。朕今即要送还汝父,只可惜没查处那个贼人。"南陔对道:"陛下要查此

---

[1] 前星——指太子。《汉书·五行志下》:"心,大星,天王也。其前星,太子;后星,庶子也。"
[2] 内家——内宫、皇家。

贼，一发不难。"神宗惊喜道："你有何见，可以得贼？"南陔道："臣被贼人驮走，已晓得不是家里人了，便把头带的珠帽除下藏好。那珠帽之顶，有臣母将绣针彩线插戴其上，以厌不祥。臣比时在他背上，想贼人无可记认，就于除帽之时，将针线取下，密把他衣领缝线一道，插针在衣内，以为暗号。今陛下令人密查，若衣领有此针线者，即是昨夜之贼。有何难见？"神宗大惊道："奇哉此儿！一点年纪，有如此大见识。朕若不得贼，孩子不如矣。待朕擒治了此贼，方送汝回去。"又对近侍夸称道："如此奇异儿子，不可令宫闱中人不见一见。"传旨急宣钦圣皇后见驾。

穿宫人传将旨意进宫，宣得钦圣皇后到来。山呼行礼已毕，神宗对钦圣道："外厢有个好儿子，卿可暂留宫中，替朕看养他几日，做个得子的谶兆[1]。"钦圣虽然遵旨谢恩，不知甚么事由，心中有些犹豫不决。神宗道："要知详细，领此儿到宫中问他，他自会说明白。"钦圣得旨，领了南陔，自往宫中去了。神宗一面写下密旨，差个中大人赍到开封府，是长是短的从头分付了大尹[2]，立限捕贼以闻。

开封府大尹奉得密旨，非比寻常，访贼的事怎敢时刻怠缓？即唤过当日缉捕使臣何观察[3]，分付道："今日奉到密旨，限你三日内，要拿元宵夜做不是[4]的一伙人。"观察禀道："无赃无证，从何缉

----

[1] 谶（chèn 衬）兆——预兆。
[2] 大尹——京都的行政长官。
[3] 观察——宋代称缉捕使臣为"观察"。
[4] 不是——俗指过失，这里指干坏事。

捕?"大尹叫何观察上来,附耳低言,把中大人所传衣领针线为号之说说了一遍。何观察道:"恁地时,三日之内管取[1]完这头公事,只是不可声扬。"大尹道:"你好干这事,此是奉旨的,非比别项盗贼。小心在意!"观察声喏而出。到得使臣房,集齐一班眼明手快的公人来商量道:"元宵夜趁着热闹做歹事的,不止一人。失事的也不止一家。偶然这一家小的儿不曾捞得去,别家得手处必多。日子不远,此辈不过在花街柳陌、酒楼饭店中,庆松取乐,料必未散。虽是不知姓名地方,有此暗记,还怕甚么?遮莫没踪影的,也要寻出来。我每几十个做公的,分头体访,自然有个下落。"当下派定张三往东,李四往西。各人认路,茶坊酒肆,凡有众人团聚、面生可疑之处,即便留心,挨身体看。各自去讫。

元来那晚这个贼人,有名的叫做"雕儿手"。一起有十来个,专一趁着闹热时节,人丛里做那不本分的勾当。有诗为证:

> 昏夜贪他唾手财,全凭手快眼儿乖。
>
> 世人莫笑胡行事,譬似求人更可哀。

那一个贼人,当时在王家门首窥探踪迹,见个小衙内齐整打扮,背将出来,便自上了心,一路尾着走,不离左右。到了宣德门楼下,正在挨挤喧哄之处,觑个空便,双手溜将过来,背了就走。欺他是小孩子,纵有知觉,不过惊怕啼哭之类,料无妨碍,不在心上。不隄防到官轿旁边,却会叫喊"有贼"起来。一时着了忙,想道:"利害!"卸着便走。

---

[1] 管取——管保、一定。

更不知背上头暗地里又被他做工夫,留下记认了。此是神仙也不猜到之事。后来脱去,见了同伙,团聚拢来,各出所获之物,如簪钗、金宝、珠玉、貂鼠暖耳、狐尾护颈之类,无所不有;只有此人却是空手,述其缘故。众贼道:"何不单雕[1]了珠帽来?"此人道:"他一身衣服,多有宝珠钮嵌,手足上各有钏镯。就是四五岁一个小孩子,好歹也值两贯钱,怎舍得轻放了他?"众贼道:"而今孩子何在?正是贪多嚼不烂了。"此人道:"正在内家轿边叫喊起来,随从的虞候虎狼也似,好不[2]多人在那里。不兜住[3]身子,便算天大侥幸,还望财物哩!"众贼道:"果是利害!而今幸得无事,弟兄们且打平伙,吃酒压惊去。"于是一日轮一个做主人,只拣隐僻酒务[4],便去畅饮。

是日,正在玉津园旁边一个酒务里头欢呼畅饮。一个做公的叫做李云,偶然在外经过,听得猜拳豁指、呼红喝六[5]之声。他是有心的,便趐[6]进门来一看,见这些人举止气象,心下有十分瞧科。走去坐了一个独副座头[7],叫声:"买酒饭吃。"店小二先将盏箸安顿去了,他便站将起来,背着手踅来踅去,侧眼把那些人逐个个觑将

---

[1] 雕——此处作动词用,意为攫取、抢夺。
[2] 好不——极、非常。"不"字加强语气,无实义。
[3] 兜住——逮住、拿住。
[4] 酒务——即酒店。酒为专卖品,宋代设有酒务官专门管理,故称。
[5] 呼红喝六——也叫"呼幺喝六",本指赌博掷骰时的喝彩声,这里借指呼叫吵嚷声。骰子的"幺"点(即一点)为红色,与"六"点均为取胜的点数,故云。
[6] 趐(xué学)——盘旋、转回。
[7] 独副座头——旧时茶楼酒肆配套的桌椅叫"座头",专供一人使用的桌椅叫"独副座头"。

去，内中一个果然衣领上挂着一寸来长短彩线头。李云晓得着手[1]了，叫店家："且慢瀡酒，我去街上邀着个客人一同来吃。"忙走出门，口中打个胡哨[2]，便有七八个做公的走将拢来，问道："李大，有影响么？"李云把手指着店内道："正在这里头，已看的实了。我们几个守着这里，把一个走去，再叫集十来个弟兄，一同下手。"内中一个会走的，飞也似去，又叫了十来个做公的来了。发声喊，望酒务里打进去，叫道："奉圣旨拿元宵夜贼人一伙。店家协力，不得放走了人！"店家听得"圣旨"二字，晓得利害，急集小二、火工、后生人等，执了器械，出来帮助。十来个贼不曾走了一个，多被捆倒。正是：

日间不做亏心事，夜半敲门不吃惊。

大凡做贼的见了做公的，就是老鼠遇了猫儿，见形便伏；做公的见了做贼的，就是仙鹤遇了蛇洞，闻气即知。所以这两项人每每私自相通，时常要些孝顺，叫做"打业钱"。若是捉破了贼，不是甚么要紧公事，得些利市[3]，便放松了。而今是钦限要人的事，衣领上针线斗着海底眼[4]，如何容得宽展？当下捆住，先剥了这一个的衣服。众贼虽是口里还强，却个个肉颤身摇，面如土色。身畔一搜，各有零赃。一直里押到开封府来，报知大尹。

---

〔1〕 着手——落入手中，此指已发现被追捕者而使之无法逃脱。
〔2〕 胡哨——亦作"唿哨"，打口哨，多用作招呼同伴的暗号。
〔3〕 利市——本指节时或喜庆日子的赏钱，这里指贿赂钱、好处费。
〔4〕 斗着海底眼——吴方言，意为符合无误。斗：相合。海底眼：内情、底细、根源。

大尹升堂,验着衣领针线是实,明知无枉,喝教用起刑来,令招实情。捆扒吊拷,备受苦楚,这些顽皮赖肉,只不肯招。大尹即将衣领针线问他道:"你身上何得有此?"贼人不知事端,信口支吾。大尹笑道:"如此剧贼,却被小孩子算破了,岂非天理昭彰?你可记得元宵夜内家轿边叫救人的孩子么?你身上已有了暗记,还要抵赖到那里去!"贼人方知被孩子暗算了,对口无言,只得招出实话来。乃是积年累岁,遇着节令盛时,即便四出剽窃,以及平时略贩子女,伤害性命,罪状山积,难以枚举,从不败露。岂知今年元宵行事之后,卒然被擒,却被小子暗算,惊动天听,以致有此。莫非天数该败,一死难逃!

大尹责了口词,叠成文卷。大尹却记起旧年元宵真珠姬一案,现捕未获的那一件事来。

你道又是甚事?看官,且放下这头,听小子说那一头。也只因宣德门张灯,王侯贵戚女眷多设帷幕,在门外两庑,日间先在那里等候观看。其时有一个宗王,家在东首。有个女儿名唤真珠,因赵姓天潢[1]之族,人都称他真珠族姬。年十七岁,未曾许嫁人家。颜色明艳,服饰鲜丽,耀人眼目。宗王的夫人姨妹族中却在西首。姨娘晓得外甥真珠姬在帷中观灯,叫个丫鬟走来相邀一会。上覆道:"若肯来,当差兜轿来迎。"真珠姬听罢,不胜之喜,便对母亲道:"儿正要见见姨娘,恰好他来相请,是必要去。"夫人亦欣然许允,打发丫鬟先去回话,专候轿来相迎。过不多时,只见一乘兜轿打从西边来到帷前,

----

[1] 天潢——指皇族。

真珠姬孩子心性，巴不得就到那边玩耍。叫养娘们问得是来接的，分付从人随后来，自己不耐烦等待，慌忙先自上轿去了。才去得一会，先前来的丫鬟又领了一乘兜轿来到，说道："立等真珠姬相会，快请上轿。"王府里家人道："真珠姬方才先随轿去了，如何又来迎接？"丫鬟道："只是我同这乘轿来，那里又有甚么轿先到？"家人们晓得有些蹊蹊了，大家忙乱起来，闻之宗王，着人到西边去看，眼见得决不在那里的了。急急分付虞候、祇从人等四下找寻，并无影响。急具事状，告到开封府。府中晓得是王府里事，不敢怠慢，散遣缉捕使臣挨查踪迹。王府里自出赏揭，报信者二千贯。竟无下落，不题。

且说真珠姬自上了轿后，但见轿夫四足齐举，其行如飞。真珠姬心里道："是顷刻就到的路，何须得如此慌走？"却也道是轿夫脚步惯了的，不以为意。及至抬眼看时，倏忽转湾，不是正路，渐渐走到狭巷里来，轿夫们脚高步低，越走越黑。心里正有些疑惑，忽然轿住了，轿夫多走了去。不见有人相接，只得自己掀帘，走出轿来，定睛一看，只叫得苦。元来是一所古庙，旁边鬼卒十馀个，各持兵杖。夹立中间坐着一位神道，面阔尺馀，须髯满颊，目光如炬，肩臂摇动，像个活的一般。真珠姬心慌，不免下拜。神道开口大言道："你休得惊怕。我与汝有夙缘，故使神力摄你至此。"真珠姬见神道说出话来，愈加惊怕，放声啼哭起来。旁边两个鬼卒走来扶着。神道说："快取压惊酒来！"旁边又一鬼卒，斟着一杯热酒，向真珠姬口边奉来。真珠姬欲待推拒，又怀惧怕，勉强将口接着，被他一灌而尽。真珠姬早已天旋地转，不知人事，倒在地下。神道走下座来，笑道："着了手也！"旁边鬼卒多攒将拢来,同神道各卸了装束,除下面具,元来个个多是活人,乃一伙剧贼装成的。将蒙汗药灌倒了真珠姬,抬到后面去。后面走将一个婆子出来,扶去放在床上眠着。众贼汉乘他昏迷,次第奸淫。可怜金枝玉叶之人,零落在狗党狐群之手。奸淫已毕,分付婆子看好,各自散去,别做〔1〕歹事了。

真珠姬睡至天明,看看苏醒。睁眼看时,不知是那里,但见一个婆子在旁边坐着。真珠姬自觉阴户疼痛,把手摸时,周围虚肿,明知着了人手。问婆子道:"此是何处,将我送在这里?"婆子道:"夜间众好汉每送将小娘子来的。不必心焦,管取你就落好处便了。"真珠姬道:"我是宗王府中闺女,你每歹人怎如此胡行乱做?"婆子道:"而今说不得王府不王府了。老身见你是金枝玉叶,须不把你作贱。"真珠姬也不晓得他的说话因由,侮〔2〕着眼只是啼哭。元来这婆子是个牙婆〔3〕,专一走大人家雇卖人口的。这伙剧贼掠得人口,便来投他家下,留下几晚,就有头主〔4〕来成了去的。那时留了真珠姬,好言温慰得熟分。刚两三日,只见一日一乘轿来抬了去,已将他卖与城外一个富家为妾了。

主翁成婚后,云雨之时,心里晓得不是处子。却见他美色,甚是喜欢,不以为意,更不曾提起,问他来历。真珠姬也深怀羞愤,不敢轻

---

〔1〕 别做——另做。
〔2〕 侮——通"捂"。
〔3〕 牙婆——专为买卖人口作居间人的妇女。
〔4〕 头主——即主顾。

易自言。怎当得那家姬妾颇多,见一人专宠,尽生嫉妒之心,说他来历不明,多管是在家犯奸,被逐出来的奴婢。日日在主翁耳根边激聒[1]。主翁听得不耐烦,偶然问其来处。真珠姬揆[2]着心中事,大声啼泣,诉出事由来,方知是宗王之女被人掠卖至此。主翁多曾看见榜文赏帖的,老大吃惊,恐怕事发连累,急忙叫人寻取原媒牙婆,已自不知去向了。

主翁寻思道:"此等奸徒,此处不败,别处必露。到得跟究起来,现赃在我家,须藏不过,可不是天大利害?况且王府女眷,不是取笑,必有寻着根底的日子。别人做了歹事,把个愁布袋丢在这里,替他顶死不成?"心生一计,叫两个家人家里抬出一顶破竹轿来,装好了,请出真珠姬来,主翁纳头便拜道:"一向有眼不识贵人,多有唐突。却是辱莫了贵人,多是歹人做的事,小可并不知道。今情愿折了身价,白送贵人还府。只望高抬贵手,凡事遮盖,不要牵累小可则个。"真珠姬见说送他还家,就如听得一封九重[3]恩赦到来。又原是受主翁厚待的,见他小心陪礼,好生过意不去,回言道:"只要见了我父母,决不题起你姓名罢了。"主翁请真珠姬上了轿,两个家人抬了飞走,真珠姬也不及分别一声。慌忙走了五七里路,一抬抬至荒野之中,抬轿的放下竹轿,抽身便走,一道烟去了。

真珠姬在轿中探头出看,只见静悄无人。走出轿来,前后一看,

---

[1] 激聒——唠叨。
[2] 揆(kuí 奎)——触及。
[3] 九重——指皇帝。

连两个抬轿的影踪不见。慌张起来道:"我直如此命蹇[1]！如何不明不白,抛我在此？万一又遇歹人,如何是好？"没做理会[2]处,只得仍旧进轿坐了,放声大哭起来,乱喊乱叫,将身子在轿内撅掷不已,头发多撅得蓬松。此时正是春三月天道,时常有郊外踏青的。有人看见空旷之中,一乘竹轿内有人大哭,不胜骇异,渐渐走将拢来。起初止是一两个人,后来簸箕般围将转来,你诘我问,你喧我嚷。真珠姬慌慌张张,没口得分诉,一发说不出一句明白话来。内中有老成人,摇手叫四旁人莫嚷,朗声问道:"娘子是何家宅眷,因甚独自歇轿在此？"真珠姬方才噙了眼泪,说得话出来道:"奴是王府中族姬,被歹人拐来在此的。有人报知府中,定当重赏。"当时王府中赏帖、开封府榜文,谁不知道？真珠姬话才出口,早已有请功的飞也似去报了。

须臾之间,王府中干办、虞候,走了偌多人来认看,果然破轿之内坐着的是真珠族姬。慌忙打轿来换了,抬归府中。父母与合家人等看见头鬏鬓乱,满面泪痕,抱着大哭。真珠姬一发乱撅乱掷,哭得一佛出世,二佛生天[3]。直等哭得尽情了,方才把前时失去、今日归来的事端,一五一十告诉了一遍。宗王道:"可晓得那讨你的是那一家？便好挨查。"真珠姬心里还护着那主翁,回言道:"人家便认得,

----

[1] 命蹇(jiǎn 简)——命运多灾难。
[2] 理会——办法。
[3] 一佛出世,二佛生天——意即死去活来。佛家称生为"出世",称死为"生天"。

却是不晓得姓名,也不晓得地方。又来得路远了,不记起在那一边。抑且那人家原不知情,多是歹人所为。"宗王心里道是家丑不可外扬,恐女儿许不得人家,只得含忍过了,不去声张下老实根究,只暗地嘱付开封府,留心访贼罢了。

隔了一年,又是元宵之夜,弄出王家这件事来。其时大尹拿倒王家做歹事的贼,记得王府中的事,也把来问问看。果然即是这伙人。大尹咬牙切齿,拍案大骂道:"这些贼男女,死有馀辜!"喝教加力行杖,各打了六十讯棍,押下死囚牢中,奏请明断发落。奏内大略云:

群盗元夕所为,止于胠箧[1],居恒所犯,尽属椎埋[2]。似此枭獍之徒,岂容辇毂之下?合行骈戮,以靖邦畿。

神宗皇帝见奏,晓得开封府尽获盗犯,笑道:"果然不出小孩子所算。"龙颜大喜,批准奏章,着会官即时处决。又命开封府再录狱词一通来看。开封府钦此钦遵,处斩众盗已毕,一面回奏,复将前后犯由狱词,详细录上。神宗得奏,即将狱词笼在袍袖之中,含笑回宫。

且说正宫钦圣皇后,那日亲奉圣谕,赐与外厢小儿鞠养,以为得子之兆,当下谢恩,领回宫中来。试问他来历备细,那小孩子应答如流,语言清朗。他在皇帝御前也曾经过,可知道不怕面生,就像自家屋里一般,嘻笑自若。喜得个钦圣心花也开了,将来抱在膝上,"宝器心肝"的不住的叫。命宫娥取过梳妆匣来,替他掠发整容,调脂画

---

[1] 胠箧(qūqiè 区怯)——撬开箱子,借指盗窃。
[2] 椎埋——杀人埋尸。

额，一发打扮得齐整。合宫妃嫔闻得钦圣宫中御赐一个小儿，尽皆来到宫中，一来称贺娘娘，二来观看小儿。盖因小儿是宫中所不曾有的，实觉稀罕。及至见了，又是一个眉清目秀，唇红齿白，魔合罗般一个能言能语，百问百答，你道有不快活的么？妃嫔每要奉承娘娘，亦且喜欢孩子，争先将出宝玩、金珠、钏镯等类来做见面钱，多塞在他小袖子里。袖子里盛满了，着不得。钦圣命一个老内人[1]，逐一替他收好了，又叫领了他到各宫朝见顽耍。各宫以为盛事，你强我赛，又多各有赏赐。宫中好不喜欢热闹。

如是十来日，正在喧哄之际，忽然驾幸钦圣宫，宣召前日孩子。钦圣当下率领南陔朝见已毕，神宗问钦圣道："小孩子莫惊怕否？"钦圣道："蒙圣恩敕令暂鞠此儿，此儿聪慧非凡，虽居禁地，毫不改度，老成人不过如此。实乃陛下洪福齐天，国家有此等神童出世。臣妾不胜欣幸。"神宗道："好教卿等知道，只那夜做歹事的人，尽被开封府所获。则为衣领上针线暗记，不到得走了一个。此儿可谓有智极矣！今贼人尽行斩讫。怕他家里不知道，在家忙乱，今日好好送还他去。"钦圣与南陔各叩首谢恩。当下传旨，敕令前日抱进宫的那个中大人护送归第，御赐金犀一簏，与他压惊。中大人得旨，就御前抱了南陔，辞了钦圣，一路出宫。钦圣尚兀自好些不割舍他，梯己自有赏赐，与同前日各宫所赠之物总贮一箧，令人一同交付与中大人收好，送到他家。中大人出了宫门，传命辆起犊车，赍了圣旨，就抱南陔坐

---

[1] 内人——宫人。

在怀里了,径望王家而来。

> 去时蓦地偷将去,来日从天降下来。
> 孩抱何缘亲见帝?恍疑鬼使与神差。

话说王襄敏家中自那晚失去了小衙内,合家里外大小,没一个不忧愁思虑,哭哭啼啼。只有襄敏毫不在意,竟不令人追寻。虽然夫人与同管家的分付众家人各处探访,却也并无一些影响。人人懊恼,没个是处。忽然此日朝门上飞报将来,有中大人亲赍圣旨到第开读。襄敏不知事端,分付忙排香案迎接,自己冠绅袍笏,俯伏听旨。只见中大人抱了个小孩子下犊车来。家人上前来争看,认得是小衙内,倒吃了一惊。不觉大家手舞足蹈,禁不得喜欢。中大人喝道:"且听宣圣旨!"高声宣道:

> 卿元宵失子,乃朕获之,今却还卿。特赐压惊物一簏,奖其幼志。钦哉。

中大人宣毕,襄敏拜舞谢恩已了,请过圣旨,与中大人叙礼,分宾主坐定。中大人笑道:"老先儿[1]好个乖令郎!"襄敏正要问起根由,中大人笑嘻嘻的袖中取出一卷文书出来,说道:"老先儿要知令郎去来事端,只看此一卷,便明白了。"襄敏接过手来一看,乃开封府获盗狱词也。襄敏从头看去,见是密诏开封府捕获,便道:"乳臭小儿如此惊动天听,又烦圣虑获贼,直教老臣粉身碎骨,难报圣恩万一。"中大人笑道:"这贼多是令郎自家拿倒的,不烦一毫圣虑,所以为妙。"南

---

[1] 老先儿——老先生。先儿是先生的略称。

陔当时就口里说那夜怎的长,怎的短,怎的见皇帝,怎的拜皇后,明明朗朗,诉个不住口。

先前合家人听见圣旨到时,已攒在中门口观看。及见南陔出车来,大家惊喜,只是不知头脑。直待听见南陔备细述此一遍,心下方才明白,尽多赞叹他乖巧之极。方信襄敏不在心上,不肯追求,道是他自家会归来的,真有先见之明也。

襄敏分付治酒款待中大人。中大人就将圣上钦赏压惊金犀及钦圣与各宫所赐之物,陈设起来,真是珠宝盈庭,光彩夺目,所直[1]不啻巨万。中大人摩着南陔的头道:"哥,勾你买果儿吃了。"襄敏又叩首对阙谢恩。立命馆客[2]写下谢表,先附中大人陈奏,等来日早朝面圣,再行率领小子谢恩。中大人道:"令郎哥儿是咱家遇着,携见圣人的。咱家也有个薄礼儿,做个记念。"将出元宝二个,彩段八表里[3]来。襄敏再三推辞不得,只得收了。另备厚礼答谢过中大人。中大人上车,回覆圣旨去了。

襄敏送了回来,合家欢庆。襄敏公道:"我说你们不要忙,我十三必能自归。今非但归来,且得了许多恩赐,又已拿了贼人,多是十三自己的主张来。可见我不着急的是么?"合家各各称服。

---

[1] 直——通"值"。
[2] 馆客——蒙童之师。
[3] 彩段八表里——段,通"缎"。表里,指衣服的面子和里子,"八表里"即八套衣料。

后来南陔取名王棻,政和[1]年间大有文声,功名显达。只看他小时举动如此,已占大就矣。

小时了了大时佳,五岁孩童已足夸。

计缚剧徒如反掌,直教天子送还家。

---

[1] 政和——宋徽宗赵佶年号,公元1111—1118年。

二刻拍案惊奇卷之六

李将军错认舅　刘氏女诡从夫

诗云：
>在天愿为比翼鸟，在地愿为连理枝。
>天长地久有时尽，此恨绵绵无限期。

这四句乃是白乐天《长恨歌》中之语。当日只为唐明皇与杨贵妃[1]，七月七日之夜，在长生殿[2]前对天发了私愿，愿生生世世，得为夫妇。后来马嵬之难，杨贵妃自缢。明皇心中不舍，命鸿都道士求其魂魄。道士凝神御气，见之玉真仙宫，道是因为长生殿前私愿，还要复降人间，与明皇做来生的夫妇。所以白乐天述其事，做一篇《长恨歌》，有此四句。盖谓世间惟有愿得成双的，随你天荒地老，此情到底不泯也。

---

[1] 唐明皇与杨贵妃——唐明皇即唐玄宗李隆基，公元712—756年在位。前期较有作为，任用姚崇、宋璟为相，国势强大，称为盛世。后期沉迷声色，宠爱杨贵妃，将国事委以权奸杨国忠、李林甫等人，政治日益腐败，终于爆发了安禄山叛乱，唐帝国也从此逐渐衰落。杨贵妃小字玉环，有美色，善歌舞。安禄山反，唐玄宗仓皇逃往蜀地，行至马嵬坡(在陕西省兴平市西)六军不发，玄宗只得缢死杨贵妃。白居易的《长恨歌》是最早记述唐明皇与杨贵妃故事的长篇叙事诗。
[2] 长生殿——唐玄宗天宝元年(742)建造于骊山华清宫的一座宫殿。

小子而今先说一个不愿成双的古怪事,做个得胜头回[1]。

宋时唐州比阳[2]有个富人王八郎,在江淮做大商,与一个娼妓往来得密。相与日久,胜似夫妻,每要取他回家。家中先已有妻子,甚是不得意。既有了娶娼之意,归家见了旧妻时,一发觉得厌憎,只管寻是寻非,要赶逐妻子出去。那妻子是个乖巧的,见不是头,也就怀着二心,无心恋着夫家。欲待要去,只可惜先前不曾留心积攒得些私房[3],未好便轻易走动。其时身畔有一女儿,年止数岁,把他做了由头[4],婉辞哄那丈夫道:"我嫁你已多年了,女儿又小,你赶我出去,叫我那里去好?我决不走路的。"口里如此说,却日日打点出去的计较。

后来王生竟到淮上,带了娼妇回来。且未到家,在近巷另赁一所房子,与他一同住下。妻子知道,一发坚意要去了,把家中细软尽情藏过,狼犺家伙什物,多将来卖掉。等得王生归来家里,椅桌多不完全,箸长碗短,全不似人家模样。访知尽是妻子败坏了。一时发怒道:"我这番决留你不得了!今日定要决绝。"妻子也奋然攘臂道:"我晓得到底容不得我!只是要我去,我也要去得明白。我与你当

---

[1] 得胜头回——简称"头回",也叫"入话",是宋、元时说书人开场后先插加的小故事,然后引入正文,具有等待听众的用意,又不至使先来者感到寂寞。
[2] 唐州比阳——唐州辖境在今河南省桐柏山北边泌阳河流域,治所在比阳,即今泌阳县。
[3] 私房——古时,兄弟同居,各自的住房称"私房"。后称个人(多指妇女)的私蓄。
[4] 由头——缘由、借口。

官休去〔1〕。"当下扭住了王生双袖,一直嚷到县堂上来。

知县问着备细,乃是夫妻两人彼此愿离,各无系恋。取了口词,画了手模〔2〕,依他断离了。家事对半分开,各自度日;妻若再嫁,追产还夫。所生一女,两下争要。妻子诉道:"丈夫薄幸,宠娼弃妻。若留女儿与他,日后也要流落为娼了。"知县道他说得是,把女儿断与妻子领去。各无词说,出了县门,自此两人各自分手。王生自去接了娼妇到家同住。妻子与女儿,另在别村去买一所房子住了,买些瓶罐之类,摆在门前,做些小经纪。他手里本自有钱,恐怕丈夫他日还有别是非,故意装这个模样。

一日,王生偶从那里经过,恰好妻子在那里搬运这些瓶罐。王生还有些旧情不忍,好言对他道:"这些东西能进〔3〕得多少利息?何不别做些甚么生意?"其妻大怒,赶着骂道:"我与你决绝过了,便同路人。要你管我怎的?来调甚么喉嗓?"王生老大没趣,走了回来。自此再不相问了。

过了几时,其女及笄〔4〕,嫁了方城〔5〕田家。其妻方将囊中蓄积搬将出来,尽数与了女婿,约有十来万贯,皆在王家时瞒了丈夫所藏下之物也。可见王生固然薄幸有外好,其妻元也不是同心的了。

---

〔1〕 休去——犹如说去离婚。封建时代丈夫抛弃妻子谓之"休"。
〔2〕 手模——即手印,在契据、供状上打的指纹。
〔3〕 进——原作"近",似为"進"(进)字刻误。
〔4〕 及笄(jī 基)——女子到了可以盘发插笄的年龄,即到了成年。笄,簪子。
〔5〕 方城——县名,今属河南省。

后来王生客死淮南。其妻在女家亦死,既已殡殓,将要埋葬。女儿道:"生前与父不合,而今既同死了,该合做了一处,也是我女儿尽孝心。"便叫人去淮南,迎了丧柩归来。重复开棺,一同母尸,各加洗涤,换了衣服,两尸同卧在一榻之上。等天明时辰到了,下了棺,同去安葬。安顿好了,过了一会,女儿走来看看,吃了一惊:两尸先前同是仰卧的,今却东西相背,各向了一边。叫聚合家人,多来看着,尽都骇异。有的道:"眼见得生前不合,死后还如此相背。"有的道:"偶然那个移动了,那里有死尸会掉转来的?"女儿啼啼哭哭,叫爹叫娘,仍旧把来仰卧好了。到得明日下棺之时,动手起尸,两个尸骸仍旧多是侧眠着,两背相向的。方晓得果然是生前怨恨之所致也。女儿不忍,毕竟将来同葬了。要知他们阴中也未必相安的。

此是夫妇不愿成双的榜样,比似那生生世世愿为夫妇的,差了多少!而今说一个做夫妻的被拆散了,死后精灵还归一处,到底不磨灭的话本[1]。可见世间夫妇,原自有这般情种。有诗为证:

　　生前不得同衾枕,死后图他共穴藏。

　　信是世间情不泯,韩凭冢上有鸳鸯[2]。

这个话本,在元顺帝至元[3]年间。淮南有个民家,姓刘,生有

---

〔1〕 话本——说书人的底本。
〔2〕 "韩凭"句——据干宝《搜神记》载:战国时宋康王贪韩凭之妻何氏貌美,夺之。韩凭夫妇各自杀而亡,王使分埋之,两冢相望。有大梓木生于两冢,根交于下,枝错于上。又有雄雌鸳鸯栖于树,交颈悲鸣。
〔3〕 至元——元世祖忽必烈年号,公元1264—1294年。

一女,名唤翠翠。生来聪明异常,见字便认,五六岁时,便能诵读诗书。父母见他如此,商量索性送他到学堂去,等他多读些在肚里,做个不带冠的秀才。邻近有个义学[1],请着个老学究,有好些生童[2]在里头从他读书。刘老也把女儿送去入学。

学堂中有个金家儿子,叫名金定,生来俊雅,又兼赋性聪明。与翠翠一男一女,算是这一堂中出色的了。况又是同年生的,学堂中诸生多取笑他道:"你们两个一般的聪明,又是一般的年纪,后来毕竟是一对夫妻。"金定与翠翠虽然口里不说,心里也暗地有些自认,两下相爱。金生曾做一首诗赠与翠翠,以见相慕之意。诗云:

十二栏杆七宝台,春风到处艳阳开。

东园桃树西园柳,何不移来一处栽?

翠翠也依韵和一首答他,诗云:

平生有恨祝英台[3],怀抱何为不肯开?

我愿东君勤用意,早移花树向阳栽。

在学堂一年有馀,翠翠过目成诵,读过了好些书。已后年已渐长,不到学堂中来了。

十六岁时,父母要将他许聘人家。翠翠但闻得有人议亲,便关了

---

[1] 义学——也叫"义塾",为旧时一种免费的私塾,经费主要靠地租或私人捐助。
[2] 生童——原指生员和童生,这里泛指学童。
[3] 祝英台——梁山伯与祝英台的故事,是我国著名的民间传说,最早见于初唐梁载言的《十道四蕃志》,以后在小说、戏曲中不断充实完善,表现了青年男女争取婚姻自主的强烈愿望。

房门,只是啼哭,连粥饭多不肯吃了。父母初时不在心上,后来见每次如此,心中晓得有些尴尬[1]。仔细问他,只不肯说。再三委曲盘问,许他说了出来必定依他。翠翠然后说道:"西家金定,与我同年。前日同学堂读书时,心里已许下了他。今若不依我,我只是死了,决不去嫁别人的。"父母听罢,想道:"金家儿子虽然聪明俊秀,却是家道贫穷,岂是我家当门对户?"然见女儿说话坚决,动不动哭个不住,又不肯饮食,恐怕违逆了他,万一做出事来。只得许他道:"你心里既然如此,却也不难,我着媒人替你说去。"

刘老寻将一个媒妈来,对他说女儿翠翠要许西边金家定哥的说话。媒妈道:"金家贫穷,怎对得宅上起?"刘妈道:"我家翠小娘[2]与他家定哥同年,又曾同学。翠小娘不是他不肯出嫁,故此要许他。"媒妈道:"只怕宅上嫌贫不肯。既然肯许,却有何难?老媳妇一说便成。"

媒妈领命,竟到金家来说亲。金家父母见说了,惭愧不敢当,回覆媒妈道:"我家甚么家当,敢去扳他?"媒妈道:"不是这等说。刘家翠翠小娘子,心里一定要嫁小官人[3],几番啼哭不食。别家来说的,多回绝了。难得他父母见女儿立志如此,已许下他肯与你家小官人了。今你家若把贫来推辞,不但失了此一段好姻缘,亦且辜负那小娘子这一片志诚好心。"金老夫妻道:"据着我家定哥才貌,也配得他

---

[1] 尴尬——指处境困难,心态神色不自然。
[2] 小娘——吴方言,对女孩的称谓。
[3] 小官人——吴方言,对男孩的称谓。

翠小娘过。只是家下委实贫难,那里下得起聘定? 所以容易应承[1]不得。"媒妈道:"应承由不得不应承,只好把说话放婉曲些。"金老夫妻道:"怎的婉曲?"媒妈道:"而今我替你传去,只说道:'寒家有子,颇知诗书。贵宅见谕,万分盛情,敢不从命? 但寒家起自蓬荜[2],一向贫薄自甘。若要取必聘问婚娶诸仪[3],力不能办。是必见亮[4],毫不责备,方好应承。'如此说去,他家晓得你每下礼不起的,却又违女儿意思不得,必然是件将就了。"金老夫妻大喜道:"多承指教,有劳周全则个。"

媒妈果然把这番话到刘家来复命。刘家父母爱女过甚,心下只要成事。见媒妈说了金定自揣家贫,不能下礼,便道:"自古道:'婚姻论财,夷虏之道。'我家只要许得女婿好,那在财礼? 但是一件,他家既然不足,我女到他家里,只怕难过日子。除非招入我每家里,做个赘婿[5],这才使得。"媒妈再把此意到金家去说。这是倒在金家怀里去做的事,金家有何推托? 千欢万喜,应允不迭。遂凭着刘家拣个好日,把金定招将过去。凡是一应币帛羊酒之类,多是女家自备了过来。从来有这话的:"入舍女婿只带着一张卵袋走。"金家果然不

------

[1] 应承——答应、允诺。
[2] 蓬荜(bì 必)——"蓬门荜户"的略语,形容居住简陋,喻穷苦人家。荜,即"荜拨",一种多年生藤本植物。
[3] 聘问婚娶诸仪——封建时代婚姻嫁娶礼仪很多,有所谓"六礼",即:"纳采"、"问名"、"纳吉"、"纳征"、"请期"、"亲迎"。
[4] 见亮——意即"见谅"。亮,吴方言中有明白的意思,见亮就是看明白。
[5] 赘婿——男方到女方家居住,俗称"入赘",亦即下文所说的"入舍女婿"。

费分毫,竟成了亲事。只因刘翠翠坚意看上了金定,父母拗他不得,只得曲意相从了。

当日过门交拜,夫妻相见,两下里各称心怀。是夜翠翠于枕上口占[1]一词,赠与金生道:

> 曾向书斋同笔砚,故人今作新人。洞房花烛十分春。汗沾蝴蝶粉,身惹麝香尘。　　殢雨尤云浑未惯,枕边眉黛羞颦。轻怜痛惜莫辞频。愿郎从此始,日近日相亲。(右调《临江仙》)

金生也依韵和一阕道:

> 记得书斋同笔砚,新人不是他人。扁舟来访武陵[2]春。仙居邻紫府,人世隔红尘。　　誓海盟山心已许,几番浅笑深颦。向人犹自语频频。意中无别意,亲后有谁亲。(调同前)

两人相得之乐,真如翡翠之在丹霄,鸳鸯之游碧沼,无以过也。

谁料乐极悲来,快活不上一年,撞着元政失纲,四方盗起。盐徒张士诚[3]兄弟,起兵高邮。沿海一带郡县,尽为所陷。部下有个李将军,领兵为先锋,到处民间掳掠美色女子。兵至淮安,闻说刘翠翠之名,率领一队家丁打进门来,看得中意,劫了就走。此时合家只好自顾性命,抱头鼠窜,那个敢向前争得一句?眼盼盼看他拥着去了。

---

[1] 口占——亦称"口号",未经起草而随口念出的诗歌。
[2] 武陵——旧县名,治所在今湖南省常德市。这里指"武陵源",即晋陶渊明《桃花源记》中所写的世外理想境界。
[3] 张士诚——元末泰州白驹场(今属江苏省盐城市大丰区)人,盐贩出身,公元1353年与弟士德、士信率盐丁起兵于长江下游一带,始称诚王,再称吴王,后为朱元璋攻破,自缢。

金定哭得个死而复生,欲待跟着军兵踪迹寻访他去,争奈元将官兵北来征讨,两下争持,干戈不息,路断行人。恐怕没来由[1]走去撞在乱兵之手,死了也没说处,只得忍酸含苦,过了日子。

至正[2]末年张士诚气概弄得大了,自江南江北,三吴两浙[3],直拓至两广益州,尽归掌握。元朝不能征剿,只得定议招抚。士诚原没有统一之志,只此局面,已自满足,也要休兵。因遂通款[4]元朝,奉其正朔[5],封为王爵,各守封疆。民间始得安静,道路方可通行。金生思念翠翠,时刻不能去心,看见路上好走,便要出去寻访。收拾了几两盘缠,结束[6]了一个包裹,来别了自家父母。对丈人、丈母道:"此行必要访着妻子踪迹。若不得见,誓不还家了。"痛哭而去。路由扬州,过了长江,进了润州[7]。风飡水宿,夜住晓行,来到平江[8]。听得路上人说,李将军见在绍兴守御,急忙赶到临安[9],过了钱塘江,趁着西兴[10]夜船,到得绍兴。去问人时,李将军已调在

---

[1] 没来由——无端、无缘无故。
[2] 至正——元惠宗(顺帝)妥欢帖睦尔年号,公元1341—1368年。
[3] 三吴两浙——泛指江苏、浙江两省一带地区。
[4] 通款——谓与敌方通和言好。
[5] 正朔——"正"为一年的第一个月,"朔"为一月的第一天,"正朔"即一年之始。古代帝王易姓受命,必改正朔。所谓"奉其正朔",即遵其国法,受其统治。
[6] 结束——捆扎、包系。
[7] 润州——治所在今江苏省镇江市。
[8] 平江——元代称平江路,治所在今江苏省苏州市。
[9] 临安——治所在今浙江省杭州市。
[10] 西兴——在今浙江省杭州市萧山区西。

安丰[1]去屯兵了。又不辞辛苦,问到安丰。安丰人说:"早来两日,也还在此,而今回湖州驻扎,才起身去的。"金生道:"只怕到湖州时,又要到别处去。"安丰人道:"湖州是驻扎地方,不到别处去了。"金生道:"这等,便远在天边,也赶得着。"于是一路向湖州来。算来金生东奔西走,脚下不知有万千里路跑过来。在路上也过了好两个年头,不能勾见妻子一见,却是此心再不放懈。于路没了盘缠,只得乞丐度日;没有房钱,只得草眠露宿。真正心坚铁石,万死不辞。

不则一日,到了湖州。去访问时,果然有个李将军开府[2]在那里。那将军是张王得力之人,贵重用事,势焰赫奕。走到他门前去看时,好不威严。但见:

> 门墙新彩,棨戟森严。兽面铜环,并衔而宛转;彪形铁汉,对峙以巍峨。门阑上贴着两片不写字的桃符[3],坐墩边列着一双不吃食的狮子。虽非天上神仙府,自是人间富贵家。

金生到了门首,站立了一回,不敢进去,又不好开言。只是舒头探脑,望里边一望,又退立了两步,踌躇不决。正在没些起倒[4]之际,只见一个管门的老苍头[5]走出来,问道:"你这秀才有甚么事干,在这门前探头探脑的?莫不是奸细么?将军知道了,不是耍处。"金生对

---

[1] 安丰——元代安丰路,治所在今安徽省寿县南。
[2] 开府——成立府署,自选僚员。历代多以将军开府。
[3] 桃符——古时于元日用桃木板写上神荼、郁垒两神名,挂在门旁,用以避邪。
[4] 没些起倒——不知如何是好,拿不定主意。
[5] 老苍头——老仆人。古代称私家奴隶为"苍头"。

他唱个喏道："老丈拜揖。"老苍头回了半揖道："有甚么话？"金生道："小生是淮安人氏。前日乱离时节，有一妹子失去，闻得在贵府中。所以不远千里，寻访到这个所在，意欲求见一面。未知确信，要寻个人问一问，且喜得遇老丈。"苍头道："你姓甚名谁？你妹子叫名甚么？多少年纪？说得明白，我好替你查将出来，回覆你。"金生把自家真姓藏了，只说着妻子的姓，道："小生姓刘，名唤金定。妹子叫名翠翠，识字通书。失去时节，年方十七岁，算到今年，该有二十四岁了。"老苍头点点头，道："是呀，是呀。我府中果有一个小娘子，姓刘，是淮安人，今年二十四岁，识得字，做得诗。且是做人乖巧、周全。我本官专房之宠，不比其他。你的说话，不差，不差。依说是你妹子，你是舅爷了。你且在门房里坐一坐，我去报与将军知道。"苍头急急忙忙奔了进去，金生在门房等着回话，不题。

且说刘翠翠自那年掳去，初见李将军之时，先也哭哭啼啼，寻死觅活，不肯随顺。李将军吓他道："随顺了，不去难为你合家老小；若不随顺，将他家寸草不留。"翠翠惟恐累及父母与丈夫家里，只得勉强依从。李将军见他聪明伶俐，知书晓事，爱得他如珠似玉一般，十分抬举，百顺千随。翠翠虽是支陪笑语，却是无刻不思念丈夫，没有快活的日子。心里痴想：缘分不断，或者还有时节相会。争奈日复一日，随着李将军东征西战，没个定踪。不觉已是六七年了。

此日李将军见老苍头来禀，说有他的哥哥刘金定在外边求见。李将军问翠翠道："你家里有个哥哥么？"翠翠心里想道："我那得有甚么哥哥来？多管是丈夫寻到此间，不好说破，故此托名。"遂转口道:"是有个哥哥,多年隔别了,不知是也不是。且问他甚么名字才晓得。"李将军道:"管门的说是甚么刘金定。"翠翠听得"金定"二字,心下痛如刀割,晓得是丈夫冒了刘姓来访问的了。说道:"这果然是我哥哥,我要见他。"李将军道:"待我先出去见过了,然后来唤你。"将军分付苍头去请那刘秀才进来。

苍头承命出来,领了金生进去。李将军武夫出身,妄自尊大,走到厅上居中坐下。金生只得向上再拜。将军受了礼,问道:"秀才何来?"金生道:"金定姓刘,淮安人氏。先年乱离之中,有个妹子失散,闻得在将军府中,特自本乡到此,叩求一见。"将军见他仪度斯文,出言有序,喜动颜色道:"舅舅请起。你令妹无恙,即当出来相见。"傍边站着一个童儿,叫名小竖,就叫他进去传命道:"刘官人特自乡中远来,叫翠娘可快出来相见。"

起初翠翠见说了,正在心痒难熬之际,听得外面有请,恨不得两步做一步移了,急趋出厅中来。抬头一看,果然是丈夫金定。碍着将军眼睁睁在上面,不好上前相认,只得将错就错,认了妹子。叫声"哥哥",以兄妹之礼,在厅前相见。

看官听说,若是此时说话的在傍边,一把把那将军扯了开来,让他每讲一程话,叙一程阔[1],岂不是凑趣的事? 争奈将军不做美,好像个监场的御史,一眼不煞[2]坐在那里。

---

〔1〕 阔——即"阔别",长期离别的情意。
〔2〕 煞——当作"眨"。

金生与翠翠虽然夫妻相见,说不得一句私房话,只好问问父母安否,彼此心照,眼泪从肚里落下罢了。

昔为同林鸟,今作分飞燕。

相见难为情,不如不相见。

又昔日乐昌公主[1]在杨越公处见了徐德言,做一首诗道:

今日何迁次,新官对旧官。

笑啼俱不敢,方信做人难。

今日翠翠这个光景,颇有些相似。然乐昌与徐德言,杨越公晓得是夫妻的。此处金生与翠翠,只认做兄妹,一发要遮遮饰饰,恐怕识破,意思更难堪也。还亏得李将军是武夫粗卤,看不出机关[2],毫没甚么疑心。只道是当真的哥子,便认做舅舅,亲情的念头重起来,对金生道:"舅舅既是远来,道途跋涉,心力劳困,可在我门下安息几时,我还要替舅舅计较。"分付拿出一套新衣服来,与舅舅穿了,换下身上尘污的旧衣。又令打扫西首一间小书房,安设床帐被席,是件整备,请金生在里头歇宿。金生巴不得要他留住,寻出机会,与妻子相通。今见他如此认帐,正中心怀,欣然就书房里宿了。只是心里想着妻子就在里面,好生难过。

过了一夜,明早起来,小竖来报道:"将军请秀才厅上讲话。"将

---

[1] 乐昌公主——陈后主叔宝之妹。这里所言即"破镜重圆"故事。据孟棨《本事诗》载:乐昌公主有才色,嫁太子舍人徐德言。时乱,徐德言恐夫妻不相保,乃破镜为二,各执其半,作为日后相会的凭据。陈亡,乐昌公主为越国公杨素所得。后杨素将乐昌还徐德言,使夫妇团聚,破镜重圆。

[2] 机关——这里指秘密。

军相见已毕,问道:"令妹能识字,舅舅可通文墨么?"金生道:"小生在乡中以儒为业,那诗书是本等〔1〕。就是经史百家,也多涉猎过的,有甚么不晓得的勾当?"将军喜道:"不瞒舅舅说,我自小失学,遭遇乱世,靠着长枪大戟,挣到此地位。幸得吾王宠任,趋附我的尽多,日逐宾客盈门,没个人替我接待;往来书札堆满,没个人替我裁答。我好些不耐烦。今幸得舅舅到此,既然知书达礼,就在我门下做个记室〔2〕,我也便当了好些。况关至亲,料舅舅必不弃嫌的。舅舅心下何如?"金生是要在里头的,答道:"只怕小生才能浅薄,不称将军任使,岂敢推辞?"将军见说,大喜,连忙在里头去取出十来封书启来,交与金生道:"就烦舅舅替我看详里面意思,回他一回。我正为这些难处,而今却好了。"金生拿到书房里去,从头至尾,逐封逐封备审来意,一一回答停当,将稿来与将军看。将军就叫金生读一遍,就带些解说在里头。听罢,将军拍手道:"妙!妙!句句像我肚里要说的话。好舅舅,是天送来帮我的了。"从此一发看待得甚厚。

金生是个聪明的人,在他门下,知高识低,温和待人,自内至外,没一个不喜欢他的。他又愈加谨慎,说话也不敢声高,将军面前只有说他好处的。将军得意,自不必说。却是金生主意,只要安得身牢,寻个空便,见见妻子,剖诉苦情。亦且妻子随着别人已经多年,不知他心腹怎么样了,也要与他说个倒断〔3〕。谁想自厅前一见之后,再

---

〔1〕 本等——分内之事。
〔2〕 记室——官职名,相当现在的秘书。
〔3〕 倒断——究竟,清楚。

不能勾相会。欲要与将军说那要见的意思,又恐怕生出疑心来,反为不美。私下要用些计较,通个消息,怎当得闺阁深邃,内外隔绝,再不得一个便处。日挨一日,不觉已是几个月了。

时值交秋天气,西风夜起,白露为霜。独处空房,感叹伤悲,终夕不寐。思量妻子翠翠,这个时节绣围锦帐同人卧起,有甚不快活处?不知心里还记念着我否?怎知我如此冷落孤恓,时刻难过。乃将心事做成一诗道:

> 好花移入玉阑干,春色无缘得再看。
> 乐处岂知愁处苦,别时虽易见时难。
> 何年塞上重归马,此夜庭中独舞鸾。
> 雾阁云窗深几许?可怜辜负月团团。

诗成,写在一张笺纸上了。要寄进去与翠翠看,等他知其心事,但恐怕泄漏了风声。生出一个计较来,把一件布袍拆开了领线,将诗藏在领内了,外边仍旧缝好,叫那书房中伏侍的小竖来,说道:"天气冷了,我身上单薄。这件布袍垢秽不堪,你替我拿到里头去,交付我家妹子,叫他拆洗一拆洗,补一补好,拿来与我穿。"再把出百来个钱与他道:"我央你走走,与你这钱买果儿吃。"小竖见了钱,千欢万喜,有甚么推托?拿了布袍,一径到里头去,交与翠翠道:"外边刘官人叫拿进来付与翠娘整理的。"翠翠晓得是丈夫寄进来的,必有缘故。叫他放下了,过一日来拿。小竖自去了。

翠翠把布袍从头至尾看了一遍,想道:"是丈夫着身的衣服,我多时不与他缝纫了。"眼泪索珠也似的掉将下来。又想道:"丈夫到此多时,今日特地寄衣与我,决不是为要拆洗,必有甚么机关在里面。"掩了门,把来细细拆将开来。刚拆得领头,果然一张小小字纸缝在里面,却是一首诗。翠翠将来细读,一头读,一头哽哽咽咽,只是流泪。读罢,哭一声道:"我的亲夫呵,你怎知我心事来?"噙着眼泪,慢慢把布袍洗补好,也做一诗缝在衣领内了,仍叫小竖拿出来付与金生。

金生接得,拆开衣领看时,果然有了回信,也是一首诗。金生拭泪,读其诗道:

> 一自乡关动战锋,旧愁新恨几重重。
>
> 肠虽已断情难断,生不相从死亦从。
>
> 长使德言藏破镜,终教子建赋游龙[1]。
>
> 绿珠碧玉心中事,今日谁知也到侬[2]。

金生读罢其诗,才晓得翠翠出于不得已,其情已见。又见他把死来相许,料道今生无有完聚的指望了。感切伤心,终日郁闷涕泣,茶饭懒进,遂成痞鬲[3]之疾。将军也着了急,屡请医生调治。又道是"心病还须心上医",你道金生这病可是医生医得好的么?看看日重一日,

---

[1] "终教"句——子建是三国时著名文学家曹植的字。曹植尝作《洛神赋》,述其与"翩若惊鸿,婉若游龙"的洛水之神宓妃相遇的故事。这里借喻相爱者终又相见。

[2] "绿珠"二句——暗喻翠翠"把死来相许"的决心。绿珠为晋石崇爱妾,孙秀欲夺取她,遂堕楼自尽。碧玉为唐乔知之的美婢,被武承嗣夺去,跳井死。侬,古代吴人自称,同"我"。

[3] 痞鬲——亦作"痞隔"。郁结,阻滞不通。

只待不起。

　　里头翠翠闻知此信,心如刀刺,只得对将军说了,要到书房中来看看哥哥的病症。将军看见病势已凶,不好阻他,当下依允。翠翠才到得书房中来,这是他夫妻第二番相见了。可怜金生在床上,一丝两气,转动不得。翠翠见了,十分伤情,噙着眼泪,将手去扶他的头起来,低低唤道:"哥哥挣扎着,你妹子翠翠在此看你。"说罢,泪如泉涌。金生听得声音,撑开双眼,见是妻子翠翠扶他,长叹一声道:"妹妹,我不济事了!难得你出来见这一面。趁你在此,我死在你手里了,也得瞑目。"便叫翠翠坐在床边,自家强抬起头来,枕在翠翠膝上奄然而逝。

　　翠翠哭得个发昏章第十一[1]。报与将军知道,将军也着实可怜他。又恐怕苦坏了翠翠,分付从厚殡殓,替他在道场山脚下寻得一块好平坦地面,将棺木送去安葬。翠翠又对将军说了,自家亲去送殡,直看坟茔封闭了,恸哭得几番死去叫醒,然后回来。自此精神恍惚,坐卧不宁,染成一病。李将军多方医救,翠翠心里巴不得要死,并不肯服药。

　　展转床席,将及两月。一日,请将军进房来,带着眼泪对他说道:"妾自从十七岁上抛家相从,已得八载。流离他乡,眼前并无亲人。止有一个哥哥,今又死了。妾病若毕竟不起,切记我言:可将我尸骨

------

[1] 发昏章第十一——古书篇章编次,多作"某某章第一"、"某某章第二";话本中常模拟这种格式。这里就是"发昏"的意思。

埋在哥哥傍边,庶几黄泉之下,兄妹也得相依,免做了他乡孤鬼。便是将军不忘贱妾之大恩也。"言毕大哭。将军好生不忍,把好言安慰他,叫他休把闲事萦心,且自将息。说不多几时,昏沉上来,早已绝气。

将军恸哭一番,念其临终叮嘱之言,不忍违他,果然将去葬在金生家傍。可怜金生、翠翠二人,生前不能成双,亏得诡认兄妹,死后倒得做一处了。

已后国朝洪武[1]初年,于时张士诚已灭,天下一统,路途平静。翠翠家里淮安刘氏有一旧仆,到湖州来贩丝绵。偶过道场山下,见有一所大房子,绿户朱门,槐柳掩映。门前有两个人,一男一女打扮,并肩坐着。仆人道大户人家家眷,打点远避而过。忽听得两个声唤,走近前去看时,却是金生与翠翠。翠翠开口问父母存亡及乡里光景,仆人一一回答。已毕,仆人问道:"娘子与郎君离了乡里多年,为何倒在这里住家起来?"翠翠道:"起初兵乱时节,我被李将军掳到这里。后来郎君远来寻访,将军好意,仍把我归还郎君。所以就侨居在此了。"仆人道:"小人而今就回淮安,娘子可修一封家书,带去报与老爹、安人[2]知道,省得家中不知下落,终日悬望。"翠翠道:"如此最好。"就领了这仆人进去,留他吃了晚饭,歇了一夜。

明日将出一封书来,叫他多多拜上父母。仆人谢了,带了书来到淮安,递与刘老。此时刘、金两家,久不见二人消耗,自然多道是兵戈

---
[1] 洪武——明太祖朱元璋年号,公元1368—1398年。
[2] 安人——宋徽宗时所定命妇封号,位在"宜人"之下,后作一般妇人的尊称,犹如说"夫人"。

死亡了。忽见有家书回来,问是湖州寄来的,道两人见住在湖州了,真个是喜从天降。叫齐了一家骨肉,尽来看这家书。元来是翠翠出名写的,乃是长篇四六[1]之书。书上写道:

> 伏以父生母育,难酬罔极之恩;夫唱妇随,凤著三从之义。在人伦而已定,何时事之多艰?曩者汉日将倾,楚氛甚恶。倒持太阿之柄[2],擅弄潢池之兵[3]。封豕长蛇,互相吞并;雄蜂雌蝶,各自逃生。不能玉碎于乱离,乃至瓦全于仓卒。驱驰战马,随逐征鞍。望高天而八翼莫飞,思故国而三魂屡散。良辰易迈,伤青鸾之伴木鸡;怨耦为仇,惧乌鸦之打丹凤。虽应酬而为乐,终感激以生悲。夜月杜鹃之啼,春风蝴蝶之梦。时移事往,苦尽甘来。今则杨素览镜而归妻,王敦开阁而放妓[4]。蓬岛践当时之约,潇湘有故人之逢。自怜赋命之屯,不恨寻春之晚。章台之柳,虽已折于他人[5];玄都之花,尚不改于前度。将谓瓶沉

---

〔1〕四六——骈文的一体,因通篇多以四字句、六字句对偶,故名。

〔2〕"倒持"句——比喻授人柄权,自受其害。"太阿",亦作"泰阿",古剑名。典出《汉书·梅福传》:"至秦则不然,张诽谤之网,以为汉驱除,倒持泰阿,授楚其柄。"

〔3〕"擅弄"句——即成语"潢池弄兵",意喻造反、叛乱。典出《汉书·循吏传·龚遂》:"海濒遐远,不沾圣化,其民困于饥寒而吏不恤,故使陛下赤子盗弄陛下之兵于潢池中耳。"

〔4〕"王敦"二句——王敦为东晋时人,官至侍中、大将军。其人好美色,后听从劝戒,将家中婢妾数十人全部遣散。事见《晋书·王敦传》。

〔5〕"章台"二句——唐代韩翊纳柳氏,适逢安史之乱,柳氏为番将掳去。韩翊有词寄柳氏云:"章台柳,章台柳,昔日青青今在否?纵使长条似旧垂,亦应攀折他人手。"事见许尧佐《柳氏传》。

而簪折,岂期璧返而珠还?殆同玉箫女两世姻缘[1],难比红拂妓一时配合[2]。天与其便,事非偶然。煎鸾胶而续断弦,重谐缱绻;托鱼腹而传尺素,谨致叮咛。未奉甘旨,先此申复。

读罢,大家欢喜。刘老问仆人道:"你记得那里住的去处否?"仆人道:"好大房子,我在里头歇了一夜,打发了家书来的,怎不记得?"刘老道:"既如此,我同你湖州去走一遭,会一会他夫妻来。"

当下刘老收拾盘缠,别了家里,一同仆人径奔湖州。仆人领至道场山下前日留宿之处,只叫得声:"奇怪!"连房屋影响多没有,那里说起高堂大厦?惟有些野草荒烟,狐踪兔迹,茂林之中两个坟堆相连。刘老道:"莫不错了?"仆人道:"前日分明在此,与我吃的是湖州香稻米饭,苕溪[3]中鲜鲫鱼,乌程[4]的酒,明明白白住了一夜去的。怎会得错?"

正疑怪间,恰好有一个老僧杖锡而来。刘老与仆人问道:"老师父,前日此处有所大房子,有个金官人同一个刘娘子在里边居住。今

---

[1] "殆同"句——相传唐代韦皋慕江夏姜使君之侍婢玉箫,两情相爱,约为夫妇。韦皋归省,逾期不至,玉箫遂绝食而死。后玉箫转世,终为韦侍妾。事见范摅《云溪友议》。
[2] "难比"句——隋末,司空杨素有一执红拂家妓,偶遇李靖,一见倾心,遂与之私奔。事见杜光庭《虬髯客传》。
[3] 苕溪——在浙江省北部,发源天目山,有东苕溪和西苕溪,在湖州汇合,流入太湖。
[4] 乌程——旧县名,相传有善酿酒的乌、程两家居于此而得名,治所在今浙江省湖州市南。

如何不见了？"老僧道："此乃李将军所葬刘生与翠翠兄妹两人之坟，那有甚么房子来？敢是见鬼了！"刘老道："见有写的家书寄来，故此相寻。今家书见在，岂有是鬼之理？"急在缠袋里摸出家书来一看，乃是一副白纸，才晓得果然是鬼，这里正是他坟墓。因问老僧道："适间所言李将军何在？我好去问他详细。"老僧道："李将军是张士诚部下的，已为天朝诛灭，骨头不知落在那里了，怎得有这样坟土堆埋呢？你到何处寻去？"刘老见说，知是二人已死，不觉大恸。对着坟墓道："我的儿，你把一封书赚我千里远来，本是要我见一面的意思。今我到此地了，你们却潜踪隐迹，没处追寻，叫我怎生过得？我与你父子之情，人鬼可以无间。你若有灵，千万见我一见，放下我的心罢！"老僧道："老檀越不必伤悲，此二位官人娘子，老僧定中〔1〕时得相见。老僧禅舍去此不远，老檀越今日已晚，此间露立不便，且到禅舍中一宿。待老僧定中与他讨个消息，回你何如？"刘老道："如此，极感老师父指点。"遂同仆人随了老僧，行不上半里，到了禅舍中。老僧将素斋与他主仆吃用，收拾房卧，安顿好，老僧自入定去了。

刘老进得禅房，正要上床，忽听得门响处，一对少年的夫妻走到面前。仔细看来，正是翠翠与金生。一同拜跪下去，悲啼宛转，说不出话来。刘老也挥着眼泪，抚摩着翠翠道："儿，你有说话，只管说来。"翠翠道："向者不幸，遭值乱兵。忍耻偷生，离乡背井，叫天无

----

〔1〕 定中——入定之中。佛家坐禅时心不驰散，进入安静的境界，称之为"入定"。迷信称高僧入定之中可与鬼神相会。

路，度日如年。幸得良人不弃，特来相访，托名兄妹，暂得相见。隔绝夫妇，彼此含冤，以致良人先亡，儿亦继殁。犹喜许我附葬，今得魂魄相依。惟恐家中不知，故特托仆人寄此一信。儿与金郎生虽异处，死却同归。儿愿已毕，父母勿以为念。"刘老听罢，哭道："我今来此，只道你夫妻还在，要与你们同回故乡。今却双双去世，我明日只得取汝骸骨归去，迁于先垄之下，也不辜负我来这一番。"翠翠道："向者因顾念双亲，寄此一书。今承父亲远至，足见慈爱，故不避幽冥，敢与金郎同来相见。骨肉已逢，足慰相思之苦。若迁骨之命，断不敢从。"刘老道："却是为何？"翠翠道："儿生前不得侍奉亲闱，死后也该依傍祖垄。只是阴道尚静，不宜劳扰。况且在此，溪山秀丽，草木荣华，又与金郎同栖一处。因近禅室，时闻妙理，不久就与金郎托生，重为夫妇。在此已安，再不必提起他说了。"抱住刘老，放声大哭。寺里钟鸣，忽然散去。刘老哭将醒来，乃是南柯一梦[1]。

老僧走到面前，道："夜来有所见否？"刘老一一述其梦中之言。老僧道："贤女辈精灵未泯，其言可信也。幽冥之事，老檀越既已见得如此明白，也不必伤悲了。"刘老再三谢别了老僧，一同仆人到城市中，办了些牲醴酒馔，重到墓间浇奠一番。哭了一场，返棹归淮安去了。至今道场山有金翠之墓，行人多指为佳话。

此乃生前隔别，死后成双，犹自心愿满足，显出这许多灵异来，真

---

[1] 南柯一梦——唐李公佐《南柯太守传》，记淳于棼梦到槐安国，国王将公主嫁他，任南柯太守，荣极一时。醒来寻觅，方知是槐树下蚁穴。后人遂称做梦为"南柯"。

乃是情之所钟也。有诗为证：

> 连理何须一处栽，多情只愿死同埋。
> 试看金翠当年事，愤愤将军更可哀！

二刻拍案惊奇卷之七

吕使君情媾宦家妻　　吴太守义配儒门女

词曰：

疏眉秀盼，向春风、还是宣和[1]装束。贵气盈盈姿态巧，举止况非凡俗。宋室宗姬，秦王幼女，曾嫁钦慈族。干戈横荡，事随天地翻覆。　　一笑邂逅相逢，劝人满饮，旋吹横竹。流落天涯俱是客，何必平生相熟？旧日荣华如今憔悴，付与杯中醁。兴亡休问，为伊且尽船玉[2]。

这一首词，名唤《念奴娇》，乃是宋朝使臣张孝纯[3]在粘罕[4]席上有所见之作。当时靖康之变，徽、钦被掳，不知多少帝女王孙，被犬羊之类群驱北去，正是"内人红袖泣，王子白衣行"的时节。到得那里，谁管你是金枝玉叶，多被磨灭得可怜。有些颜色技艺的，才有豪门大家收作奴婢，又算是有下落的了。其馀驱来逐去，如同犬彘一

---

〔1〕宣和——宋徽宗赵佶年号，公元1119—1125年。
〔2〕船玉——犹如说玉杯、玉盏。船，指酒器。
〔3〕张孝纯——宋徐州人，宣和间，知太原府，坚守抗金，金将粘罕多次招降均遭拒绝，后城破被俘，留滞北方。
〔4〕粘罕——即金将完颜宗翰，本名粘没喝，汉语讹为粘罕。他曾率兵攻陷太原和北宋都城汴京（今开封市），俘掳徽钦二帝。久掌兵权，任都元帅，拜太保、尚书令，执国政。

般。张孝纯奉使到彼云中府[1]，在大将粘罕席上，见个吹笛劝酒的女子，是南方声音。私下偷问他，乃是秦王的公主，粘罕取以为婢。说罢，呜咽流涕。孝纯不胜伤感，故赋此词。

后来金人将钦宗迁往大都燕京[2]，在路行至平顺州地方，驻宿在馆驿之中。时逢七夕佳节，金虏家规制，是日官府在驿中排设酒肆，任从人沽酒会饮。钦宗自在内室坐下，闲看外边喧闹。只见一个鞑婆[3]领了几个少年美貌的女子，在这些饮酒的座头边或歌或舞，或吹笛，斟着酒，劝着座客。座客吃罢，各赏些钱钞，或是酒食之类。众女子得了，就去纳在鞑婆处。鞑婆又嫌多道少，打那讨得少的。这个鞑婆想就是中华老鸨儿一般。少间，驿官叫一个皂衣吏典，赍了酒食，来送钦宗。其时钦宗只是软巾长衣，秀才打扮，那鞑婆也不晓得是前日中朝的皇帝，道是客人吃酒，差一个吹横笛的女子到室内来伏侍。女子看见是南边官人，心里先自凄惨，呜呜咽咽，吹不成曲。钦宗对女子道："我是你的乡人，你东京是谁家女子？"那女子向外边看了又看，不敢一时就说；直等那鞑婆站得远了，方说道："我乃百王宫魏王孙女，先嫁钦慈太后侄孙。京城既破，被贼人掳到此地，卖在粘罕府中做婢。后来主母嫉妒，终日打骂，转卖与这个胡妇。领了一同众多女子，在此日夜求讨酒钱食

---

[1] 云中府——宣和四年（1122）置，治所在今大同市，金人改名大同府。
[2] 大都燕京——燕京即今北京市，金朝建都于此，专称燕京，元朝始称大都。
[3] 鞑婆——犹如说外族老太婆。鞑，指鞑靼，本是突厥统治下的一个部落，后也泛指北方的少数民族。

物，各有限数。讨来不勾，就要痛打，不知何时是了。官人也是东京人，想也是被掳来的了。"钦宗听罢，不好回言，只是暗暗泪落，目不忍视，好好打发了他出去。这个女子便是张孝纯席上所遇的那一个。词中说"秦王幼女"，秦王乃是廷美之后，徽宗时改封魏王，魏王即秦王也。真个是凤子龙孙，遭着不幸，流落到这个地位，岂不可怜？然此乃是天地反常时节，连皇帝也顾不得自家身子。这样事体，不在话下。

还有个清平世界世代为官的人家，所遭不幸，也堕落了的。若不是几个好人相逢，怎能勾拔得个身子出来？所以说：

红颜自古多薄命，若落娼流更可怜。

但使逢人提掇起，淤泥原会长青莲。

话说宋时饶州德兴县[1]有个官人董宾卿，字仲臣。夫人是同县祝氏。绍兴初年，官拜四川汉州[2]太守，全家赴任。不想仲臣做不得几时，死在官上了。一家老小人口又多，路程又远，宦囊又薄，算计一时间归来不得，只得就在那边寻了房子，权且驻下。仲臣长子元广，也是祝家女婿。他有祖荫[3]在身，未及调官，今且守孝在汉州。

三年服满，正要别了母亲兄弟，挈了家小，赴阙听调，待补官之后，看地方如何，再来商量搬取全家。不料未行之先，其妻祝氏又死，

---

[1] 饶州德兴县——宋代德兴县属饶州，治所在今江西省德兴市。
[2] 汉州——宋代汉州辖境相当现在四川省成都地区，治所在今广汉市。
[3] 祖荫——封建时代子孙可承袭先人的官爵而受封，称"祖荫"。

遗有一女。元广就在汉州娶了一个富家之女，做了继室。带了妻女，同到临安补官，得了房州竹山县[1]令。地方窄小，又且路远，也不能勾去四川接家属，只同妻女在衙中过了三年。

考满[2]，又要进京，当时挈家东下。且喜竹山到临安虽是路长，却自长江下了船，乃是一水之地。有同行驻泊一船，也是一个官人在内，是四川人，姓吕，人多称他为吕使君[3]，也是到临安公干的。这个官人年少风流，模样俊俏，虽然是个官人，还像个子弟一般。栖泊相并，两边彼此动问。吕使君晓得董家之船是旧汉州太守的儿子在内，他正是往年治下旧民，过来相拜。董元广说起亲属尚在汉州居驻，又兼继室也是汉州人氏，正是通家[4]之谊。大家道是在此联舟相遇，实为有缘，彼此欣幸。大凡出路之人，长途寂寞，巴不得寻些根绊[5]，图个往来。况且同是衣冠中，体面相等，往来更便。因此两家不是你到我船中，就是我到你船中，或是饮酒，或是下棋，或是闲话，真个是无日不会。就是骨肉相与，不过如此。这也是官员每出外的常事。不想董家船上却动火了一个人。你道是那个？正是那竹山知县的晚孺人。

元来董元广这个继室不是头婚，先前曾嫁过一个武官。只因他

---
[1] 房州竹山县——宋代竹山县属房州，治所在今湖北省竹山县。
[2] 考满——对官吏政绩的考核以三年为期，三年考满即可迁官。
[3] 使君——汉代称刺史为使君，后泛称州郡长官。
[4] 通家——姻亲或世交。此处指后者。
[5] 根绊——牵扯。

丰姿妖艳，情性淫荡，武官十分嬖爱，尽力奉承，日夜不歇，淘虚了身子，一病而亡。青年少寡，那里熬得？待要嫁人，那边厢人闻得他妖淫之名，没人敢揽头，故此肯嫁与外方，才嫁这个董元广。怎当得元广禀性怯弱，一发不济，再不能畅他的意。他欲心如火，无可煞渴之处，因见这吕使君丰容俊美，就了不得动火起来。况且同是四川人，乡音惯熟，倒比丈夫不同。但是到船中来，里头添茶暖酒，十分亲热。又抛声调噪，要他晓得。那吕使君乖巧之人，颇解其意，只碍着是同袍间，一时也下不得手。谁知那孺人或是露半面，或是露全身，眉来眼去，恨不得一把抱了他进来。日间眼里火了，没处泻得，但是想起，只做丈夫不着，不住的要干事。弄得元广一丝两气，支持不过，疾病上了身子。吕使君越来候问殷勤，晓夜无间，趁此就与董孺人眉目送情，两下做光〔1〕，已此有好几分了。

舟到临安，董元广病不能起。吕使君分付自己船上道："董爷是我通家，既然病在船上，上去不得，连我行李也不必发上岸，只在船中下着，早晚可以照管。我所有公事，抬进城去勾当罢了。"过了两日，董元广毕竟死了。吕使君出身替他经纪丧事，凡有相交来吊的，只说"通家情重，应得代劳"。来往的人尽多赞叹他高义出人，今时罕有。那晓得他自有一副肚肠藏在里头，不与人知道的。正是：

周公恐惧流言日，王莽谦恭下士时。

---

〔1〕 做光——调情，同"挨光"。

假若当时身便死,一生真伪有谁知[1]?

吕使君与董孺人计议道:"饶州家乡又远,蜀中信息难通,令公棺柩,不如就在临安权且择地安葬。他年亲丁集会了,别作道理。"商量已定,也都是吕使君摆拨[2],一面将棺柩厝顿停当。事体已完,孺人率领元广前妻遗女,出来拜谢使君。孺人道:"亡夫不幸,若非大人周全料理,贱妾茕茕母子,怎能勾亡夫入土?真乃是骨肉之恩也。"使君道:"下官一路感蒙令公不弃,通家往来,正要久远相处,岂知一旦弃撇。客途无人料理,此自是下官身上之事。小小出力,何足称谢?只是殡事既毕,而今孺人还是作何行止?"孺人道:"亡夫家口尽在川中,妾身也是川中人,此间并无亲戚可投,只索原回到川中去。只是路途迢递,茕茕母子,无可倚靠,寸步难行。如何是好?"使君陪笑道:"孺人不必忧虑。下官公事勾当一完,也要即回川中,便当相陪同往。只望孺人勿嫌弃足矣。"孺人也含笑道:"果得如此提挈,还乡有日。寸心感激,岂敢忘报?"使君带着笑,丢个眼色道:"且看孺人报法何如?"两人之言,俱各有意,彼此心照。只是各自一只官船,人眼又多,性急不便做手脚,只好咽干唾而已。有一只《商调·错葫

---

〔1〕 "周公"四句——见于白居易七律《放言》五首之一,此四句截取后半首。原诗句是:"周公恐惧流言后,王莽谦恭未篡时。向使当初身便死,一生真伪复谁知?""周公"一联,上句说好人曾受到诽谤,下句说坏人曾骗到贤名。周公,姓姬名旦,武王之弟,封于周(今陕西岐山),故称。武王死后,成王年幼,由周公摄政。时流言周公欲篡位,而周公忠心辅佐,平定战乱,维护周朝的安定。王莽,篡汉位称帝,改国号为新,篡位前亦曾谦恭下士,享有好名。

〔2〕 摆拨——安排、布置。

芦》单道这难过的光景:

> 两情人,各一舟;总春心,不自由。只落得双飞蝴蝶梦庄周[1],活冤家犹然不聚头。又不知几时消受,抵多少眼穿肠断为牵牛。

却说那吕使君只为要营勾[2]这董孺人,把自家公事趱干[3]起了,一面支持动身。两只船厮帮着,一路而行,前前后后,止隔着盈盈一水。到了一个马头[4]上,董孺人整备着一席酒,以谢孝[5]为名,单请着吕使君。吕使君闻召,千欢万喜,打扮得十分俏倬[6],趋过船来。孺人笑容可掬,迎进舱里,口口称谢。三杯茶罢,安了席,东西对坐了,小女儿在孺人肩下打横坐着。那女儿止得十来岁,未知甚么头脑,见父亲在时往来的,只说道可以同坐吃酒的了。船上外水[7]的人,见他们说的多是一口乡谈,又见日逐往来甚密,无非是关着至亲的勾当,那管其中就里? 谁晓得借酒为名,正好两下做光的时节。正是:

> 茶为花博士,酒是色媒人。

---

[1] 蝴蝶梦庄周——《庄子·齐物论》:"昔者庄周梦为蝴蝶……不知周之梦为蝴蝶与? 蝴蝶之梦为周与?"本谓生活如幻,此借字面喻只能梦里成双。
[2] 营勾——勾引、挑逗。
[3] 趱干——快办。趱,催促、赶快。
[4] 马头——今作"码头",水岸停船处。
[5] 谢孝——丧事后对协助治丧人等的答谢。
[6] 俏倬(zhuō 桌)——风流、俊俏。
[7] 外水——外地、外乡。

两人饮酒中间,言来语去,眉目送情,又不须用着马泊六[1],竟是自家觌面打话,有甚么不成的事?只是耳目众多,也要遮饰些个。看看月色已上,只得起身作别。使君道:"匆匆别去,孺人晚间寂寞,如何消遣?"孺人会意,答道:"只好独自个推窗看月耳。"使君晓得意思许他了,也回道:"月色果好,独睡不稳,也待要开窗玩月,不可辜负此清光也。"你看两人之言尽多有意,一个说"开窗",一个说"推窗",分明约定晚间窗内走过相会了。

使君到了自家船中,叫心腹家僮分付船上要两船相并帮着,官舱相对,可以照管。船上水手听依分付,即把两船紧紧贴着住了。人静之后,使君悄悄起身,把自己船舱里窗轻推开来。看那对船时节,舱里小窗虚掩。使君在对窗咳嗽一声,那边把两扇小窗一齐开了。月光之中,露出身面,正是孺人独自个在那里。使君忙忙跳过船来。这里孺人也不躲闪,两下相偎相抱,竟到房舱中床上,干那话儿去了。

  一个新寡的文君,正要相如补空。一个独居的宋玉[2],专待邻女成双。一个是不系之舟,随人牵挽。一个如中流之楫,惟我荡摇。沙边鸂鶒[3]好同眠,水底鸳鸯堪比乐。

云雨既毕,使君道:"在下与孺人无意相逢,岂知得谐凤愿,三生之幸也。"孺人道:"前日瞥见君子,已使妾不胜动念。后来亡夫遭

---

[1] 马泊六——专门撮合不正当男女关系的人。
[2] 宋玉——战国时楚国辞赋家,所作《登徒子好色赋》中曾说东邻美女隔墙窥他三年,这里即用其事。
[3] 鸂鶒(xīchì 奚斥)——形似鸳鸯而大的水鸟,色多紫,又名"紫鸳鸯"。

变，多感周全。女流之辈无可别报，今日报以此身，愿勿以妾自献为嫌，他日相弃，使妾失望耳。"使君道："承子不弃，且自欢娱，不必多虑。"自此朝隐而出，暮隐而入，日以为常。虽外边有人知道，也不顾了。

一日，正欢乐间，使君忽然长叹道："目下幸得同路而行，且喜蜀道尚远，还有几时。若一到彼地，你自有家，我自有室，岂能长有此乐哉？"孺人道："不是这样说。妾夫既身亡，又无儿女，若到汉州，或恐亲属拘碍。今在途中，惟妾得以自主，就此改嫁从君，不到那董家去了，谁人禁得我来？"使君闻言，不胜欣幸，道："若得如此，足感厚情。在下益州成都郫县，自有田宅，庄房尽可居住。那是此间去的便道，到得那里，我接你上去住了，打发了这两只船。董家人愿随的，就等他随你住了；不愿的，听他到汉州去；或各自散去。汉州又远，料那边多是孤寡之人，谁管得到这里的事？倘有人说话，只说你遭丧在途，我已礼聘为外室〔1〕了，却也无奈我何。"孺人道："这个才是长远计较。只是我身边还有这小妮子，是前室祝氏所生。今这个却无去处，也是一累。"使君道："这个一发不打紧。目下还小，且留在身边养着。日后有人访着还了他去；没人来访，等长大了，不拘那里着落了便是。何足为碍？"两人一路商量的停停当当。

到了郫县，果然两船上东西尽情搬上去住了。可惜董家竹山一任县令，所有宦资连妻女多属之他人。随来的家人也尽有不平的，却

---
〔1〕 外室——"正室"（元配妻子）之外的妻子，也叫"外舍"、"外宅"。

见主母已随顺了，吕使君又是个官宦，谁人敢与他争得？只有气不伏、不情愿的，当下四散而去。吕使君虽然得了这一手便宜，也被这一干去的人各处把这事播扬开了。但是闻得的，与旧时称赞他高谊的，尽多讥他没行止，鄙薄其人。至于董家关亲的，见说着这话，一发切齿痛恨，自不必说了。

董家关亲的莫如祝氏最切。他两世嫁与董家，有好些出仕的在外，尽多是他夫人每弟兄叔侄之称。有一个祝次骞，在朝为官，他正是董元广的妻兄。想着董氏一家飘零四散，元广妻女被人占据，亦且不知去向，日夜系心。其时乡中王恭肃公到四川做制使[1]，托他在所属地方访寻。道里辽阔，谁知下落？

乾道[2]初年，祝次骞任嘉州[3]太守，就除利路运使[4]。那吕使君正补着嘉州之缺，该来与祝次骞交代。吕使君晓得次骞是董家前妻之族，他干了那件短行之事，怎有胆气见他？迁延稽留，不敢前来到任。祝次骞也恨着吕使君是禽兽一等人，心里巴不得不见他。趁他未来，把印绶解卸，交与僚官，权时收着，竟自去了。吕使君到得任时，也就有人寻他别是非，弹上一本，朝廷震怒，狼狈而去。祝次骞

---

[1] 制使——即"制置使"，地区的军事长官。
[2] 乾道——宋孝宗赵昚年号，公元1165—1173年。
[3] 嘉州——辖境相当现在四川省岷江流域，治所在今乐山市。
[4] 利路运使——"利州路转运使"的简称。利州辖境相当现在四川省东北部与陕西省南部地区，南宋绍兴年间分为东西两路，东路治所在今陕西省汉中市，西路治所在今陕西省略阳县。转运使原是经营运输粮草财货的官员，南宋时权限扩大，兼理边防、治安、钱粮、巡察等事。

枉在四川路上做了一番的官,竟不曾访得甥女儿的消耗〔1〕,心中常时抱恨。

也是人有不了之愿,天意必然生出巧来。直到乾道丙戌年间,次骞之子祝东老,名震亨,又做了四川总干〔2〕之职,受了檄文,前往成都公干。道经绵州〔3〕,绵州太守吴仲广出来迎着,置酒相款。仲广元是待制学士〔4〕出身,极是风流文采的人。是日郡中开宴,凡是应得承直的娼优,无一不集。东老坐间,看见户橡傍边立着一个妓女,姿态恬雅,宛然闺阁中人,绝无一点轻狂之度。东老注目不瞬,看勾多时,却好队中行首到面前来斟酒。东老且不接他的酒,指着那户橡傍边的妓女问他道:"这个人是那个?"行首笑道:"官人喜他么?"东老道:"不是喜他。我看他有好些与你们不同处,心下疑怪,故此问你。"行首道:"他叫得薛倩。"

东老正要细问,吴太守走出席来,斟着巨觥来劝东老,只得住了话头。接着太守手中之酒,放下席间,却推辞道:"贱量实不能饮,只可小杯适兴。"太守看见行首正在傍边,就指着巨觥分付道:"你可在此奉着总干,是必要总干饮干,不然就要罚你。"行首笑道:"不须罚小的。若要总干多饮,只叫薛倩来奉,自然毫不推辞。"吴太守也笑道:"说得古怪,想是总干曾与他相识么?"东老道:"震亨从来不曾到

---

〔1〕 消耗——消息、音信。
〔2〕 总干——即"总领",职掌一地区诸军钱粮的官员。
〔3〕 绵州——辖境相当现在四川省涪江流域,治所在今绵阳市。
〔4〕 待制学士——以备顾问的学士。待制为宋代加给文臣的一种衔号。

大府这里，何繇得与此辈相接？"太守反问行首道："这等，你为何这般说？"行首道："适间总干殷殷问及，好生垂情于他。"东老道："适才邂逅之间，见他标格如野鹤在鸡群。据下官看起来，不像是个中之人[1]。心里疑惑，所以在此询问他为首的。岂关有甚别意来？"太守道："既然如此，只叫薛倩侍在总干席傍劝酒罢了。"行首领命，就唤将薛倩来侍着。

东老正要问他来历，恰中下怀。命取一个小杌子[2]赐他坐了，低问他道："我看你定然不是风尘中人，为何在此？"薛倩不敢答应，只叹口气，把闲话支吾过去。东老越越疑心，过会又问道："你可实对我说。"薛倩只是不开口，要说又住了。东老道："直说不妨。"薛倩道："说也无干[3]，落得羞人。"东老道："你尽说与我知道，焉知无益？"薛倩道："尊官盘问不过，不敢不说，其实说来可羞。我本好人家儿女，祖、父俱曾做官，所遭不幸，失身辱地。只是前生业债所欠，今世偿还，说他怎的！"东老恻然动心道："汝祖、汝父，莫不是汉州知州，竹山知县么？"薛倩大惊，哭将起来，道："官人如何得知？"东老道："果若是，汝母当姓祝了。"薛倩道："后来的是继母。生身亡母，正是姓祝。"东老道："汝母乃我姑娘也，不幸早亡。我闻你与继母流落于外，寻觅多年，竟无消耗。不期邂逅于此。却为何失身妓籍？可备与我说。"薛倩道："自从父亲亡后，即有吕使君来照管丧事，与同

---

〔1〕 个中之人——"个中人"，即"此中人"，原指熟知内情的人，此作妓女的隐语。
〔2〕 杌（wù 误）子——小方凳子。
〔3〕 无干——没有用，无济于事。

继母一路归川。岂知得到川中，经过他家门首，竟自尽室占为己有。继母与我多随他居住多年。那年坏官回家，郁郁不快，一病而亡。连继母无所倚靠，便将我出卖，得了薛妈七十千钱，遂入妓籍，今已是一年多了。追想父亲亡时，年纪虽小，犹在目前。岂知流落羞辱，到了这个地位！"言毕，失声大哭。东老不觉也哭将起来。

初时说话低微，众人见他交头接耳，尽见道无非是些调情肉麻之态，那里管他就里。直见两人多哭做一堆，方才一座惊骇，尽来诘问。东老道："此话甚长，不是今日立谈可尽，况且还要费好些周折。改日当与守公细说罢了。"太守也有些疑心，不好再问。酒罢各散，东老自向公馆中歇宿去了。

薛倩到得家里，把席间事体对薛妈说道："总干官府是我亲眷，今日说起，已自认帐。明日可到他寓馆一见，必有出格赏赐。"薛妈千欢万喜。

到了第二日，薛妈率领了薛倩来到总干馆舍前求见。祝东老见说，即叫放他母子进来。正要与他细话，只见报说太守吴仲广也来了。东老笑对薛倩道："来得正好！"薛倩母子多未知其意。

太守下得轿，薛倩走过去先叩了头。太守笑道："昨日哭得不勾，今日又来补么？"东老道："正要见守公，说昨日哭的缘故。此子之父董元广，乃竹山知县。祖父仲臣，是汉州太守。两世衣冠之后。只因祖死汉州，父又死于都下，妻女随在舟次，所遇匪人[1]，流落到

---

[1] 匪人——不是正经人。匪，同"非"。

此地位。乞求守公急为除去乐籍[1]。"太守恻然道："元来如此。除籍在下官所司,甚为易事。但除籍之后,此女毕竟如何?若明公有意,当为效劳。"东老道："不是这话。此女之母,即是下官之姑,下官正与此女为嫡表兄妹。今既相遇,必须择个良人嫁与他,以了其终身。但下官尚有公事须去,一时未得便有这样凑巧的。愚意欲将此女暂托之尊夫人处,安顿几时。下官且到成都往回一番,待此行所得诸台及诸郡馈遗路照[2]之物,悉将来为此女的嫁资。慢慢拣选一个佳婿与他,也完我做亲眷的心事。"太守笑道："天下义事,岂可让公一人做尽了?我也当出二十万钱为助。"东老道："守公如此高义,此女不幸中大幸矣!"当下分付薛倩随着吴太守到衙中奶奶处住着："等我来时再处。"太守带着自去。东老叫薛妈过来,先赏了他十千钱,说道："薛倩身价,在我身上,加利还你。"薛妈见了是官府做主,怎敢有违?只得凄凄凉凉自去了。东老一面往成都进发,不题。

且说吴太守带得薛倩到衙里来,叫他见过了夫人,说了这些缘故,叫夫人好好看待他。夫人应允了。吴太守在衙里仔细把薛倩举动看了多时,见他仍是满面忧愁,不歇的叹气。心里忖道："他是好人家儿女,一向堕落,那不得意是怪他不得的。今既已遇着表兄相托,收在官衙,他日打点嫁人,已提挈在好处了,为何还如此不快?他

---

〔1〕 乐籍——指乐部所辖官妓的名籍。"除去乐籍"即解除妓女的身份,简称"除籍"。
〔2〕 路照——赠送的路费。

心中毕竟还有掉不下的事。"教夫人缓缓盘问他备细。薛倩初时不肯说。吴太守对他道："不拘有甚么心事，只管明白说来，我就与你做主。"薛倩方才说道："官人再三盘问，不敢不说。说来也是枉然的。"太守道："你且说来，看是如何。"薛倩道："贱妾心中，实是有一个人放他不下，所以被官人看破了。"太守道："是甚么人？"薛倩道："妾身虽在烟花之中，那些浮浪子弟，未尝倾心交往。只有一个书生，年方弱冠，尚未娶妻，曾到妾家往来，彼此相爱。他也晓得妾身出于良家，深加悯恤，越觉情深。但是入城，必来相叙。他家父母知道，拿回家去痛打一顿，锁禁在书房中。以后虽是时或有个信来，再不能勾见他一面了。今蒙官人每抬举，若脱离了此地，料此书生无缘再会，所以不觉心中怏怏，撇放不开。岂知被官人看了出来。"太守道："那个书生姓甚么？"薛倩道："姓史，是个秀才，家在乡间。"太守道："他父亲是甚么人？"薛倩道："是个老学究。"太守道："他多少家事〔1〕，娶得你起么？"薛倩道："因是寒儒之家，那书生虽往来了几番，原自力量不能，破费不多。只为情上难舍，频来看觑，他家兀自道破坏了家私，狠下禁锁。怎有钱财娶得妾身？"太守道："你看得他做人如何？可真心得意他否？"薛倩道："做人是个忠诚有馀的，不是那些轻薄少年，所以妾身也十分敬爱，谁知反为妾受累。而今就得意也没处说了。"说罢，早又眼泪落将出来。

---

〔1〕 家事——吴方言，家产。

太守问得明白,出堂去签了一张密票[1],差一个公人,拨与一匹快马,急取绵州学史秀才到州,有官司勾当,不可迟误。公人得了密票,狐假虎威,扯做了一场火急势头。忙下乡来,敲进史家门去,将朱笔官票与看,乃是府间遣马追取秀才,立等回话的公事。史家父子惊得呆了,各没想处。那老史埋怨儿子道:"定是你终日宿娼,被他家告害了。再无他事!"史秀才道:"府尊大人取我,又遣一匹马来,焉知不是文赋上边有甚么相商处?"老史道:"好,来请你!柬贴不用一个,出张朱票!"史秀才道:"决是没人告我。"父子两个胡猜不住,公人只催起身。老史只得去收拾酒饭,待了公人,又送了些辛苦钱,打发儿子起身到州里来。正是:

乌鸦喜鹊同声,吉凶全然未保。

今日捉将官去,这回头皮送了。

史生同了官差,一程来到州中,不知甚么事繇,穿了小服,进见太守。太守教换了公服相见,史生才把疑心放下了好些。换了衣服,进去行礼已毕,太守问道:"秀才家小小年纪,怎不苦志读书,倒来非礼之地频游,何也?"史生道:"小生诵读诗书,颇知礼法,蓬窗自守,从不游甚非礼之地。"太守笑道:"也曾去薛家走走么?"史生见道着真话,通红了两颊,道:"不敢欺大人,客寓州城,诵读馀功,偶与朋友辈适兴闲步,容或有之,并无越礼之事。"太守又道:"秀才家说话不必

---

[1] 密票——秘密传票。传票是法制机构的传讯通知单。紧急传呼则用"朱票"。

遮饰,试把与薛倩往来事情实诉我知道。"史生见问得亲切,晓得瞒不过了,只得答道:"大人问及于此,不敢相诳。此女虽落娼地,实非娼流,乃名门宦裔,不幸至此。小生偶得邂逅,见其标格,有似良人。问得其详,不胜义愤。自惜身微力薄,不能拔之风尘,所以怜而与游。虽系儿女子之私,实亦士君子之念。然如此鄙事,不知大人何以知而问及。殊深惶愧,只得实陈,伏乞大人容恕。"太守道:"而今假若以此女配足下,足下愿以之为室家否?"史生道:"淤泥青莲,亦愿加以拂拭。但贫士所不能,不敢妄想。"太守笑道:"且站在一边,我教你看一件事。"就掣一枝签,唤将薛妈来。

薛妈慌忙来见太守。太守叫库史取出一百道官券〔1〕来,与他道:"昨闻你买薛倩身价,止得钱七十千。今加你价三十千,共一百道,你可领着。"时史生站在傍边,太守用手指着对薛妈道:"汝女已嫁此秀才了。此官券即是我与秀才出的聘礼也。"薛妈不敢违拗,只得收了。当下认得史生的,又不好问得缘故。老妈们心性,见了一百千,算来不亏了本,随他女儿短长,也不在他心上,不管三七二十一,欢欢喜喜自出去了。

此时史生看见太守如此发放,不晓其意。心中想道:"难道太守肯出己钱讨来与我不成?这怎么解?"出了神,没可想处。太守唤史生过来,笑道:"足下苦贫,不能得娶,适间已为足下下聘了。今以此

---

〔1〕 一百道官券——十万钱的票据。一千钱谓之一"道"。官券,支付银钱的票据。

女与足下为室,可喜欢么?"史生叩头道:"不知大人何以有此天恩,出自望外,岂不踊跃!但家有严父,不敢不告。若知所娶娼女,事亦未必可谐。所虑在此耳。"太守道:"你还不知,此女为总干祝使君表妹,前日在此相遇,已托下官脱了乐籍,俟成都归来,替他择婿。下官见此义举,原许以二十万钱助嫁。今此女见在我衙中,昨日见他心事不决,问得其故,知与足下两意相孚,不得成就。下官为此相请,欲为你两人成此好事。适间已将十万钱还了薛媪,今再以十万钱助足下婚礼,以完下官口信。待总干来时,整备成亲。若尊人问及,不必再提起薛家,只说总干表妹,下官为媒,无可虑也。"史生见说,欢喜非常,谢道:"鲰生[1]何幸,有此奇缘,得此恩遇,虽粉骨碎身,难以称报。"太守又叫库吏取一百道官券付与史生。史生领下,拜谢而去。看见丹墀之下,荷花正开,赋诗一首以见感恩之意。诗云:

莲染青泥埋暗香,东君移取一齐芳。

擎珠拟作衔环[2]报,已学葵心映日光。

史生到得家里,照依太守说的话,回覆了父母。父母道是喜从天降,不费一钱,攀了好亲事。又且见有许多官券拿回家来,问其来历,说道是太守助的花烛之费,一发支持有馀,十分快活。一面整顿酒筵各项,只等总干回信不题。

却说吴太守虽已定下了史生,在薛倩面前只不说破。隔得一月,

---

〔1〕 鲰(zōu 邹)生——犹小生。自称的谦词。
〔2〕 衔环——传东汉杨宝少时曾救一黄雀,后黄雀衔白环四枚报答杨宝。事见吴均《续齐谐记》。

祝东老成都事毕，重回绵州，来见太守。一见便说表妹之事。太守道："别后已干办得一个佳婿在此，只等明公来，便可嫁了。"东老道："此行所得，合来有五十万。今当悉以付彼，使其成家立业。"太守道："下官所许二十万，已将十万还其身价，十万备其婚资。今又有此助，可以不忧生计。况其人可倚，明公可以安心了。"东老道："婿是何人？"太守道："是个书生，姓史。今即去召他来相见。"东老道："书生最好。"太守立刻命人去召将史秀才来到，教他见了东老。东老见他少年，丰姿出众，心里甚喜。太守即择取来日大吉，叫他备轿，明日到州迎娶家去。

太守回衙，对薛倩道："总干已到，佳婿已择得有人，看定明日成婚。婚资多备。从此为良人妇了。"薛倩心里且喜且悲。喜的是亏得遇着亲眷，又得太守做主，脱了贱地，嫁个丈夫，立了妇名；悲的是心上书生从此再不能勾相会了。正是：

笑啼俱不敢，方信做人难。

早知灯是火，落得放心安。

明日，祝东老早到州中，坐在后堂，与太守说了，教薛倩出来相见。东老即将五十万钱之数，交与薛倩，道："聊助子妆奁之费，少尽姑表之情。只无端累守公破费二十万，甚为不安。"太守笑道："如此美事，岂可不许我费一分乎？"薛倩叩谢不已。东老道："婿是守公所择，颇为得人，终身可傍矣。"太守笑道："婿是令表妹所自择，与下官无干。"东老与薛倩俱愕然不解。太守道："少顷自见。"

正话间，门上进禀："史秀才迎婚轿到。"太守立请史秀才进来，指着史生对薛倩道:"前日你再三不肯说,我道说明白了好与你做主。今以此生为汝夫,汝心中没有不足处了么?"薛倩见说,方敢抬眼一看,正是平日心上之人。方晓得适间之言,心下暗地喜欢无尽。太守立命取香案,教他两人拜了天地。已毕,两人随即拜谢了总干与太守。太守分付花红羊酒,鼓乐送到他家。东老又命从人抬了这五十万嫁资,一齐送到史家家里来。史家老儿只说是娶得总干府表妹,以此为荣,却不知就是儿子前日为嫖了厮闹的表子。后来渐渐明白,却见两处大官府做主,又平白得了许多嫁资,也心满意足了。史生夫妻二人感激吴太守,做个木主[1]供在家堂,奉祀香火不绝。

次年,史生得预乡荐[2]。东老又着人去汉州访着了董氏兄弟,托与本处运使,周给了好些生计,来通知史生夫妻二人,教他相通往来。史生后来得第,好生照管妻家,汉州之后,得以不绝。此乃是不幸中之幸,遭遇得好人,有此结果。不然,世上的人多似吕使君,那两代为官之后,到底堕落了。天网恢恢,正不知吕使君子女又如何哩!

公卿宣淫,误人儿女。不遇手援,焉复其所?

瞻彼穹庐,涕零如雨。千载伤心,王孙帝主。

---

〔1〕 木主——即"牌位"。
〔2〕 乡荐——唐宋时参加进士考试的人,须由州县地方官推举,称为"乡荐"。

二刻拍案惊奇卷之八

沈将仕三千买笑钱　　王朝议一夜迷魂阵

词云：

风月襟怀，图取欢来。戏场中尽有安排。呼卢[1]博赛，岂不豪哉？费自家心，自家力，自家财。　　有等奸胎，惯弄乔才[2]。巧妆成科诨[3]难猜。非关此辈，忒使心乖。总自家痴，自家狠，自家呆。（词寄《行香子》）

这首词，说着人世上诸般戏事皆可遣兴陶情，惟有赌博一途，最是为害不浅。盖因世间人总是一个贪心所使，见那守分的一日里辛辛苦苦，巴着生理[4]，不能勾进得多少钱；那赌场中一得了采，精金白银，只在一两掷骰子上收了许多来，岂不是个不费本钱的好生理？岂知有这几掷赢，便有几掷输。赢时节，道是倘来之物[5]，就

---

[1] 呼卢——也作"呼卢喝雉"，指赌博。
[2] 乔才——宋元时骂人的话。明代徐渭《南词叙录》："乔才，狙诈也，狡狯也。"通常用以指人，犹今云坏蛋、流氓、无赖；此指狡狯的伎俩。
[3] 科诨(hùn 混)——即"插科打诨"，以滑稽动作和诙谐语言引人发笑。
[4] 巴着生理——犹如说盼着工作。巴，盼望。生理，赖以谋生的职业。下文"岂不是个不费本钱的好生理"，生理，即生意、买卖。
[5] 倘来之物——意外得到的东西。倘，当作"傥"，《庄子·缮性》："物之傥来，寄者也。"

有粘头[1]的、讨赏的、帮衬的,大家来撮哄[2]。这时节意气扬扬,出之不吝。到得赢骰过了,输骰齐到,不知不觉的弄个罄净,却多是自家肉里钱[3],傍边的人不会帮了他一文。所以只是输的多,赢的少。有的不伏道:"我赢了就住,不到得输就是了。"这句话恰似有理,却是那一个如此把得定?有的巴了千钱要万钱,人心不足不肯住的;有的乘着胜采,只道是常得如此,高兴了不肯住的;有的怕别人讥诮他小家子相,碍上碍下不好住的。及至临后输来,虽悔无及,道先前不曾住得,如今难道就罢?一发住不成了,不到得弄完决不收场。况且又有一落场便输了的,总有几掷赢骰,不勾番本,怎好住得?到得番本到手,又望多少赢些,那里肯住?所以一耽了这件滋味,定是无明无夜,抛家失业,失魂落魄,忘飧废寝的。朋友们讥评,妻子们怨怅,到此地位一总不理,只是心心念念记挂此事,一似担雪填井,再没个满的日子了。全不想钱财自命里带来,人人各有分限,岂由你空手博来做得人家的?不要说不能勾赢,就是赢了,未必是福处。

宋熙宁[4]年间,相国寺前有一相士,极相得着,其门如市。彼时南省[5]开科,纷纷举子多来扣问得失,他一一决来,名数不爽。

---

[1] 粘头——亦作"拈头",赌主从赢家提取的钱。
[2] 撮哄——哄骗,怂恿。
[3] 自家肉里钱——吴方言,意谓自己的血汗钱。
[4] 熙宁——宋神宗赵顼年号,公元1068—1077年。
[5] 南省——指礼部,中央执掌礼仪、祭享、贡举等事务的官署,会试由礼部负责。《事文类聚》:"礼部称南省,又曰礼闱。"

有一举子姓丁，名湜，随众往访。相士看见大惊道："先辈[1]气色极高，吾在此阅人多矣，无出君右者。据某所见，便当第一人及第。"问了姓名，相士就取笔在手，大书数字于纸云："今年状元是丁湜。"粘在壁上。向丁生拱手道："留为后验。"丁生大喜自负，别了相士，走回寓中来，不觉心神畅快，思量要寻个乐处。

元来这丁生少年才俊，却有个僻性，酷好的是赌博。在家时，先曾败掉好些家资，被父亲锁闭空室，要饿死他。其家中老妪怜之，破壁得逃。到得京师，补试太学，幸得南省奏名，只待廷试。心绪闲暇，此兴转高。况兼破费了许多家私，学得一番奢遮手段，手到处会赢。心中技痒不过。闻得同榜中有两个四川举子，带得多资，亦好赌博。丁生写个请帖，着家童请他二人到酒楼上饮酒。二人欣然领命而来，分宾主坐定。饮到半酣，丁生家童另将一个包袱放在左边一张桌子上面，取出一个匣子，开了，拿出一对赏锤来。二客看见匣子里面藏着许多戏具，乃是骨牌、双陆、围棋、象棋及五木骰子、枚马之类，无非赌博场上用的。晓得丁生好此，又触着两人心下所好，相视而笑。丁生便道："我们乘着酒兴，三人共赌一回取乐何如？"两人拍手道："绝妙！绝妙！"一齐立起来，看楼上傍边有一小阁，丁生指着道："这里头倒幽静些。"遂叫取了博具，一同到阁中来。相约道："我辈今日逢场作戏，系是彼此同袍，十分大有胜负，忒难为人了。每人只以万钱

---

[1] 先辈——唐、宋时称未登科第的士子为"先辈"。

为率,尽数赢了,止得三万;尽数输了,不过一万。图个发兴消闲而已。"说定了,方才下场,相博起来。

初时果然不十分大来往。到得掷到兴头上,你强我赛,各要争雄,一二万钱只好做一掷,怎好就歇得手?两人又着家童到下处再取东西,下着本钱,频频添入,不记其次。丁生煞是好手段,越赢得来,精神越旺。两人不伏输,狠将注头〔1〕乱推,要博转来,一注大似一注。怎当得丁生连掷胜采,两人出注,正如众流归海,尽数赶在丁生处了。直赢得两人油干火尽。两人也怕起来,只得忍着性子住了,垂首丧气而别。丁生总计所赢,共有六百万钱,命家童等负归寓中,欢喜无尽。

隔了两日,又到相士店里来走走,意欲再审问他前日言语的确。才进门来,相士一见大惊道:"先辈为何气色大变?连中榜多不能了,何况魁选〔2〕!"急将前日所粘在壁上这一条纸扯下来,揉得粉碎。叹道:"坏了我名声,此番不准了。可恨!可恨!"丁生慌了,道:"前日小生原无此望,是足下如此相许。今日为何改了口?此是何故?"相士道:"相人功名,先观天庭〔3〕气色。前日黄亮润泽,非大魁无此等光景,所以相许。今变得枯焦且黑滞了,那里还望功名?莫非先辈有甚设心不良,做了些谋利之事,有负神明么?试想一想看。"丁生悚然,便把赌博得胜之事说出来,道:"难道是为此戏事?"相士

〔1〕 注头——赌注,赌博时每局压下的钱。
〔2〕 魁选——即前文所说"今科状元"。
〔3〕 天庭——相术用语,指人的两眉之间、前额中央。

道:"你莫说是戏事,关着财物,便有神明主张。非义之得,自然减福。"丁生悔之无及。忖了一忖,问相士道:"我如今尽数还了他,敢怕仍旧不妨了?"相士道:"才一发心,暗中神明便知。果能悔过,还可占甲科,但名次不能如旧,五人之下可望。切须留心。"

丁生亟回寓所,着人去请将二人到寓。两人只道是又来纠赌,正要番手,三脚两步,忙忙过来。丁生相见了,道:"前日偶尔作戏,大家在客中,岂有实得所赢钱物之理?今日特请两位过来,奉还原物。"两人出于不意,道:"既已赌输,岂有竟还之理?或者再博一番,多少等我们翻些才使得。"丁生道:"道义朋友,岂可以一时戏耍,损伤客囊财物?小弟誓不敢取一文,也不敢再做此等事了。"即叫家童各将前物竟送还两人下处。两人喜出望外,道是丁生非常高谊,千恩万谢而去。岂知丁生原为着自己功名要紧,故依着相士之言,改了前非。

后来廷试唱名,果中徐铎榜[1]第六人。相士之术,不差毫厘。若非是这一番赌,这状头稳是丁湜,不让别人了。今低了五名,又还亏得悔过迁善,还了他人钱物,尚得高标。倘贪了小便宜,执迷不悟,不弄得功名没分了?所以说钱财有分限,靠着赌博得来,便赢了也不是好事。

况且有此等近利之事,便有一番谋利之术。有一伙赌中光棍,惯

---

[1] 徐铎榜——徐铎,字振文,莆田人,熙宁进士第一。此言丁生所中与徐铎同榜。

一结了一班党与,局骗少年子弟,俗名谓之"相识"。用铅沙灌成药骰,有轻有重,将手指捻将转来,捻得得法,抛下去多是赢色。若任意抛下,十掷九输。又有惯使手法,拳红坐六的;又有阴阳出注,推班出色的。那不识事的小二哥,一团高兴,好歹要赌,俗名唤做"酒头",落在套中,出身不得,谁有得与你赢了去?奉劝人家子弟,莫要痴心想别人的。看取丁湜故事,就赢了也要折了状元之福,何况没福的,何况必输的!不如学好守本分的为强。有诗为证:

> 财是他人物,痴心何用贪?
>
> 寝兴多失节,饥饱亦相参。
>
> 输去中心苦,赢来众口馋。
>
> 到头终一败,辛苦为谁甜?

小子只为苦口劝着世人休要赌博,却想起一个人来,没事闲游,撞在光棍手里,不知不觉弄去一赌,赌得精光,没些巴鼻[1]。说得来好笑好听。

> 风流误入绮罗丛,自诩通宵倚翠红。
>
> 谁道醉翁非在酒,却教眨眼尽成空。

这本话文乃在宋朝道君皇帝[2]宣和年间,平江府有一个官人,姓沈,承着祖上官荫,应授将仕郎[3]之职,赴京听调。这个将仕家

---

〔1〕 没些巴鼻——《委巷丛谈》载杭州方言:"言人作事无据者曰没巴鼻。"没些巴鼻,此处意为没办法。

〔2〕 道君皇帝——指宋徽宗赵佶,因其退位后尊为"教主道君太上皇帝",故称。

〔3〕 将仕郎——官名,宋代从九品下为将仕郎,是低级的文散官。

道丰厚，年纪又不多，带了许多金银宝货在身边。少年心性，好的是那歌楼舞榭，倚翠偎红，绿水青山，闲茶浪酒。况兼身畔有的是东西，只要撞得个乐意所在，挥金如土，毫无吝色。

大凡世情如此：才是有个撒漫[1]使钱的勤儿，便有那帮闲儹懒[2]的陪客来了。寓所差不多远，有两个游手人户，一个姓郑，一个姓李，总是些没头鬼[3]，也没个甚么真名号，只叫做郑十哥，李三哥。终日来沈将仕下处，与他同坐同起，同饮同餐。沈将仕一刻也离不得他二人。他二人也有时破些钱钞，请沈将仕到平康里中好姊妹家里摆个还席，吃得高兴，就在姊妹人家宿了。少不得串同了他家，扶头打差[4]，一路儿撮哄，弄出些钱钞大家有分，决不到得白折了本。亏得沈将仕壮年贪色，心性不常，略略得味，就要跳槽，不迷恋着一个，也不能起发他大主钱财。只好和哄过日，常得嘴头肥腻而已。

如是盘桓，将及半年，城中乐地，也没有不游到的所在了。一日，沈将仕与两人商议道："我们城中各处走遍了，况且尘嚣嘈杂，没甚景趣。我要城外野旷去处走走，散心耍子一回，何如？"郑十、李三道："有兴，有兴。大官人一发在行得紧！只是今日有些小事未完，不得相陪。若得迟至明日便好。"沈将仕道："就是明日无妨，却不可

---
[1] 撒漫——任意花费钱财。也作"撒镘"；镘，钱的背面，代指钱钞。
[2] 儹（zǎn趱）懒——游手好闲，不务正业。
[3] 没头鬼——来历不明的人。
[4] 扶头打差——意即陪着饮酒作乐。扶头，原指醉后须人扶头，后引申为醉酒。打差，出勤支应。

误期。"郑、李二人道:"大官人如此高怀,我辈若有个推故不去,便是俗物了。明日准来相陪就是。"

两人别去了一夜,到得次日,来约沈将仕道:"城外之兴何如?"沈将仕道:"专等,专等。"郑十道:"不知大官人轿去马去?"李三道:"要去闲步散心,又不赶甚路程,要那轿马何干?"沈将仕道:"三哥说得是。有这些人随着,便要来催你东去西去,不得自由。我们只是散步消遣,要行要止,凭得自家,岂不为妙?只带个把家童去跟跟便了。"沈将仕身边有物,放心不下,叫个贴身安童背着一个皮箱,随在身后,一同郑、李二人踱出长安门外来。但见:

> 甫离城廓,渐远市廛。参差古树绕河流,荡漾游丝飞野岸。布帘沽酒处,惟有耕农村老来尝;小艇载鱼还,多是牧竖樵夫来问。炊烟四起,黑云影里有人家;路径多歧,青草痕中为孔道。别是一番野趣,顿教忘却尘情。

三人信步而行,观玩景致,一头说话,一头走路。迤逦有二三里之远,来到一个塘边。只见几个粗腿大脚的汉子,赤剥了上身,手提着皮挽,牵着五七匹好马,在池塘里洗浴。看见他三人走来至近,一齐跳出塘子,慌忙将衣服穿上,望着三人齐声迎喏。沈将仕惊疑,问二人道:"此辈素非相识,为何见吾三人恭敬如此?"郑、李两人道:"此王朝议〔1〕使君之隶卒也。使君与吾两人最相厚善,故此辈见吾等走过,不敢怠慢。"沈将仕:"元来这个缘故!我也道为何无因

---

〔1〕 朝议——即朝议大夫,宋代为正五品下阶文散官。

至前。"

　　三人又一头说,一头走,离池边上前又数百步远了。李三忽然叫沈将仕一声道:"大官人,我有句话商量着。"沈将仕道:"甚话?"李三道:"今日之游,颇得野兴,只是信步浪走,没个住脚的去处。若便是这样转去了,又无意味。何不就骑着适才王公之马,拜一拜王公,岂不是妙?"沈将仕道:"王公是何人?我却不曾认得,怎好拜他?"李三道:"此老极是个妙人。他曾为一大郡守,家资绝富,姬妾极多。他最喜的是宾客往来,款接不倦。今年纪已老,又有了些痰病,诸姬妾皆有离心。却是他防禁严密,除了我两人忘形相知,得以相见,平时等闲不放出外边来。那些姬妾无事,只是终日合伴顽耍而已。若吾辈去看他,他是极喜的。大官人虽不曾相会,有吾辈同往,只说道钦慕高雅,愿一识荆〔1〕。他看见是吾每的好友,自不敢轻。吾两人再递一个春〔2〕与他,等他晓得大官人是在京调官的衣冠一脉,一发注意了,必有极精的饮馔相款。吾每且落得开怀快畅他一晚,也是有兴的事。强如寂寂寞寞,仍旧三人走了回去。"沈将仕心里未决,郑十又道:"此老真是会快活的人,有了许多美妾,他却又在朋友面上十分殷勤,寻出兴趣来。更兼留心饮馔,必要精洁,惟恐朋友们不中意,吃得不尽兴。只这一片高兴热肠,何处再讨得有?大官人既到此地,

---

〔1〕 识荆——唐李白《与韩荆州书》:"白闻天下谈士相聚而言曰:'生不用封万户侯,但愿一识韩荆州。'何令人之景慕一至于此。"后遂以初见平素仰慕的人为"识荆",也叫"识韩"。韩,指韩朝宗,时为荆州长史。
〔2〕 春——指酒。唐代人呼酒为春,后沿用之。

也该认一认这个人,不可错过。"沈将仕也喜道:"果然如此,便同二位拜他一拜也好。"李三道:"我每原回到池边,要了他的马去。"

于是三人同路而回,走到池边,郑、李大声叫道:"带四个马过来!"看马的不敢违慢,答应道:"家爷的马,官人每要骑尽意骑坐就是。"郑、李与沈将仕各骑了一匹,连沈家家僮捧着箱儿也骑了一匹。看马的带住了马头,问道:"官人每要往那里去?"郑生将鞭稍指道:"到你爷家里去。"看马的道:"晓得了。"在前走着引路。

三人联镳按辔而行。转过两个坊曲,见一所高门,李三道:"到了,到了。郑十哥且陪大官人站一会,待我先进去报知了,好出来相迎。"沈将仕开了箱,取个名帖与李三带了报去。李三进门内去了少歇,出来道:"主人听得有新客到此,甚是喜欢。只是久病倦懒,怕着冠带,愿求便服相见。"沈将仕道:"论来初次拜谒,礼该具服。今主人有命,恐怕反劳;若许便服,最为洒脱。"李三又进去说了,只见王朝议命两个安童扶了,一同李三出来迎客。沈将仕举眼看时,但见:

> 仪度端庄,容颜羸瘦。一前一却,浑如野鹤步罡〔1〕;半喘半吁,大似吴牛见月〔2〕。深浅躬不思而得,是鹭鸶班里习将来;长短气不约而同,敢鸳燕窝中输了去。

沈将仕见王朝议虽是衰老模样,自然是士大夫体段,肃然起敬。王朝

---

〔1〕 野鹤步罡(gāng 刚)——形容脚步不稳,摇摇晃晃。步罡,道教法师礼拜星斗的动作,据说步行转折,有如斗宿形状。

〔2〕 吴牛见月——形容气喘吁吁。《太平御览》引《风俗通》:"吴牛望见月则喘,彼之苦于日,见月怖喘矣。"

议见沈将仕少年丰采,不觉笑逐颜开。拱进堂来,沈将仕与二人俱与朝议相见了。沈将仕叙了些仰慕的说话,道:"幸郑、李两兄为绍介,得以识荆,固快夙心,实出唐突。"王朝议道:"两君之友,即仆友也。况两君胜士,相与的必是高贤。老朽何幸,得以沾接。"茶罢,朝议揖客进了东轩,分付当直的设席款待。分付不多时,杯盘果馔,倾刻即至。沈将仕看时,虽不怎的大摆设,却多精美雅洁,色色在行,不是等闲人家办得出的。朝议谦道:"一时不能治具,果菜小酌,勿怪轻亵。"郑、李二人道:"沈君乃[1]是脱洒人,既忝吾辈相知,原不必认作新客。只管尽主人之兴,吃酒便是,不必过谦了。"小童二人频频斟酒,三个客人忘怀大釂[2],主人勉强支陪。

看看天晚,点上灯来。朝议又陪了一晌,忽然喉中发喘,连嗽不止,痰声曳锯也似,响震四座,支吾不得。叫两个小童扶了,立起身来道:"贱体不快,上客光顾,不能尽主礼,却怎的好?"对郑生道:"没奈何了,有烦郑兄代作主人,请客随意剧饮,不要阻兴。老朽略去歇息一会,煮药吃了,少定即来奉陪。恕罪,恕罪。"朝议一面同两个小童扶拥而去。剩得他三个在座,小童也不出来斟酒了。李三道:"等我寻人去。"起身走了进去。

沈将仕见主人去了,酒席阑珊,心里有些失望。欲待要辞了回去,又不曾别得主人,抑且馀兴还未尽,只得走下庭中散步。忽然听

---

[1] 乃——原作"及",似为"乃"字形误。
[2] 大釂(jiào 叫)——痛饮。釂,喝干杯中酒。

得一阵欢呼掷骰子声,循声觅去,却在轩后一小阁中,有些灯影在窗隙里射将出来。沈将仕将窗隙弄大了些,窥看里面。不看时万事全休,一看看见了,真是:

> 酥麻了半壁,软瘫做一堆。

你道里头是甚光景?但见:

> 明烛高张,巨案中列。掷卢赛雉,纤纤玉手擎成;喝六呼幺,点点朱唇吐就。金步摇[1],玉条脱[2],尽为孤注争雄;风流阵,肉屏风,竟自和盘托出。若非广寒殿[3]里,怎能勾如许仙风?不是金谷园[4]中,何处来若干媚质?任是愚人须缩舌,怎教浪子不输心!

元来沈将仕窗隙中看去,见里头是美女七八人,环立在一张八仙桌外。桌上明晃晃点着一枝高烛,中间放下酒榼一架,一个骰盆,盆边七八堆采物,每一美女面前一堆,是将来作注赌采的。众女掀拳裸袖,各欲争雄。灯下偷眼看去,真个个个如嫦娥出世,丰姿态度,目中所罕见。不觉魂飞天外,魄散九霄,看得目不转睛,顽涎乱吐。

正在禁架不定之际,只见这个李三不知在那里走将进去,也搀在里头了,抓起色子,便待要掷下去。众女赌到间深处,忽见是李三下

---

〔1〕 金步摇——古代妇女的一种头饰,附于簪钗上,行走则摇动,故名。
〔2〕 玉条脱——玉镯。
〔3〕 广寒殿——即"广寒宫",传说中的月宫,《龙城录》载有唐玄宗梦游广寒宫故事。
〔4〕 金谷园——晋代石崇私人园第,园在洛阳附近,石崇尝于此广储歌妓,宴请宾客。

注,尽嚷道:"李秀才,你又来鬼厮搅,打断我姊妹们兴头。"李三顽着脸皮道:"便等我在里头与贤妹们帮兴一帮兴也好。"一个女子道:"总是熟人,不妨事。要来便来,不要酸子气。快摆下注钱来!"众女道:"看这个酸鬼,那里熬得起大注?"一递一句讥诮着。李三掷一掷,做一个鬼脸,大家把他来做一个取笑的物事。李三只是忍着羞,皮着脸,凭他擘面啐来,只是顽钝无耻,挨在帮里。一霎时不分彼此,竟大家着他在里面掷了。

沈将仕看见李三情状,一发神魂摇荡,顿足道:"真神仙境界也!若使吾得似李三,也在里头厮混得一场,死也甘心。"急得心痒难熬,好似热地上蜒蚰,一歇儿立脚不定。急走来要与郑十商量。郑十正独自个坐在前轩打盹,沈将仕急摇他醒来道:"亏你还睡得着!我们一样到此,李三哥却落在蜜缸里了。"郑十道:"怎么的?"沈将仕扯了他手,竟到窗隙边来,指着里面道:"你看么!"郑十打眼一看果然李三与群女在里头混赌。郑十对沈将仕道:"这个李三,好没廉耻。"沈将仕道:"如此胜会,怎生知会他一声,设法我也在里头去掷掷儿,也不枉了今日来走这一番。"郑十道:"诸女皆王公侍儿。此老方才去眠宿了,诸女得闲,在此顽耍。吾每是熟极的,故李三插得进去。诸女素不识大官人,主人又不在面前,怎好与他们接对?须比我每不得。"沈将仕情极了,道:"好哥哥,带挈我带挈!"郑十道:"若挨得进去,须要稍物〔1〕,方才可赌。"沈将仕道:"吾随身箧中有金宝千金,

------

〔1〕 稍物——可充赌本的钱物。赌场中称银钱为"稍"。

又有二三千张茶券子[1],可以为稍。只要十哥设法得我进去,取乐得一回,就双手送掉了这些东西,我愿毕矣。"郑十道:"这等,不要高声,悄悄地随着我来,看相个机会慢慢插将下去。切勿惊散了他们,便不妙了。"沈将仕谨依其言,不敢则一声。郑十拽了他手,转弯抹角,且是熟溜,早已走到了聚赌的去处。

诸姬正赌得酣,各不抬头,不见沈将仕。郑十将他捏一把,扯他到一个稀空的所在站下了。侦伺了许久,直等两下决了输赢,会稍之时,郑十方才开声道:"容我每也掷掷么?"众女抬头看时,认得是郑十,却见肩下立着个面生的人,大家喝道:"何处儿郎,突然到此?"郑十道:"此吾好友沈大官人,知卿等今宵良会,愿一拭目,幸勿惊讶。"众女道:"主翁与汝等通家,故彼此各无避忌。如何带了他家少年来,搀预[2]我良人之会?"一个老成些的道:"既是两君好友,亦是一体的。既来之,则安之。且请一杯迟到的酒。"遂取一大卮,满斟着一杯热酒,奉与沈将仕。沈将仕此时身体皆已麻酥,见了亲手奉酒,敢有推辞?双手接过来,一饮而尽,不剩一滴。奉酒的姬对着众姬笑道:"妙人[3]也!每人可各奉一杯。"郑十

---

[1] 茶券子——即"茶引",后文有解释。引,票据、凭证。《宣和遗事》载:"蔡京又更茶法:天下立茶场,拘榷茶货,令客人赴官请引,……秤验,纳息批引,限日贩卖。"
[2] 搀预——参与。
[3] 妙人——知情达趣的人。

道:"列位休得炒断[1]了掷兴,吾友沈大官人也愿与众位下一局。一头掷骰,一头饮酒助兴,更为有趣。"那老成的道:"妙!妙!虽然如此,也要防主人觉来。"遂唤小鬟快去朝议房里伺候,倘若睡觉[2],亟来报知,切勿误事。小鬟领命去了,诸女就与沈将仕共博。

沈将仕自喜身入仙宫,志得意满,采色随手得胜。诸姬头上钗珥首饰,尽数除下来作采赌赛,尽被沈将仕赢了。须臾之间,约有千金。诸姬个个目睁口呆,面前一空。郑十将沈将仕扯一把道:"赢勾了,歇手罢。"怎当得沈将仕魂不附体,他心里只要多插得一会寡趣便好,不在乎财物输赢,那里肯住?只管伸手去取酒吃,吃了又掷,掷了又吃。诸姬又来趁兴,奉他不休。沈将仕越肉麻了,风将起来,弄得诸姬皆赤手,无稍可掷。

其间有一小姬,年最少,貌最美,独是他输得最多。见沈将仕风风世世,连掷采骰,带着怒容,起身竟去。走至房中,转了一转,提着一个羊脂玉花樽到面前,向桌上一扠,道:"此瓶直千缗[3],只此作孤注,输赢在此一决。"众姬问道:"此不是尔所有,何故将来作注?"小姬道:"此主人物也。此一决,得胜固妙;倘若再不如意,一发输了去,明日主人寻究,定遭鞭篦。然事势至此,我情已极,不得不然。"众人劝他道:"不可赶兴!万一又输,再无挽回了。"小姬怫然道:"凭

---

〔1〕 炒断——因吵闹而打断。炒,这里通"吵"。
〔2〕 睡觉(jué决)——睡醒。
〔3〕 缗(mín民)——本为穿钱的绳子,后借指成串的钱,一千文为一缗。

我自主,何故阻我?"坚意要掷。众人见他已怒,便道本图欢乐,何故到此地位?沈将仕看见小姬光景,又怜又爱,心里踌躇道:"我本意岂欲赢他?争禁骰子自胜。怎生得帮衬这一掷,输与他了,也解得他的恼怒;不然反是我杀风景了。"

看官听说:这骰子虽无知觉,极有灵通,最是跟着人意兴走的。起初沈将仕神来气旺,胜采便跟着他走,所以连掷连赢。歇了一会,胜头已过,败色将来。况且心里有些过意不去,情愿认输,一团锐气已自馁了十分了。更见那小姬气忿忿,雄纠纠,十分有趣,魂灵也被他吊了去。心意忙乱,一掷大败。小姬叫声:"惭愧,也有这一掷该我赢的!"即把花樽底儿朝天倒将转来。沈将仕只道止是个花樽,就是千缗也赔得起。岂知花樽里头尽是金钗珠琲[1]塞满其中,一倒倒将出来,辉煌夺目,正不知多少价钱,尽该是输家赔偿的。沈将仕无言可对。

郑、李二人与同诸姬公估价值,所值三千缗钱。沈将仕须赖不得,尽把先前所赢尽数退还,不上千金。只得走出,叫家僮取带来箱子里面茶券子二千多张,算了价钱,尽作赌资还了。说话的,茶券子是甚物件,可当金银?看官听说,茶券子即是茶引。宋时禁茶榷税,但是茶商纳了官银,方关茶引,认引不认人。有此茶引,可以到处贩卖,每张之利,一两有馀。大户人家尽有当着茶引生利的,所以这茶

---

[1] 珠琲(bèi 倍)——珠串子。

引当得银子用。苏小卿[1]之母受了三千张茶引,把小卿嫁与冯魁,即是此例也。沈将仕去了二千馀张茶引,即是去了二千馀两银子。沈将仕自道只输得一掷,身边还有剩下几百张,其馀金宝他物在外不动,还思量再下局去博将转来。忽听得朝议里头大声咳嗽,急索唾壶,诸姬慌张起来,忙将三客推出阁外,把火打灭,一齐奔入房去。

三人重复走到轩外元饮酒去处,刚坐下,只见两个小童又出来劝酒,道:"朝议多多致意尊客,夜深体倦,不敢奉陪,求尊客发兴多饮一杯。"三人同声辞道:"酒兴已阑,不必再叨了。只要作别了便去。"小童走进去说了,又走出来道:"朝议说:'仓卒之间,多有简慢。夜已深了,不劳面别。此后三日,再求三位同会此处,更加尽兴,切勿相拒。'又叫分付看马的,仍旧送三位到寓所,转来回话。"

三人一同沈家家僮,乘着原来的四匹马,离了王家。行到城门边,天色将明,城门已自开了。马夫送沈将仕到了寓所,沈将仕赏了马夫酒钱,连郑、李二人的也多是沈将仕出了,一齐打发了去。郑、李二人别了沈将仕道:"一夜不睡,且各还寓所安息一安息,等到后日再去赴约。"二人别去。

沈将仕自思夜来之事,虽然失去了一二千本钱,却是着实得趣。想来老姬赞他,何等有情?小姬怒他,也自有兴。其馀诸姬,递相劝

---

[1] 苏小卿——据明梅鼎祚《青泥莲花记》载:苏小卿宋时庐州娼妓,钟情于书生双渐,后渐外出久不归,鸨母将小卿卖与茶商冯魁,双渐功名成就,经官论断,复与小卿结为夫妇。

酒，轮流赌赛，好不风光，多是背着主人做的。可恨郑、李两人先占着这些便宜。而今我既弄入了门，少不得也熟分起来，也与他们二人一般受用，或者还有括着〔1〕个把上手的事在里头，也未可知。转转得意。

因两日困倦，不出门。巴到第三日，清早起来，就要去再赴王朝议之约，却不见郑、李二人到来。急着家僮到二人下处去请，下处人回言走出去了，只得呆呆等着。等到日中，竟不见来。沈将仕急得乱跳，肚肠多爬了出来。想一想道："莫不他二人不约我先去了？我既已拜过、扰过，认得的了，何必待他二人？只是要引进内里去，还须得他每领路。我如今备些礼物，去酬谢前晚之酌。若是他二人先在，不必说了；若是不在，料得必来，好歹在那里等他每为是。"叫家僮雇了马匹，带了礼物，出了城门，竟依前日之路，到王朝议家里来。

到得门首，只见大门拴着。先叫家僮寻着傍边一个小侧门进去，一直到了里头，并无一人在内。家僮正不知甚么缘故，走出来回覆家主。沈将仕惊疑，犹恐差了，再同着家僮走进去一看，只见前堂、东轩与那聚赌的小阁，宛然那夜光景在目，却无一个人影。大骇道："分明是这个里头，那有此等怪事？"急走到大门左侧，问着一个开皮铺的人道："这大宅里王朝议全家那里去了？"皮匠道："此是内相侯公公的空房，从来没个甚么王朝议在此。"沈将仕道："前夜有个王朝议，与同家眷正在此中居住。我们来拜他，他做主人，留我每吃了一

---

〔1〕 括着——得到、遇上。括，同"刮"。

夜酒。分明是此处,如何说从来没有?"皮匠道:"三日前有好几个恶少年,挟了几个上厅有名粉头[1],税了此房吃酒、赌钱。次日分了利钱,各自散去。那里是甚么王朝议请客来?这位官人莫不着了他道儿了?"沈将仕方才疑道是奸计,装成圈套,来骗他这些茶券子的。一二千金之物,分明付之一空了。却又转一念头,追思那日池边唤马,宅内留宾,后来阁中聚赌,那是无心凑着的,难道是设得来的计较?似信不信道:"只可惜不见两人,毕竟有个缘故在内。等待几日,寻着他两个再问。"

岂知自此之后,屡屡叫人到郑、李两人下处去问,连下处的人多不晓得。说道:"自那日出去后,一竟不来。虚锁着两间房,开进去并无一物在内。不知去向了。"到此方知前日这些逐段逐节行径,令人看不出一些,与马夫、小童多是一套中人物,只在迟这一夜里头打合成的。正是拐骗得十分巧处,神鬼莫测也。

漫道良朋作胜游,谁知肱箧有阴谋。

清闺不是闲人到,只为痴心错下筹。

---

[1] 粉头——即妓女。

二刻拍案惊奇卷之九

莽儿郎惊散新莺燕　　㑵梅香认合玉蟾蜍

诗云：

　　世间好事必多磨，缘未来时可奈何？

　　直至到头终正果，不知底事欲蹉跎。

话说从来有人道："好事多磨。"那到底不成的自不必说，尽有到底成就的，起初时千难万难，挫过了多少机会，费过了多少心机，方得了结。就如王仙客与刘无双[1]两个，中表兄妹，从幼许嫁，年纪长大，只须刘尚书与夫人做主，两个一下配合了，有何可说？却又尚书翻悔起来，千推万阻。比及夫人撺掇得肯了，正要做亲，又撞着朱泚、姚令言之乱[2]，御驾蒙尘[3]，两下失散。直到得干戈平静，仙客入京来访，不匡刘尚书被人诬陷，家小配入掖庭[4]，从此天人路隔，永无相会之日了。姻缘未断，又得发出宫女打扫皇陵，恰好差着无双在内，驿庭中通出消息与王仙客。跟寻得希奇古怪的一个侠客古押衙，

---

[1]　王仙客与刘无双——事见唐代薛调所撰传奇小说《无双传》。
[2]　朱泚、姚令言之乱——唐德宗李适建中四年(783)，泾原节度使姚令言在京师长安哗变，拥立太尉朱泚为帝，德宗出奔奉天(今陕西省乾县)。次年兵败，朱泚和姚令言先后被部下杀死。
[3]　蒙尘——特指皇帝蒙受灾难，此指唐德宗逃离都城。
[4]　掖庭——后妃宫嫔居住的地方。

将茅山道士仙丹，矫诏药死无双在皇陵上，赎出尸首来救活了，方得成其夫妇，同归襄汉。不知挫过了几个年头，费过了多少手脚了。早知到底是夫妻，何故又要经这许多磨折？真不知天公主的是何意见！可又有一说：不遇艰难，不显好处。古人云：

不是一番寒彻骨，怎得梅花扑鼻香？

只如偷情一件，一偷便着，却不早完了事？然没一些光景了。毕竟历过多少间阻，无限风波，后来到手，方为希罕。所以在行的道："偷得着不如偷不着。"真有深趣之言也。

而今说一段因缘，正要到手，却被无意中搅散。及至后来，两下各不指望了，又曲曲湾湾反弄成了。这是氤氲大使[1]颠倒人的去处。且说这段故事出在那个地方？甚么人家？怎的起头？怎的了结？看官不要性急，待小子原原委委说来。有诗为证：

打鸭惊鸳鸯，分飞各异方。

天生应匹耦，罗列自成行。

话说杭州府有一个秀才，姓凤，名来仪，字梧宾。少年高才。只因父母双亡，家贫未娶。有个母舅金三员外，看得他是个不凡之器，是件照管、周济他。凤生就冒了舅家之姓，进了学。入场考试，已得登科[2]。朋友往来，只称凤生；榜中名字，却是金姓。金员外一向

---

[1] 氤氲大使——迷信传说上界主管人间婚姻情爱的是缱绻司，氤氲大使是缱绻司的长官。

[2] 登科——这里指乡试已中举人。

出了灯火之资,替他在吴山[1]左畔赁下园亭一所,与同两个朋友做伴读书。那两个是嫡亲兄弟,一个叫做窦尚文,一个叫做窦尚武,多是少年豪气、眼底无人之辈。三个人情投意合,颇有管鲍、雷陈[2]之风。窦家兄弟为因有一个亲眷上京为官,送他长行,就便往苏州探访相识去了。凤生虽已得中,春试[3]尚远,还在园中读书。

一日傍晚时节,诵读少倦,走出书房散步。至园东,忽见墙外楼上有一女子,凭窗而立,貌若天人,只隔得一垛墙,差不得多少远近。那女子看见凤生青年美质,也似有眷顾之意,毫不躲闪。凤生贪看自不必说,四目相视,足有一个多时辰。凤生只做看玩园中菊花,步来步去,卖弄着许多风流态度,不忍走回。直等天黑将来,只听得女子叫道:"龙香,掩上了楼窗。"一个侍女走起来,把窗扑的关了,凤生方才回步。心下思量道:"不知邻家有这等美貌女子。不晓得他姓甚名谁,怎生打听一个明白便好!"

过了一夜,次日清早起来,也无心想观看书史,忙忙梳洗了,即望园东墙边来。抬头看那邻家楼上,不见了昨日那女子。正在惆怅之际,猛听得墙角小门开处,走将一个清清秀秀的丫鬟进来,竟到圃中采菊花。凤生要撩拨他开口,故作厉声道:"谁家女子盗取花卉?"那丫鬟啐了一声,道:"是我邻家的园子。你是那里来的野人,反说我

---

[1] 吴山——又叫胥山、城隍山,在杭州市西湖的东南,是杭州著名的风景点。
[2] 管鲍、雷陈——管鲍,管仲和鲍叔牙,春秋时齐国人。雷陈,雷义和陈重,东汉时人。管、鲍之间,雷、陈之间,均相知甚深,交谊笃厚。
[3] 春试——即会试,也叫"进士试"。

盗?"凤生笑道:"盗也非盗,野也不野。一时失言,两下退过罢。"丫鬟也笑道:"不退过,找你些甚么?"凤生道:"请问小娘子,采花去与那个戴?"丫鬟道:"我家姐姐梳洗已完,等此插戴。"凤生道:"你家姐姐高姓大名?何门宅眷?"丫鬟道:"我家姐姐姓杨,小字素梅,还不曾许聘人家。"凤生道:"堂上何人?"丫鬟道:"父母俱亡,傍着兄嫂同居。性爱幽静,独处小楼刺绣。"凤生道:"昨日看见在楼上凭窗而立的,想就是了。"丫鬟道:"正是他了,那里还有第二个?"凤生道:"这等,小娘子莫非龙香姐么?"丫鬟惊道:"官人如何晓得?"凤生本是昨日听得叫唤,明白在耳朵里的,却诌一个谎道:"小生一向闻得东邻杨宅有个素梅娘子,世上无双的美色。侍女龙香姐十分乖巧,十分贤惠。仰慕已久了。"龙香终是丫头家见识,听见称赞他两句,道是外边人真个说他好,就有几分喜动颜色,道:"小婢子有何德能,直教官人知道。"凤生道:"强将之下无弱兵。恁样的姐姐,须得恁样的梅香〔1〕姐,方为厮称。小生有缘昨日得瞥见了姐姐,今日又得遇着龙香姐,真是天大的福分。龙香姐怎生做得一个方便,使小生再见得姐姐一面么?"龙香道:"官人好不知进退!好人家儿女,又不是烟花门户,知道你是甚么人,面生不熟,说个一见再见。"凤生道:"小生姓凤,名来仪,今年秋榜〔2〕举人。在此园中读书,就是贴壁紧邻。你姐姐固是绝代佳人,小生也不愧今时才子,就相见一面,也不辱没了

---

〔1〕 梅香——对婢女的泛称。
〔2〕 秋榜——指乡试。

你姐姐。"龙香道:"惯是秀才家有这些老脸说话!不耐烦与你缠帐[1],且将菊花去与姐姐插戴则个。"说罢,转身就走。凤生直跟将来送他,作个揖道:"千万劳龙香姐在姐姐面前说凤来仪多多致意。"龙香只做不听,走进角门,扑的关了。

凤生只得回步转来,只听得楼窗豁然大开,高处有人叫一声:"龙香,怎么去了不来?"急抬头看时,正是昨日凭窗女子,新妆方罢,等龙香采花不来,开窗叫他,恰好与凤生打个照面。凤生看上去,愈觉美丽非常;那杨素梅也看上凤生在眼里了,呆呆偷觑,目不转睛。凤生以为可动,朗吟一诗道:

几回空度可怜宵,谁道秦楼有玉箫[2]。

咫尺银河难越渡,宁教不瘦沈郎腰[3]。

楼上杨素梅听见吟诗,详那诗中之意,分明晓得是打动他的了。只不知这俏书生是那一个,又没处好问得。正在心下踌躇,只见龙香手捻了一朵菊花来,与他插好了,就问道:"姐姐,你看见那园中狂生否?"素梅摇手道:"还在那厢摇摆,低声些,不要被他听见了。"龙香道:"我正要他听见。有这样老脸皮没廉耻的!"素梅道:"他是那个?

------

[1] 缠帐——吴方言,纠缠。
[2] 秦楼有玉箫——秦楼,指传说中秦穆公为其女弄玉所建的凤楼。弄玉嫁萧史,萧史善吹箫,日教弄玉作凤鸣,后夫妇俱升天为仙而去。事见托名汉刘向《列仙传》。
[3] 沈郎腰——沈郎,指沈约。据《梁书·沈约传》载,他曾给朋友写信,说自己"百日数旬,革带常应移孔。以手握臂,率计月小半分。"后人便以"沈腰"为腰围瘦损的代称。

怎么样没廉耻？你且说来。"龙香道："我自采花，他不知那里走将来，撞见了，反说我偷他的花。被我抢白[1]了一场。后来问我采花与那个戴，我说是姐姐。他见说出姐姐名姓来，不知怎的就晓得我叫做龙香。说道一向仰慕姐姐芳名，故此连侍女名字多打听在肚里的；又说昨日得瞥见了姐姐，还要指望再见见。又被我抢白他是面生不熟之人，他才说出名姓来，叫做凤来仪，是今年中的举人，在此园中读书，是个紧邻。我不睬他，他深深作揖，央我致意姐姐，道姐姐是佳人，他是才子。你道好没廉耻么？"素梅道："说轻些！看来他是个少年书生，高才自负的。你不理他便罢，不要十分轻口轻舌的冲撞他。"龙香道："姐姐怕龙香冲撞了他，等龙香去叫他来见见姐姐，姐姐自回他话罢！"素梅道："痴丫头，好个歹舌头！怎么好叫他见我？"两个一头话，一头下楼去了。

这里凤生听见楼上唧哝一番，虽不甚明白，晓得是一定说他，心中好生痒痒。直等楼上不见了人，方才走回书房。

从此书卷懒开，茶饭懒吃，一心只在素梅身上。日日在东墙探头望脑，时常两下撞见。那素梅也失魂丧魄的，掉那少年书生不下。每日上楼几番，但遇着便眉来眼去，彼此有意，只不曾交口。又时常打发龙香只以采花为名，到花园中探听他来踪去迹。龙香一来晓得姐姐的心事，二来见凤生觑觑，心里也有些喜欢，要在里头撮合，不时走到书房里传消递息，对凤生说着素梅好生钟情之意。凤生道："对面

---

[1] 抢白——当面顶撞或讥刺。

甚觉有情,只是隔着楼上下,不好开得口。总有心事,无从可达。"龙香道:"官人何不写封书与我姐姐?"凤生喜道:"姐姐通文墨么?"龙香道:"姐姐喜的是吟诗作赋,岂但通文墨而已。"凤生道:"这等待我写一情词起来,劳烦你替我寄去,看他怎么说。"凤生提起笔来,一挥而就。词云:

> 木落庭皋,楼阁外、彤云半拥。偏则向凄凉书舍,早将寒送。眼角偷传倾国貌,心苗曾倩多情种。问天公何日判佳期,成欢宠? (词寄《满江红》)

凤生写完,付与龙香。

龙香收在袖里,走回家去,见了素梅,面带笑容。素梅问道:"你适在那边书房里来,有何说话,笑嘻嘻的走来?"龙香道:"好笑那凤官人,见了龙香,不说甚么说话,把一张纸,一管笔,只管写来写去。被我趁他不见,溜〔1〕了一张来。姐姐,你看他写的是甚么?"素梅接过手来,看了一遍,道:"写的是一首词。分明是他叫你拿来的,你却掉谎!"龙香道:"不瞒姐姐说,委实是他叫龙香拿来的。龙香又不识字,知他写的是好是歹?怕姐姐一时嗔怪,只得如此说。"素梅道:"我也不嗔怪你。只是书生狂妄,不回他几字,他只道我不知其意,只管歪缠。我也不与他吟词作赋,卖弄聪明,实实的写几句说话,回他便了。"龙香即时研起墨来,取幅花笺摊在桌上。好个素梅,也不打稿,提起笔来就写。写道:

---

〔1〕 溜——顺手偷走。

>自古贞姬守节,侠女怜才。两者俱贤,各行其是。但恐遇非其人,轻诺寡信,侠不如贞耳。与君为邻,幸成目遇,有缘与否,君自揣之。勿徒调文琢句,为轻薄相诱已也。聊此相复,寸心已尽,无多言。

写罢封好了,教龙香藏着,隔了一日拿去与那凤生。

龙香依言,来到凤生书房。凤生惊喜道:"龙香姐来了。那封书儿曾达上姐姐否?"龙香拿个班道:"甚么书不书,要我替你淘气〔1〕!"凤生道:"好姐姐,如何累你受气?"龙香道:"姐姐见了你书,变了脸,道:'甚么人的书要你拿来?我是闺门中女儿,怎么与外人通书帖?'只是要打。"凤生道:"他既道我是外人,不该通书帖,又在楼上眼睁睁看我怎的?是他自家招风揽火〔2〕,怎倒打你?"龙香道:"我也不到得〔3〕与他打。我回说道:'我又不识字,知他写的是甚么?姐姐不像意,不要看他,拿去还他罢了,何必着恼?'方才免得一顿打。"凤生道:"好淡话〔4〕!若是不曾看着,拿来还了,有何消息?可不误了我的事?"龙香道:"不管误事不误事,还了你,你自看去。"袖中摸出来,撩在地下。凤生拾起来,却不是起先拿去的了,晓得是龙香耍他,带着笑道:"我说你家姐姐不舍得怪我,必是好音回我了。"拆开来细细一看,跌足道:"好个有见识的女子!分明有意于

------
〔1〕 淘气——吴方言中此词含义颇多,这里意为生闲气、惹气、受气。
〔2〕 招风揽火——招惹是非、招揽事端。
〔3〕 不到得——不至于。
〔4〕 淡话——不像样的、轻松而无用的话。

我,只怕我日后负心,未肯造次耳。我如今只得再央龙香姐拿件信物送他,写封实心实意的话,求他定下个佳期,省得此往彼来,有名无实,白白地想杀了我。"龙香道:"为人为彻〔1〕。快写来,我与你拿去。我自有道理。"凤生开了箱子,取出一个白玉蟾蜍镇纸〔2〕来,乃是他中榜之时母舅金三员外与他作贺的,制作精工,是件古玩。今将来送与素梅作表记〔3〕。写下一封书道:

> 承示玉音,多关肝鬲〔4〕。仪虽薄德,敢负深情?但肯俯通一夕之欢,必当永矢百年之好。谨贡白玉蟾蜍,聊以表信。荆山〔5〕之产,取其坚润不渝;月中之象,取其团圆无缺。乞订佳期,以苏渴想。

末写道:

> 辱爱不才生凤来仪顿首　素梅娘子妆前

凤生将书封好,一同玉蟾蜍交付龙香。对龙香道:"我与你姐姐百年好事,千金重担,只在此两件上面了。万望龙香姐竭力周全,讨个回音则个。"龙香道:"不须嘱付。我也巴不得你们两个成了事,有话面讲,不耐烦如此传书递柬。"凤生作个揖道:"好姐姐,如此帮衬,万代恩德。"

----

〔1〕　为人为彻——即俗语所说"做事做到底,送人送到家"。
〔2〕　镇纸——用来压纸压书的文具。
〔3〕　表记——信物。
〔4〕　肝鬲——亦作"肝膈",犹"肺腑",比喻内心。
〔5〕　荆山——我国名"荆山"者多处,此当指湖北省南漳县西部的荆山,其地产玉,相传春秋时楚国卞和即得玉于此。

龙香带着笑拿着去了。走进房来，回覆素梅道："凤官人见了姐姐的书，着实赞叹，说姐姐有见识。又写一封回书，送一件玉物事在此。"素梅接过手来，看那玉蟾蜍光润可爱，笑道："他送来怎的？且拆开书来看。"素梅看那书时，一路把头暗点，脸颊微红，有些沉吟之意。看到"辱爱不才生"几字，笑道："呆秀才，那个就在这里爱你？"龙香道："姐姐，若是不爱，何不绝了他，不许往来？既与他兜兜搭搭〔1〕，他难道倒肯认做不爱不成？"素梅也笑将起来，道："痴丫头！就像与他一路的。我倒有句话与你商量：我心上真有些爱他，其实瞒不得你了。如今他送此玉蟾蜍做了信物，要我去会他，这个却怎么使得？"龙香道："姐姐若是使不得，空爱他也无用。何苦把这个书生哄得他不上不落〔2〕的，呆呆地百事皆废了？"素梅道："只恐书生薄幸，且顾眼下风光，日后不在心上，撇人在脑后了，如何是好？"龙香道："这个龙香也做不得保人。姐姐而今要绝他，却又爱他；要从他，却又疑他。如此两难，何不约他当面一会，看他说话真诚，罚个咒愿，方才凭着姐姐，或短或长，成就其事。若不像个老实的，姐姐一下子丢开，再不要缠他罢了。"素梅道："你说得有理。我回他字去。难得今夜是十五日团圆之夜，约他今夜到书房里相会便了。"素梅写着几字，手上除下一个累金戒指儿，答他玉蟾蜍之赠，叫龙香拿去。

　　龙香应允，一面走到园中，心下道："佳期只在今夜了，便宜了这

---

〔1〕　兜兜搭搭——纠夹不清。意思与"勾勾搭搭"同，只不过无甚贬义。
〔2〕　不上不落——即"不上不下"，形容心里不安定、没着落。作动词的"下"字，在吴方言中多用"落"字。

酸子！不要直与他说知。"走进书房中来,只见凤生朝着纸窗,正在那里呆想。见了龙香,魆地跳将起来,道:"好姐姐,天大的事如何了?"龙香道:"甚么如何如何！他道你不知进退,开口便问佳期,这等看得容易。一下性子,书多扯坏了,连那玉蟾蜍也攧碎了。"凤生呆了,道:"这般说起来,教我怎的才是? 等到几时方好? 可不害杀了我！"龙香道:"不要心慌,还有好话在后。"凤生欢喜道:"既有好话,快说来！"龙香道:"好自在性！大着嘴子:'快说来,快说来！'不值得陪个小心?"凤生陪笑道:"好姐姐,这是我不是了。"跪下去道:"我的亲娘,有甚么好说话,对我说罢！"龙香扶起道:"不要馋脸。你且起来,我对你说。我姐姐初时不肯,是我再三撺掇,已许下日子了。"凤生道:"在几时呢?"龙香笑道:"在明年。"凤生道:"若到明年,我也害死好做周年了。"龙香道:"死了料不要我偿命,自有人不舍得你死,有个丹药方在此医你。"袖中摸出戒指与那封字来,交与凤生道:"倒不是害死,却不要快活杀了。"凤生接着,拆开看时,上写道:

> 徒承往复,未测中心。拟作夜谈,各陈所愿。固不为投梭之拒[1],亦非效逾墙之徒[2]。终身事大,欲订完盟耳。先以约指之物为定,言出如金,浮情宜戒,如斯而已。

----

[1] 投梭之拒——指拒绝有情者的引诱。《晋书·谢鲲传》:"邻家高氏女有美色,鲲尝挑之,女投梭,折其两齿。"
[2] 逾墙之徒——指男女间私相爱悦的行为。《孟子·滕文公下》:"不待父母之命,媒妁之言,钻穴隙相窥,逾墙相从,则父母国人皆贱之。"

末附一诗云:

> 试敛听琴心,来访吹箫伴。
>
> 为语玉蟾蜍,清光今夜满。

凤生看罢,晓得是许下了佳期,又即在今夜,喜欢得打跌[1]。对龙香道:"亏杀了救命的贤姐,教我怎生报答也?"龙香道:"闲话休题,既如此约定,到晚来切不可放甚么人在此打搅。"凤生道:"便是同窗两个朋友,出去久了;舅舅家里一个送饭的人,送过便打发他去,不呼唤他,却不敢来。此外别无甚人到此,不妨,不妨。只是姐姐不要临时变卦便好。"龙香道:"这个倒不消疑虑,只在我身上,包你今夜成事便了。"龙香自回去了。凤生一心只打点欢会,住在书房中,巴不得到晚。

那边素梅也自心里忒忒[2]地,一似小儿放纸炮,又爱又怕。只等龙香回来,商量到晚赴约。恰好龙香已到,回覆道:"那凤官人见了姐姐的字,好不快活!连龙香也受了他好些跪拜了。"素梅道:"说便如此说,羞答答地,怎好去得?"龙香道:"既许了他,作耍不得的。"素梅道:"不去便怎么?"龙香道:"不去不打紧,龙香说了这一个大谎,后来害死了他,地府中还要攀累我。"素梅道:"你只管自家的来世,再不管我的终身!"龙香道:"甚么终身,拚得立定主意嫁了他便是了。"素梅道:"既如此,便依你去走一遭也使得,只要打听兄嫂睡

---
〔1〕 打跌——犹如说打滚、折跟头。
〔2〕 忒忒——象声词,形容心跳异常的感觉。

了方好。"

说话之间,早已天晚,天上皎团团推出一轮明月。龙香走去了一更多次,走来道:"大官人、大娘子多吃了晚饭,我守他收拾睡了才来的。我每不要点灯,开了角门,趁着明月,悄悄去罢。"素梅道:"你在前走,我后边尾着,怕有人来。"果然龙香先行,素梅在后,遮遮掩掩,走到书房前。龙香把手点道:"那有灯的不就是他书房?"素梅见说是书房,便立定了脚。凤生正在盼望不到之际,心痒难熬,攒出攒入了一会,略在窗前歇气。只听得门外脚步响,急走出来迎着。这里龙香就出声道:"凤官人,姐姐来了,还不拜见!"凤生月下一看,真是天仙下降,不觉的跪了下去道:"小生有何天幸,劳烦姐姐这般用心。杀身难报!"素梅通红了脸,一把扶起道:"官人请尊重,有话慢讲。"凤生立起来,就扶着素梅衣袂道:"外厢不便,请小姐快进房去。"素梅走进了门内,外边龙香道:"姐姐,我自去了。"素梅叫道:"龙香,不要去。"凤生道:"小姐,等他回去,安顿着家中的好。"素梅又叫道:"略转转就来!"龙香道:"晓得了。凤官人关上了门罢。"

当下龙香走了转去,凤生把门关了,进来一把抱住道:"姐姐,想杀了凤来仪!如今侥幸杀了凤来仪也。"一手就去素梅怀里乱扯衣裙。素梅按住道:"官人不要性急,说得明白,方可成欢。"凤生道:"我两人心事已明,到此地位,还有何说?"只是抱着推他到床上来。素梅挣定了脚,不肯走,道:"终身之事,岂可草草?你咒也须赌一个,永不得负心!"凤生一头推,一头口里哝道:"凤来仪若负此情,永远前程不吉！不吉！"素梅见他极态[1]，又哄他，又爱他，心下已自软了，不由的脚不放松，任他推去。

正要倒在床上，只听得园门外一片大嚷，擂鼓也似敲门。凤生正在喉急之际，吃那一惊不小，便道："作怪了！此时是甚么人敲门？想来没有别人，姐姐不要心慌，门是关着的，没事。我们且自上床，凭他门外叫唤，不要睬他。"素梅也慌道："只怕使不得，不如我去休。"凤生极了，狠性命抱住道："这等怎使得！这是活活的弄杀我了。"正是色胆如天，凤生且不管外面的事，把素梅的小衣服解脱了，忙要行事。那晓得花园门年深月久，苦不甚牢，早被外边一伙人踢开了一扇，一路嚷将进来，直到凤生书房门首来了。凤生听见来得切近，方才着忙道："古怪！这声音却似窦家兄弟两个，几时回来的，恰恰到此？我的活冤家，怎么是好？"只得放下了手，对素梅道："我去顶住了门，你把灯吹灭了，不要做声。"素梅心下惊惶，一手把裙裤结好，一头把火吹息，魆魆地拣暗处站着，不敢喘气。

凤生走到门边，轻轻掇条凳子，把门再加顶住，要走进来温存素梅。只听得外面打着门道："凤兄快开门！"凤生战抖抖的回道："是是是那个？"一个声气小些的道："小弟窦尚文。"一个大喊道："小弟窦尚武。两个月不相聚了，今日才得回来。这样好月色，快开门出来，吾们同去吃酒。"凤生道："夜深了，小弟已睡在床上了，懒得起来，明日尽兴罢。"外边窦大道："寒舍不远，过谈甚便。欲着人来请，

---

[1] 极态——着急的样子。吴方言中"急"多作"极"字。

因怕兄已睡着,未必就来,故此兄弟两人特来自邀。快些起来!"凤生道:"夜深风露,热被窝里起来,怕不感冒了?其实的懒起。不要相强,足见相知。"窦大道:"兄兴素豪,今夜何故如此?"窦二便嚷道:"男子汉见说着吃酒看月,有兴的事,披衣便起,怕甚风露?"凤生道:"今夜偶然没兴,望乞见谅。"窦二道:"终不成使我们扫了兴,便自这样回去了?你若当真不起来时,我们一发把这门打开来,莫怪粗卤。"凤生着了急,自想道:"倘若他当真打进,怎生是好?"低低对素梅道:"他若打将进来,必然事露。姐姐你且躲在床后,待我开门出去,打发了他就来。"素梅也低低道:"撇脱[1]些,我要回去。这事做得不好了,怎么处?"素梅望床后黑处躲好,凤生才拨开凳子,开出门来。见了他兄弟两个,且不施礼,便随手把门扣上了,道:"室中无火,待我搭上了门,和兄每两个坐话一番罢。"两窦道:"坐话甚么,酒盒多端正[2]在那里了。且到寒家,呼卢浮白吃到天明。"凤生道:"小弟不耐烦,饶我罢!"窦二道:"我们兴高得紧,管你耐烦不耐烦。我们大家扯了去。"兄弟两个多动手,扯着便走。又加家僮们推的推,攘的攘,不由你不走。凤生只叫得苦,却又不好说出。正是:

哑子慢尝黄柏味,难将苦口向人言。

没奈何,只得跟着吱吱喳喳的去了。

这里素梅在房中,心头丕丕的跳,几乎把个胆吓破了,着实懊悔

---

[1] 撇脱——吴方言,敏捷、干净利索。
[2] 端正——吴方言,预备、准备。

无尽。听得人声渐远,才按定了性子,走出床面前来,整一整衣服。望门外张一张,悄然无人。忖道:"此时想没人了,我也等不得他,趁早走回去罢。"去拽那门时,谁想是外边搭住了的。狠性子一拽,早把两三个长指甲一齐蹴断了。要出来,又出来不得;要叫声"龙香",又想他决在家里,那里在外边听得?又还怕被别人听见了。左右不是,心里烦躁撩乱,没计奈何。看看夜深了,坐得不耐烦,再不见凤生来到。心中又气又恨,道:"难道贪了酒杯,竟忘记我在这里了?"又替他解道:"方才他负极不要去,还是这些狂朋,没得放他回来。"转展踌躇,无聊无赖,身体倦怠,呵欠连天。欲要睡睡,又是别人家床铺,不曾睡惯,不得伏贴。亦且心下有事,焦焦躁躁,那里睡得去?闷坐不过,做下一首词云:

> 幽房深锁多情种,清夜悠悠谁共?羞见枕衾鸳凤,闷则和衣拥。　　无端猛烈阴风动,惊破一番新梦。窗外月华霜重,寂寞桃源洞。(词寄《桃源忆故人》)

素梅吟词已罢,早已鸡鸣时候了。

龙香在家里睡了一觉,醒来想道:"此时姐姐与凤官人也快活得勾了,不免走去伺候接了他归来早些。省得天明有人看见,做出事来。"开了角门,踏着露草,慢慢走到书房前来。只见门上搭着扭儿,疑道:"这外面是谁搭上的?又来奇怪了!"自言自语了几句。里头素梅听得声音,便开言道:"龙香来了么?"龙香道:"是,来了。"素梅道:"快些开了门进来。"龙香开进去看时,只见素梅衣妆不卸,独自一个坐着,惊问道:"姐姐起得这般早?"素梅道:"那里是起早?一夜还不曾睡。"龙香道:"为何不睡?凤官人那里去了?"素梅叹口气道:"有这等不凑巧的事!说不得一两句说话,一伙狂朋踢进园门来,拉去看月。凤官人千推万阻,不肯开门。他直要打进门来,只得开了门,随他们一路去了。至今不来,且又搭上了门,教我出来又出来不得,坐又坐不过,受了这一夜的罪。而今你来得正好,我和你快回去罢。"龙香道:"怎么有这等事?姐姐有心,得到这时候了,凤官人毕竟转来,还在此等他一等么?"素梅不觉泪汪汪的,又叹一口气道:"还说甚么等他,只自回去罢了。"正是:

蓦地鱼舟惊比目,霎时樵斧破连枝。

素梅自与龙香回去不题。

且说凤生被那不做美的窦大、窦二不由分说拉去,吃了半夜的酒。凤生真是热地上蜒蚰,一时也安不得身子。一声求罢,就被窦二大碗价罚来。凤生虽是心里不愿,待推却时,又恐怕他们看出破绽,只得勉强发兴,指望早些散场。谁知这些少年心性,吃到兴头上,越吃越狂,那里肯住?凤生真是没天得叫。直等东方发白,大家酪酊,吃不得了,方才歇手。凤生终是留心,不至大醉,带了些酒意,别了二窦,一步恨不得做十步,踉跄归来。

到得园中,只见房门大开,急急走进,叫道:"小姐!小姐!"那见个人影?想着昨宵在此,今不得见了,不觉的趁着酒兴,敲台拍凳,气得泪点如珠的下来。骂道:"天杀的窦家兄弟,坑杀了我!千难万难,到得今日,才得成就,未曾到手,平白地搅开了。而今不知又要费多少心机,方得圆成。只怕着了这惊,不肯再来了,如何是好?"闷闷不乐,倒在床上,一觉睡到日沉西,方起得来。急急走到园东墙边一看,但见楼窗紧闭,不见人踪。推推角门,又是关紧了的,没处问个消息。快快而回,且在书房纳闷,不题。

且说那杨素梅归到自己房中,心里还是恍惚不宁的,对龙香道:"今后切须戒着,不可如此。"龙香道:"姐姐,只怕戒不定。"素梅道:"且看我狠性子戒起来。"龙香道:"到得戒时,已是迟了。"素梅道:"怎见得迟?"龙香道:"身子已破了。"素梅道:"那里有此事?你才转得身,他们就打将进来,说话也不曾说得一句,那有别事?"龙香道:"既如此,那人怎肯放下?定然想杀了,极不也害个风癫,可不是我们的阴骘?还须今夜再走一遭的是。"素梅道:"今夜若去,你住在外面,一边等我,一边看人,方不误事。"龙香冷笑了一声。素梅道:"你笑甚么来?"龙香道:"我笑姐姐好个狠性子,着实戒得定。"

两个正要商量晚间再去赴期,不想里面兄嫂处走出一个丫鬟来,报道:"冯老孺人来了。"元来素梅有个外婆,嫁在冯家,住在钱塘门里。虽没了丈夫,家事颇厚,开个典当铺在门前,人人晓得他是个富室。那些三姑六婆[1]没一个不来奉承他的。他只有一女,嫁与杨家,就是素梅的母亲,早年夫妇双亡了。孺人想着外甥女儿,虽然傍着兄嫂居住,未曾许聘人家。一日与媒婆每说起素梅亲事,媒婆每

---

[1] 三姑六婆——据元陶宗仪《辍耕录》载:"三姑者,尼姑、道姑、卦姑也。六婆者,牙婆、媒婆、师婆、虔婆、药婆、稳婆也。"

道："若只托着杨大官人出名，说把妹子许人，未必人家动火。须得说是老孺人的亲外甥，就在孺人家里接茶出嫁的，方有门当户对的来。"孺人道是说得有理，亦且外甥女儿年纪长大，也要收拾他身畔来。故此自己抬了轿，又叫了一乘空轿，一直到杨家，要接素梅家去。素梅接着外婆，孺人把前意说了一遍。素梅暗地吃了一惊，推托道："既然要去，外婆先请回，等甥女收拾两日就来。"孺人道："有甚么收拾？我在此等了你去。"龙香便道："也要拣个日子。"孺人道："我拣了来的，今日正是个黄道吉日，就此去罢。"素梅暗暗地叫苦，私对龙香道："怎生发付那人？"龙香道："总是老孺人守着在此，便再迟两日去也会他不得。不如且依着去了，等龙香自去回他消息，再寻机会罢。"素梅只得怀着不快，跟着孺人去了。

所以这日凤生去望楼上，再不得见面。直到外边去打听，才晓得是外婆家接了去了。跌足叹恨，悔之无及，又不知几时才得回家，再得相会。正在不快之际，只见舅舅金三员外家金旺来接他回家去，要商量上京会试之事。说道："园中一应书箱行李多收拾了家来，不必再到此了。"凤生口里不说，心下思量道："谁想当面一番错过，便如此你东我西，料想那还有再会的日子？只是他十分的好情，教我怎生放得下？"一边收拾，望着东墙，只管落下泪来。却是没奈何，只得匆匆出门。到了金三员外家里，员外早已收拾盘缠，是件停当。吃了饯行酒，送他登程，叫金旺跟着，一路伏侍去了。

员外闲在家里，偶然一个牙婆走来卖珠翠，说起钱塘门里冯家有个女儿,才貌双全,尚未许人。员外叫讨了他八字[1],来与外甥合一合看。那看命的看得是一对上好到头夫妻,夫荣妻贵,并无冲犯。员外大喜,即央人去说合。那冯孺人见说是金三员外,晓得是本处财主,叫人通知了外甥杨大官人,当下许了。择了吉日,下了聘定,欢天喜地。

谁知杨素梅心里只想着凤生,见说许下了甚么金家,好生不快,又不好说得出来。对着龙香,只是啼哭。龙香宽解道:"姻缘分定。想当日若有缘法,早已成事了。如此对面错过,毕竟不是对头[2]。亏得还好,若是那一夜有些长短了,而今又许了一家,却怎么处?"素梅道:"说那里话!我当初虽不与他沾身,也曾亲热一番,心已相许。我如今痴想还与他有相会日子,权且忍耐。若要我另嫁别人,临期无奈,只得寻个自尽,报答他那一点情分便了。怎生撇得他下?"龙香道:"姐姐一片好心,固然如此。只是而今怎能勾再与他相会?"素梅道:"他如今料想在京会试。倘若姻缘未断,得登金榜,他必然归来寻访着我。那时我辞了外婆,回到家中,好歹设法得相见一番。那时他身荣贵,就是婚姻之事,或者还可挽回。万一不然,我与他一言面诀,死亦瞑目了。"龙香道:"姐姐也见得是。且耐心着,不要烦烦恼恼,与别人看破了,生出议论来。"

----

[1] 八字——旧时称人出生的年、月、日、时为"四柱",每项各有天干、地支一字相配,共得八个字,故称"八字"。按迷信说法,根据这八个字,可以推算一个人的命运。旧俗订婚时须交换八字帖。

[2] 对头——这里指合适的配偶。

不说两个唧哝,且说凤生到京,一举成名,做了三甲进士,选了福建福州府推官[1]。心里想道:"我如今便道还家,央媒议亲,易如反掌。这姻缘仍在,诚为可喜,进士不足言也。"正要打点起程,金员外家里有人到京来,说道:"家中已聘下了夫人,只等官人荣归毕姻。"凤生吃了一惊,道:"怎么,聘下了甚么夫人?"金家人道:"钱塘门里冯家小姐,见说才貌双全的。"凤生变了脸道:"你家员外好没要紧,那知我的就里[2],连忙就聘做甚么?"金家人与金旺多疑怪道:"这是老员外好意,官人为何反怪将起来?"凤生道:"你们不晓得,不要多管!"自此心中反添上一番愁绪起来。正是:

　　姻事虽成心事违,新人欢喜旧人啼。

　　几回暗里添惆怅,说与傍人那得知?

凤生心中闷闷,且待到家再作区处[3]。一面京中自起身,一面打发金家人先回报知,择日到家。

这里金员外晓得外甥归来快了,定了成婚吉日,先到冯家下那袍段钗环请期[4]的大礼。他把一个白玉蟾蜍做压钗物事[5]。这蟾蜍是一对,前日把一个送外甥了,今日又替他行礼,做了个囫囵

---

[1] 福州府推官——福州府辖境相当现在福建省闽江流域和洞宫山以东地区,治所在今福州市。推官,掌管刑狱的官员,明代各府均置推官。
[2] 就里——内情。
[3] 区处——处理、安排。
[4] 请期——旧时婚姻"六礼"之一,男方向女方请订迎娶日期。
[5] 压钗物事——指礼物中最贵重的东西。

人情[1]。教媒婆送到冯家去,说:"金家郎金榜题名,不日归娶,已起程将到了。"那冯老孺人好不喜欢。旁边亲亲眷眷看的人,那一个不啧啧称叹?道:"素梅姐姐生得标致,有此等大福。"多来与素梅叫喜。

谁知素梅心怀鬼胎,只是长吁短叹,好生愁闷,默默归房去了。只见龙香走来道:"姐姐,你看见适才的礼物么?"素梅道:"有甚心情去看他!"龙香道:"一件天大侥幸的事,好叫姐姐得知:龙香听得外边人说,那中进士聘姐姐的那个人,虽然姓金,却是金家外甥。我前日记得凤官人也曾说甚么金家舅舅,只怕那个人就是凤官人,也不可知。"素梅道:"那有此事?"龙香道:"适才礼物里边有一件压钗的东西,也是一个玉蟾蜍,与前日凤官人与姐姐的一模二样。若不是他家,怎生有这般一对?"素梅道:"而今玉蟾蜍在那里?设法来看一看。"龙香道:"我方才见有些蹊跷,推说姐姐要看,拿将来了。"袖里取出,递与素梅,看了一会,果像是一般的。再把自家的在臂上解下来,并一并看,分毫不差。想着前日的情,不觉掉下泪来,道:"若果如此,真是姻缘不断。古来破镜重圆,钗分再合,信有其事了。只是凤郎得中,自然说是凤家下礼,如何只说金家?这里边有些不明。怎生探得一个实消息,果然是了便好。"龙香道:"是便怎么?不是便怎么?"素梅道:"是他了,万千欢喜,不必说起。若不是他,我前日说过

---

[1] 囫囵人情——完满的人情。囫囵,作形容词用,指整个儿、完整的。

的,临到迎娶,自缢而死。"龙香道:"龙香倒有个计较在此。"素梅道:"怎的计较?"龙香道:"少不得迎亲之日,媒婆先回话。那时龙香妆做了媒婆的女儿,随了他去,看得果是那人,即忙回来说知就是。"素梅道:"如此甚好。但愿得就是他,这场喜比天还大。"龙香道:"我也巴不得如此,看来像是有些光景的。"两人商量已定。

过了两日,凤生到了金家了。那时冯老孺人已依着金三员外所定日子成亲,先叫媒婆去回话,请来迎娶。龙香知道,赶到路上来对媒婆说:"我也要去看一看新郎。有人问时,只说是你的女儿,带了来的。"媒婆道:"这等,折杀了老身!同去走走就是。只有一件事要问姐姐。"龙香道:"甚事?"媒婆道:"你家小姐天大喜事临身,过门去就做夫人了,如何不见喜欢?口里唧唧哝哝,倒像十分不快活的。这怎么说?"龙香道:"你不知道,我姐姐自小立愿,要自家拣个像意的姐夫。而今是老孺人做主,不管他肯不肯,许了他。不知新郎好歹,放心不下,故此不快活。"媒婆道:"新郎是做官的了,有甚么不好?"龙香道:"夫妻面上,只要人好,做官有甚么用处?老娘晓得这做官的姓甚么?"媒婆道:"姓金了还不知道?"龙香道:"闻说是金员外的外甥,元不姓金。可知道姓甚么?"媒婆:"是便是外甥,而今外边人只叫他金爷。他肉姓[1]姓得有些异样的,不好记,我忘记了。"龙香道:"可是姓凤?"媒婆想了一想,点头道:"正是这个甚么怪姓。"龙香心里暗暗喜欢,已有八分是了。

---

[1] 肉姓——自身的姓。

一路行来，已到了金家门首。龙香对媒婆道："老娘，你先进去，我在门外张一张罢。"媒婆道："正是。"媒婆进去见了凤生，回覆今日迎亲之事。正在问答之际，龙香门外一看，看得果然是了，不觉手舞足蹈起来，嘻嘻的道："造化！造化！"龙香也有意要他看见，把身子全然露着，早已被门里面看见了。凤生问媒婆道："外面那个随着你来？"媒婆道："是老媳妇的女儿。"凤生一眼瞧去，疑是龙香，便叫媒婆去里面茶饭，自己踱出来看，果然是龙香了。凤生忙道："甚风吹你到此？你姐姐在那里？"龙香道："凤官人还问我姐姐？你只打点迎亲罢了。"凤生道："龙香姐，小生自那日惊散之后，有一刻不想你姐姐，也叫我天诛地灭。怎奈是这日一去，彼此分散，无路可通。侥幸往京得中，正要归来央媒寻访，不想舅舅又先定下了这冯家。而今推却不得，没奈何了，岂我情愿？"龙香故意道："而今不情愿也说不得了。只辜负了我家姐姐一片好情，至今还是泪汪汪的。"凤生也拭泪道："待小生过了今日之事，再怎么约得你家姐姐一会面，讲得一番心事明白，死也甘心。而今你姐姐在那里？曾回去家中不曾？"龙香哄他道："我姐姐也许下人家了。"凤生吃惊道："咳！咳！许了那一家？"龙香道："是这城里甚么金家，新中进士的。"凤生道："又来胡说，城中再那里还有个金家新中进士？只有得我。"龙香道："官人几时又姓金？"凤生道："这是我娘舅家姓，我一向榜上多是姓金，不姓凤。"龙香嘻的一笑道："白日见鬼！枉着人急了这许多时。"凤生道："这等说起来，敢是我聘定的就是你家姐姐？却怎么说姓冯？"龙香道："我姐姐也是冯老孺人的外甥，故此人只说是冯家女儿，其实就是杨家的人。"凤生道："前日分散之后,我问邻人,说是外婆家接去,想正是冯家了。"龙香道："正是了。"凤生道："这话果真么?莫非你见我另聘了,特把这话来耍我的?"龙香去袖中摸出两个玉蟾蜍来,道："你看这一对先自成双了。一个是你送与姐姐的,一个是你家压钗的,眼见得多在这里了,还要疑心?"凤生大笑道："有这样奇事,可不快活杀了我?"龙香道："官人如此快活,我姐姐还不知道明白,哭哭啼啼在那里。"凤生道："若不是我,你姐姐待怎么?"龙香道："姐姐看见玉蟾蜍一样,又见说是金家外甥,故此也有些疑心,先教我来打探。说道不是官人,便要自尽。如今即忙回去报他,等他好梳妆相待。而今他这欢喜,也非同小可。"凤生道："还有一件,他事在急头上,只怕还要疑心是你权时哄他的,未必放心得下。你把他前日所与我的戒指拿去与他看,他方信是实了。可好么?"龙香道："官人见得是。"凤生即在指头上勒下来,交与龙香去了。一面分付鼓乐酒筵齐备,亲往迎娶。

却说龙香急急走到家里,见了素梅,连声道："姐姐,正是他!正是他!"素梅道："难道有这等事?"龙香道："不信,你看这戒指,那里来的?"就把戒指递将过来,道："是他手上亲除下来与我,叫我拿与姐姐看,做个凭据的。"素梅微笑道："这个真也奇怪了。你且说他见你说些甚么?"龙香道："他说自从那日惊散,没有一日不想姐姐。而今做了官,正要来图谋这事,不想舅舅先定下了。他不知是姐姐,十分不情愿的。"素梅道："他不匡是我,别娶之后,却待怎么?"龙香道："他说原要设法与姐姐一面,说个衷曲,死也瞑目。就眼泪流下来。

我见他说得至诚,方与他说明白了这些话,他好不欢喜。"素梅道:"他却不知我为他如此立志,只说我轻易许了人家,道我没信行的了,怎么好?"龙香道:"我把姐姐这些意思,尽数对他说了。原说打听不是,迎娶之日,寻个自尽的。他也着意,恐怕我来回话姐姐不信,疑是一时权宜之计,哄上轿的说话,故此拿出这戒指来为信。"素梅道:"戒指在那里拿出来的?"龙香道:"紧紧的勒在指头上,可见他不忘姐姐的了。"素梅此时才放心得下。

须臾,堂前鼓乐齐鸣,新郎冠带上门,亲自迎娶。新人上轿,冯老孺人也上轿,送到金家,与金三员外会了亲,吃了喜酒,送入洞房,两下成其夫妇,恩情美满,自不必说。

次日,杨家兄嫂多来会亲,窦家兄弟两人也来作贺。凤生见了二窦,想着那晚之事,不觉失笑。自忖道:"亏得原是姻缘,到底配合了。不然,这一场搅散,岂是小可的!"又不好说得出来,只自家暗暗侥幸而已。做了夫妻之后,时常与素梅说着那事,两个还是打噤[1]的。因想世上的事最是好笑。假如凤生与素梅索性无缘罢了;既然到底是夫妻,那日书房中时节,何不休要生出这番风波来?略迟一会,也到手了。再不然,不要外婆家去,次日也还好再续前约,怎生不先不后,偏要如此间阻?及至后来,两下多不打点的了,却又无意中聘定,成了夫妇。这多是天公巧处!却像一下子就上了手,反没趣味,故意如此的。却又一时不偶,便到底不谐的,这又不知怎么说。

---

〔1〕 打噤——即打寒噤,也作打寒战。这里是说事后想起仍觉害怕。

有诗为证:

> 从来女侠会怜才,到底姻成亦异哉!
> 也有惊分终不偶,独含幽怨向琴台。

二刻拍案惊奇卷之十

赵五虎合计挑家衅　莫大郎立地散神奸

诗曰：

黑莽口中舌，黄蜂尾上针。

两般犹未毒，最毒妇人心。

话说妇人家妒忌，乃是七出[1]之条内一条，极是不好的事。却这个毛病像是天生成的一般，再改不来的。

宋绍兴年间有一个官人，乃是台州司法[2]，姓叶名荐。有妻方氏，天性残妒，犹如虎狼。手下养娘妇女们，棰楚梃杖，乃是常刑。还有灼铁烧肉，将锥搠腮。性急起来，一口咬住不放，定要咬下一块肉来；狠极之时，连血带生吃了，常有致死了的。妇女里头若是模样略似人的，就要疑心司法喜他，一发受苦不胜了。司法那里还好解劝得的？虽是心里好生不然，却不能制得他，没奈他何。所以中年无子，再不敢萌娶妾之念。后来司法年已六旬，那方氏也有五十六七岁差

----

[1] 七出——封建时代休弃妻子的七种理由，只要有其中一条理由，丈夫即可命妻子离去。据《仪礼·丧服》贾公彦疏："七出者：无子，一也；淫佚，二也；不事舅姑，三也；口舌，四也；盗窃，五也；妒忌，六也；恶疾，七也。"

[2] 台州司法——台州辖境相当现在浙江省天台山周围地区，治所在今临海市。司法，主管刑法的官员；按宋制，州之司法称"司法参军"，此处是略称。

不多了。司法一日恳求方氏道："我年已衰迈，岂还有取乐好色之意？但老而无子，后边光景难堪。欲要寻一个丫头，与他养个儿子，为接续祖宗之计，须得你周全这事方好。"方氏大怒道："你就匡〔1〕我养不出，生起外心来了。我看自家晚间尽有精神，只怕还养得出来。你不要胡想！"司法道："男子过了六十，还有生子之事。几曾见女人六十将到了，生得儿子出的？"方氏道："你见我今年做六十齐头〔2〕了么？"司法道："就是六十，也差不多两年了。"方氏道："再与你约三年。那时无子，凭你寻一个淫妇，快活死了罢了！"司法唯唯从命，不敢再说。

过了三年，只得又将前说提起。方氏已许出了口，不好悔得，只得妆聋做哑，听他娶了一个妾。妾便娶了，只是心里不伏气，寻非厮闹，没有一会清净的。忽然一日对司法道："我眼中看你们做把戏，实是使不得。我年纪老了，也不耐烦在此争嚷。你那里另拣一间房，独自关得断的，与我住了，我在里边修行。只叫人供给我饮食，我再不出来了，凭你们过日子罢。"司法听得，不胜之喜，道："惭愧！若得如此，天从人愿。"遂于屋后另筑一小院，收拾静室一间，送方氏进去住了。家人们早晚问安，递送饮食，多时没有说话。

司法暗暗喜欢道："似此清净，还像人家。不道他晚年心性，这样改得好了。他既然从善，我们一发要还他礼体。"对那妾道："你久不去相见了，也该自去问候一番。"妾依主命，独自走到屋后去了。

---
〔1〕 匡——料想。
〔2〕 齐头——吴方言，完整之意，多指整数。这里"六十齐头"，是说整六十岁。

直到天晚,不见出来。司法道:"难道两个说得投机,只管留在那里了?"未免心里牵挂,自己悄悄步到那里去看。走到了房前,只见门窗关得铁桶相似,两个人多不见。司法把门推推,推不开来。用手敲着两下,里头虽有些声响,却不开出来。司法道:"奇怪了!"回到前边,叫了两个粗使的家人,同到后边去,狠把门乱推乱踢。那门桯[1]脱了,门早已跌倒一边。一拥进去,只见方氏扑在地下。说时迟,那时快,见了人来,腾身一跳,望门外乱窜出来。众人急回头看去,却是一只大虫,吃了一惊。再看地上,血肉狼籍,一个人浑身心腹,多被吃尽,只剩得一头两足。认那头时,正是妾的头。司法又苦又惊,道:"不信有这样怪事!"连忙去赶那虎,已出屋后跳去,不知那里去了。又去唤集众人,点着火把,望屋后山上到处找寻,并无踪迹。

这个事在绍兴十九年。此时有人议论:"或者连方氏也是虎吃了的,未必这虎就是他。"却有一件,虎只会吃人,那里又会得关门闭户来?分明是方氏平日心肠狠毒,元自与虎狼气类相同。今在屋后独居多时,忿戾满腹,一见妾来,怒气勃发,遂变出形相来,恣意咀啖,伤其性命,方掉下去了。此皆毒心所化也。所以说道妇人家有天生成妒忌的,即此便是榜样。

小子为何说这一段希奇事?只因有个人家,也为内眷有些妒忌,做出一场没了落[2]事,几乎中了人的机谋,哄弄出折家荡产的事

---

[1] 门桯(tīng厅)——门的粗横木。
[2] 没了落——无着落。

来。若不亏得一个人有主意,处置得风恬浪静,不知炒[1]到几年上才是了结。有诗为证:

> 些小言词莫若休,不须经县与经州。
>
> 衙头府底赔杯酒,赢得猫儿卖了牛。

这首诗乃是宋贤范峷所作,劝人休要争讼的话。大凡人家些小事情,自家收拾了,便不见得费甚气力。若是一个不伏气,到了官时,衙门中没一个肯不要赚钱的。不要说后边输了,就是赢得来,算一算费用过的财物,已自合不来了。何况人家弟兄们争着祖父的遗产,不肯相让一些,情愿大块的东西作成[2]别个得去了。又有不肖官府,见是上千上万的状子,动了火,起心设法,这边送将来,便道:"我断多少与你。"那边送将来,便道:"我替你断绝后患。"只管理着根脚漏洞,等人家争个没休歇,荡尽方休。又有不肖缙绅,见人家是争财的事,容易相帮。东边来说,也叫他"送些与我,我便左袒";西边来说,也叫他"送些与我,我便右袒"。两家不歇手,落得他自饱满了。世间自有这些人在那里,官司岂是容易打的?自古说:"鹬蚌相持,渔人得利。"到收场想一想,总是被没相干的人得了去。何不自己骨肉,便吃了些亏,钱财还只在自家门里头好。今日小子说这有主意的人,便真是见识高强的。

这件事也出在宋绍兴年间。吴兴地方有个老翁,姓莫,家资巨

---

[1] 炒——同"吵"。
[2] 作成——成全、照顾。

万,一妻二子,已有三孙。那莫翁富家性子,本好淫欲。少年时节,便有娶妾买婢,好些风流快活的念头。又不愁家事做不起,随他讨着几房,粉黛三千,金钗十二,也不难处的。只有一件不凑趣处,那莫老姥却是十分利害。他平生有三恨:

一恨天地,二恨爹娘,三恨杂色匠作。

你道他为甚么恨这几件?他道自己身上生了此物,别家女人就不该生了,为甚天地没主意?不惟我不为希罕,又要防着男人。二来爹娘嫁得他迟了些个,不曾眼见老儿破体到底有些放心不下处。更有一件,女人溺尿,总在马子〔1〕上罢了,偏有那些烧窑匠、铜锡匠弄成溺器,与男人撒溺,将阳物放进放出,形状看不得。似此心性,你道莫翁少年之时,容得他些松宽门路么?后来生子生孙,一发把这些闲花野草的事体回个尽绝了。

此时莫翁年已望七〔2〕,莫妈房里有个丫鬟,名唤双荷,十八岁了。莫翁晚间睡时,叫他擦背捶腰。莫妈因是老儿年纪已高,无心防他这件事。况且平时奉法惟谨,放心得下惯了。谁知莫翁年纪虽高,欲心未已,乘他身边伏侍时节,与他捏手捏脚,私下肉麻。那双荷一来见是家主,不敢则声;二来正值芳年,情窦已开,也满意思量那事,尽吃得这一杯酒。背地里两个做了一手。有个歌儿,单嘲着老人家偷情的事:

----

〔1〕 马子——吴方言,称马桶。
〔2〕 望七——将近七十岁。

老人家再不把淫心改变,见了后生家只管歪缠,怎知道行事多不便。揾腮是皱面颊,做嘴是白须髯。正到那要紧关头也,却又软软软软软。

说那莫翁与双荷偷了几次,家里人渐渐有些晓得了。因为莫妈心性利害,只没人敢对他说。连儿子媳妇,为着老人家面上,大家替他隐瞒。谁知有这样不做美的冤家勾当,那妮子日逐觉得眉粗眼慢,乳胀腹高,呕吐不停。起初还只道是病,看看肚里动将起来,晓得是有胎了。心里着忙,对莫翁道:"多是你老没志气,做了这件事,而今这样不尴尬起来。妈妈心性,若是知道了,肯干休的?我这条性命,眼见得要葬送了。"不住的眼泪落下来。莫翁只得宽慰他道:"且莫着急,我自有个处置在那里。"莫翁心下自想道:"当真不是耍处!我一时高兴,与他弄一个在肚里了,妈妈知道,必然打骂不容,枉害了他性命。纵或未必致死,我老人家子孙满前,却做了此没正经事,炒得家里不静,也好羞人。不如趁这妮子未生之前,寻个人家嫁了出去,等他带胎去别人家生育了,糊涂得过再处。"算计已定,私下对双荷说了。双荷也是巴不得这样的,既脱了狠家主婆,又别配个后生男子,有何不妙?方才把一天愁消释了好些。

果然,莫翁在莫妈面前寻个头脑[1],故意说丫头不好,要卖他出去。莫妈也见双荷年长,光景妖娆,也有些不要他在身边了。遂听了媒人之言,嫁出与在城花楼桥卖汤粉的朱三。朱三年纪三十以内,

---

〔1〕 头脑——吴方言,因由、缘故。

人物尽也济楚[1]。双荷嫁了他,算做得郎才女貌,一对好夫妻。莫翁只要着落得停当,不争财物。朱三讨得容易,颇自得意,只不知讨了个带胎的老婆来。

渐渐朱三识得出了,双荷实对他说道:"我此胎实系主翁所有,怕妈妈知觉,故此把我嫁了出来,许下我看管终身的。你不可说甚么打破了机关,落得时常要他周济些东西,我一心与你做人家[2]便了。"朱三是个经纪行中人,只要些小便宜,那里还管青黄皂白?况且晓得人家出来的丫头,那有真正女身?又是新娶情热,自然含糊忍住了。

娶过来五个多月,养下一个小厮来。双荷密地叫人通与莫翁知道。莫翁虽是没奈何嫁了出来,心里还是割不断的。见说养了儿子,道是自己骨血,瞒着家里,悄悄将两挑米、几贯钱,先送去与他吃用。以后首饰衣服,与那小娃子穿着的,没一件不支持了去。朱三仅靠着老婆福荫,落得吃自来食。那儿子渐渐大起来,莫翁虽是暗地周给他用度无缺,却到底瞒着生人眼,不好认帐。随那儿子自姓了朱,跟着朱三也到市上帮做生意。此时已有十来岁,街坊上人点点搐搐[3],多晓得是莫翁之种。连莫翁家里儿子媳妇们,也多晓得老儿有这外养之子,私下在那里盘缠[4]他家的,却大家装聋做哑,只做不知。莫姥心里也有些疑心,不在眼面前了,又没人敢提起,也只索罢了。

----

[1] 济楚——整齐。
[2] 做人家——吴方言,意为勤俭持家过日子。
[3] 点点搐(chù 触)搐——也作"点点搠搠",意即指指点点、指手画脚。
[4] 盘缠——这里作动词用,指供给日常费用。

忽一日,莫翁一病告殂。家里成服停丧,自不必说。在城有一伙破落户,管闲事、吃闲饭的没头鬼光棍,一个叫做铁里虫宋礼,一个叫做钻仓鼠张朝,一个叫做吊睛虎牛三,一个叫得洒墨判官周丙,一个叫得白日鬼王瘪子,还有几个不出名提草鞋的小伙,共是十来个,专一捕风捉影,寻人家闲头脑,挑弄是非,扛帮生事。那五个为头,在黑虎玄坛赵元帅庙[1]里歃血为盟,结为兄弟,尽多改姓了赵,总叫做赵家五虎。不拘那里有事,一个人打听将来,便合着伴去做,得利平分。平日晓得卖粉朱三家儿子是莫家骨血,这日见说莫翁死了,众兄弟商量道:"一桩好买卖到了!莫家乃巨富之家,老妈妈只生得二子,享用那二三十万不了。我们撺掇朱三家那话儿去告争,分得他一股,最少也有几万数,我们帮的也有小富贵了。就不然,只要起了官司,我们打点的打点,卖阵[2]的卖阵,这边不着那边着,好歹也有几年缠帐了,也强似在家里嚼本。"大家拍手道:"造化,造化。"铁里虫道:"我们且去见那雌儿[3],看他主意怎么的,设法诱他上这条路便了。"多道:"有理。"一齐向朱三家里来。

朱三平日卖粉汤,这"五虎"日日在衙门前后走动,时常买他的点饥[4],是熟主顾家。朱三见了,拱手道:"列位光降,必有见谕。"

----

[1] 黑虎玄坛赵元帅庙——即财神庙。民间传说玉皇大帝封赵公明为"正一玄坛元帅",其像黑面浓须,头戴铁冠,手执铁鞭,身跨黑虎,又称"黑虎玄坛"。
[2] 卖阵——本指被敌人收买,打仗时故意败阵。这里借指出卖情况,收受贿赂。
[3] 雌儿——吴方言中对女人的轻薄称谓。
[4] 点饥——吴方言,作动词用,吃东西充饥。

那吊睛虎道:"请你娘子出来,我有一事报他。"朱三道:"何事?"白日鬼道:"他家莫老儿死了。"双荷在里面听得,哭将出来道:"我方才听得街上是这样说,还道未的。而今列位来说,一定是真了。"一头哭,一头对朱三说:"我与你失了这泰山的靠傍,今生再无好日了。"钻仓鼠便道:"怎说这话?如今正是你们的富贵到了!"五人齐声道:"我兄弟们特来送这一套横财与你们的。"朱三夫妻多惊疑道:"这怎么说?"铁里虫道:"你家儿子乃是莫老儿骨血,而今他家里万万贯家财,田园屋宇,你儿子多该有分,何不到他家去要分他的?他若不肯分,拚与他吃场官司,料不倒断了你们些去。撞住〔1〕打到底,苦你儿子不着,与他滴起血来〔2〕,怕道不是真的?这一股稳稳是了。"朱三夫妻道:"事倒委实如此,我们也晓得。只是轻易起了个头,一时住不得手的。自古道:'贫莫与富斗。'吃官司全得财来使费,我们怎么敢得他过?弄得后边,不伶不俐〔3〕,反为不美。况且我每这样人家,一日不做,一日没得吃的,那里来的人力,那里来的工夫去吃官司?"铁里虫道:"这个诚然也要虑到,打官司全靠使费与那人力两项。而今我和你们熟商量:要人力时,我们几个弟兄相帮你衙门做事,尽勾了;只这使费难处。我们也说不得,小钱不去,大钱不来,五个弟兄一人应出一百两,先将来下本钱,替你使费去。你写起一千两

---

〔1〕 撞住——吴方言,作副词,意为"至多"。
〔2〕 滴起血来——指用滴血验证。据《洗冤录》载:将血滴在骸骨上,嫡亲生者血沁入骨,非嫡亲生者则血不入。
〔3〕 不伶不俐——不干不净。

的借票来,我们收着。直等日后断过,家业来到了手,你每照契还我。只近得你每一本一利,也不为多。此外谢我们的,凭你们另商量了。那时是白得来的东西,左右是不费之惠,料然决不怠慢了我们。"朱三夫妻道:"若得列位如此相帮,可知道好。只是打从那里做起?"铁里虫道:"你只依我们调度,包管停当。且把借票写起来为定。"朱三只得依着写了,押了个字,连儿子也要他画了一个,交与众人。众人道:"今日我每弟兄且去,一面收拾银钱停当了,明日再来计较行事。"朱三夫妻道:"全仗列位看顾。"当下众人散了去。

双荷对丈夫道:"这些人所言,不知如何。可做得来的么?"朱三道:"总是不要我费一个钱,看他们怎么主张。依得的只管依着做去,或者有些油水,也不见得。用去是他们的,得来是我们的,有甚么不便宜处?"双荷道:"不该就写纸笔〔1〕与他。"朱三道:"秤我们三个做肉卖,也值不上几两。他拿了我千贯的票子,若不夺得家事来,他好向那里讨?果然夺得来时,就与他些也不难了。况且不写得与他,他怎肯拿银子来应用?有这一纸安定他每的心,才肯尽力帮我。"双荷道:"为甚孩子也要他着个字〔2〕?"朱三道:"夺得家事是孩子的,怎不叫他着字?这个倒多不打紧,只看他们指拨怎么样做法便了。"

不说夫妻商量,且说五虎出了朱家的门,大家笑道:"这家子被我们说得动火了。只是扯下这样大谎,那里多少得些,与他起个

---

〔1〕 纸笔——这里代指借据。
〔2〕 着个字——即画押、押字。

头?"铁里虫道:"当真我们有得己里钱[1]先折去不成?只看我略施小计,不必用钱。"这四个道:"有何妙计?"铁里虫道:"我如今只要拿一匹粗麻布,做件衰衣[2],与他家小厮穿了,叫他竟到莫家去做孝子。撩得莫家母子恼躁起来,吾每只一个钱白纸告他一状,这就是五百两本钱了。"四个拍手道:"妙!妙!事不宜迟,快去!快去!"铁里虫果然去誊那[3]了一匹麻布,到裁衣店剪开了,缝成了一件衰衣。手里拿着道:"本钱在此了。"一拥的望朱三家里来。

朱三夫妻接着,道:"列位还是怎么主张?"铁里虫道:"叫你儿子出来,我教道他事体。"双荷对着孩子道:"这几位伯伯帮你去讨生身父母的家业,你只依着做去便了。"那儿子也是个乖的,说道:"既是我生身的父亲,那家业我应得有的。只是我娃子家,教我怎的去讨才是?"铁里虫道:"不要你开口讨,只着了这件孝服,我们引你到那里。你进门去,到了孝堂里面,看见灵帏,你便放声大哭,哭罢就拜。拜了四拜,往外就走。有人问你说话,你只不要回他,一径到外边来。我们多在左侧茶坊里等你便了。这个却不难的。"朱三道:"只如此,有何益?"众人道:"这是先送个信与他家。你儿子出了门,第二日就去进状,我们就去替你使用打点。你儿子又小,官府见了只有可怜,决不难为他的。况又实实是骨血,脚踏硬地,这家私到底是稳取的了。

---

[1] 己里钱——自己的钱。
[2] 衰(cuī 催)衣——旧时丧服中最重的一种,为嫡亲的孝衣,用粗麻布制成,不缉边,使断处外露,披于前胸。衰,通"缞"。
[3] 誊那——今写作"腾挪",意为挪用、调换。那,通"挪"。

只管依着我们做去。"朱三对妻子道:"列位说来的话,多是有着数的。只教儿子依着行事,决然停当。"那儿子道:"只如方才这样说的话,我多依得。我心里也要去见见亲生父亲的影像[1],哭他一场,拜他一拜。"双荷掩泪道:"乖儿子,正是如此。"朱三道:"我倒不好随去得。既有列位同行,必然不差,把儿子交付与列位了。我自到市上做生意去,晚来讨消息罢。"

当下朱三自出了门,"五虎"一同了朱家儿子径往莫家来。将到门首,多走进一个茶坊里面坐下,吃个泡茶。叮嘱朱家儿子道:"那门上有丧牌孝帘的,就是你老儿家里。你进去,依着我言语行事。"遂把衰衣与他穿着停当了。那孩子依了说话,不知甚么好歹,大踏步走进门里面来。一直到了孝堂,看见灵帏,果然唤天倒地价哭起来,也是孩子家天性所在。

那孝堂里头听见哭响,只道是吊客来到,尽皆来看。只见是一个小厮,身上打扮与孝子无二,且是哭得悲切,口口声声叫着"亲爹爹"。孝堂里看的不知是甚么缘故,人人惊骇道:"这是那里说起?"莫妈听得哭着亲爹,又见这般打扮,不觉怒从心上起,恶向胆边生,嚷道:"那里来这个野猫,哭得如此异样!"亏得莫大郎是个老成有见识的人,早已瞧科了八九分,忙对母亲说道:"妈妈切不可造次。这件事了不得。我家初丧之际,必有奸人动火,要来挑衅,扎成火囤[2],

---

[1] 影像——画像,遗像。
[2] 扎成火囤——吴方言,设圈套引人上当以诈取财物的行为叫"扎火囤"。

落了他们圈套,这人家不经拆的。只依我指分〔1〕,方免祸患。"莫妈一时间见大郎说得利害,也有些慌了。且住着不嚷,冷眼看那外边孩子。只见他哭罢就拜。拜了四拜,正待转身,莫大郎连忙跳出来,一把抱住道:"你不是那花楼桥卖粉汤朱家的儿子么?"孩子道:"正是。"大郎道:"既是这等,你方才拜了爹爹,也就该认了妈妈。你随我来。"一把扯他到孝幔里头,指着莫妈道:"这是你的嫡母亲,快些拜见。"莫妈仓卒之际,只凭儿子,受了他拜已过。大郎指自家道:"我乃是你长兄,你也要拜。"拜过,又指点他拜了二兄,以次至大嫂、二嫂,多叫拜见了。又领自己两个儿子,兄弟一个儿子,立齐了,对孩子道:"这三个是你侄儿,你该受拜。"拜罢,孩子又望外就走。大郎道:"你到那里去?你是我的兄弟,父亲既死,就该住在此居丧。这是你家里了,还到那里去?"大郎领他到里面,交付与自己娘子道:"你与小叔叔把头梳一梳,替他身上出脱〔2〕一出脱,把旧时衣服脱掉了,多替他换了些新鲜的。而今是我家里人了。"孩子见大郎如此待得他好,心里虽也欢喜,只是人生面不熟,又不知娘的意思怎么,有些不安贴,还想要去。大郎晓得光景,就着人到花楼桥朱家,去唤那双荷到家里来,说道有要紧说话。

双荷晓得是儿子面上的事了,亦且原要来吊丧,急忙换了一身孝服,来到莫家灵前。哭拜已毕,大郎即对他说:"你的儿子今早到此,

---

〔1〕 指分——指使、安排。
〔2〕 出脱——吴方言,指洁净头面,换穿衣服。

我们已认做兄弟了。而今与我们一同守孝,日后与我们一样分家,你不必记挂。所有老爹爹在日给你的饭米衣服,我们照帐按月送过来与你,与在日一般。这是有你儿子面上。你没事不必到这里来,因你是有丈夫的,恐防议论,倒妆你儿子的丑。只今日起,你儿子归宗姓莫,不到朱家来了。你分付你儿子一声,你自去罢。"双荷听得,不胜之喜:"若得大郎看死的老爹爹面上,如此处置停当,我烧香点烛,祝报大郎不尽。"说罢,进去见了莫妈与大嫂、二嫂,只是拜谢。莫妈此时也不好生分得,大家没甚说话,打发他回去。双荷叮嘱儿子:"好生住在这里,小心奉事大妈妈与哥哥、嫂嫂。你落了好处,我放心得下了。方才大郎说过,我不好长到这里,你在此过几时,断了七七四十九日[1],再到朱家来相会罢。"孩子既见了自家的娘,又听了分付的话,方才安心住下。双荷自欢欢喜喜,与丈夫说知去了。

且说那些没头鬼光棍赵家五虎,在茶房里面坐地,眼巴巴望那孩子出来就去做事,状子多打点停当了。谁知守了多时,再守不出。看看到晚,不见动静,疑道:"莫非我们闲话时,那孩子出来,错了眼[2],竟到他家里去了?"走一个到朱家去看,见说儿子不曾到家,倒叫了娘子去,一发不解。走来回覆众人,大家疑惑,就像热盘上蚁子,坐立不安。再着一个到朱家伺候,又说见双荷归来,老大欢喜,说儿子已得认下,收留了。众人尚在茶坊未散,见了此说,个个木呆。

----

[1] 断了七七四十九日——亦简称"断七"。旧俗以人死后七天为一"七",设祭一次,至第七个"七",即第四十九天,招僧道诵经,丧事即告一段落。
[2] 错了眼——吴方言,指眼睛一时疏忽没看见。

正是：

> 思量拨草去寻蛇，这回却没蛇儿弄。
>
> 平常家里没风波，总有良平[1]也无用。

说这几个人闻得孩子已被莫家认作儿子了，许多焰腾腾的火气，却像淋了几桶的冰水，手臂多索解了。大家嚷道："悔气，撞着这样不长进的人家！难道我们商量了这几时，当真倒单便宜了这小厮不成？"铁里虫道："且不要慌。也不到得便宜了他，也不到得我们白住了手。"众人道："而今还好在那里入脚？"铁里虫道："我们原说与他夺了人家，要谢我们一千银子。他须有借票在我手里，是朱三的亲笔。"众人道："他家先自收拾了，我们并不曾帮得他一些，也不好替朱三讨得。况且朱三是穷人，讨也没干。"铁里虫道："昨日我要那孩子也着个字的，而今拣有头发的揪。过几时，只与那孩子讨。等他说没有，就告了他。他小厮家新做了财主，定怕吃官司的，央人来与我们讲和，须要赎得这张纸去才干净。难道白了不成？"众人道："有见识，不枉叫你做铁里虫，真是见识硬挣。"铁里虫道："还有一件，只是眼下还要从容。一来那票子上日子没多两日，就讨就告，官府要疑心。二来他家方才收留，家业未有得就分与他，他也便没有得拿出来还人。这是半年一年后的事。"众人道："多说得是。且藏好了借票，再耐心等等弄他。"自此一伙各散去了。

这里莫妈性定，抱怨儿子道："那小业种来时，为甚么就认了

---

[1] 良平——指汉初辅佐刘邦的大臣张良、陈平二人，均极有谋略。

他?"大郎道:"我家富名久出,谁不动火? 这兄弟实是爹爹亲骨血。我不认他时,被光棍弄了去,今日一状、明日一状告将来,告个没休歇。衙门人役个个来诈钱,亲眷朋友人人来拐骗,还有官府思量起发,开了口不怕不送,不知把人家拆到那里田地! 及至拌得到底,问出根由,少不得要断这一股与他。何苦作成别人肥了家去? 所以不如一面收留,省了许多人的妄想,有何不妙?"妈妈见说得明白,也道是了。一家喜欢过日。

忽然一日,有一伙人走进门来,说道要见小三官人的。这里门上方要问明,内一人大声道:"便是朱家的拖油瓶[1]。"大郎见说得不好听,自家走出来。见是五个人,雄纠纠的来施礼,问道:"小令弟在家么?"大郎道:"在家里。列位有何说话?"五个人道:"令弟少在下家里些银子,特来与他取用。"大郎道:"这个却不知道,叫他出来就是。"大郎进去,对小兄弟说了。那孩子不知是甚么头脑,走出来一看,认得是前日赵家五虎,上前见礼。那几个见了孩子,道:"好个小官人! 前日是我们送你来的,你在此做了财主,就不记得我们了?"孩子道:"前日这边留住了,不放我出门,故此我不出来得。"五虎道:"你而今既做了财主,这一千银子该还得我们了。"孩子道:"我几曾晓得有甚么银子?"五虎道:"银子是你晚老子朱三官所借,却是为你用的,你也着得有花字。"孩子道:"前日我也见说,说道恐防吃官司,要银子用,故写下借票。而今官司不吃了,那里还用你们甚么银

---

[1] 拖油瓶——吴方言,称再嫁妇女所带前夫的孩子。

子?"五虎发狠道:"现有票在这里,你赖了不成?"大郎听得声高,走出来看时,五虎告诉道:"小令弟在朱家时,借了我们一千银子不还,而今要赖起来。"大郎道:"我这小小兄弟借这许多银子何用?"孩子道:"哥哥不要听他。"五虎道:"现有借票,我和你衙门里说去。"一哄多散了。

大郎问兄弟道:"这是怎么说?"孩子道:"起初这几个撺掇我母亲告状,母亲回他没盘缠吃官司。他们说:'只要一张借票,我每借来与你。'以后他们领我到这里来,哥哥就收留下,不曾成官司。他怎么要我还起银子来?"大郎道:"可恨这些光棍,早是我们不着他手。而今既有借票在他处,他必不肯干休,定然到官。你若见官莫怕,只把方才实情照样是这等一说,官府自然明白的。没有小小年纪,断你还他银子之理。且安心坐着,看他怎么!"

次日,这五虎果然到府里告下一纸状来,告了朱三、莫小三两个名字,骗劫千金之事。来到莫家提人。莫大郎、二郎等商量与兄弟写下一纸诉状,诉出从前情节,就用着两个哥哥为证,竟来府里投到。

府里太守姓唐,名象,是个极精明的。一干人提到了,听审时,先叫宋礼等上前,问道:"朱三是何等人,要这许多银子来做甚么用?"宋礼道:"他说要与儿子置田买产,借了去的。"太守叫朱三问道:"你做甚么勾当,借这许多银子?"朱三道:"小的是卖粉羹的经纪,不上钱数生意,要这许多做甚么?"宋礼道:"见有借票,我们五人,二百两一个,交付与他及儿子莫小三的。"太守拿上借票来看,问朱三道:"可是你写的票?"朱三道:"是小的写的票,却不曾有银子的。"宋礼道:"票是他写的,银子是莫小三收去的。"太守叫莫小三,那莫家孩子应了一声,走上去。太守看见是个十来岁小的,一发奇异,道:"这小厮收去这些银子何用?"宋礼争道:"是他父亲朱三写了票,拿银子与这莫小三买田的。见今他有许多田在家里。"太守道:"父姓朱,怎么儿子姓莫?"朱三道:"瞒不得老爷,这小厮原是莫家孽子,他母亲嫁与小的,所以他自姓莫。专为众人要帮他莫家去争产,哄小的写了一票,做争讼的用度。不想一到莫家,他家大娘与两个哥子竟自认了,分与田产。小的与他家没讼得争了,还要借银做甚么用?他而今据了借票,生端要这银子,这那里得有?"太守问莫小三,其言也是一般。太守点头道:"是了,是了。"就叫莫大郎赶来,问道:"你当时如何就肯认了?"莫大郎道:"在城棍徒无风起浪,无洞掘蟹,亏得当时立地就认了。这些人还道放了空箭,未肯住手,致有今日之告。若当时略有推托,一涉讼端,正是此辈得志之秋。不要说兄弟这千金要被他诈了去,家里所费又不知几倍了。"太守笑道:"妙哉!不惟高义,又见高识,可敬!可敬!我看宋礼等五人也不像有千金借人的,朱三也不像借人千金的。元来真情如此,实为可恨。若非莫大有见,此辈人人饱满了。"提起笔来判道:

> 千金重利,一纸足凭。乃朱三赤贫,贷则谁与?莫子乳臭,须此何为?细讯其详,始烛其诡。宋礼立裛蹄之约[1],希

---

[1] 裛(niǎo 鸟)蹄之约——关于金钱的契约,这里指借据。裛蹄,古时铸成马蹄形的黄金。

> 蜗角之争[1]。莫大以对床[2]之情,消阋墙[3]之衅。既
> 渔群谋而丧气,犹挟故纸以垂涎。重创其奸,立毁其券。

当时将宋礼等五人,每人三十大板,问拟了教唆词讼、诈害平人的律,脊杖二十,刺配[4]各远恶军州。

吴兴城里去了这"五虎",小民多是快活的,做出几句口号来:

> 铁里虫有时蛀不穿,钻仓鼠有时吃不饱,吊睛老虎没威风,
> 洒墨判官齐跌倒,白日里鬼胡行,这回儿不见了。

唐太守又旌奖莫家,与他一个"孝义之门"的匾额,免其本等差徭。此时莫妈妈才晓得儿子大郎的大见识。世间弟兄不睦,靠着外人相帮起讼者,当以此为鉴。诗曰:

> 世间有孽子,亦是本生枝。
> 只因靳[5]所为,反为外人资。
> 渔翁坐得利,鹬蚌枉相持。
> 何如存一让,是名不漏卮。

---

[1] 蜗角之争——比喻互相争斗,语出《庄子·则阳》:"有国于蜗之左角者,曰触氏;有国于蜗之右角者,曰蛮氏。时相与争地而战。"
[2] 对床——两人对床而卧,以喻弟兄或亲友相聚的欢乐之情。
[3] 阋(xì系)墙——谓兄弟相争。《诗·小雅·常棣》:"兄弟阋于墙,外御其务(侮)。"
[4] 刺配——古时处置犯人的一种刑罚,脸上刺字后发配边远地区充军或服役。
[5] 靳——吝啬。

二刻拍案惊奇卷十一

满少卿饥附饱飏　焦文姬生仇死报

诗云：

十年磨一剑，霜刃未曾试。

今日把赠君，谁有不平事！

话说天下最不平的，是那负心的事。所以冥中独重其罚，剑侠专诛其人。那负心中最不堪的，尤在那夫妻之间。盖朋友内忘恩负义，拚得绝交了他，便无别话。惟有夫妻是终身相倚的，一有负心，一生怨恨，不是当耍可以了帐的事。古来生死冤家一还一报的，独有此项极多。

宋时衢州有一人，姓郑，是个读书人。娶着会稽陆氏女，姿容娇媚。两个伉丽绸缪，如胶似漆。一日，正在枕席情浓之际，郑生忽然对陆氏道："我与你二人相爱，已到极处了。万一他日不能到底，我今日先与你说过：我若死，你不可再嫁；你若死，我也不再娶了。"陆氏道："正要与你百年偕老，怎生说这样不祥的话？"

不觉的光阴荏苒，过了十年，已生有二子。郑生一时间得了不起的症候，临危时，对父母道："儿子死无所虑，只有陆氏妻子，恩深难舍，况且年纪少艾。日前已与他说过：'我死之后，不可再嫁。'今若肯依所言，儿死亦瞑目矣。"陆氏听说到此际，也不回言，只是低头悲哭,十分哀切。连父母也道他没有二心的了。

死后数月,自有那些走千家、管闲事的牙婆每打听脚踪,探问消息。晓得陆氏青年美貌,未必是守得牢的人,挨身入来,与他来往。那陆氏并不推拒那一伙人,见了面就千欢万喜,烧茶办果,且是相待得好。公婆看见这些光景,心里嫌他,说道:"居孀行径,最宜稳重。此辈之人,没事不可引他进门。况且丈夫临终怎么样分付的?没有别的心肠,也用这些人不着。"陆氏由公婆自说,只当不闻。后来惯熟,连公婆也不说了。果然与一个做媒的说得入港,受了苏州曾工曹〔1〕之聘。公婆虽然恼怒,心里道:"是他立性既自如此,留着也落得做冤家,不是好住手的。不如顺水推船,等他去了罢。"只是想着自己儿子临终之言,对着两个孙儿,未免感伤痛哭。陆氏多不放在心上,才等服满,就收拾箱匣停当,也不顾公婆,也不顾儿子,依了好日,喜喜欢欢,嫁过去了。

成婚七日,正在亲热头上,曾工曹受了漕帅〔2〕檄文,命他考试外郡,只得收拾起身,作别而去。去了两日,陆氏自觉凄凉,傍晚之时走到厅前闲步。忽见一个后生,像个远方来的,走到面前,对着陆氏叩了一头,口称道:"郑官人有书拜上娘子。"递过一封柬帖来。陆氏接着,看那外面封筒上题着三个大字,乃是"示陆氏"三字。认认笔

----

〔1〕 工曹——州府的佐治官之一,负责工程、水利、交通等事务。宋代州府设六曹:士曹、户曹、仪曹、兵曹、刑曹、工曹。
〔2〕 漕帅——"转运使"的别称。转运使本为宋初供办军需的随军官员,后渐成各路长官。转运使司又称"漕台"、"漕司"。

踪,宛然是前夫手迹。正要盘问,那后生忽然不见。陆氏惧怕起来,拿了书,急急走进房里来。剔明灯火,仔细看时,那书上写道:

> 十年结发之夫,一生祭祀之主。朝连暮以同欢,资有馀而共聚。忽大幻以长往,慕他人而轻许。遗弃我之田畴,移蓄积于别户。不念我之双亲,不恤我之二子。义不足以为人妇,慈不足以为人母。吾已诉诸上苍,行理对于冥府。

陆氏看罢,吓得冷汗直流,魂不附体,心中懊悔无及。怀着鬼胎,十分惧怕,说不出来,茶饭不吃,嘿嘿不快,三日而亡。眼见得是负了前夫,得此果报了。

却又一件,天下事有好些不平的所在。假如男人死了,女人再嫁,便道是失了节,玷了名,污了身子,是个行不得的事,万口訾议[1]。及至男人家丧了妻子,却又凭他续弦再娶,置妾买婢,做出若干的勾当,把死的丢在脑后,不提起了,并没人道他薄幸负心,做一场说话。就是生前房室之中,女人少有外情,便是老大的丑事,人世羞言。及至男人家撇了妻子,贪淫好色,宿娼养妓,无所不为,总有议论不是的,不为十分大害。所以女子愈加可怜,男人愈加放肆。这些也是伏不得女娘们心里的所在。不知冥冥之中,原有分晓。若是男子风月场中略行着脚,此是寻常勾当,难道就比了女人失节一般?但是果然负心之极,忘了旧时恩义,失了初时信行,以至误人终身,害人

---

[1] 訾(zǐ)议——毁谤非议。

性命的，也没一个不到底报应的事。从来说王魁负桂英[1]，毕竟桂英索了王魁命去，此便是一个男负女的榜样，不止女负男——如所说的陆氏——方有报应也。今日待小子说一个赛王魁的故事与看官每一听，方晓得男子也是负不得女人的。有诗为证：

繇来女子号痴心，痴得真时恨亦深。

莫道此痴容易负，冤冤隔世会相寻。

话说宋时有个鸿胪少卿[2]，姓满，因他做事没下稍[3]，讳了名字不传，只叫他满少卿。未遇时节，只叫他满生。那满生是个淮南大族，世有显宦。叔父满贵，见为枢密副院[4]。族中子弟，遍满京师，尽皆富厚本分。惟有满生心性不羁，狂放自负，生得一表人材，风流可喜，怀揣着满腹文章，道早晚必登高第。抑且幼无父母，无些拘束，终日吟风弄月，放浪江湖，把些家事多弄掉了，连妻子多不曾娶得。族中人渐渐不理他，满生也不在心上。

有个父亲旧识，出镇长安。满生便收拾行装，离了家门，指望投托于他，寻些润济。到得长安，这个官人已坏了官，离了地方去了；只

---

[1] 王魁负桂英——民间故事，大意为：王魁落第，遇敫（jiǎo 佼）桂英相爱成亲，在桂英相助下，王魁再试，一举成名，官徐州，竟背盟再娶。桂英遭弃，自刎而死。不久，桂英索命，王魁亦暴卒。

[2] 鸿胪少卿——宋代官署鸿胪寺的副长官。鸿胪寺掌少数民族及外国使者朝贡、宴迎、赏赐等事务，兼管祭祀。

[3] 没下稍——没结果，没收场。

[4] 枢密副院——即枢密使。枢密院为宋代最高军事机关，其长官为枢密使，副长官为枢密副使。

得转来。满生是个少年孟浪[1]、不肯仔细的人,只道寻着熟人,财物广有,不想托了个空,身边盘缠早已罄尽。行至汴梁中牟[2]地方,有个族人在那里做主簿[3],打点去与他寻些盘费还家。那主簿是个小官,地方没大生意,连自家也只好支持过日。送得他一贯多钱,还了房钱饭钱,馀下不多,不能勾回来。此时已是十二月天气,满生自思囊无半文,空身家去,难以度岁。不若只在外厢行动,寻些生意,且过了年又处。关中[4]还有一两个相识在那里做官,仍旧掇转路头,往西而来。

到了凤翔地方,遇着一天大雪,三日不休,正所谓:

云横秦岭家何在?雪拥蓝关[5]马不前。

满生阻住在饭店里,一连几日。店小二来讨饭钱,还他不勾,连饭也不来了。想着自己是好人家子弟,胸藏学问,视功名如拾芥耳;一时未际,浪迹江湖,今受此穷途之苦,谁人晓得我是不遇时的公卿?此时若雪中送炭,真乃胜似锦上添花。争奈世情看冷暖,望着那一个救我来?不觉放声大哭。早惊动了隔壁一个人,走将过来道:"谁人如此啼哭?"——那个人怎生打扮?

---

[1] 孟浪——卤莽、莽撞。
[2] 汴梁中牟——汴梁为北宋都城,又称汴京,即今河南省开封市。中牟,县名,在开封市西。
[3] 主簿——知县下属办理文书事务的官员。
[4] 关中——此指陕西省渭水流域,以其居众关之中,故称。胡三省注《资治通鉴》谓这里"西有陇关,东有函谷关,南有武关,北有临晋关,西南有散关"。
[5] 蓝关——在今陕西省蓝田县境,为关中平原通往南阳盆地的交通要隘。

头戴玄狐帽套,身穿羔羊皮袭。紫膛颜色带着几分酒,脸映红桃;苍白须髯沾着几点雪,身如玉树。疑在浩然驴背下,想从安道宅中来[1]。

那个人走进店中,问店小二道:"谁人啼哭?"店小二答道:"覆大郎,是一个秀才官人。在此三五日了,不见饭钱拿出来,天上雪下不止,又不好走路。我们不与他饭吃了,想是肚中饥饿,故此啼哭。"那个人道:"那里不是积福处?既是个秀才官人,你把他饭吃了,算在我的帐上,我还你罢。"店小二道:"小人晓得。"便去拿了一分饭,摆在满生面前,道:"客官,是这大郎叫拿来请你的。"满生道:"那个大郎?"只见那个人已走到面前,道:"就是老汉。"满生忙施了礼,道:"与老丈素昧平生,何故如此?"那个人道:"老汉姓焦,就在此酒店间壁居住。因雪下得大了,同小女瀐几杯热酒暖寒。闻得这壁厢悲怨之声,不像是个以下之人,故步至此间寻问。店小二说是个秀才,雪阻了的。老汉念斯文一脉,怎教秀才忍饥?故此教他送饭。荒店之中,无物可吃,况如此天气,也须得杯酒儿宽寒。秀才宽坐,老汉家中叫小厮送来。"满生喜出望外,道:"小生失路之人,与老丈不曾识面,承老丈如此周全,何以克当?"焦大郎道:"秀才一表非俗,目下偶困,决不是落后之人。老汉是此间地主,应得来管顾的。秀才放心,但住

---

[1] "疑在"二句——明人程羽文《诗本事·诗思》:"孟浩然诗思在灞桥风雪中驴子背上。"孟浩然尝骑驴踏雪寻梅,后人传为美谈。刘义庆《世说新语·任诞》载有王徽之雪夜乘舟访戴逵(字安道)至门不入而返的故事。这两句借喻来人情致高雅,举止潇洒。

此一日,老汉支持一日,直等天色晴霁好走路了,再商量不迟。"满生道:"多感!多感!"焦大郎又问了满生姓名乡贯明白,慢慢的自去了。

满生心里喜欢道:"谁想绝处逢生,遇着这等好人。"正在傒幸〔1〕之际,只见一个笼头的小厮,拿了四碗嗄饭〔2〕,四碟小菜,一壶热酒,送将来道:"大郎送来与满官人的。"满生谢之不尽,收了,摆在桌上食用。小厮出门去了。满生一头吃酒,一头就问店小二道:"这位焦大郎是此间甚么样人?怎生有此好情?"小二道:"这个大郎是此间大户,极是好义。平日扶穷济困,至于见了读书的,尤肯结交,再不怠慢的。自家好吃几杯酒,若是陪得他过的,一发有缘了。"满生道:"想是家道富厚。"小二道:"有便有些产业,也不为十分富厚。只是心性如此。官人造化,遇着了他,便多住几日不打紧的了。"满生道:"雪晴了,你引我去拜他一拜。"小二道:"当得,当得。"过了一会,焦家小厮来收家伙。传大郎之命,分付店小二道:"满大官人供给,只管照常支应。用酒时,到家里来取。"店小二领命,果然支持无缺。满生感激不尽。

过了一日,天色晴明。满生思量走路,身边并无盘费,亦且受了焦大郎之恩,要去拜谢。真叫做:"人心不足,得陇望蜀。"见他好情,也就有个希冀借些盘缠之意。叫店小二在前引路,竟到焦大郎家里

---

〔1〕 傒幸——多作烦闷、苦恼解,这里是感慨、庆幸的意思。
〔2〕 嗄饭——也作"下饭",佐饭的菜肴。

来。焦大郎接着，满面春风。满生见了大郎，倒地便拜，谢他："穷途周济，殊出望外。倘有用着之处，情愿效力。"焦大郎道："老汉家里也非有余，只因看见秀才如此困厄，量济一二，以尽地主之意。原无他事，如何说个效力起来？"满生道："小生是个应举秀才，异时倘有寸进，不敢忘报。"大郎道："好说，好说。目今年已傍晚，秀才还要到那里去？"满生道："小生投人不着，囊匣如洗，无面目还乡。意思要往关中一路，寻访几个相知。不期逗留于此，得遇老丈，实出万幸。而今除夕在近，前路已去不迭，真是前不巴村，后不巴店。没奈何了，只得在此饭店中且过了岁，再作道理。"大郎道："店中冷落，怎好度岁？秀才不嫌家间澹薄，搬到家下，与老汉同住几日，随常茶饭等，老汉也不寂寞。过了几朝再处，秀才意下何如？"满生道："小生在饭店中，总是叨忝老丈的；就来潭府，也是一般。只是萍踪相遇，受此深恩，无地可报，实切惶愧耳。"大郎道："四海一家。况且秀才是个读书之人，前程万里，他日不忘村落之中有此老朽，便是愿足。何必如此相拘哉？"

元来焦大郎固然本性好客，却又看得满生仪容俊雅，丰度超群，语言倜傥，料不是落后的，所以一意周全他。也是满生有缘，得遇此人。果然叫店小二店中发了行李，到焦家来。是日焦大郎安排晚饭，与满生同吃。满生一席之间，谈吐如流。更加酒兴豪迈，痛饮不醉，大郎一发投机，以为相见之晚。直吃到兴尽方休，安置他书房中歇宿了，不提。

大郎有一室女，名唤文姬，年方一十八岁，美丽不凡，聪慧无比。

焦大郎不肯轻许人家,要在本处寻个衣冠子弟,读书君子,赘在家里,照管暮年。因他是个市户出身,一时没有高门大族来求他的;以下富室痴儿,他又不肯。高不凑,低不就,所以蹉跎过了。那文姬年已长大,风情之事,尽知相慕。只为家里来往的人,庸流凡辈颇多,没有看得上眼的。听得说父亲在酒店中引得外方一个读书秀才来到,他便在里头东张西张,要看他怎生样的人物。那满生仪容举止,尽看得过,便也有一二分动心了。这也是焦大郎的不是:便做道疏财仗义,要做好人,只该赍发[1]满生些少,打发他走路才是。况且室无老妻,家有闺女,那满生非亲非戚,为何留在家里宿歇?只为好着几杯酒,贪个人做伴,又见满生可爱,倾心待他。谁想满生是个轻薄后生,一来看见大郎殷勤,道是敬他人才,安然托大[2],忘其所以;二来晓得内有亲女,美貌及时,未曾许人,也就怀着希冀之意,指望图他为妻。又不好自开得口,待看机会。日挨一日,径把关中的念头丢过一边,再不提起了。

焦大郎终日懵懵醉乡,没些搭煞,不加提防。怎当得他每两下烈火干柴,你贪我爱,各自有心,竟自勾搭上了。情到浓时,未免不避形迹。焦大郎也见了些光景,有些疑心起来。大凡天下的事,再经有心人冷眼看不起[3]的。起初满生在家,大郎无日不与他同饮同坐,毫无说话。比及大郎疑心了,便觉满生饮酒之间没心没想,言语参差,

---

〔1〕 赍(jī基)发——送人以财物。
〔2〕 托大——倨傲自尊。
〔3〕 看不起——禁不起看,意即很容易看出破绽。

好些破绽出来。

大郎一日推个事故,走出门去了。半日转来,只见满生醉卧书房,风飘衣起,露出里面一件衣服来。看去有些红色,像是女人袄子模样。走到身边仔细看时,正是女儿文姬身上的。又吊着一个交颈鸳鸯的香囊,也是文姬手绣的。大惊咤道:"奇怪!奇怪!有这等事!"满生睡梦之中,听得喊叫,突然惊起,急敛衣襟不迭,已知为大郎看见,面如土色。大郎道:"秀才身上衣服从何而来?"满生晓得瞒不过,只得诌个谎道:"小生身上单寒,忍不过了,向令爱姐姐处,看老丈有旧衣借一件。不想令爱竟将一件女袄拿出来。小生怕冷,不敢推辞,权穿在此衣内。"大郎道:"秀才要衣服,只消替老夫讲,岂有与闺中女子自相往来的事?是我养得女儿不成器了!"抽身望里边就走。恰撞着女儿身边一个丫头,叫名青箱,一把挝〔1〕过来道:"你好好实说姐姐与那满秀才的事情,饶你的打。"青箱慌了,只得抵赖道:"没曾见甚么事情。"大郎焦躁道:"还要胡说!眼见得身上袄子多脱与他穿着了。"青箱没奈何,遮饰道:"姐姐见爹爹十分敬重满官人,平日两下撞见时,也与他见个礼。他今日告诉身上寒冷,故此把衣服与他,别无甚说话。"大郎道:"女人家衣服岂肯轻与人着?况今日我又不在家,满秀才酒气喷人,是那里吃的?"青箱推道:"不知。"大郎道:"一发胡说了!他难道再有别处噇酒〔2〕?他方才已对我说

---
〔1〕 挝(zhuā抓)——通"抓"。
〔2〕 噇(chuáng床)酒——过量饮酒。

了。你若不实招,我活活打死你。"青箱晓得没推处,只得把从前勾搭的事情,一一说了。

大郎听罢,气得抓耳挠腮,没个是处。喊道:"不成才的歪货!他是别路来的,与他做下了事,打点怎的?"青箱说:"姐姐今日见爹爹不在,私下摆个酒盒,要满官人对天罚誓,你娶我嫁,终身不负。故此与他酒吃了,又脱一件衣服,一个香囊与他,做记念的。"大郎道:"怎了!怎了!"叹口气道:"多是我自家热心肠的不是,不消说了。"反背了双手,踱出外边来。

文姬见父亲挞了青箱去,晓得有些不尴尬。仔细听时,一句一句说到真处来,在里面正急得要上吊。忽见青箱走到面前,已知父亲出去了,才定了性。对青箱道:"事已败露,至此,却怎么了?我不如死休。"青箱道:"姐姐不要性急。我看爹爹叹口气,自怨不是,走了出去,倒有几分成事的意思在那里。"文姬道:"怎见得?"青箱道:"爹爹极敬重满官人。已知有了此事,若是而今赶逐了他去,不但恶识[1]了,把从前好情多丢去,却怎生了结姐姐?他今出去,若问得满官人不曾娶妻的,毕竟还配合了,才好住手。"文姬道:"但愿得如此便好。"

果然大郎走出去,思量了一回,竟到书房中,带着怒容问满生道:"秀才,你家中可曾有妻未?"满生跼蹐[2]无地,战战兢兢回言道:

------

〔1〕 恶识——得罪、冒犯。
〔2〕 跼蹐(jí极)——畏缩不安的样子。

"小生湖海飘流，实未曾有妻。"大郎道："秀才家既读诗书，也该有些行止〔1〕。吾与你本是一面不曾相识，怜你客途，过为拯救，岂知你所为不义若此。点污了人家儿女，岂是君子之行？"满生惭愧难容，下地叩头道："小生罪该万死！小生受老丈深恩，已为难报。今为儿女之情，一时不能自禁，猖狂至此。若蒙海涵，小生此生以死相报，誓不忘高天厚地之恩。"大郎又叹口气道："事已至此，虽悔何及？总是我生女不肖，致受此辱。今既为汝污，岂可别嫁？汝若不嫌地远，索性赘入我家做了女婿，养我终身，我也叹了这口气罢。"满生听得此言，就是九重天上飞下一纸赦书来，怎不满心欢喜？又叩着头道："若得如此玉成，满某即粉身碎骨，难报深恩。满某父母双亡，家无妻子，便当奉侍终身，岂再他往？"大郎道："只怕后生家看得容易了，他日负起心来。"满生道："小生与令爱恩深义重，已设誓过了，若有负心之事，教满某不得好死。"大郎见他言语真切，抑且没奈何了，只得胡乱拣个日子，摆些酒席，配合了二人。正是：

绮罗丛里唤新人，锦绣窝中看旧物。

虽然后娶属先奸，此夜恩情翻较密。

满生与文姬，两个私情，得成正果，天从人愿，喜出望外。文姬对满生道："妾见父亲敬重君子，一时仰慕，不以自献为羞，致于失身。原料一朝事露，不能到底，惟有一死而已。今幸得父亲配合，终身之事已完，此是死中得生，万千侥幸。他日切不可忘。"满生道："小生

---

〔1〕 行止——道德、品行。

飘蓬浪迹,幸蒙令尊一见如故,解衣推食,恩已过厚。又得遇卿不弃,今日成此良缘,真恩上加恩。他日有负,诚非人类。"两人愈加如胶似漆,自不必说。满生在家无事,日夜读书,思量应举。焦大郎见他如此,道是许嫁得人,暗里心欢。自此内外无间。

过了两年,时值东京春榜招贤,满生即对丈人说,要去应举。焦大郎收拾了盘费,赍发他去。满生别了丈人、妻子,竟到东京,一举登第。才得唱名[1],满生心里放文姬不下,晓得选除未及,思量道:"汴梁去凤翔不远,今幸已脱白挂绿[2],何不且到丈人家里,与他们欢庆一番,再来未迟。"此时满生已有仆人使唤,不比前日,便叫收拾行李,即时起身。

不多几日,已到了焦大郎门首。大郎先已有人报知,是日整备迎接,鼓乐喧天,闹动了一个村坊。满生绿袍槐简[3],摇摆进来,见了丈人,便是纳头四拜。拜罢,长跪不起,口里称谢道:"小婿得有今日,皆赖丈人提携。若使当日困穷旅店,没人救济,早已填了丘壑,怎能勾此身荣贵?"叩头不止。大郎扶起道:"此皆贤婿高才,致身青云之上,老夫何功之有?当日困穷失意,乃贤士之常。今日衣锦归来,有光老夫多矣。"满生又请文姬出来,交拜行礼,各各相谢。其日邻

---

[1] 唱名——殿试后,皇帝呼名召见登第进士,谓之"唱名"。
[2] 脱白挂绿——"白"指"白衣",古代平民着白衣,后代称没有取得功名的人;"绿"指"绿袍",为官服。周密《武林旧事》:"上御集英殿,拆号唱进士名,各赐绿襕袍、白简、黄衬衫。"
[3] 槐简——即前引周密《武林旧事》所记唱名时御赐的"白简",也就是白色裙。简,通"裥"。

里看的，挨挤不开。个个说道："焦大郎能识好人，又且平日好施恩德，今日受此荣华之报，那女儿也落了好处了。"有一等轻薄的道："那女儿闻得先与他有须说话了，后来配他的。"有的道："也是大郎有心把女儿许他，故留他在家里，住这几时。便做道先有些甚么，左右是他夫妻。而今一床锦被遮盖了，正好做院君夫人〔1〕去，还有何妨？"议论之间，只见许多人牵羊担酒，持花捧币，尽是些地方邻里亲戚，来与大郎作贺称庆。

大郎此时把个身子抬在半天里了，好不风骚。一面置酒款待女婿，就先留几个相知亲戚相陪。次日又置酒，请这一干作贺的。先是亲眷，再是邻里，一连吃了十来日酒。焦大郎费掉了好些钱钞，正是欢喜破财，不在心上。满生与文姬夫妻二人，愈加厮敬厮爱，欢畅非常。连青箱也算做日前有功之人，另眼看觑，别是一分颜色。有一首词，单道着得第归来，世情不同光景：

> 世事从来无定，天公任意安排。寒酸忽地上金阶，立看许多渗濑〔2〕。　　熟识还须再认，至亲也要疑猜。夫妻行事别开怀，另似一张卵袋。

话说满生夫荣妻贵，暮乐朝欢。焦大郎本是个慷慨心性，愈加扯大〔3〕，道是靠着女儿女婿，不忧下半世不富贵了。尽心竭力，供养

---

〔1〕 院君夫人——旧小说中对有封号妇人的称谓。此称来源不详，俞樾《茶香室丛抄》卷五以为"院君"系"县君"之误。
〔2〕 渗濑——形容丑陋、使人害怕的样子。
〔3〕 扯大——往大里铺张。

着他两个,惟其所用。满生总是慷他人之慨,落得快活。过了几时,选期将及,要往京师。大郎道是选官须得使用,才有好地方。只得把膏腴之产尽数卖掉了,凑着偌多银两,与满生带去。焦大郎家事原只如常,经这一番大弄,已此十去八九,只靠着女婿选官之后再图兴旺,所以毫不吝惜。

满生将行之夕,文姬对他道:"我与你恩情非浅。前日应举之时,已曾经过一番离别,恰是心里指望好日,虽然牵系,不甚伤情。今番得第已过,只要去选地方,眼见得只有好处来了。不知为甚么,心中只觉凄惨,不舍得你别去。莫非有甚不祥?"满生道:"我到京即选,甲榜科名,必为美官。一有地方,便着人从来迎你,与丈人同到任所,安享荣华。此是算得定的日子,别不多时的,有甚么不祥之处?切勿挂虑。"文姬道:"我也晓得是这般的,只不知为何有些异样,不由人眼泪要落下来,更不知为甚缘故。"满生道:"这番热闹了多时,今我去了,顿觉冷静,所以如此。"文姬道:"这个也是。"两人絮聒了一夜,无非是些恩情浓厚、到底不忘的话。

次日天明,整顿衣装,别了大郎父子,带了仆人,径往东京选官去了。这里大郎与文姬父子两个,互相安慰,把家中事件收拾并叠,只等京中差人来接,同去赴任,悬悬指望,不题。

且说满生到京,得授临海县尉[1]。正要收拾起身,转到凤翔,

---

[1] 临海县尉——临海即今浙江省临海市,宋代为临海郡的治所。县尉,维持本县治安的官员。

接了丈人妻子一同到任,拣了日子,将次起行。只见门外一个人,大踏步走将进来,口里叫道:"兄弟,我那里不寻得你到?你元来在此。"满生抬头看时,却是淮南族中一个哥哥。满生连忙接待。那哥哥道:"兄弟,几年远游,家中绝无消耗,举族疑猜。不知兄弟却在那里到京,一举成名,实为莫大之喜。家中叔叔枢密相公见了金榜[1],即便打发差人到京来相接,四处寻访不着,不知兄弟又到那里去了?而今选有地方,少不得出京家去。恁哥哥在此做些小前程,干办[2]已满,收拾回去,已顾[3]下船在汴河,行李多下船了。各处挨问,得见兄弟。你打迭[4]已完,只须同你哥哥回去,见见亲族,然后到任便了。"满生心中,一肚皮要到凤翔,那里曾有归家去的念头?见哥哥说来,意思不对,却又不好直对他说,只含糊回道:"小弟还有些别件事干,且未要到家里。"那哥哥道:"却又作怪!看你的装裹多停当了,只要走路的。不到家里,却又到那里?"满生道:"小弟流落时节,曾受了一个人的大恩,而今还要向西路去谢他。"那哥哥道:"你虽然得第,还是空囊,谢人先要礼物为先,这些事自然是到了任再处。况且此去到任所一路过东,少不得到家边过,是顺路却不走,反走过西去怎的?"满生此时只该把实话对他讲,说个不得已的缘故,他也不好阻当得。争奈满生有些不老气,恰像还要把这件事瞒人

---

[1] 金榜——殿试揭晓的榜文。
[2] 干办——这里作名词,宋代由一些部门长官委派处置各种事务的职官名。
[3] 顾——通"雇"。
[4] 打迭——犹如"打点",意为办理、准备。

的一般,并不明说。但只东支西吾,凭那哥哥说得天花乱坠,只是不肯回去。那哥哥大怒起来,骂道:"这样轻薄无知的人!书生得了科名,难道不该归来会一会宗族邻里?这也罢了,父母坟墓边也不该去拜见一拜见的?我和你各处去问一问,世间有此事否?"满生见他发出话来,又说得正气了,一时也没得回他,通红了脸不敢开口。那哥哥见他不说了,叫些随来的家人,把他的要紧箱笼,不由他分说,只一搬,竟自搬到船上去了。满生没奈何,心里想道:"我久不归家了,况我落魄出来,今衣锦还乡,也是好事。便到了家里,再去凤翔,不过迟得些日子,也不为碍。"对那哥哥道:"既恁地,便和哥哥同到家去走走来。"只因这一去,有分交:

绿袍年少,别牵系足之绳[1];青鬓佳人,立化望夫之石[2]。

满生同那哥哥回到家里,果然这番宗族邻里比前不同,尽多是呵脬捧屁[3]的。满生心里也觉快活,随去见那亲叔叔满贵。那叔叔是枢密副院,致仕[4]家居,既是显官,又是一族之长。见了侄儿,晓得是新第回来,十分欢喜。道:"你一向出外不归,只道是流落他乡,岂知却能挣扎得第,做官回来,诚然是与宗族争气的。"满生满口逊

---

[1] 系足之绳——传说月下老人布囊中有赤绳,用以系夫妇之足,此绳一系,终不可改。见唐代李复言《续幽怪录》卷四。
[2] 望夫之石——有关"望夫石"的传说很多,大都据托名汉东方朔的《神异经》:"贞妇望夫,化而为石。"加以演化。
[3] 呵脬(pāo 抛)捧屁——形容卑贱,阿谀奉承。脬,膀胱。
[4] 致仕——辞官、退休。

谢。满枢密又道："却还有一件事，要与你说。你父母早亡，壮年未娶，今已成名，嗣续之事，最为紧要。前日我见你登科录上有名，便已为你留心此事。宋都朱从简大夫有一次女，我打听得才貌双全，你未来时，我已着人去相求，他已许下了。此极是好姻缘。我知那临海前官尚未离任，你到彼之期，还可从容。且完此亲事，夫妻一同赴任，岂不为妙？"满生见说，心下吃惊，半晌做声不得。满生若是个有主意的，此时便该把凤翔流落得遇焦氏之事，是长是短，备细对叔父说一遍，道："成亲已久，负他不得，须辞了朱家之婚，一刀两断。"说得决绝，叔父未必不依允。争奈满生讳言的是前日孟浪出游光景，恰像凤翔的事是私下做的，不肯当场明说，但只口里唧哝。枢密道："你心下不快，敢虑着事体不周备么？一应聘定礼物，前日是我多已出过。目下成亲所费，总在我家支持，你只打点做新郎便了。"满生道："多谢叔叔盛情，容侄儿心下再计较一计较。"枢密正色道："事已定矣，有何计较！"满生见他词色严毅，不敢回言，只得唯唯而出。

到了家里，闷闷了一回，想道："若是应承了叔父所言，怎生撇得文姬父子恩情？欲待辞绝了他的，不但叔父这一段好情不好辜负，只那尊严性子，也不好冲撞他。况且姻缘又好，又不要我费一些财物周折，也不该挫过。做官的人，娶了两房，原不为多。欲待两头绊着，文姬是先娶的，须让他做大；这边朱家又是官家小姐，料不肯做小，却又两难。"心里真似十五个吊桶打水，七上八落的，反添了许多不快活。踌躇了几日，委决不下。

到底满生是轻薄性子，见说朱家是宦室之女，好个模样，又不费己财，先自动了十二分火。只有文姬父子这一点念头，还有些良心，不能尽绝。肚里展转了几番，却就变起卦来。大凡人只有初起这一念是有天理的，依着行去，好事尽多。若是多转了两个念头，便有许多奸贪诈伪、没天理的心来了。满生只为亲事摆脱不开，过了两日，便把一条肚肠换了转来。自想道："文姬与我，起初只是两下偷情，算得个外遇罢了。后来虽然做了亲，元不是明婚正配。况且我既为官，做我配的，须是名门大族。焦家不过市井之人，门户低微，岂堪受朝廷封诰，作终身伉俪哉？我且成了这边朱家的亲，日后他来通消息时，好言回他，等他另嫁了便是。倘若必不肯去，事到其间，要我收留，不怕他不低头做小了。"

算计已定，就去回覆枢密。枢密拣个黄道吉日，行礼到朱大夫家，娶了过来。那朱家既是宦家，又且嫁的女婿是个新科，愈加要齐整，妆奁丰厚，百物具备。那朱氏女生长宦门，模样又是著名出色的，真是德、容、言、功〔1〕，无不具足。满生快活非常，把那凤翔的事丢在东洋大海去了。正是：

> 花神脉脉殿春残，争赏慈恩〔2〕紫牡丹。
>
> 别有玉盘承露冷，无人起就月中看。

满生与朱氏门当户对，年貌相当，你敬我爱，如胶似漆。满生心

---

〔1〕 德、容、言、功——这是封建礼教为妇女规定的四种德行，合称"四德"，又称"四行"。据《周礼·天官·九嫔》郑玄注："妇德谓贞顺，妇言谓辞令，妇容谓婉娩，妇功谓丝枲。"

〔2〕 慈恩——慈恩寺，在今西安市，唐代所建著名寺院。

里，反悔着凤翔多了焦家这件事。却也有时念及心上，有些遣不开。因在朱氏面前，索性把前日焦氏所赠衣服、香囊拿出来，忍着性子，一把火烧了，意思要自此绝了念头。朱氏问其缘故，满生把文姬的事略略说些始末，道："这是我未遇时节的事，而今既然与你成亲，总不必提起了。"朱氏是个贤慧女子，倒说道："既然未遇时节相处一番，而今富贵了，也不该便绝了他。我不比那世间妒忌妇人，倘或有便，接他来同住过日，未为不可。"怎当得满生负了盟誓，难见他面，生怕他寻将来不好收场，那里还敢想接他到家里？亦且怕在朱氏面上不好看，一意只是断绝了。回言道："多谢夫人好意。他是小人家儿女，我这里没消息到他，他自然嫁人去了，不必多事。"自此再不提起。初时满生心中怀着鬼胎，还虑他有时到来，喜得那边也绝无音耗。俗语云："孝重千斤，日减一斤。"满生日远一日，竟自忘怀了。

自当日与朱氏同赴临海任所，后来作尉任满，一连做了四五任美官，连朱氏封赠过了两番。不觉过了十来年，累官至鸿胪少卿，出知齐州[1]。那齐州厅舍甚宽，合家人口住得像意。到任三日，里头收拾已完，内眷人等要出私衙之外，到后堂来看一看。少卿分付衙门人役，尽皆出去，屏除了闲人，同了朱氏，带领着几个小厮、丫鬟、家人、媳妇，共十来个人，一起到后堂散步。各自东西闲走看耍。

少卿偶然走到后堂右边天井中，见有一小门。少卿推开来看，里头一个穿青的丫鬟，见了少卿，飞也似跑了去。少卿急赶上去看时，

---

[1] 齐州——辖境相当山东省西北部地区，治所在今济南市历城区。

那丫鬟早已走入一个破帘内去了。少卿走到帘边,只见帘内走出一个女人来。少卿仔细一看,正是凤翔焦文姬。少卿虚心病,元有些怕见的。亦且出于不意,不觉惊惶失措。文姬一把扯住少卿,哽哽咽咽哭将起来,道:"冤家,你一别十年,向来许多恩情,一些也不念及,顿然忘了,真是忍人〔1〕!"少卿一时心慌,不及问他从何而来,且自辨说道:"我非忘卿。只因归到家中,叔父先已别聘,强我成婚。我力辞不得,所以蹉跎至今,不得来你那里。"文姬道:"你家中之事,我已尽知,不必提起。吾今父亲已死,田产俱无,刚剩得我与青箱两人,别无倚靠。没奈何了,所以千里相投。前日方得到此,门上人又不肯放我进来。求恳再三,今日才许我略在别院空房之内,驻足一驻足。幸而相见。今一身孤单,茫无栖泊。你既有佳偶,我情愿做你侧室,奉事你与夫人,完我馀生。前日之事,我也不计较短长,付之一叹罢了。"说一句,哭一句。说罢,又倒在少卿怀里,发声大恸。连青箱也走出来见了,哭做一堆。少卿见他哭得哀切,不由得眼泪也落下来。又恐怕外边有人知觉,连忙止他道:"多是我的不是。你而今不必啼哭,管还你好处。且喜夫人贤慧,你既肯认做一分小,就不难处了。你且消停在此,等我与夫人说去。"

少卿此时也是身不由己的,走来对朱氏道:"昔年所言凤翔焦氏之女,间隔了多年,只道他嫁人去了。不想他父亲死了,带了个丫鬟,直寻到这里。今若不收留他,没个着落,叫他没处去了。却怎么

---

〔1〕 忍人——残忍、狠心之人。

好?"朱氏道:"我当初原说接了他来家,你自不肯,直误他到此地位,还好不留得他?快请来与我相见。"少卿道:"我说道夫人贤慧。"就走到西边去,把朱氏的说话说与文姬。文姬回头对青箱道:"若得如此,我每且喜有安身之处了。"两人随了少卿,步至后堂,见了朱氏。相叙礼毕,文姬道:"多蒙夫人不弃,情愿与夫人铺床叠被。"朱氏道:"那有此理?只是姐妹相处便了。"就相邀了,一同进入衙中。朱氏着人替他收拾起一间好卧房,就着青箱与他同住,随房伏侍。文姬低头伏气,且是小心。朱氏见他如此,甚加怜爱,且是过得和睦。

住在衙中几日了,少卿终是有些羞惭,不过意,缩缩朒朒[1],未敢到他房中歇宿去。一日外厢去吃了酒,归来有些微醺了。望去文姬房中,灯火微明,不觉心中念旧起来。醉后却胆壮了,跟跟跄跄,竟来到文姬面前。文姬与青箱慌忙接着,喜喜欢欢,簇拥他去睡了。这边朱氏闻知,笑道:"来这几时,也该到他房里去了。"当夜朱氏收拾了自睡。

到第二日,日色高了,合家多起了身,只有少卿未起。合家人指指点点,笑的话的,道是:"十年不相见了,不知怎地舞弄,这时节还自睡哩。青箱丫头在傍边听得不耐烦,想也倦了,连他也不起来。"有老成的道:"十年的说话,讲也讲他大半夜。怪道天明多睡了去!"众人议论了一回,只不见动静。朱氏梳洗已过,也有些不惬意,道:"这时节也该起身了,难道忘了外边坐堂[2]?"同了一个丫鬟,走到

---

[1] 缩缩朒(nù 衄)朒——畏缩迟疑的样子。
[2] 坐堂——也叫"坐衙",指旧时官吏在堂上处理公事。

文姬房前听一听,不听得里面一些声响。推推门看,又是里面关着的。家人每道:"日日此时,出外理事去久了,今日迟得不像样,我每不妨催一催。"一个就去敲那房门。初时低声,逐渐声高,直到得乱敲乱叫,莫想里头答应一声。尽来对朱氏道:"有些奇怪了!等他开出来不得。夫人做主,我们掘开一壁,进去看看。停会相公嗔怪,全要夫人担待。"朱氏道:"这个在我,不妨。"众人尽皆动手,须臾之间,已掇开了一垛壁。众人走进里面一看,开了口合不拢来。正是:

宣子[1]慢传无鬼论,良宵自昔有冤偿。

若还死者全无觉,落得生人不善良。

众人走进去看时,只见满少卿直挺挺倘[2]在地下,口鼻皆流鲜血。近前用手一摸,四肢冰冷,已气绝多时了。房内并无一人,那里有甚么焦氏?连青箱也不见了,刚留得些被卧在那里。众人忙请夫人进来。朱氏一见,惊得目睁口呆,大哭起来。哭罢,道:"不信有这样的异事!难道他两个人摆布死了相公,连夜走了?"众人道:"衙门封锁,插翅也飞不出去。况且房里兀自关门闭户的,打从那里走得出来?"朱氏道:"这等,难道青天白日相处这几时,这两个却是鬼不成?"似信不信。一面传出去,说少卿夜来暴死,着地方[3]停当[4]后事。

---
〔1〕宣子——阮修,字宣子,晋代学者,主张无神论。
〔2〕倘——通"躺"。
〔3〕地方——对负责地方杂务的地保、里正等乡役的泛称。
〔4〕停当——料理妥当。

朱氏悲悲切切,到晚来步进卧房,正要上床睡去,只见文姬打从床背后走将出来,对朱氏道:"夫人休要烦恼。满生当时,受我家厚恩,后来负心,一去不来。吾举家悬望,受尽苦楚,抱恨而死。我父见我死无聊,老人家悲哀过甚,与青箱丫头相继沦亡。今在冥府诉准,许自来索命。十年之怨,方得申报,我而今与他冥府对证去。蒙夫人相待好意,不敢相侵,特来告别。"朱氏正要问个备细,一阵冷风遍体,飒然惊觉,乃是南柯一梦。才晓得文姬、青箱两个真是鬼,少卿之死,被他活捉了去,阴府对理。

朱氏前日原知文姬这事,也道少卿没理的。今日死了,无可怨怅,只得护丧南还。单苦了朱氏下半世,亦是满生之遗孽也。世人看了如此榜样,难道男子又该负得女子的?

痴心女子负心汉,谁道[1]阴中有判断。

虽然自古皆有死,这回死得不好看!

---

[1] 谁道——此处意为"谁能料想到"。

二刻拍案惊奇卷十二

硬勘案大儒争闲气　甘受刑侠女著芳名

诗云：

　　世事莫有成心[1]，成心专会认错。

　　任是大圣大贤，也要当着不着[2]。

看官听说：从来说的书，不过谈些风月，述些异闻，图个好听。最有益的，论些世情，说些因果，等听了的触着心里，把平日邪路念头化将转来。这个就是说书的一片道学[3]心肠，却从不曾讲着道学。而今为甚么说个不可有成心？只为人心最灵，专是那空虚的才有公道。一点成心入在肚里，把好歹多错认了。就是圣贤，也要偏执起来，自以为是，却不知事体竟不是这样的了。道学的正派，莫如朱文公晦翁[4]，读书的人那一个不尊奉他？岂不是个大贤？只为成心上边，也曾错断了事。

---

〔1〕 成心——指已成的看法，犹如现在所说的"成见"。
〔2〕 当着不着——该做的不做，不该做的倒做了。
〔3〕 道学——又称"理学"，是宋代形成的一个客观唯心主义的哲学体系，以继承孔、孟"道统"，宣传"性命义理"之学为主，在思想领域中长期起着消极作用。
〔4〕 朱文公晦翁——朱熹，字元晦，号晦庵，南宋徽州婺（wù 务）源（今属江西）人，著名的哲学家、教育家、文学家，道学的集大成者，官至宝文阁待制。"朱文公"是世人对他的尊称。

当日在福建崇安县知县事,有一小民告一状道:"有祖先坟茔,县中大姓夺占做了自己的坟墓,公然安葬了。"晦翁精于风水,况且福建又极重此事,豪门富户见有好风水吉地,专要占夺了小民的,以致兴讼,这样事日日有的。晦翁准了他状,提那大姓到官。大姓说:"是自家做的坟墓,与别人毫不相干的,怎么说起占夺来?"小民道:"原是我家祖上的墓,是他富豪倚势占了。"两家争个不歇。叫中证问时,各人为着一边,也没个的据[1]。晦翁道:"此皆口说无凭,待我亲去踏看明白。"当下带了一干人犯及随从人等,亲到坟头。看见山明水秀,凤舞龙飞,果然是一个好去处。晦翁心里道:"如此吉地,怪道有人争夺。"心里先有些疑心,必是小民先世葬着,大姓看得好,起心要他的了。

大姓先禀道:"这是小人家里新造的坟,泥土工程,一应皆是新的,如何说是他家旧坟?相公龙目一看,便了然明白。"小民道:"上面新工程是他家的,底下须有老土,这原是家里的,他夺了才装新起来。"晦翁叫取锄头铁锹,在坟前挖开来看。挖到松泥将尽之处,"珰"的一声响,把个挖泥的人震得手疼。拨开浮泥看去,乃是一块青石头,上面依稀有字。晦翁叫取起来看,从人拂去泥沙,将水洗净,字文见将出来,却是"某氏之墓"四个大字。傍边刻着细行,多是小民家里祖先名字。大姓吃惊道:"这东西那里来的?"晦翁喝道:"分明是他家旧坟,你倚强夺了他的。石刻见在,有何可说?"小民只是

---

[1] 的据——确实证据。

扣头,道:"青天在上,小人再不必多口了。"晦翁道是见得已真,起身竟回县中,把坟断归小民,把大姓问了个强占田土之罪。小民口口"青天",拜谢而去。

晦翁断了此事,自家道:"此等锄强扶弱的事,不是我,谁人肯做?"深为得意。岂知反落了奸民之计。元来小民诡诈,晓得晦翁有此执性,专怪富豪大户欺侮百姓。此本是一片好心,却被他们看破的拿定了。因贪大姓所做坟地风水好,造下一计,把青石刻成字,偷埋在他坟前了多时,忽然告此一状。大姓睡梦之中,说是自家新做的坟,一看就明白的,谁知地下先做成此等圈套,当官发将出来。晦翁见此明验,岂得不信?况且从来只有大家占小人的,那曾见有小人谋大家的?所以执法而断。

那大姓委实受冤,心里不伏,到上边监司〔1〕处再告将下来,仍发崇安县问理。晦翁越加嗔恼,道是大姓刁悍抗拒,一发狠,着地方勒令大姓迁出棺柩,把地给与小民安厝祖先,了完事件。争奈外边多晓得是小民欺诈,晦翁错问了事,公议不平,沸腾喧嚷,也有风闻到晦翁耳朵内。晦翁认是大姓力量大,致得人言如此,慨然叹息道:"看此世界,直道终不可行。"遂弃官不做,隐居本处武夷山中。

后来有事,经过其地,见林木蓊然,记得是前日踏勘断还小民之地。再行闲步一看,看得风水真好,葬下该大发人家。因寻其旁居民

---

〔1〕 监司——宋代诸路转运使司、提点刑狱司、提举常平司等,有监察各州官之责,总称为"监司"。

问道：“此是何等人家，有福分葬此吉地？”居民道：“若说这家坟墓，多是欺心得来的，难道有好风水报应他不成？”晦翁道：“怎生样欺心？”居民把小民当日埋石在墓内，骗了县官，诈了大姓这块坟地，葬了祖先的话，是长是短，备细说了一遍。晦翁听罢，不觉两颊通红，悔之无及，道：“我前日认是奉公执法，怎知反被奸徒所骗！”一点恨心自丹田[1]里直贯到头顶来，想道：“据着如此风水，该有发迹好处；据着如此用心贪谋来的，又不该有好处到他了。”遂对天祝下四句道：

　　此地若发，是有地理。
　　此地不发，是有天理。

祝罢而去。是夜大雨如倾，雷电交作，霹雳一声，屋瓦皆响。次日看那坟墓，已毁成一潭，连尸棺多不见了。可见有了成心，虽是晦庵大贤，不能无误。及后来事体明白，才知悔悟，天就显出报应来，此乃天理不泯之处。人若欺心，就骗过了圣贤，占过了便宜，葬过了风水，天地原不容的。

　　而今为何把这件说这半日？只为朱晦翁还有一件，为着成心上边，硬断一事，屈了一个下贱妇人，反致得他名闻天子，四海称扬，得了个好结果。有诗为证：

　　白面秀才落得争，红颜女子落得苦。
　　宽仁圣主两分张，反使娼流名万古。

---

〔1〕丹田——人体腹部脐下部位，旧时人们认为这是贮存精气的所在。

话说天台营中[1]有一上厅行首,姓严,名蕊,表字幼芳,乃是个绝色的女子。一应琴棋书画、歌舞管弦之类,无所不通;善能作诗词,多自家新造句子,词人推服;又博晓古今故事,行事最有义气,待人常是真心。所以人见了的,没一个不失魂荡魄在他身上,四方闻其大名。有少年子弟慕他的,不远千里,直到台州[2]来求一识面。正是:

> 十年不识君王面,始信婵娟解误人。

此时台州太守乃是唐与正,字仲友,少年高才,风流文彩。宋时法度,官府有酒皆召歌妓承应,只站着歌唱送酒,不许私侍寝席。却是与他谑浪狎昵,也算不得许多清处。仲友见严蕊如此十全可喜,尽有眷顾之意,只为官箴[3]拘束,不敢胡为。但是良辰佳节,或宾客席上,必定召他来侑酒。

一日,红白桃花盛开,仲友置酒赏玩,严蕊少不得来供应。饮酒中间,仲友晓得他善于词咏,就将红白桃花为题,命赋小词。严蕊应声成一阕,词云:

> 道是梨花不是,道是杏花不是。白白与红红,别是东风情味。曾记,曾记,人在武陵微醉。(词寄《如梦令》)

吟罢,呈上仲友。仲友看毕,大喜,赏了他两匹缣帛。

---

[1] 天台营中——天台,即今浙江省天台县,以其北依天台山而得名。营,军营。
[2] 台州——辖境相当现在浙江省天台山以东沿海地区,治所在今临海市。天台县属台州。
[3] 官箴(zhēn 针)——做官的规戒。

又一日,时逢七夕,府中开宴。仲友有一个朋友谢元卿,极是豪爽之士,是日也在席上。他一向闻得严幼芳之名,今得相见,不胜欣幸。看了他这些行动举止,谈谐歌唱,件件动人,道:"果然名不虚传!"大觥连饮,兴趣愈高。对唐太守道:"久闻此子长于词赋,可当面一试否?"仲友道:"既有佳客,宜赋新词。此子颇能,正可请教。"元卿道:"就把七夕为题,以小生之姓为韵,求赋一词,小生当饮满三大瓯。"严蕊领命,即口吟一词道:

碧梧初坠,桂香才吐,池上水花[1]初谢。穿针人在合欢楼,正月露玉盘高泻。　　蛛忙鹊懒,耕慵织倦,空做古今佳话。人间刚道隔年期,怕天上方才隔夜。(词寄《鹊桥仙》)

词已吟成,元卿三瓯酒刚吃得两瓯,不觉跃然而起,道:"词既新奇,调文适景,且才思敏捷,真天上人也。我辈何幸,得亲沾芳泽!"亟取大觥相酬,道:"也要幼芳分饮此瓯,略见小生钦慕之意。"严蕊接过吃了。太守看见两人光景,便道:"元卿客边,可到严子家中做一程儿伴去。"元卿大笑,作个揖道:"不敢请耳,固所愿也。但未知幼芳心下如何?"仲友笑道:"严子解人[2],岂不愿事佳客?况为太守做主人,一发该的了。"严蕊不敢推辞得。酒散,竟同谢元卿一路到家,是夜遂留同枕席之欢。元卿意气豪爽,见此佳丽聪明女子,十分趁怀。只恐不得他欢心,在太守处凡有所得,尽情送与他家。留连半

---
[1] 水花——荷花。
[2] 解人——通晓文辞富有意趣的人。

年,方才别去,也用掉若干银两,心里还是歉然的。可见严蕊真能令人消魂也。表过不题。

且说婺州[1]永康县有个有名的秀才,姓陈,名亮,字同父,赋性慷慨,任侠使气,一时称为豪杰。凡缙绅士大夫有气节的,无不与之交好。淮帅辛稼轩[2]居铅山[3]时,同父曾去访他。将近居傍,遇一小桥,骑的马不肯走。同父将马三跃,马三次退却。同父大怒,拔出所佩之剑,一剑挥去马首,马倒地上,同父面不改容,徐步而去。稼轩适在楼上看见,大以为奇,遂与定交。平日行径如此,所以唐仲友也与他相好。因到台州来看仲友,仲友资给馆谷[4],留住了他,闲暇之时,往来讲论。仲友喜的是俊爽名流,恼的是道学先生。同父意见亦同,常说道:"而今的世界,只管讲那道学,说正心诚意的,多是一班害了风痹病[5]不知痛痒之人。君父大仇,全然不理,方且扬眉袖手,高谈性命。不知性命是甚么东西!"所以与仲友说得来。只一件,同父虽怪道学,却与朱晦庵相好;晦庵也曾荐过同父来。同父道:"他是实学有用的,不比世儒迂阔。"惟有唐仲友,平日持才,极轻薄的是朱晦庵,道他字也不识的。为此两个议论有些左[6]处。

---

[1] 婺(wù务)州——辖境相当现在浙江省中部武义江、金华江流域,治所在今金华市。
[2] 辛稼轩——辛弃疾,字幼安,号稼轩,历城(今山东省济南市)人。他是南宋杰出的词人,也是一位卓越的爱国将领。
[3] 铅山——县名,即今江西省铅山县。辛弃疾晚年隐居铅山。
[4] 馆谷——犹如说食宿。馆,住处;谷,粮食。
[5] 风痹病——中医学病名,又称"痹症",属于关节疼痛的一类病症。
[6] 左——相违,相反。

同父客邸兴高,思游妓馆。此时严蕊之名,布满一郡。人多晓得是太守相公作兴的,异样兴头,没有一日闲在家里。同父是个爽利汉子,那里有心情伺候他空闲?闻得有一个赵娟,色艺虽在严蕊之下,却也算得是个上等的衒衏,台州数一数二的。同父就在他家游耍,缱绻多时,两情欢爱。同父挥金如土,毫无吝啬。妓家见他如此,百倍趋承。赵娟就有嫁他之意,同父也有心要娶赵娟。两个商量了几番,彼此乐意。只是是个官身,必须落籍,方可从良嫁人〔1〕。同父道:"落籍是府间所主,只须与唐仲友一说,易如反掌。"赵娟道:"若得如此最好。"陈同父特为此来府里见唐太守,把此意备细说了。唐仲友取笑道:"同父是当今第一流人物,在此不交严蕊而交赵娟,何也?"同父道:"吾辈情之所钟,便是最胜,那见还有出其右者?况严蕊乃守公所属意,即使与交,肯便落了籍,放他去否?"仲友也笑将起来,道:"非是属意。果然严蕊若去,此邦便觉无人,自然使不得。若赵娟要脱籍,无不依命。但不知他相从仁兄之意已决否?"同父道:"察其词意,似出至诚。还要守公赞襄,作个月老。"仲友道:"相从之事,出于本人情愿,非小弟所可赞襄。小弟只管与他脱籍便了。"同父别去,就把这话回覆了赵娟,大家欢喜。

　　次日府中有宴,就唤将赵娟来承应。饮酒之间,唐太守问赵娟道:"昨日陈官人替你来说,要脱籍从良,果有此事否?"赵娟叩头道:

---

〔1〕 "只是"三句——"官身",是说赵娟属于官妓。官妓的名字要登记入册,称为入"籍"。官妓只有除去了名籍,即"落籍",才可以嫁人。妓女嫁人谓之"从良"。

"贱妾风尘已厌,若得脱离,天地之恩。"太守道:"脱籍不难。脱籍去,就从陈官人否?"赵娟道:"陈官人名流贵客,只怕他嫌弃微贱,未肯相收。今若果有心于妾,妾焉敢自外?一脱籍就从他去了。"太守心里想道:"这妮子不知高低,轻意应承,岂知同父是个杀人不眨眼的汉子?况且手段挥霍,家中空虚,怎能了得这妮子终身?"也是一时间为赵娟的好意,冷笑道:"你果要从了陈官人,到他家去,须是会忍得饥、受得冻才使得。"赵娟一时变色,想道:"我见他如此撒漫使钱,道他家中必然富饶,故有嫁他之意。若依太守相公的说话,必是个穷汉子,岂能了我终身之事?"好些不快活起来。唐太守一时取笑之言,只道他不以为意。岂知姊妹行〔1〕中心路最多,一句关心〔2〕,陡然疑变。唐太守虽然与了他脱籍文书,出去见了陈同父,并不提起嫁他的说话了。连相待之意,比平日也冷澹了许多。同父心里怪道:"难道娼家薄情得这样渗濑?哄我与他脱了籍,他就不作准了!"再把前言问赵娟,赵娟回道:"太守相公说来,到你家要忍冻饿,这着甚么来由?"同父闻得此言,勃然大怒,道:"小唐这样愈赖〔3〕! 只许你喜欢严蕊罢了,也须有我的说话处。"他是个直性尚气的人,也就不恋了赵家,也不去别唐太守,一径到朱晦庵处来。

------

〔1〕 姊妹行——指众妓女。
〔2〕 关心——触着心事。
〔3〕 愈赖——也作"派赖"、"泼赖",无赖、险恶、丑陋之意。

此时朱晦庵提举浙东常平仓[1]，正在婺州。同父进去相见已毕，问说是台州来，晦庵道："小唐在台州如何？"同父道："他只晓得有个严蕊，有甚别勾当！"晦庵道："曾道及下官否？"同父道："小唐说公尚不识字，如何做得监司？"晦庵闻之，默然了半日。盖是晦庵早年登朝，茫茫仕宦之中，著书立言，流布天下，自己还有些不慊意[2]处。见唐仲友少年高才，心里常疑他要来轻薄的。闻得他说已不识字，岂不愧怒？怫然道："他是我属吏，敢如此无礼！"然背后之言，未卜真伪。遂行一张牌下去，说台州刑政有枉，重要巡历，星夜到台州来。

晦庵是有心寻不是的，来得急促。唐仲友出于不意，一时迎接不及，来得迟了些。晦庵信道是同父之言不差，"果然如此轻薄，不把我放在心上。"这点恼怒，再消不得了。当日下马，就追取了唐太守印信，交付与郡丞，说："知府不职，听参。"连严蕊也拿来收了监，要问他与太守通奸情状。

晦庵道是仲友风流，必然有染。况且妇女柔脆，吃不得刑拷，不论有无，自然招承，便好参奏他罪名了。谁知严蕊苗条般的身躯，却是铁石般的性子，随你朝打暮骂，千榷百拷，只说"循分供唱，吟诗侑酒是有的，曾无一毫他事"。受尽了苦楚，监禁了月馀，到底只是这

---

[1] 提举浙东常平仓——宋代设有"提举常平官"一职，亦简称"提举"、"提仓"，掌管各路财赋，兼有监察各州官吏的职权。浙东，即南宋时所置"两浙东路"，辖境相当现在浙江省衢江、富春江、钱塘江以东地区。
[2] 不慊（qiè 怯）意——即"不惬意"，不满足。

样话。晦庵也没奈他何,只得糊涂做了不合蛊惑上官,狠毒将他痛杖了一顿,发去绍兴另加勘问。一面先具本参奏,大略道:

> 唐某不伏讲学,罔知圣贤道理,却诋臣为不识字。居官不存政体,亵昵娼流,鞫得奸情,再行覆奏。取进止。等因。

唐仲友有个同乡友人王淮[1],正在中书省[2]当国,也具一私揭,辨晦庵所奏,要他达知圣听。大略道:

> 朱某不遵法制,一方再按,突然而来。因失迎候,酷逼娼流,妄污职官。公道难泯,力不能使贱妇诬服。尚辱渎奏,明见欺妄。等因。

孝宗皇帝看见晦庵所奏,正拿出来与宰相王淮平章[3]。王淮也出仲友私揭,与孝宗看。孝宗见了,问道:"二人是非,卿意何如?"王淮奏道:"据臣看着,此乃秀才争闲气耳。一个道讥了他不识字,一个道不迎候得他,此是真情。其馀言语,多是增添的。可有一些的正事么?多不要听他就是。"孝宗道:"卿说得是。却是上下司不和,地方不便。可两下平调了他每便了。"王淮奏谢道:"陛下圣见极当。臣当分付所部奉行。"这番京中亏得王丞相帮衬,孝宗有主意,唐仲友官爵安然无事。

------

[1] 王淮——字季海,婺州金华人,进士出身,宋孝宗时官拜右丞相,旋迁左丞相。据《宋史》本传载,王淮确与唐仲友善,朱熹弹劾仲友,他曾多方袒护。

[2] 中书省——秉承皇帝旨意,总管政务的中央官署。其长官中书令一职由丞相兼领。

[3] 平章——研究讨论。

只可怜这边严蕊,吃过了许多苦楚,还不算帐,出本之后,另要绍兴去听问。绍兴太守也是一个讲学的,严蕊解到时,见他模样标致,太守便道:"从来有色者必然无德。"就用严刑拷他,讨拶来拶指。严蕊十指纤细,掌背嫩白。太守道:"若是亲操井臼的手,决不是这样,所以可恶。"又要将夹棍夹他。当案孔目〔1〕禀道:"严蕊双足甚小,恐经折挫不起。"太守道:"你道他足小么?此皆人力矫揉,非天性之自然也。"着实被他腾倒了一番,要他招与唐仲友通奸的事。严蕊照前不招,只得且把来监了,以待再问。

严蕊到了监中,狱官着实可怜他,分付狱中牢卒不许难为。好言问道:"上司加你刑罚,不过要你招认。你何不早招认了?这罪是有分限的,女人家犯淫,极重不过是杖罪。况且已经杖断过了,罪无重科〔2〕。何苦舍着身子,熬这等苦楚?"严蕊道:"身为贱伎,纵是与太守有奸,料然不到得死罪,招认了有何大害?但天下事真则是真,假则是假,岂可自惜微躯,信口妄言,以污士大夫?今日宁可置我死地,要我诬人,断然不成的。"狱官见他词色凛然,十分起敬,尽把其言禀知太守。太守道:"既如此,只依上边原断施行罢。可恶这妮子崛强,虽然上边发落已过,这里原要决断。"又把严蕊带出监来,再加痛杖,这也是奉承晦庵的意思。叠成文书,正要回覆提举司,看他口气,别行定夺,却得晦庵改调消息,方才放了严蕊出监。——严蕊恁地悔

---

〔1〕 孔目——掌管文书的吏员名称。
〔2〕 重科——重复断罪。科,判刑。

气!官人每自争闲气,做他不着[1]。两处监里无端的监了两个月,强坐[2]得他一个"不应"罪名,倒受了两番科断。其馀逼招拷打,又是分外的受用。正是:

> 规圆方竹杖,漆却断纹琴。
>
> 好物不动念,方成道学心。

严蕊吃了无限的磨折,放得出来,气息奄奄,几番欲死。将息杖疮,几时见不得客,却是门前车马比前更盛。只因死不肯招唐仲友一事,四方之人重他义气,那些少年尚气节的朋友,一发道是堪比古来义侠之伦,一向认得的要来问他安,不曾认得的要来识他面,所以挨挤不开。一班风月场中人,自然与道学不对,但是来看严蕊的,没一个不骂朱晦庵两句。晦庵此番竟不曾奈何得唐仲友,落得动了好些唇舌。外边人言喧沸,严蕊声价腾涌,直传到孝宗耳朵内。孝宗道:"早是前日两平处了。若听了一偏之词,贬谪了唐与正,却不屈了这有义气的女子没申诉处?"

陈同父知道了,也悔道:"我只向晦庵说得他两句说话,不道认真的大弄起来。今唐仲友只疑是我害他。"无可辨处,因致书与晦庵道:

> 亮平生不曾会说人是非,唐与正乃见疑相谮[3],真足当

---

[1] 做他不着——不顾一切地拿他来作牺牲品。"做……不着",吴方言,相当现在口语所说:"拿……豁出去了。"
[2] 坐——定罪因由。
[3] 谮(zèn 怎去声)——说人坏话。

田光[1]之死矣。然困穷之中,又自惜此泼命[2]。一笑。
看来陈同父只为唐仲友破了他赵娟之事,一时心中愤气,故把仲友平日说话,对晦庵讲了出来,原不料晦庵狠毒,就要摆布仲友起来。至于连累严蕊受此苦拷,皆非同父之意也。这也是晦庵成心不化,偏执之过。以后改调去了。

交代[3]的是岳商卿,名霖。到任之时,妓女拜贺,商卿问:"那个是严蕊?"严蕊上前答应。商卿抬眼一看,见他举止异人,在一班妓女之中,却像鸡群内野鹤独立,却是容颜憔悴。商卿晓得前事他受过折挫,甚觉可怜。因对他道:"闻你长于词翰,你把自家心事做成一词诉我,我自有主意。"严蕊领命,略不搆思,应声口占《卜算子》道:

不是爱风尘,似被前缘误。花落花开自有时,总赖东君主。

去也终须去,住也如何住?若得山花插满头,莫问奴归处。

商卿听罢,大加称赏道:"你从良之意决矣。此是好事,我当为你做主。"立刻取伎籍来,与他除了名字,判与从良。严蕊叩头谢了,出得门去。有人得知此说的,千金币聘,争来求讨,严蕊多不从他。有一宗室近属子弟,丧了正配,悲哀过切,百事俱废。宾客们恐其伤性,拉他到伎馆散心,说着别处,多不肯去,直等说到严蕊家里,才肯同来。

---

[1] 田光——战国时燕国处士,曾推荐荆轲给太子丹以谋刺秦王政,丹请他不要泄密,田光遂自刎。这里陈亮说自己被人怀疑,也应像田光那样死去。
[2] 泼命——贱命。
[3] 交代——办理交接,这里指继任的官员。

严蕊见此人满面戚容,问知为着丧偶之故,晓得是个有情之人,关在心里。那宗室也慕严蕊大名,饮酒中间,彼此喜乐,因而留住。倾心来往了多时,毕竟纳了严蕊为妾。严蕊也一意随他,遂成了终身结果。虽然不到得夫人、县君,却是宗室自取严蕊之后,深为得意,竟不续婚。一根一蒂,立了妇名,享用到底。也是严蕊立心正直之报也。

后人评论这个严蕊,乃是真正讲得道学的。有七言古风一篇,单说他的好处:

> 天台有女真奇绝,挥毫能赋谢庭雪[1]。
>
> 搽粉虞候太守筵,酒酣未必呼烛灭。
>
> 忽尔监司飞檄至,桁杨[2]横掠头抢地。
>
> 章台不犯士师条,肺石[3]会疏刺史事。
>
> 贱质何妨轻一死,岂承浪语污君子!
>
> 罪不重科两得答,狱吏之威止是耳。
>
> 君侯能讲毋自欺,乃遣女子诬人为。
>
> 虽在缧绁非其罪,尼父之语胡忘之[4]?

---

[1] 谢庭雪——刘义庆《世说新语·言语》:"谢太傅(安)寒雪日内集,与儿女讲论文义。俄而雪骤。公欣然曰:'白雪纷纷何所似?'兄子胡儿曰:'撒盐空中差可拟。'兄女曰:'未若柳絮因风起。'公大笑乐。"这里借喻严蕊像谢安的侄女谢道蕴一样,很有诗才。

[2] 桁(háng 杭)杨——加在脚上或颈上的刑具,亦泛指刑具。

[3] 肺石——古时设于朝廷门外的赤石,以石形如肺,故名。民有不平,得击石鸣冤。

[4] "虽在"二句——缧绁(léixiè 雷泄),拴罪人的绳子,代指监狱。尼父,即孔子。尼父之语,指《论语·公冶长》所云:"子谓公冶长,'可妻也。虽在缧绁之中,非其罪也。'"

君不见贯高当时白赵王,身无完肤犹自强[1]。

今日蛾眉亦能尔,千载同闻侠骨香。

含颦带笑出狴犴[2],寄声合眼闭眉汉。

山花满头归去来,天潢自有梁鸿案[3]。

---

[1] "君不见"二句——贯高,汉初赵王张敖之相,因怒刘邦对赵王无礼,欲谋杀之,后事泄被捕。供认谋杀是自己所为,赵王清白,"实不反"。贯高狱中受尽酷刑,体无完肤,终不复言。获赦后即自杀。事见《史记·张耳陈馀列传》。

[2] 狴犴(bì'àn 必岸)——本为传说中一种走兽,古时常绘其形于监狱中,后作为监狱的代称。

[3] 梁鸿案——东汉贤士梁鸿娶妻孟光,二人偕隐,相敬如宾,妻为具食,举案齐眉。后借指夫妇和美。事见《后汉书·梁鸿传》。

二刻拍案惊奇卷十三

鹿胎庵客人作寺主　剡溪里旧鬼借新尸

诗曰：

> 昔日眉山翁，无事强说鬼〔1〕。
>
> 何取诞怪言，阴阳等一理。
>
> 惟令死可生，不教生愧死。
>
> 晋人颇通玄，我怪阮宣子。

晋时有个阮修，表字宣子。他一生不信有鬼，特做一篇《无鬼论》。他说道："今人见鬼者，多说他着活时节衣服。这等说起来，人死有鬼，衣服也有鬼了。"一日有个书生来拜他，极论鬼神之事。一个说无，一个说有，两下辨论多时。宣子口才便捷，书生看看说不过了，立起身来道："君家不信，难以置辨。只眼前有一件大证见，身即是鬼，岂可说无耶？"言毕，忽然不见。宣子惊得木呆，嘿然而惭。这也是他见不到处。从来圣贤多说人死为鬼，岂有没有的道理？不止是有，还有许多放生前心事不下，出来显灵的。所以古人说："当令

---

〔1〕 "昔日"二句——"眉山翁"，指苏轼。叶梦得《避暑录话》："子瞻在黄州及岭表，每旦起，不招客相与语，则必出而访客。所与游者，亦不尽择，各随其人高下，谈谐放荡，不复为畛畦。有不能谈者，则强之说鬼。或辞无有，则曰姑妄言之。于是，闻者无不绝倒，皆尽欢而后去。"

死者复生,生者可以不愧,方是忠臣义士。"而今世上的人,可以见得死者的能有几个?只为欺死鬼无知。若是见了显灵的,可也害怕哩。

宋时福州黄闻人刘监税[1]的儿子四九秀才,取郑司业[2]明仲的女儿为妻。后来死了,三个月,将去葬于郑家先陇[3]之傍。既掩圹[4],刘秀才邀请送葬来的亲朋,在坟庵饮酒。忽然一个大蝶飞来,可有三寸多长,在刘秀才左右盘旋飞舞,赶逐不去。刘秀才道是怪异,戏言道:"莫非我妻之灵乎?倘阴间有知,当集我掌上。"刚说得罢,那蝶应声而下,竟飞在刘秀才右手内,将有一刻光景,然后飞去。细看手内,已生下二卵。坐客多来观看。刘秀才恐失掉了,将纸包着,叫房里一个养娘,交付与他藏了。刘秀才念着郑氏,叹息不已,不觉泪下。

正在凄惶间,忽见这个养娘走进来道:"不必悲伤,我自来了。"看着行动举止,声音笑貌,宛然与郑氏一般无二。众人多道是这养娘风发了。到晚回家,竟走到郑氏房中,开了箱匣,把冠裳钗钏服饰之类,尽多拿出来,悉照郑氏平日打扮起来。家人正皆惊骇,他竟走出来对刘秀才说道:"我去得三月,你在家中做的事那件不是,那件不是,某妾说甚么话,某仆做甚勾当。"一一数来,件件不虚。刘秀才晓得是郑氏附身,把这养娘认做是郑氏,与他说话,全然无异。也只道

---

[1] 监税——疑即"监当官",宋代掌管茶、盐、酒税场务及冶铸事务官员的总称。
[2] 司业——学官名,为国子监内副长官。
[3] 先陇——祖坟。陇,通"垄",坟墓。
[4] 掩圹——埋好棺木。圹,坟穴。

附几时要去的,不想自此声音不改了。到夜深竟登郑氏之床,拉了刘秀才同睡,云雨欢爱,竟与郑氏生时一般。明日早起来,区处家事,简较[1]庄租簿书,分毫不爽。亲眷家闻知,多来看他。他与人寒温款待,一如平日,人多叫他做鬼小娘。养娘的父亲就是刘家庄仆,见说此事,急来看看女儿。女儿见了,不认是父亲,叫他的名字骂道:"你去年还欠谷若干斛,何为不还?"叫当直的拿住了要打,讨饶才住。

如此者五年。直到后来刘秀才死了,养娘大叫一声,蓦然倒地。醒来仍旧如常,问他五年间事,分毫不知。看了身上衣服,不胜惭愧,急脱卸了,原做养娘本等去。

可见世间鬼附生人的事极多,然只不过一时间事,没有几年价竟做了生人与人相处的。也是他阴中撇刘秀才不下,又要照管家事,故此现出这般奇异来。怎说得个没鬼?这个是借生人的了,还有个借死人的,说来时:

直叫小胆惊欲死,任是英雄也汗流。

只为满腔冤抑事,一宵鬼话报心仇。

话说会稽[2]嵊县有一座山,叫做鹿胎山。为何叫得鹿胎山?当时有一个陈惠度,专以射猎营生。到此山中,见一带胎麀鹿[3],在面前走过。惠度腰袋内取出箭来,搭上了,一箭射去,叫声"着",不偏不侧,正中了鹿的头上。那只鹿带了箭,急急跑到林中,跳上两

---

[1] 简较——检查核对。
[2] 会稽——郡名,辖境一般指浙江省东北部地区,治所在今绍兴市。
[3] 麀(yōu 优)鹿——母鹿。

跳，早把个小鹿生了出来。老鹿既产，便把小鹿身上血舐个干净了，然后倒地身死。陈惠度见了，好生不忍，深悔前业，抛弓弃矢，投寺为僧。后来鹿死之后，生出一样草来，就名鹿胎草。这个山原叫得剡山，为此就改做鹿胎山。

山上有个小庵，人只叫做鹿胎庵。这个庵苦不甚大，宋淳熙[1]年间，有一僧号竹林，同一行者[2]在里头居住。山下村里，名剡溪里，就是王子猷雪夜访戴安道的所在。里中有个张姓的人家，家长新死，将入殡殓，来请庵僧竹林去做入棺功德，——是夜里的事。竹林叫行僮挑了法事经箱，随着就去。

时已日暮，走到半山中，只见前面一个人叫道："天色晚了，师父下山到甚处去？"抬头看时，却是平日与他相好的一个秀才，姓直，名谅，字公言。两人相揖已毕，竹林道："官人从何处来？小僧要山下人家去，怎么好？"直生道："小生从县间至此，见天色已晚，特来投宿庵中，与师父清话。师父不下山去罢。"竹林道："山下张家主翁入殓，特请去做佛事，事在今夜。多年檀越人家，怎好不去得？只是官人已来到此，又没有不留在庵中宿歇的。事出两难，如何是好？"直生道："我不宿此，别无去处。"竹林道："只不知官人有胆气独住否？"直生道："我辈大丈夫，气吞湖海，鬼物所畏，有甚没胆气处？你每自去，我竟到庵中自宿罢。"竹林道："如此却好。只是小僧心上，过意

---

[1] 淳熙——宋孝宗赵昚年号，公元1174—1189年。
[2] 行者——未削发的僧人，多在寺院内从事杂役。

不去。明日归来,罚做一个东道请罪罢。"直生道:"快去,快去,省得为我少得了衬钱。明日就将衬钱来破除〔1〕也好。"竹林就在腰间解下钥匙来,付与直生道:"官人,你可自去开了门,歇宿去。肚中饥饿时,厨中有糕饼,灶下有见成米饭,食物多有,随你权宜吃用。将就过了今夜,明日绝早小僧就回。托在相知,敢如此大胆,幸勿见责。"直生取笑道:"不要开进门去,撞着了甚么避忌的人在里头,你放心不下。"竹林也笑道:"山庵浅陋,料没有妇女藏得。不妨,不妨。"直生道:"若有在里头,正好我受用他一夜。"竹林道:"但凭受用,小僧再不吃醋。"大笑而别。竹林自下山去了。

直生接了钥匙,一径踱上山来。端的好夜景:

> 栖鸦争树,宿鸟归林。隐隐钟声,知是禅关清梵;纷纷烟色,看他比屋晚炊。径僻少人行,惟有樵夫肩担下;山深无客至,并稀稚子候门迎。微茫几点疏星,户前相引;灿烂一钩新月,木末来邀。室内知音,只是满堂木偶;庭前好伴,无非对座金刚。若非德重鬼神钦,也要心疑魑魅至。

直生走进庵门,竟趋禅室。此时月明如昼,将钥匙开了房门,在佛前长明灯内点个火起来,点在房中了。到灶下看时,钵头内有炊下的饭,将来锅内热一热。又去倾瓶倒罐,寻出些笋干、木耳之类好些物事来。笑道:"只可惜没处得几杯酒吃吃。"把饭吃饱了,又去烧些

---

〔1〕 破除——破费、使用。

汤,点些茶[1]起来吃了。走入房中,掩上了门,展一展被卧停当,息了灯,倒头便睡。

一时间睡不去。还在翻覆之际,忽听得扣门响。直生自念庵僧此时正未归来,邻旁别无人迹,有何人到此?必是山魈木魅,不去理他。那门外扣得转急。直生本有胆气,毫无怖畏,大声道:"汝是何物,敢来作怪?"门外道:"小弟是山下刘念嗣,不是甚么怪。"直生见说出话来,侧耳去听,果然是刘念嗣声音,原是他相好的旧朋友。恍忽之中,要起开门。想一想道:"刘念嗣已死过几时,这分明是鬼了。"不走起来。门外道:"你不肯起来放我,我自家会走进来。"说罢,只听得房门矻矻有声,一直走进房来。月亮里边看去,果然是一个人,踞在禅椅之上,肆然坐下。大呼道:"公言,公言,故人到此,怎不起来相揖?"直生道:"你死了,为何到此?"鬼道:"与足下往来甚久,我元不曾死。今身子见在,怎么把死来戏我?"直生道:"我而今想起来,你是某年某月某日死的,我于某日到你家送葬,葬过了才回家。你如今却来这里作怪,你敢道我怕鬼,故戏我么?我是铁汉子,胆气极壮,随你甚么千妖百怪,我决不怕的。"鬼笑道:"不必多言,实对足下说,小弟果然死久了。所以不避幽明,昏夜到此寻足下者,有一腔心事要诉与足下,求足下出一臂之力。足下许我,方才敢说。"直生道:"有何心事,快对我说。我念平日相与之情,倘可用力,

---

[1] 点些茶——即泡茶,将茶叶放入碗中,用沸水冲茶。宋人饮茶习用"煎茶",将茶叶捣碎放入沸水中煎煮。点茶则是一种简便方法。

必然尽心。"鬼叹息了一会,方说道:"小弟不幸去世,不上一年,山妻房氏即便改嫁。嫁也罢了,凡我所有箱匣货财、田屋文券,席卷而去。我止一九岁儿子,家财分毫没分,又不照管他一些,使他饥寒伶仃,在外边乞丐度日。"说到此处,岂不伤心? 便哽哽咽咽哭将起来。直生好生不忍,便道:"你今来见我之意,想是要我收拾[1]你令郎么?"鬼道:"幽冥悠悠,徒自悲伤,没处告诉。今特来见足下,要足下念平生之好,替我当官一说,申此冤恨。追出家财,付与吾子,使此子得以存活,我瞑目九泉之下,当效结草衔环[2]之报。"

直生听罢,义气愤愤,便道:"既承相托,此乃我身上事了。明日即当往见县官,为兄申理此事。但兄既死,无对证,只我口说,有何凭据?"鬼道:"我一一说来,足下须记得明白。我有钱若干,粟若干,布帛若干,在我妻身边有一细帐,在彼奁妆匣内,钥匙紧系身上。田若干亩,在某乡;屋若干间,在某里。俱有文契,在彼房内紫漆箱中,时常放在床顶上。又有白银五百两,寄在彼亲赖某家。闻得往取几番,彼家不肯认帐。若得官力,也可追出。此皆件件有据,足下肯为我留心,不怕他少了。只是儿子幼小无能,不是足下帮扶到底,成不得事。"直生一一牢记,恐怕忘了,又叫他说了再说,说了两三遍,把许多数目款项,俱明明白白了。直生道:"我多已记得,此事在我,不必

---

[1] 收拾——这里是安排、照料的意思。
[2] 结草衔环——这是两个报恩的故事。"结草"事见《左传·宣公十五年》,言春秋时晋国魏颗之父临终嘱将其妾嫁人,旋又要将妾殉葬。魏颗依前命嫁之,后嫁妾之父结草帮助魏颗打败了秦师。"衔环"参见卷七注。

多言。只是你一向在那里？今日又何处来？"鬼道："我死去无罪,不入冥司,各处游荡,看见家中如此情态。既不到阴司,没处告理；阳间官府处,又不是鬼魂可告的,所以含忍至今。今日偶在山下人家赴斋,知足下在此山上,故特地上来,表此心事,求恳出力,万祈留神。"

直生与他言来语去,觉得更深了,心里动念道："他是个鬼,我与他说话已久,不要为鬼气所侵,被他迷了。趁心里清时,打发他去罢。"因对他道："刘兄所托既完,可以去了。我身子已倦,不要妨了我睡觉。"说罢,就不听见声响了。叫两声"刘兄"、"刘念嗣",并不答应了。直生想道已去,揭帐看时,月光朦胧,禅椅之上依然有个人坐着不动。直生道："可又作怪！鬼既已去,此又何物？"大声咳嗽,禅椅之物也依样咳嗽。直生不理他,假意鼾呼,椅上之物也依样鼾呼。及至仍前叫"刘兄",他却不答应。

直生初时胆大,与刘鬼相问答之时,竟把生人待他一般,毫不为异。此时精神既已少倦,又不见说话了,却只如此作影响,心里就怕将起来道："万一走上床来,却不利害？"急急走了下床,往外便跑,椅上之物从背后一路赶来。直生走到佛堂中,听得背后脚步响,想道："曾闻得人说鬼物行步,但会直前,不能曲折。我今环绕而走,必然赶不着。"遂在堂柱边绕了一转。那鬼物跟跄,走不迭了,扑在柱上,就抱住不动。直生见他抱了柱,叫声"惭愧",一道烟望门外溜了,两三步并作一步,一口气奔到山脚下。

天色已明,只见山下两个人前后走来,正是竹林与行童。见了直生道："官人起得这等早！为甚恁地喘气？"直生喘息略定,道："险些吓死了人。"竹林道："为何呢？"直生把夜来的事从头说了一遍，道："你们撇了我，在檀越家快活，岂知我在山上受如此惊怕。今我下了山，正不知此物怎么样了。"竹林道："好教官人得知，我每撞着的事，比你的还希奇哩！"直生道："难道还有奇似我的？"竹林道："我们做了大半夜佛事，正要下棺，摇动灵杵，念过真言，抛个颂子，揭开海被一看，正不知死人尸骸在那里去了。合家惊慌了，前后找寻，并无影响。送殓的诸亲多吓得走了，孝子无头可奔，满堂鼎沸，连我们做佛事的没些意智，只得散了回来。你道作怪么？"直生摇着头道："奇！奇！奇！世间人事改常，变怪不一，真个是天翻地覆的事。若不眼见，说着也不信。"竹林道："官人，你而今往那里去？"直生道："要寻刘家的儿子，与他说去。"竹林道："且从容。昨夜不曾相陪得，又吃了这样惊恐，而今且到小庵里坐坐，吃些早饭再处。"直生道："我而今青天白日，便再去寻寻昨夜光景，看是怎的。"就同了竹林，一行三个，一头说，一头笑，踱上山来。

一宵两地作怪，闻说也须惊坏。

禅师不见不闻，未必心无挂碍。

三人同到庵前，一齐抬起头来。直生道："元来还在此！"竹林看时，只见一个死人，抱住在堂柱上。行童大叫一声，把经箱扑的掼在地上了，连声喊道："不好！不好！"竹林啐了一口道："有我两人在此，怕怎的！且仔细看看着。"竹林把庵门大开，向亮处一看，叫声："奇怪！"把个舌头伸了出来，缩不进去。直生道："昨夜与我讲了半夜话，后来赶我的，正是这个。依他说，只该是刘念嗣的尸首，今却不认得。"竹林道："我仔细看他，分明像是张家主翁的模样。敢就是昨夜失去的？却如何走在这里？"直生道："这等，是刘念嗣借附了尸首，来与我讲话的了。怪道他说到山下人家赴斋来的。可也奇怪得紧！我而今且把他分付我的说话一一写了出来，省得过会忘记了些。"竹林道："你自做你的事。而今这个尸首在此，不稳便。我且知会张家人来认一认看。若认来不是，又作计较。"连忙叫行童做些早饭，大家吃了，打发他下山张家去报信。说："山上有个死尸，抱在柱上，有些像老檀越，特来邀请亲人去看。"张家儿子见说，急约亲戚几人飞也似到山上来认。邻里间闻得此说，尽道希奇，不约而同，无数的随着来看。但见：

一会子闹动了剡溪里，险些儿踹平了鹿胎庵。

且说张家儿子走到庵中一看，柱上的果然是他父亲尸首，号天拍地，哭了一场。哭罢，拜道："父亲何不好好入殓，怎的走到这个所在，如此作怪？便请到家里去罢。"叫众人帮了，动手解他下来。怎当得双手紧抱，牢不可脱。欲用力折开，又恐怕折坏了些肢体，心中不忍。舞弄了多时，再不得计较。此时山下来看的人越多了，内中有的道："新尸强魂，必不可脱，除非连柱子弄了家去。"张家是有力之家，便依着说话，叫些匠人，把几枝木头将屋梁支架起来，截断半柱，然后连柱连尸倒了下来，挺在木板上了，才偷得柱子出来。一面将木板扎缚了绳索，正要扛抬他下山去，内中走出一个里正[1]来，道：

---

[1] 里正——乡官名，掌管督催赋税，排解邻里事务等。宋时里正由乡村第一等户轮充。

"列位不可造次,听小人一句说话。此事大奇,关系地方怪异,须得报知知县相公,眼同验看方可。"众人齐住了手,道:"恁地时,你自报去。"里正道:"报时须说此尸在本家怎么样不见了,几时走到这庵里,怎么样抱在这柱子上。说得备细,方可对付知县相公。"张家人道:"我们只知下棺时,揭开被来不见了尸首,已后却是庵里师父来报,才寻得着。这里的事,我们不知。"竹林道:"小僧也因做佛事,同在张家,不知这里的事。今早回庵,方才知道。这庵里自有个秀才官人,晚间在此歇宿,见他尸首来的。"此时直生已写完了帐,走将出来,道:"晚间的事,多在小生肚里。"里正道:"这等,也要烦官人见一见知县相公,做个证见。"直生道:"我正要见知县相公有话说。"里正就齐了一班地方人,张家孝子扶从了扛尸的,直秀才自带了写的帐,一拥下山,同到县里来。此时看的何止人山人海,嚷满了县堂。

知县出堂,问道:"何事喧嚷?"里正同两处地方一齐跪下,道:"地方怪异,特来告明。"知县道:"有何怪异?"里正道:"剡溪里民家张某,新死入殓,尸首忽然不见。第二日,却在鹿胎山上庵中,抱住佛堂柱子。见有个直秀才在山中歇宿,见得来时明白。今本家连柱取下,将要归家。小人们见此怪异,关系地方,不敢不报。故连作怪之尸,并一干人等,多送到相公台前,凭相公发落。"知县道:"我曾读过野史,死人能起,唤名尸魇,也是人世所有之事。今日偶然有此,不足为异。只是直秀才所见来的光景,是怎么样的?"直生道:"大人所言尸魇固是,但其间还有好些缘故。此尸非能作怪,乃一不平之鬼,借此尸来托小生求申理的。今见大人,当以备陈。只是此言未可走泄,望大人主张,发落去了这一干人,小生别有下情实告。"

知县见他说得有些因由,便叫该房与地方取词立案,打发张家亲属领尸归殓,各自散去。单留着直生,问说备细。直生道:"小生有个旧友刘念嗣,家事尽也温饱。身死不多时,其妻房氏席卷家资改嫁后夫,致九岁一子,流离道路。昨夜鬼扣山庵,与小生诉苦,备言其妻所掩没之数及寄顿之家,朗朗明白。要小生出身[1],代告大人台下,求理此项。小生义气所激,一力应承,此鬼安心而去。不想他是借张家新尸附了来的,鬼去尸存。小生觉得有异,离了房门走出,那尸就来赶逐小生,遇柱而抱。幸已天明,小生得脱。故地方见此异事,其实乃友人这一点不平之怨气所致。今小生记其所言,满录一纸,大人台鉴。照此单款为小生一追,使此子成立[2],不枉此鬼苦苦见托之意,亦是大人申冤理枉、救困存孤之大德也。"知县听罢,道:"世间有此薄行之妇,官府不知,乃使鬼来求申,有愧民牧[3]矣。今有烦先生做个证明,待下官尽数追取出来。"直生道:"待小生去寻着其子,才有主脑[4]。"知县道:"追明了家财,然后寻其子来给还,未为迟也。不可先漏机关。"直生道:"大人主张极当。"知县叫直生出外边伺候。密地佥个小票,竟拿刘念嗣元妻房氏到官。

元来这个房氏,小名恩娘,体态风流,情性淫荡。初嫁刘家,

---

〔1〕 出身——亲自出面。
〔2〕 成立——成人。
〔3〕 民牧——治下的百姓。古时官吏治民比作放牧牲畜,把治理百姓叫做"牧"。
〔4〕 主脑——此指原告的主事人。

虽则家道殷厚，争奈刘生禀赋羸弱，遇敌先败。尽力奉承，终不惬意。所以得了虚怯之病，三年而死。刘家并无翁姑伯叔之亲，只凭房氏做主。守孝终七，就有些耐不得。未满一年，就嫁了本处一个姓幸的，叫做幸德，倒比房氏年小三五岁。少年美貌，精力强壮，更善抽添之法，房氏才知有人道之乐，只恨丈夫死得迟了几年。所以一家所有，尽情拿去，奉承了晚夫，连儿子多不顾了。儿子有时去看他，他一来怕晚夫嫌忌，二来儿子渐长，这些与晚夫恣意取乐光景，终是碍眼，只是赶了出来。"刘家"二字也怕人提起了。不料青天一个霹雳，县间竟来拿起刘家元妻房氏来，惊得个不知头脑。与晚夫商量道："我身上无事，如何县间来拿我？他票上有'刘家'二字，莫非有人唆哄小业种告了状么？"及问差人讨票看，竟不知原告是那个。却是没处躲闪，只得随着差人到衙门里来。幸德虽然跟着同去，票上无名，不见他官。只带得房氏当面。

知县见了房氏，问道："你是刘念嗣的元妻么？"房氏道："当先在刘家，而今的丈夫叫做幸德。"知县道："谁问你后夫！你只说前夫刘念嗣身死，他的家事怎么样了？"房氏道："原没甚么大家事，死后儿子小，养小妇人不活，只得改嫁了。"知县道："你丈夫托梦于我，说你卷掳家私，嫁了后夫。他有许多东西在你手里，我一一记得的，你可实招来。"房氏心中不信，赖道："委实一些没有。"知县叫把拶来拶了指，房氏忍着痛，还说没有。知县道："我且逐件问你：你丈夫说有钱若干、粟若干、布若干在你家，可有么？"房氏道："没有。"知县道："田在某乡，屋在某里，可有么？"房氏道："没有。"知县道:"你丈夫说钱物细帐在减妆匣内,匙钥在你身边,田房文契在紫漆箱中,放于床顶上。如此明白的,你还要赖?"房氏起初见说着数目,已自心慌,还勉强只说"没有"。今见如此说出海底眼来,心中惊骇道:"是丈夫梦中告诉明白的!"便就遮饰不出了,只得叩头道:"谁想老爷知得如此备细,委实件件真有的。"

知县就唤松了拶,登时押去取了那减妆与紫漆箱来。当堂开看,与直生所写的无一不对。又问道:"还有白银五百两,寄在亲眷赖某家,可有的么?"房氏道:"也是有的。只为赖家欺小妇人是偷寄的东西,已后去取,推三阻四,不肯拿出来还了。"知县道:"这个我自有处。"当下点一个差役,押了那妇人,去寻他刘家儿子同来回话。又分付请直秀才进来。知县对直生道:"多被下官问将出来了,与先生所写,一一皆同,可见鬼之有灵矣。今已押此妇寻他儿子去了,先生也去大家一寻。若见了,同到此间,当面追给家财与他,也完先生一场为友的事。"直生谢道:"此乃小生分内事,就当出去找寻他来。"直生去了。

知县叫牢内取出一名盗犯来,密密分付道:"我带你到一家去,你只说劫来银两多寄在这家里的。只这等说,我宽你几夜锁押,赏你一顿点心。"贼犯道:"这家姓甚么?"知县道:"姓赖。"贼犯道:"姓得好!好歹赖他家娘罢了。"知县立时带了许多缉捕员役,押锁了这盗犯,一径抬到这赖家来。

赖家是个民户,忽然知县相公抬进门来,先已慌做一团。只见众人役簇拥知县中间坐了,叫赖某过来。赖某战兢兢的跪倒。知县道:

"你良民不要做,却窝顿盗赃么?"赖某道:"小人颇知礼法,极守本分的,怎敢干此非为之事?"知县指着盗犯道:"见有这贼招出姓名,说有现银千两,寄在你家,怎么赖得?"赖某正要认看何人如此诬他,那盗犯受过分付,口里便喊道:"是有许多银两藏在他家的。"赖某慌了,道:"小人不曾认得这个人的,怎么诬得小人?"知县道:"口说无凭。左右动手,前后搜着!赖某也自去做眼[1],不许乘机抢匿物事。"那一干如狼似虎的人,得了口气,打进房来,只除地皮不翻转,把箱笼多搬到官面前来。内中一箱沉重,知县叫打开来看。赖某晓得有银子在里头的,着了急,就喊道:"此是亲眷所寄。"知县道:"也要开看。"打将开来,果然满箱白物,约有四五百两。知县道:"这个明是盗赃了。"盗犯也趁口喊道:"这正是我劫来的东西!"赖某道:"此非小人所有,乃是亲眷人家寡妇房氏之物。他起身再醮,权寄在此,岂是盗赃?"知县道:"信你不得。你写个口词,到县验看。"赖某当下写了个某人寄顿银两数目明白,押了个字,随着到县间来。

却好房氏押出去寻着了儿子,直生也撞见了,一同进县里回话。知县叫赖某过来,道:"你方才说银两不是盗赃,是房氏寄的么?"赖某道:"是。"知县道:"寄主今在此,可还了他,果然盗情与你无干。赶出去罢!"赖某见了房氏,对口无言,只好直看。用了许多欺心,却被赚了出来,又吃了一个虚惊,没兴自去了。知县唤过刘家儿子来看了,对直生道:"如此孩子,正好提携。而今帐目文券俱已见在,只须

------

[1] 做眼——这里指亲自作见证。

去交点明白;追出银两,也给与他去。这已后多是先生之事了。"直生道:"大人神明,奸欺莫遁,亡友有知,九泉衔感。此子成立之事,是亡友幽冥见托,既仗大人申理,若小生有始无终,不但人非,难堪鬼责。"知县道:"先生诚感幽冥,故贵友犹相托。今鬼语无一不真,亡者之灵与生者之谊,可畏可敬。岂知此一场鬼怪之事,却勘出此一案来,真奇闻也!"当下就押房氏与儿子出来,照帐目交收了物事,将文契查了田房,一一踏实佥管了,多是直生与他经理。一个乞丐小厮,遂成富室之子,固是直生不负所托,也全亏得这一夜鬼话。

彼时晚夫幸德,见房氏说是前夫托梦与知县相公,故知得这等明白,心中先有些害怕。夫妻二人怎敢违拗一些?后来晓得鬼来活现了一夜,托与直秀才的,一发打了好些寒噤,略略有些头疼脑热,就生疑惑。后来破费了些钱钞,荐度了几番,方得放心。可见人虽已死之鬼,不可轻负也。有诗为证:

何缘世上多神鬼?只为人心有不平。

若使光明如白日,纵然有鬼也无灵。

二刻拍案惊奇卷十四

赵县君乔送黄柑　吴宣教干偿白镪

诗云：

睹色相悦人之情，个中原有真缘分。

只因无假不成真，就里藏机不可问。

少年卤莽浪贪淫，等闲踹入风流阵。

馒头不吃惹身膻，世俗传名扎火囤。

听说世上男贪女爱谓之"风情"。只这两个字，害的人也不浅，送的人也不少。其间又有奸诈之徒，就在这些贪爱上面，想出个奇巧题目来。做自家妻子不着，装成圈套，引诱良家子弟，诈他一个小富贵，谓之"扎火囤"。若不是识破机关、硬浪的郎君，十个着了九个道儿[1]。

记得有个京师人，靠着老婆吃饭的。其妻涂脂抹粉，惯卖风情，挑逗那富家郎君。到得上了手的，约会其夫，只做撞着，要杀要剐，直等出财买命，餍足方休。被他弄得也不止一个了。有一个泼皮[2]子弟，深知他行径，佯为不晓，故意来缠。其妻与了他些甜头，勾引他上手。正在床里作乐，其夫打将进来。别个着了忙的，定是跳下床来

---

[1]　道儿——圈套、诡计。
[2]　泼皮——流氓、无赖汉。

寻躲避去处。怎知这个人不慌不忙,且把他妻子搂抱得紧紧的,不放一些宽松,伏在肚皮上,大言道:"不要嚷乱,等我完了事再讲。"其妻杀猪也似喊起来,乱颠乱推,只是不下来。其夫进了门,揎起[1]帐子,喊道:"干得好事!要杀!要杀!"将着刀背放在颈子上挼[2]了一挼,却不下手。泼皮道:"不必作腔,要杀就请杀。小子固然不当,也是令正[3]约了来的。死便死做一处,做鬼也风流。终不然独杀我一个不成?"其夫果然不敢动手,放下刀子,拿起一个大捍杖来,喝道:"权寄颗驴头在颈上,我且痛打一回!"一下子打来,那泼皮溜撒[4],急把其妻番过来,早在臀脊上受了一杖。其妻又喊道:"是我!是我!不要错打了!"泼皮道:"打也不错,也该受一杖儿。"其夫假势头已过,早已发作不出了。泼皮道:"老兄,放下性子。小子是个中人,我与你熟商量。你要两人齐杀,你嫂子是摇钱树,料不舍得。若抛得到官,只是和奸。这番打破机关,你那营生弄不成了。不如你舍着嫂子与我往来,我公道使些钱钞,帮你买煤买米。若要扎火囤,别寻个主儿弄弄,须靠我不着的。"其夫见说出海底眼,无计可奈,没些收场,只得住了手,倒缩了出去。泼皮起来,从容穿了衣服,对着妇人叫声"聒噪"[5],摇摇摆摆,竟自去了。正是:

----

[1] 揎(xuān 喧)起——掀开、揭起。
[2] 挼(liè 列)——转动。
[3] 令正——意即您的妻子。"令",恭维对方的敬词。"正",正室、嫡妻。
[4] 溜撒——动作灵活敏捷。
[5] 聒噪——也作"咶噪"、"聒扰",意为打扰,常用作打扰别人的应酬话。

强中更有强中手,得便宜处失便宜。

却是富家子弟郎君,多是娇嫩出身,谁有此泼皮胆气,泼皮手段?所以着了道儿。

宋时向大理[1]的衙内向士肃,出外拜客,唤两个院长[2]相随。到军将桥,遇个妇人,鬓发蓬松,涕泣而来。一个武夫着青纻丝袍,状如将官,带剑牵驴,执着皮鞭,一头走,一头骂那妇人,或时将鞭打去,怒色不可犯。随后就有健卒十来人,抬着几扛箱笼,且是沉重,跟着同走。街上人多立驻看他,也有说的,也有笑的。士肃不知其故,方在疑讶,两个院长笑道:"这番经纪做着了!"士肃问道:"怎么解?"院长道:"男女们[3]也试猜,未知端的。衙内要知备细,容打听的实来回话。"去了一会,院长来了,回说详细:

元来浙西一个后生官人,到临安赴铨试[4],在三桥黄家客店楼上下着[5]。每下楼出入,见小房青帘下有个妇人行走,姿态甚美。撞着了多次,心里未免欣动。问那送茶的小童道:"帘下的是店中何人?"小童攒着眉头道:"一店中被这妇人累了三年了。"官人惊道:"却是为何?"小童道:"前岁一个将官,带着这个妇人,说是他妻子,

---

[1] 大理——"大理卿"的简称,即大理寺的长官。大理寺为宋代最高刑法机构,负责详断各地申报案件及京师百官刑狱。
[2] 院长——宋代俗称都城内的缉事人员为"院长",这里即指大理寺中的公人。
[3] 男女们——仆从们对自己的卑称。
[4] 铨试——宋代选拔官员的一种考试方式,参加考试的人包括官员所荫补亲属、同进士出身、特奏名者、宗室子弟等,应试合格即可参注文职差遣。
[5] 下着——居住着。下,指在客店住宿。

要住个洁净房子。住了十来日,就要到那里近府去,留这妻子守着房卧行李,说道去半个月就好回来。自这一去,杳无信息。起初妇人自己盘缠,后来用得没有了,苦央主人家说:'赊了吃时,只等家主回来算还。'主人辞不得,一日供他两番。而今多时了,也供不起了,只得替他募化着同寓这些客人,轮次供他。也不是常法,不知几时才了得这业债。"官人听得,满心欢喜。问道:"我要见他一见,使得么?"小童道:"是好人家妻子,丈夫又不在,怎肯见人?"官人道:"既缺饮食,我寻些吃口物事送他,使得么?"小童道:"这个使得。"官人急走到街上茶食大店里,买了一包蒸酥饼,一包果馅饼,在店家讨了两个盒儿,妆好了叫小童送去。说道:"楼上官人闻知娘子不方便,特意送此点心。"妇人受了,千恩万谢。明日,妇人买了一壶酒,妆着四个菜碟,叫小童来答谢。官人也受了。自此一发注意不舍。隔两日,又买些物事相送,妇人也如前买酒来答。官人即湛其酒来吃,箧内取出金杯一只,满斟着一杯,叫茶童送下去道:"楼上官人奉劝大娘子。"妇人不推,吃干了。茶童复命,官人又斟一杯下去,说:"官人多致意娘子:出外之人,不要吃单杯。"妇人又吃了。官人又叫茶童下去致意道:"官人多谢娘子不弃,吃了他两杯酒。官人不好下来自劝,意欲奉邀娘子上楼,亲献一杯,如何?"往返两三次,妇人不肯来。官人只得把些钱来买嘱茶童道:"是必要你设法他上来见见。"茶童见了钱,欢喜起来,又去说风说水道:"娘子受了两杯,也该去回敬一杯。"被他一把拖了上来,道:"娘子来了!"官人没眼得看,妇人道了个万福。官人急把酒斟了,唱个肥喏,亲手递一杯过来道:"承蒙娘子见爱,满饮此杯。"妇人接过手来,一饮而干,把杯放在桌上。官人看见杯内还有馀沥,拿过来吮嗫个不歇。妇人看见,嘻的一笑,急急走了下去。官人看见情态可动,厚赠小童,叫他做着牵头[1],时常弄他上楼来饮酒。以后便留他同坐,渐不推辞,不像前日走避光景了。眉来眼去,彼此动情,勾搭上了手。然只是日里偷做一二,晚间隔开,不能同宿。如此两月馀,妇人道:"我日日自下而升,人人看见,毕竟免不得起疑。官人何不把房迁了下来,与奴相近,晚间便好相机同宿了。"官人大喜过望,立时把楼上囊橐搬下来,放在妇人间壁一间房里。推说道:"楼上有风,睡不得,所以搬了。"晚间虚闭着房门,竟自在妇人房里同宿,自道是此乐即并头之莲、比翼之鸟,无以过也。才得两晚,一日早起,尚未梳洗,两人正自促膝而坐,只见外边店里一个长大汉子,大踏步踹将进来,大声道:"娘子那里?"惊得妇人手脚忙乱,面如土色,慌道:"坏了!坏了!吾夫来了!"那官人急闪了出来,已与大汉打了照面。大汉见个男子在房里走出,不问好歹,一手揪住妇人头发,喊道:"干得好事!干得好事!"提起醋钵大的拳头只是打。那官人慌了,脱得身子,顾不得甚么七长八短,急从后门逃了出去。剩了行李囊资,尽被大汉打开房来,席卷而去。适才十来个健卒扛着的箱箧,多是那官人房里的了。他恐怕有人识破,所以还妆着丈夫打骂妻子模样走路,其实妇人、男子、店主、小童,总是一伙人也。

士肃听罢,道:"那里这样不睹事的少年,遭如此圈套!可恨,可

---

[1] 牵头——为不正当的男女关系撮合牵线的人。

甘受刑俠女著芳名

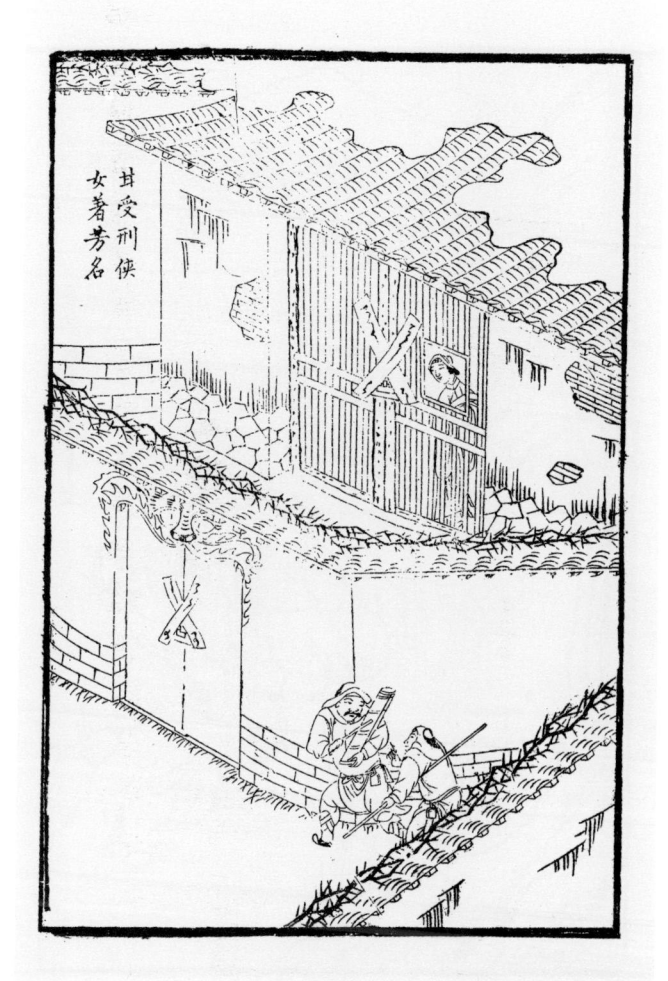

卷十三·鹿胎庵客人作寺主

鹿胎菴客人作寺主

剡溪里舊鬼借新屍

卷十三・剡溪里舊鬼借新屍

卷十四・赵县君乔送黄柑

赵县君乔
送黄柑

卷十四・吳宣教干償白鏹

吳宣教乾
償白鏹

卷十五・韓侍郎婢作夫人

顧提控椽居郎署

卷十六·迟取券毛烈赖原钱

迟取券毛烈
赖原钱

失還魂牙僧索剩命

卷十六・失还魂牙僧索剩命

卷十七・同窗友认假作真

女秀才移花接木

卷十七·女秀才移花接木

卷十八・甄監生浪吞秘药

甄監生浪吞秘藥

卷十八・春花婢误泄风情

春花婢误泄风情

田舍翁時時經理

卷十九・牧童儿夜夜尊荣

牧童见夜三尊荣

商功父阴摄江巡

恨。"后来常对亲友们说此目见之事,以为笑话。虽然如此,这还是到了手的,便扎了东西去,也还得了些甜头儿。更有那不识气的小二哥,不曾沾得半点滋味,也被别人弄了一番手脚,折了偌多本钱,还悔气哩!正是:

美色他人自有缘,从傍何用苦垂涎?

请君只守家常饭,不害相思不损钱!

话说宣教郎[1]吴约,字叔惠,道州[2]人,两任广右官,自韶州录曹赴吏部磨勘[3]。宣教家本饶裕,又兼久在南方,珠翠香象,蓄积奇货颇多,尽带在身边随行,作寓在清河坊客店。因吏部引见留滞,时时出游伎馆,衣服鲜丽,动人眼目。

客店相对,有一小宅院,门首挂着青帘,帘内常有个妇人立着,看街上人做买卖。宣教终日在对门,未免留意体察,时时听得他娇声媚语,在里头说话。又有时露出双足在帘外来,一湾新笋,着实可观。只不曾见他面貌如何,心下惶惑不定,恨不得走过去揎开帘子一看,再无机会。那帘内或时巧啭莺喉,唱一两句词儿。仔细听那两句,却是:

柳丝只解风前舞,诮系惹那人不住。

---

[1] 宣教郎——宋代正七品职事官,原称"宣德郎",政和三年(1113)改称"宣教郎"。
[2] 道州——辖境相当现在湖南省潇水流域,治所在营道(今道县)。
[3] "自韶州"句——韶州,辖境相当现在广东省北部地区,治所在曲江(今韶关市西南)。录曹,即录事参军,掌本州官府庶务,因属"曹官",故称。磨勘,勘验政绩。

虽是也间或唱着别的,只是这两句为多,想是喜欢此二语,又想是他有甚么心事。宣教但听得了,便跌足叹赏道:"是在行得紧!世间无此妙人。想来必定缥致[1],可惜未能勾一见。"怀揣着个提心吊胆,魂灵多不知飞在那里去了。一日,正在门首坐地,呆呆的看着对门帘内,忽有个经纪,挑着一篮永嘉黄柑子过门。宣教叫住问道:"这柑子可要博[2]的?"经纪道:"小人正待要博两文钱使使,官人作成则个。"宣教接将头钱[3]过来,往下就扑。那经纪墩[4]在柑子篮边,一头拾钱,一头数数。怎当得宣教一边扑,一心牵挂着帘内那人在里头看见,没心没想的抛下去,何止千扑,再扑不成一个浑成[5]来。算一算,输了一万钱。宣教还是做官人心性,不觉两脸通红,"哏"的一声,道:"坏了我十千钱,一个柑不得到口。可恨,可恨。"欲待再扑,恐怕扑不出来,又要贴钱;欲待住手,输得多了,又不甘伏。正在叹恨间,忽见个青衣童子捧一个小盒,在街上走进店内来。你道那童子生得如何?

> 短发齐肩,长衣拂地。滴溜溜一双俊眼,也会撩人;黑洞洞一个深坑,尽能害客。痴心偏好,反言胜似妖娆;拗性酷贪,还是

---

[1] 缥致——即"标致",相貌体态美好。
[2] 博——赌博。旧时卖食物的小贩常有以赌博方式来引诱顾客的,在宋代颇为流行。
[3] 头钱——用作博具的钱,共用六枚,以掷下的"字"、"镘"多少决定输赢。
[4] 墩——吴方言,即蹲。
[5] 浑成——又叫"浑纯儿"、"六浑纯",六个钱掷下全"字"或全"镘",是大赢的博象。

图他撇脱。身上一团孩子气,独耸孤阳;腰间一道木樨香,合成众唾。

向宣教道:"官人,借一步说话。"宣教引到僻处,小童出盒道:"赵县君[1]奉献官人的。"宣教不知是那里说起,疑心是错了,且揭开盒子来看一看,元来正是永嘉黄柑子十数个。宣教道:"你县君是那个?与我素不相识,为何忽地送此?"小童用手指着对门道:"我县君即是街南赵大夫的妻室。适在帘间,看见官人扑柑子折了本钱,不曾赏得他一个,有些不快活。县君老大不忍,偶然藏得此数个,故将来送与官人见意。县君道:'可惜止有得这几个,不能勾多,官人不要见笑。'"宣教道:"多感县君美意。你家赵大夫何在?"小童道:"大夫到建康[2]探亲去了,两个月还未回来,正不知几时到家。"宣教听得此话,心里想道:"他有此美情,况且大夫不在,必有可图。煞是好机会!"连忙走到卧房内开了箧,取出色彩二端[3]来,对小童道:"多谢县君送柑。客中无可奉答,小小生活[4]二匹,伏祈笑留。"小童接了,走过对门去。须臾,又将这二端来还,上覆道:"县君多多致意,区区几个柑子,打甚么不紧的事,要官人如此重酬?决不敢受。"宣

---

[1] 县君——旧时皇帝对中下层官吏的母亲或妻子所加的封号,在宋代也称县君为室人、安人、孺人、宜人,后来也当一般富贵人家妇女的尊号。
[2] 建康——今南京市。
[3] 色彩二端——两匹彩色丝绸。旧时俗称五彩丝绸为"彩"。"端"为古代布帛长度量词,其说不一,或谓两丈为端,或谓六丈为端。本篇下文"二端"又称"二匹",端、匹等同,当是民间的通俗说法。
[4] 生活——吴方言中"生活"一词有多种含义,这里指物品、东西。

教道:"若是县君不收,是羞杀小生了,连小生黄柑也不敢领。你依我这样说去,县君必收。"小童领着言语,对县君说去。此番果然不辞了。

明日,又见小童拿了几瓶精致小菜走过来,道:"县君昨日蒙惠过重,今见官人在客边,恐怕店家小菜不中吃,手制此数瓶送来奉用。"宣教见这般知趣着人,必然有心于他了,好不溪幸。想道:"这童子传来传去,想必在他身傍讲得话、做得事的。好歹要在他身上图成这事,不可怠慢了他。"急叫家人去买些鱼肉果品之类,盪了酒来,与小童对酌。小童道:"小人是赵家小厮,怎敢同官人坐地?"宣教道:"好兄弟,你是赵县君心腹人儿,我怎敢把你做等闲厮觑?放心饮酒。"小童告过无礼,吃了几杯,早已脸红,道:"吃不得了。若醉了,县君须要见怪。打发我去罢。"宣教又取些珠翠花朵之类,答了来意,付与小童去了。

隔了两日,小童自家走过来顽耍,宣教又买酒请他。酒间与他说得入港,宣教便道:"好兄弟,我有句话儿问你:你家县君多少年纪了?"小童道:"过新年才廿三岁,是我家主人的继室。"宣教道:"模样生得如何?"小童摇头道:"没正经!早是没人听见,怎把这样说话来问?生得如何,便待怎么?"宣教道:"总是没人在此,说说何妨?我既与他送东送西,往来了两番,也须等我晓得他是长是短的。"小童道:"说着我县君容貌,真个是世间少比,想是天仙里头谪下来的。除了画图上仙女,再没见这样第二个。"宣教道:"好兄弟,怎生得见他一见?"小童道:"这不难。等我先把帘子上的系带解松了,你明日只在对门,等他到帘子下来看的时节,我把帘子揎将出来,揎得重些,系带散了,帘子落了下来,他一时回避不及,可不就看见了?"宣教道:"我不要是这样见。"小童道:"要怎的见?"宣教道:"我要好好到宅子里面拜见一拜见,谢他平日往来之意,方称我愿。"小童道:"这个知他肯不肯?我不好自专得。官人有此意,待我回去禀白一声,好歹讨个回音来覆官人。"宣教又将银一两送与小童,叮嘱道:"是必要讨个回音。"

去了两日,小童复来,说:"县君闻得要见之意,说道:'既然官人立意倦切,就相见一面也无妨。只是非亲非戚,不过因对门在此,礼物往来得两番,没个名色[1],遽然相见,恐怕惹人议论。'是这等说。"宣教道:"也是,也是。怎生得个名色?"想了一想,道:"我在广里来,带得许多珠宝在此,最是女人用得着的。我只做当面送物事来与县君看,把此做名色,相见一面何如?"小童道:"好倒好,也要去对县君说过,许下方可。"小童又去了一会,来回言道:"县君说使便使得,只是在厅上见一见就要出去的。"宣教道:"这个自然。难道我就捱住在宅里了不成?"小童笑道:"休得胡说,快随我来。"宣教大喜过望,整一整衣冠,随着小童,三脚两步,走过赵家前厅来。

小童进去禀知了,门响处,宣教望见县君打从里面从从容容走将出来。但见:

衣裳楚楚,佩带飘飘。大人家举止端详,没有轻狂半点;小

---

[1] 名色——名目、名称。

年纪面庞娇嫩,并无肥重一分。清风引出来,道不得云是无心之物;好光挨上去,真所谓容是诲淫之端。犬儿虽已到篱边,天鹅未必来沟里。

宣教看见县君走出来,真个如花似玉,不觉的满身酥麻起来,急急趋上前去,唱个肥喏,口里谢道:"屡蒙县君厚意,小子无可答谢,惟有心感而已。"县君道:"惶愧,惶愧。"宣教忙在袖里取出一包珠宝来,捧在手中,道:"闻得县君要换珠宝,小子随身带得有些,特地过来面奉与县君拣择。"一头说,一眼看,只指望他伸手来接。谁知县君立着不动,呼唤小童接了过来,口里道:"容看过议价。"只说了这句,便抽身往里面走了进去。

宣教虽然见了一见,并不曾说得一句倬俏〔1〕的说话,心里猾猾突突〔2〕,没些意思。走了出来,到下处,想着他模样行动,叹口气道:"不见时犹可,只这一番相见,定害杀了小生也。"以后遇着小童,只央及他设法再到里头去见见,无过把珠宝做因头。前后也曾会过五六次面,只是一揖之外,再无他词。颜色庄严,毫不可犯,等闲不曾笑了一笑,说了一句没正经的话。那宣教没入脚处,越越的心魂撩乱,注恋不舍了。

那宣教有个相处的粉头,叫做丁惜惜,甚是相爱的。只因想着赵县君,把他丢在脑后了,许久不去走动。丁惜惜邀请了两个帮闲的,

---

〔1〕 倬(zhuō 桌)俏——亦作"倬峭",美丽、漂亮。这里含有俏皮而动听的意思。
〔2〕 猾(gǔ 骨)猾突突——不安定的样子。

再三来约宣教,叫他到家里走走。宣教一似掉了魂的,那里肯去?被两个帮闲的不由分说,强拉了去。丁惜惜相见,十分温存,怎当得吴宣教一些不在心上。丁惜惜撒娇撒痴了一会,免不得摆上东道来。宣教只是心不在焉光景。丁惜惜唱个歌儿,嘲他道:

  俏冤家,你当初缠我怎的?到今日又丢我怎的?丢我时,顿忘了缠我意。缠我又丢我,丢我去缠谁?似你这般丢人也,少不得也有人来丢了你!

当下吴宣教没情没绪,吃了两杯,一心想着赵县君生得十分妙处,看了丁惜惜,有好些不像意起来。却是身既到此,没及奈何,只得勉强同惜惜上床睡了。虽然少不得干着一点半点儿事,也是想着那个,借这个出火的。云雨已过,身体疲倦,正要睡去,只见赵家小童走来道:"县君特请宣教叙话。"宣教听了这话,急忙披衣起来,随着小童就走。小童领了,竟进内室。只见赵县君雪白肌肤,脱得赤条条的眠在床里,专等吴宣教来。小童把吴宣教尽力一推,推进床里。吴宣教喜不自胜,腾的番上身去,叫一声:"好县君,快活杀我也。"用得力重了,一个失脚,跌进里床,吃了一惊。醒来见惜惜睡在身边,朦胧之中,还认做是赵县君,仍旧跨上身去。丁惜惜也在睡里惊醒,道:"好馋货!怎不好好的,做出这个极模样?"吴宣教直等听得惜惜声音,方记起身在丁家床上,适才是梦里的事,连自己也失笑起来。丁惜惜再四问问他:"你心上有何人,以致七颠八倒如此?"宣教只把闲话支吾,不肯说破。到了次日,别了出门,自此以后再不到丁家来了。无昼无夜,一心只痴想着赵县君,思量寻机会挨光。

忽然一日,小童走来道:"一句话对官人说:明日是我家县君生辰,官人既然与县君往来,须办些寿礼去与县君作贺。一作贺,觉得人情面上愈加好看。"宣教喜道:"好兄弟,亏你来说。你若不说,我怎知道? 这个礼节,最是要紧,失不得的!"亟将彩帛二端封好,又到街上买了些时鲜果品、鸡鸭熟食各一盘,酒一樽,配成一副盛礼。先令家人一同小童送了去,说:"明日虔诚拜贺。"小童领家人去了。赵县君又叫小童来推辞了两番,然后受了。

明日起来,吴宣教整肃衣冠,到赵家来,定要请县君出来拜寿。赵县君也不推辞,盛装出到前厅,比平日更齐整了。吴宣教没眼得看,足恭下拜。赵县君慌忙答礼,口说道:"奴家小小生朝,何足挂齿? 却要官人费心,赐此厚礼,受之不当。"宣教道:"客中乏物为敬,甚愧菲薄。县君如此称谢,反令小子无颜。"县君回顾小童道:"留官人吃了寿酒去。"宣教听得此言,不胜之喜,道既留下吃酒,必有光景了。谁知县君说罢,竟自进去。宣教此时如热地上蚂蚁,不知是怎的才是。又想那县君如设帐的方士[1],不知葫芦里卖甚么药出来。呆呆的坐着,一眼望着内里。须臾之间,两个走使的男人抬了一张桌儿,揩抹干净。小童从里面捧出攒盒酒果来,摆设停当,掇张椅儿请宣教坐。宣教轻轻问小童道:"难道没个人陪我?"小童也轻轻道:"县君就来。"宣教且未就坐,还立着徘徊之际,小童指道:"县君来了。"果然赵县君出来,双手纤纤,捧着杯盘,来与宣教安席。道了万

---

〔1〕 方士——喜说神仙方术的人,后亦与"道士"通称。

福,说道:"拙夫不在,没个主人做主,诚恐有慢贵客,奴家只得冒耻奉陪。"宣教大喜道:"过蒙厚情,何以克当?"在小童手中,也讨个杯盘来,与县君回敬安席了。两下坐定,宣教心下只说此一会必有眉来眼去之事,便好把几句说话撩拨他,希图成事。谁知县君意思虽然浓重,容貌却是端严,除了请酒请馔之外,再不轻说一句闲话。宣教也生煞煞的浪开不得闲口,便宜得饱看一回而已。酒行数过,县君不等宣教告止,自立起身道:"官人慢坐。奴家家无夫主,不便久陪,告罪则个。"吴宣教心里恨不得伸出两只臂来,将他一把抱住,却不好强留得他。眼盼盼〔1〕的看他洋洋走了进去,宣教一场扫兴。里边又传话出来,叫小童送酒。宣教自觉独酌无趣,只得分付小童:"多多上覆县君,厚扰不当,容日再谢。"慢慢地踱过对门下处来。真是一点甜糖抹在鼻头上,只闻得香,却舐不着,心里好生不快。有《银绞丝》一首为证:

> 前世里冤家,美貌也人,挨光已有二三分。好温存,几番相见意殷勤。眼儿落得穿,何曾近得身?鼻凹中糖味,那有唇儿分?一个清白的郎君,发了也昏。我的天那,阵魂迷,迷魂阵。

是夜吴宣教整整想了一夜,踌躇道:"若说是无情,如何两次三番许我会面,又留酒,又肯相陪?若说是有情,如何眉稍眼角,不见些些光景?只是恁等板板地往来,有何了结?思量他每常帘下歌词,毕竟通知文义。且去讨讨口气看,看他如何回我。"算计停当。次日起

---

〔1〕 眼盼(xì 细)盼——即眼睁睁,眼巴巴。

来，急将西珠十颗，用个沉香盒子盛了，取一幅花笺，写诗一首在上。诗云：

> 心事绵绵欲诉君，洋珠颗颗寄殷勤。
>
> 当时赠我黄柑美，未解相如渴半分[1]。

写毕，将来同放在盒内。用个小记号图书印，封皮封好了，忙去寻那小童过来，交付与他道："多拜上县君：昨日承蒙厚款，些些小珠，奉去添妆，不足为谢。"小童道："当得拿去。"宣教道："还有数字在内，须县君手自拆封，万勿漏泄则个。"小童笑道："我是个有柄儿的红娘，替你传书递简。"宣教道："好兄弟，是必替我送送。倘有好音，必当重谢。"小童道："我县君诗词歌赋最是精通，若有甚话写去，必有回答。"宣教道："千万在意。"小童说："不劳分付，自有道理。"

小童去了半日，笑嘻嘻的走将来，道："有回音了。"袖中拿出一个碧甸匣来，递与宣教。宣教接上手看时，也是小小花押封记着的。宣教满心欢喜，慌忙拆将开来，中又有小小纸封，裹着青丝发二缕，挽着个同心结儿。一幅罗纹笺上，有诗一首。诗云：

> 好将鬒发[2]付并刀[3]，只恐经时失俊髦[4]。
>
> 妾恨千丝差可拟，郎心双挽莫空劳。

------

[1] "未解"句——汉代辞赋家司马相如患"消渴"病，这里吴宣教暗示自己爱慕赵县君却无法"解渴"。
[2] 鬒（zhěn 诊）发——黑发。
[3] 并刀——山西并州出产剪刀，以锋利著称。
[4] 俊髦——才智杰出的人。

末又有细字一行,云:

> 原珠奉璧[1],唐人云"何必珍珠慰寂寥"也。

宣教读罢,跌足大乐,对小童道:"好了!好了!细详诗意,县君深有意于我了。"小童道:"我不懂得,可解与我听?"宣教道:"他剪发寄我,诗里道要挽住我的心,岂非有意?"小童道:"既然有意,为何不受你珠子?"宣教道:"这又有一说。这是一个故事在里头。"小童道:"甚故事?"宣教道:"当时唐明皇[2]宠了杨贵妃,把梅妃江采苹贬入冷宫。后来思想他,惧怕杨妃,不敢去,将珠子一封私下赐与他。梅妃拜辞不受,回诗一首,后二句云:'长门[3]尽日无梳洗,何必珍珠慰寂寥?'今县君不受我珠子,却写此一句来,分明说你家主不在,他独居寂寥,不是珠子安慰得的。却不是要我来伴他寂寥么?"小童道:"果然如此,官人如何谢我?"宣教道:"惟卿所欲。"小童道:"县君既不受珠子,何不就送与我了?"宣教道:"珠子虽然回来,却还要送去。我另自谢你便是。"宣教箱中去取通天犀簪一枝,海南香扇坠二个,将出来送与小童道:"权为寸敬,事成重谢。这珠子再烦送一送去,我再附一首诗在内,要他必受。"诗云:

> 往返珍珠不用疑,还珠垂泪古来痴。
>
> 知音但使能欣赏,何必相逢未嫁时?

---

〔1〕 奉璧——原物奉还。取意于"完璧归赵"的典故。
〔2〕 唐明皇——即唐玄宗李隆基,因其谥号"至道大圣大明孝皇帝",故称。
〔3〕 长门——汉代宫名,汉武帝曾将失宠的陈皇后禁闭于此,后世遂以"长门"作为失宠和冷宫的代词。

宣教便将一幅冰鲛帕写了，连珠子付与小童。小童看了，笑道："这诗意我又不晓得了。"宣教道："也是用着个故事。唐张籍[1]诗云：'还君明珠双泪垂，恨不相逢未嫁时。'今我反用其意，说道只要有心，便是嫁了何妨？你县君若有意于我，见了此诗，此珠必受矣。"小童笑道："元来官人是偷香的老手。"宣教也笑道："将就看得过。"小童拿了，一径自去。此番不见来推辞，想多应受了。宣教暗自喜欢，只待好音。丁惜惜那里时常叫小二来请他走走，宣教好一似朝门外候旨的官，惟恐不时失误了宣召，那里敢移动半步？

忽然一日傍晚，小童嘻嘻的走来道："县君请官人过来说话。"宣教听罢，忖道："平日只是我去挨光，才设法得见面，并不是他着人来请我的。这番却是先叫人来相邀，必有光景。"因问小童道："县君适才在那里？怎生对你说，叫你来请我的？"小童道："适来县君在卧房里，卸了妆饰，重新梳裹过了，叫我进去，问说：'对门吴官人可在下处否？'我回说：'他这几时，只在下处，再不到外边去。'县君道：'既如此，你可与我悄悄请过来，竟到房里来相见，切不可惊张。'如此分付的。"宣教不觉踊跃道："依你说来，此番必成好事矣！"小童道："我也觉得有些异样，决比前几次不同。只是一件，我家人口颇多，耳目难掩。日前只是体面上往来，所以外观不妨。今却要到内室里去，须瞒不得许多人，就是悄着些，是必有几个知觉。露出事端，彼此不便，

---

[1] 张籍——字文昌，中唐诗人，曾任水部员外郎、国子司业等职。引诗见张籍《节妇吟》。

须要商量。"宣教道:"你家中事体,我怎生晓得备细?须得你指引我道路,应该怎生才妥?"小童道:"常言道'有钱使得鬼推磨',世上那一个不爱钱的?你只多把些赏赐,分送与我家里人了,我去调开了他每。他每各人心照,自然躲开去了,任你出入;就有撞见的,也不说破了。"宣教道:"说得甚是有理,真可以筑坛拜将。你前日说我是老偷香手,今日看起来,你也像个老马泊六了。"小童道:"好意替你计较,休得取笑。"当下吴宣教拿出二十两零碎银两,付与小童,说道:"我须不认得宅上甚么人,烦你与我分派一分派,是必买他们尽皆口静方妙。"小童道:"这个在我,不劳分付。我先行一步,停当了众人,看个动静,即来约你同去。"宣教道:"快着些个。"小童先去了。吴宣教急拣时样济楚衣服,打扮得齐整,真个赛过潘安,强如宋玉,眼巴巴只等小童到来,即去行事。正是:

罗绮层层称体裁,一心指望赴阳台。

巫山神女虽相待,云雨宁知到底谐!

说这宣教坐立不定,只想赴期。须臾小童已至,回覆道:"众人多有了贿赂,如今一去,径达寝室,毫无阻碍了。"宣教不胜欢喜,整一整巾帻,洒一洒衣裳,随着小童便走。过了对门,不由中堂,在旁边一条衖里,转了一两个弯曲,已到卧房之前。只见赵县君懒梳妆模样,早立在帘儿下等候。见了宣教,满面堆下笑来,全不比日前的庄严了,开口道:"请官人房里坐地。"一个丫鬟掀起门帘,县君先走了进房,宣教随后入来,只见房里摆设得精致,炉中香烟馥郁,案上酒肴齐列。宣教此时荡了三魂,失了六魄,不知该怎么样好,只得低声柔语道:"小子有何德能,过蒙县君青盼如此!"县君道:"一向承蒙厚情,今良宵无事,不揣特请官人清话片晌,别无他说。"宣教道:"小子客居旅邸,县君独守清闺,果然两处寂寥,每遇良宵,不胜怀想。前蒙青丝之惠,小子紧系怀袖,胜如贴肉。今蒙宠召,小子所望,岂在酒食之类哉?"县君微笑道:"休说闲话,且自饮酒。"宣教只得坐了。县君命丫鬟一面斟下热酒,自己举杯奉陪。宣教三杯酒落肚,这点热团团兴儿直从脚跟下冒出天庭来,那里按纳得住?面孔红了又白,白了又红,箸子也倒拿了,酒盏也泼翻了,手脚都忙乱起来。觑个丫鬟走了去,连忙走过县君这边来,跪下道:"县君可怜见,急救小子性命则个!"县君一把扶起,道:"且休性急。妾亦非无心者。自前日博柑之日,便觉钟情于子,但礼法所拘,不敢自逞。今日久情深,清夜思动,愈难禁制。冒礼忘嫌,愿得亲近。既到此地,决不教你空回去了。略等人静后,从容同就枕席便了。"宣教道:"我的亲亲的娘!既有这等好意,早赐一刻之欢也是好的。叫小子如何忍耐得住?"县君笑道:"怎恁地馋得紧?"即唤丫鬟们快来收拾。未及一半,只听得外面喧嚷,似有人喊马嘶之声,渐渐近前堂来了。

宣教方在神魂荡飏之际,恰像身子不是自己的,虽然听得有此咤异,没工夫得疑虑别的,还只一味痴想。忽然一个丫鬟慌慌忙忙撞进房来,气喘喘的道:"官人回来了!官人回来了!"县君大惊失色道:"如何是好?快快收拾过了桌上的!"即忙自己帮着,搬得桌上罄净。宣教此时任是奢遮胆大的,不由得不慌张起来,道:"我却躲在那里去?"县君也着了忙,道:"外边是去不及了。"引着宣教的手,指着床底下道："权躲在这里面去,勿得做声。"宣教思量走了出去便好,又恐不认得门路,撞着了人。左右看着房中,却别无躲处。一时慌促,没计奈何,只得依着县君说话,望着床底一钻,顾不得甚么尘灰龌龊。且喜床底宽阔,战陡陡的蹲在里头,不敢喘气,一眼偷觑着外边。

那暗处望明处却见得备细,看那赵大夫大踏步走进房来,口里道："这一去不觉许久,家里没事么?"县君着了忙的,口里牙齿捉对儿厮打着,回言道："家……家……家里没事。你……你……你如何今日才来?"大夫道："家里莫非有甚事故么?如何见了我,举动慌张,语言失措,做这等一个模样?"县君道："没……没……没甚事故。"大夫对着丫鬟问道："县君却是怎的?"丫鬟道："果……果……果然没有甚么怎……怎……怎的。"宣教在床下着急,恨不得替了县君、丫鬟的说话,只是不敢爬出来。大夫迟疑了一回,道："好咤异!好咤异!"县君按定了性儿,才说得话儿囫囵,重复问道："今日在那里起身?怎夜间到此?"大夫道："我离家多日,放心不下。今因有事在婺州,在此便道,暂归来一看。明日五更,就要起身过江的。"宣教听得此言,惊中有喜,恨不得天也许下了半边,道："原来还要出去,却是我的造化也。"县君又问道："可曾用过晚饭?"大夫道："晚饭已在船上吃过,只要取些热水来洗脚。"县君即命丫鬟安好了足盆,厨下去取热水来,倾在里头了,大夫便脱了外衣,坐在盆间,大肆浇洗。浇洗了多时,泼得水流满地,一直淌进床下来,——盖是地板房子,铺床处压得重了,地板必定低些,做了下流之处。那吴宣教正蹲在里头,身上穿着齐整衣服,起初一时极了,顾不得惹了灰尘,钻了进去。而今又见水流来了,恐怕污了衣服,不觉的把袖子东收西敛,来避那些龌龊水,未免有些窸窸窣窣之声。大夫道:"奇怪,床底下是甚么响?敢是蛇鼠之类?可拿灯烛来照照。"丫鬟未及答应,大夫急急揩抹干净,即伸手桌子上去取烛台过来,捏在手中,向床底下一看。不看时万事全休,这一看,好似:

霸王初入垓心内,张飞刚到灞陵桥[1]。

大夫大吼一声道:"这是个甚么鸟人[2],躲在这底下?"县君支吾道:"敢是个贼?"大夫一把将宣教拖出来,道:"你看,难道有这样齐整的贼?怪道方才见吾慌张,元来你在家养着奸夫!我去得几时,你就是这等羞辱门户?"先是一掌打去,把县君打个满天星。县君啼哭起来。大夫喝教众奴仆都来,此时小童也只得随着众人行止。大夫叫将宣教四马攒蹄捆做一团,声言道:"今夜且与我送去厢里[3]吊着,明日临安府推问去!"大夫又将一条绳来,亲自动手,也把县君缚住,道:"你这淫妇!也不与你干休。"县君只是哭,不敢回答一言。大夫道:"好恼!好恼!且盪酒来,我吃着消闷!"从人丫鬟们多慌了,急去灶上撮哄[4]些嗄饭,盪了热酒拿来。大夫取个大瓯,一头吃,一

---

[1] "霸王"二句——言情急震怒。"霸王"即项羽,被刘邦包围于垓下(今安徽省灵璧县南沱河北岸),全军覆没。张飞至灞陵桥事,史书、《三国演义》、笔记传说中均未记载,只有张飞在长坂坡桥头喝退曹军故事。灞陵桥在今西安市。此处或是长坂坡的误记。
[2] 鸟人——骂人的话。
[3] 厢里——即厢房里,正房两旁的房子。
[4] 撮哄——原意为哄骗,这里指临时凑合。

头骂。又取过纸笔,写上状词,一边写,一边吃酒。吃得不少了,不觉懵懵睡去。县君悄悄对宣教道:"今日之事,固是我误了官人,也是官人先有意向我。谁知随手事败!若是到官,两个多不好了,为之奈何?"宣教道:"多蒙县君好意相招,未曾沾得半点恩惠。今事若败露,我这一官只当断送在你这冤家手里了。"县君道:"没奈何了,官人只是下些小心求告他。他也是心软的人,求告得转的。"

正说之间,大夫醒来,口里又喃喃的骂道:"小的们,打起火把,快将这贼弟子孩儿送到厢里去!"众人答应一声,齐来动手。宣教着了急,喊道:"大夫息怒,容小子一言。小子不才,忝为宣教郎,因赴吏部磨勘,寓居府上对门。蒙县君青盼,往来虽久,实未曾分毫犯着玉体。今若到公府,罪犯有限,只是这官职有累。望乞高抬贵手,饶过小子,容小子拜纳微礼,赎此罪过罢。"大夫大笑道:"我是个宦门,把妻子来换钱么?"宣教道:"今日便坏了小子微官,与君何益?不若等小子纳些钱物,实为两便。小子亦不敢轻,即当奉送五百千过来。"大夫道:"如此口轻!你一个官,我一个妻子,只值得五百千么?"宣教听见论量多少,便道是好处的事了,满口许道:"便再加一倍,凑做千缗〔1〕罢。"大夫还只是摇头。县君在傍哭道:"我只为买这官人的珠翠,约他来议价,实是我的不是。谁知撞着你来,捉破了。我原不曾点污。今若拿这官人到官,必然扳下我来,我也免不得当官对理,出乖露丑,也是你的门面不雅。不如你看日前夫妻之面,宽恕

---

〔1〕 缗(mín 民)——成串的钱,一千钱为一缗。

了我,放了这官人罢。"大夫冷笑道:"难道不曾点污?"众从人与丫鬟们先前是小童贿赂过的,多来磕头讨饶道:"其实此人不曾犯着县君,只是暮夜不该来此。他既情愿出钱赎罪,官人罚他重些,放他去罢。一来免累此人官职,二来免致县君出丑,实为两便。"县君又哭道:"你若不依,我只是寻个死路罢了。"大夫默然了一晌,指着县君道:"只为要保全你这淫妇,要我忍这样赃污!"

小童忙撺到宣教耳边厢低言道:"有了口风了,快快添多些,收拾这事罢。"宣教道:"钱财好处,放绑要紧,手脚多麻木了。"大夫道:"要我饶你,须得二千缗钱,还只是买那官做。羞辱我门庭之事,只当不曾提起,便宜得多了。"宣教连声道:"就依着是二千缗,好处,好处。"大夫便喝从人,教且松了他的手。小童急忙走去,把索子头解开,松出两只手来。大夫叫将纸墨笔砚拿过来,放在宣教面前,叫他写个不愿当官的招伏。宣教只得写道:

> 吏部候勘宣教郎吴某,只因不合闯入赵大夫内室,不愿经官,情甘出钱二千贯赎罪,并无词说。私供是实。

赵大夫取来看过,要他押了个字,便叫放了他绑缚,只把脖子拴了,叫几个方才随来家的带大帽、穿一撒[1]的家人,押了过对门来,取足这二千缗钱。

此时亦有半夜光景,宣教下处几个手下人已此都睡熟了。这些

---

[1] 一撒——一条衬裤。明何良俊《四友斋丛说》:"每日带小帽穿一撒坐堂,自供应朝廷之外,一毫不妄用。"

赵家人个个如狼似虎,见了好东西便抢,珠玉犀象之类,狼藉了不知多少,这多是二千缗外加添的。吴宣教足足取勾了二千数目,分外又把些零碎银两送与众家人,做了东道钱。众家人方才住手,赍了东西,仍同了宣教,押至家主面前,交割明白。大夫看过了东西,还指着宣教道:"便宜了这弟子孩儿!"喝叫:"打出去!"宣教抱头鼠窜,走归下处。

下处店家灯尚未熄。宣教也不敢把这事对主人说,讨了个火,点在房里了,坐了一回,惊心方定。无聊无赖,叫起个小厮来,盪些热酒,且图解闷。一边吃,一边想道:"用了这几时工夫,才得这个机会,再差一会儿,也到手了。谁想却如此不偶,反费了许多钱财。"又自解道:"还算造化哩。若不是县君哭告,众人拜求,弄得到当官,我这官做不成了。只是县君如此厚情厚德,又为我如此受辱。他家大夫说明日就出去的,这到还好个机会。只怕有了这番事体,明日就使不在家,是必分外防守,未必如前日之便了。不知今生到底能勾相傍否?"心口相问,不觉潸然泪下。郁抑不快,呵欠上来,也不脱衣服,倒头便睡。

只因辛苦了大半夜,这一睡,直睡到第二日晌午方醒来。走出店中,举眼看去,对门赵家门也不关,帘子也不见了。一望进去,直看到里头,内外洞然,不见一人。他还怀着昨夜鬼胎,不敢自进去,悄悄叫个小厮,一步一步挨到里头探听。直到内房左右看过,并无一个人走动踪影,只见几间空房,连家伙什物一件也不见了。出来回覆了宣教。宣教忖道:"他原说今日要到外头去,恐怕出去了我又来走动,所以连家眷带去了。只是如何搬得这等罄净？难道再不回来住了？其间必有缘故。"试问问左右邻人，才晓得这赵家也是那里搬来的，住得不十分长久；这房子也只是赁下的，原非己宅，是用着美人之局，扎了火囤去了。

宣教浑如做了一个大梦一般，闷闷不乐，且到丁惜惜家里消遣一消遣。惜惜接着宣教，笑容可掬，道："甚好风吹得贵人到此？"连忙置酒相待。饮酒中间，宣教频频的叹气。惜惜道："你向来有了心上人，把我冷落了多时。今日既承不弃到此，如何只是嗟叹，像有甚不乐之处？"宣教正是事在心头，巴不得对人告诉，只得把如何对门作寓，如何与赵县君往来，如何约去私期，却被丈夫归来拿住，将钱买得脱身，备细说了一遍。惜惜大笑道："你枉用痴心，落了人的圈套了！你前日早对我说说，我敢也先点破你，不着他道儿，也不见得。我那年有一伙光棍，将我包到扬州去，也假了商人的爱妾，扎了一个少年子弟千金。这把戏我也曾弄过的。如今你心爱的县君，又不知是那一家的歪剌货[1]也。你前日瞒得我好，撇得我好，也叫你受些业报。"宣教满脸羞惭，懊恨无已。丁惜惜又只顾把说话盘问，见说道身畔所有剩得不多，衒衒家本色，就不十分亲热得紧了。

宣教也觉怏怏，住了一两晚，走了出来。满城中打听，再无一些消息。看看盘费不勾用了，等不得吏部改秩[2]，急急走回故乡。亲

---

〔1〕歪剌货——也作"歪剌骨"、"瓦剌姑"，辱骂妇女下贱、不正派的话。
〔2〕改秩——改任官职。秩，官职品级。

眷朋友晓得这事的,把来做了笑柄。宣教常时忽忽如有所失,感了一场缠绵之疾,竟不及调官而终。可怜吴宣教一个好前程,惹着了这一些魔头,不自尊重,被人弄得不尴不尬,没个收场。如此奉劝人家少年子弟每:血气未定,贪淫好色,不守本分,不知利害的,宜以此为鉴。诗云:

一脔肉味不曾尝,已遣缠头〔1〕罄橐装。

尽道陷人无底洞,谁知洞口赚刘郎!

---

〔1〕 缠头——送给歌妓的锦帛财物。

二刻拍案惊奇卷十五

韩侍郎婢作夫人　顾提控掾居郎署

诗云：

曾闻阴德可回天，古往今来效灼然。

奉劝世人行好事，到头元是自周全。

话说湖州府安吉州[1]地浦滩有一居民，家道贫窘，因欠官粮银二两，监禁在狱。家中止有一妻，抱着个一周未满的小儿子度日，别无门路可救。栏中畜养一猪，算计卖与客人，得价还官。因性急银子要紧，等不得好价，见有人来买，即便成交。妇人家不认得银子好歹，是个白晃晃的，说是还得官了。客人既去，拿出来与银匠熔着锭子。银匠说："这是些假银，要他怎么？"妇人慌问："有多少成色[2]在里头？"银匠道："那里有半毫银气？多是铅铜锡蜡装成，见火不得的。"妇人着了忙，拿在手中，走回家来，寻思一回道："家中并无所出，止有此猪，指望卖来救夫。今已被人骗去，眼见得丈夫出来不成。这是我不仔细上害了他，心下怎么过得去？我也不要这性命了！"待寻个

----

[1]　湖州府安吉州——湖州府辖境相当现在浙江省天目山西北部地区，治所在今湖州市。安吉州即今安吉县，明代升为州，属湖州府。

[2]　成色——银子中所含纯银的比例。

自尽，看看小儿子，又不舍得。发个狠道："罢，罢，索性抱了小冤家，同赴水而死，也免得牵挂。"急急奔到河边来。正待撺下去，恰好一个徽州[1]商人立在那里，见他忙忙投水，一把扯住问道："清白后生，为何做此短见勾当？"妇人拭泪答道："事急无奈，只图一死。"因将救夫卖猪误收假银之说，一一告诉。徽商道："既然如此，与小儿子何干？"妇人道："没爷没娘，少不得一死；不如同死了干净。"徽商恻然道："所欠官银几何？"妇人道："二两。"徽商道："能得[2]多少，坏此三条性命！我下处不远，快随我来，我舍银二两，与你还官罢。"妇人转悲作喜，抱了儿子，随着徽商行去。不上半里，已到下处。徽商走入房，秤银二两出来，递与妇人道："银是足纹[3]，正好还官。不要又被别人骗了。"妇人千恩万谢，转去央个邻舍，同到县里纳了官银，其夫始得放出监来。

到了家里，问起道："那得这银子还官救我？"妇人将前情述了一遍，说道："若非遇此恩人，不要说你不得出来，我母子两人已作黄泉之鬼了。"其夫半喜半疑。喜的是得银解救，全了三命；疑的是妇人家没志行，敢怕独自个一时喉极了，做下了些不伶俐[4]勾当，方得这项银子，也不可知。不然，怎生有此等好人，直如此凑巧？口中不

---

[1] 徽州——辖境相当现在安徽省南部新安江上游地区，治所在今歙县。
[2] 能得——吴方言，也作"能个"，表示出乎意料的副词。"能得多少"，犹如说以为有多少。
[3] 足纹——成色最好的银子。
[4] 不伶俐——不干净、不正当。

说破他,心生一计道:"要见明白,须得如此如此。"问妇人道:"你可认得那恩人的住处么?"妇人道:"随他去秤银的,怎不认得?"其夫道:"既如此,我与你不可不去谢他一谢。"妇人道:"正该如此。今日安息了,明日同去。"其夫道:"等不得明日,今夜就去。"妇人道:"为何不要白日里去,倒要夜间?"其夫道:"我自有主意,你不要管我。"妇人不好拗得,只得点个灯,同其夫走到徽商下处门首。

此时已是黄昏时候,人多歇息寂静了。其夫叫妇人扣门。妇人道:"我是女人,如何叫我黑夜敲人门户?"其夫道:"我正要黑夜试他的心事。"妇人心下晓得丈夫有疑了,想道:"一个有恩义的人,倒如此猜他,也不当人子。"却是恐怕丈夫生疑,只得出声高叫。徽商在睡梦间,听得是妇女声音,问道:"你是何人,却来叫我?"妇人道:"我是前日投水的妇人,因蒙恩人大德,救了吾夫出狱,故此特来踵门叩谢。"看官,你道徽商此时若是个不老成的,听见一个妇女黑夜寻他,又是施恩过来的,一时动了不良之心,未免说句把俾俏绰趣[1]的话。开出门来,撞见其夫,可不是老大一场没趣?把起初做好事的念头多弄脏了。不想这个朝奉[2]煞是有正经,听得妇人说话,便厉声道:"此我独卧之所,岂汝妇女家所当来?况昏夜也不是谢人的时节,但请回步,不必谢了!"其夫听罢,才把一天疑心尽多消散。妇人乃答道:"吾夫同在此相谢。"徽商听见其夫同来,只得披衣下床,要

---

〔1〕 绰趣——打趣、调笑。
〔2〕 朝奉——朝奉郎的省称,原是宋代官职名,后用为对富人的尊称。

来开门。走得几步,只听得天崩地塌之声,连门外多震得动。徽商慌了自不必说,夫妇两人多吃了一惊。徽商忙叫小二掌火来看,只见一张卧床,压得四脚多折,满床尽是砖头泥土。元来那一垛墙走了[1]。一向床遮着,不觉得,此时偶然坍将下来。若有人在床时,便是铜筋铁骨,也压死了。徽商看了,伸了舌头出来,一时缩不进去。就叫小二开门,见了夫妇二人,反谢道:"若非贤夫妇相叫起身,几乎一命难存。"夫妇两人看见墙坍床倒,也自大加惊异,道:"此乃恩人洪福齐天,大难得免。莫非恩人阴德之报?"两相称谢。徽商留夫妇茶话少时,珍重而别。

只此一件,可见商人二两银子,救了母子两命,到底因他来谢,脱了墙压之厄,仍旧是自家救了自家性命一般。此乃上天巧于报德处。所以古人说:"与人方便,自己方便。"小子起初说"到头元是自周全",并非诳语。看官每不信,小子而今单表一个周全他人,仍旧周全了自己一段长话,作个正文。有诗为证:

> 有女颜如玉,酬德讵能足?
>
> 遇彼素心人,清操同秉烛。
>
> 兰蕙保幽芳,移来贮金屋。
>
> 容台粉署郎,一朝畀掾属[2]。

---

〔1〕 走了——吴方言,移动、改变之意。特指房屋、家具等物体变形了。
〔2〕 "容台"二句——意谓一个下级小吏一跃而为礼部主事。容台,礼部的别称,中央掌管礼乐、祭祀、朝会、学校、贡举等事务的官署。粉署郎,指礼部主事。畀(bì 币),给予。掾属,属下的官吏。

圣明重义人，报施同转毂[1]。

这段话文出在弘治[2]年间直隶太仓州[3]地方。州中有一个吏典[4]，姓顾，名芳，平日迎送官府出城，专在城外一个卖饼的江家做下处歇脚。那江老儿名溶，是个老实忠厚的人，生意尽好，家道将就过得。看见顾吏典举动端方，容仪俊伟，不像个衙门中以下人，私心敬爱他。每遇他到家，便以提控[5]呼之，待如上宾。江家有个嬷嬷，生得个女儿名唤爱娘，年方十七岁，容貌非凡。顾吏典家里也自有妻子，便与江家内里通往来，竟成了一家骨肉一般。

常言道："一家饱暖千家怨。"江老虽不怎的富，别人看见他生意从容，衣食不缺，便传说了千金几百金家事。有那等眼光浅、心不足的，目中就着不得，不繇得不妒忌起来。忽一日，江老正在家里做活，只见如狼似虎一起捕人打将进来，喝道："拿海贼！"把店中家火打得粉碎。江老出来分辩，众捕一齐动手，一索子捆倒。江嬷嬷与女儿顾不得羞耻，大家啼啼哭哭嚷将出来，问道："是何事端，说个明白。"捕

----

[1] 转毂(gǔ谷)——转动的车轮。毂，车轮中心的圆木。
[2] 弘治——明孝宗朱祐樘年号，公元1488—1505年。
[3] 直隶太仓州——直隶为明代直接隶属于京城的地区。明初定都南京，直隶地区相当现在江苏、安徽两省，后称"南直隶"，这里所指即南直隶。明成祖时迁都北京，遂又有"北直隶"，相当现在北京、天津两市及河北省大部和河南、山东两省的一部分地区。明弘治年间割昆山、常熟、嘉定三县地置太仓州。
[4] 吏典——对差役小头目的泛称。
[5] 提控——对管事役吏的尊称。金元时以提控为掌事之称。《金史·章宗纪一》："敕有司，京、府、州、镇设学校处，其长贰幕内各以进士官提控其事。"

人道:"崇明解到海贼一起,有江溶名字,是个窝家。还问甚么事端?"江老夫妻与女儿叫起撞天屈来,说道:"自来不曾出外,那里认得甚么海贼?却不屈杀了平人!"捕人道:"不管屈不屈,到州里分辩去,与我们无干。快些打发我们见官去!"江老是个乡子里人,也不晓得盗情利害,也不晓得该怎的打发公差,合家只是一味哭。捕人每不见动静,便发起狠来道:"老儿奸诈,家里必有赃物,我们且搜一搜。"众人不管好歹,打进内里,一齐动手,险些把地皮多翻了转来,见了细软,便藏匿了。江老夫妻女儿三口,杀猪也似的叫喊,擂天倒地价哭。捕人每揎拳裸手,耀武扬威。

正在没摆布处,只见一个人踱将进来,喝道:"有我在此,不得无理!"众人定睛看时,不是别人,却是州里顾提控。大家住手道:"提控来得正好。我们不要粗鲁,但凭提控便是。"江老一把扯住提控道:"提控救我一救。"顾提控问道:"怎的起?"捕人拿牌票出来看,却是海贼指扳窝家,巡捕衙里来拿的。提控道:"贼指的事,多出仇口。此家良善,明是冤屈。你们为我面上,须要周全一分。"捕人道:"提控在此,谁敢多话?只要分付我们,一面打点见官便是。"提控即便主张江老支持酒饭鱼肉之类,摆了满桌,任他每狼飧虎咽,吃个尽情。又摸出几两银子做差使钱。众捕人道:"提控分付,我每也不好推辞,也不好较量,权且收着,凡百看提控面上,不难为他便了。"提控道:"列位别无帮衬处,只求迟带到一日,等我先见官人,替他分诉一番,做个道理,然后投牌[1],便是列位盛情。"捕人道:"这个当得奉

---

[1] 投牌——解到犯人后,将"牌票"交回。

承。"当下江老随捕人去了。提控转身安慰他母子道:"此事只要破费,须有分辨处,不妨大事。"母子啼哭道:"全仗提控搭救则个。"提控道:"且关好店门,安心坐着,我自做道理去。"

出了店门,进城来,一径到州前来见捕盗厅官人,道:"顾某有个下处主人江溶,是个良善人户。今被海贼所扳,想必是仇家陷害,望乞爷台为顾某薄面,周全则个。"捕官道:"此乃堂上公事,我也不好自专。"提控道:"堂上老爷,顾某自当禀明,只望爷台这里带到时,宽他这一番拷究〔1〕。"捕官道:"这个当得奉命。"须臾知州升堂。顾提控觑个堂事〔2〕空便,跪下禀道:"吏典平日伏侍老爷,并不敢有私情冒禀。今日有个下处主人江溶,被海贼诬扳。吏典熟知他是良善人户,必是仇家所陷,故此斗胆禀明,望老爷天鉴之下,超豁无辜。若是吏典虚言妄禀,罪该万死。"知州道:"盗贼之事非同小可,你敢是私下受人买嘱,替人讲解么?"提控叩头道:"吏典若有此等情弊,老爷日后必然知道,吏典情愿受罪。"知州道:"待我细审,也听不得你一面之词。"提控道:"老爷'细审'二字,便是无辜超生之路了。"复叩一头,走了下来。想道:"官人方才说听不得一面之词,我想人众则公,明日约同同衙门几位朋友,大家禀一声,必然听信。"是日拉请一般的十数个提控,到酒馆中坐一坐,把前事说了,求众人明日帮他一说。众人平日与顾提控多有往来,无有不依的。

----

〔1〕 拷究——亦称"拷勘",犯人押到,先要用刑审问。
〔2〕 堂事——长官在公堂上处理公事。

次日,捕人已将江溶解到捕厅。捕厅因顾提控面上,不动刑法,竟送到堂上来。正值知州投文,挨牌唱名。点到江溶名字,顾提控站在旁边,又跪下来禀道:"这江溶即是小吏典昨日所禀过的,果是良善人户,中间必有冤情,望老爷详察。"知州作色道:"你两次三回替人辨白,莫非受了贿赂,故敢大胆?"提控叩头道:"老爷当堂明查。若不是小吏典下处主人,及有贿赂情弊,打死无怨。"只见众吏典多跪下来禀道:"委是顾某主人,别无情弊,众吏典敢百口代保。"知州平日也晓得顾芳行径,是个忠直小心的人,心下有几分信他的,说道:"我审时自有道理。"便问江溶:"这伙贼人扳你,你平日曾认得一两个否?"江老儿叩头道:"爷爷,小的若认得一个,死也甘心。"知州道:"他们有人认得你否?"江老儿道:"这个小的虽不知,想来也未必认得小的。"知州道:"这个不难。"唤一个皂隶过来,教他脱下衣服与江溶穿了,扮做了皂隶;却叫皂隶穿了江溶衣服,扮做了江溶。分付道:"等强盗执着江溶时,你可替他折证〔1〕,看他认得认不得。"皂隶依言,与江溶更换停当,然后带出监犯来。

知州问贼首道:"江溶是你窝家么?"贼首道:"爷爷,正是。"知州敲着气拍〔2〕,故意问道:"江溶怎么说?"这个皂隶扮的江溶假着口气道:"爷爷,并不干小人之事。"贼首看着假江溶,那里晓得不是?一口指着道:"他住在城外,倚着卖饼为名,专一窝着我每赃物。怎生赖得?"皂

---

〔1〕 折证——对证、辩白。
〔2〕 气拍——俗称"惊堂木",官员审案用以拍桌恐吓犯人的小木块。

隶道："爷爷，冤枉！小的不曾认得他的。"贼首道："怎生不认得？我们长在你家吃饼，某处赃若干，某处赃若干，多在你家，难道忘了？"知州明知不是，假意说道："江溶是窝家，不必说了。却是天下有名姓相同。"一手指着真江溶扮皂隶的道："我这个皂隶也叫得江溶，敢怕是他么？"贼首把皂隶一看，那里认得？连喊道："爷爷，是卖饼的江溶，不是皂隶江溶。"知州又手指假江溶道："这个卖饼的江溶，可是了么？"贼首道："正是这个。"知州冷笑了一声，连敲气拍两三下，指着贼首道："你这杀剐不尽的奴才！自做了歹事，又受人买嘱，扳陷良善。"贼首连喊道："这江溶果是窝家，一些不差，爷爷！"知州喝叫："掌嘴！"打了十来下。知州道："还要嘴强！早是我先换过了，试验虚实，险些儿屈陷平民。这个是我皂隶周才，你却认做了江溶，就信口扳杀他。这个扮皂隶的正是卖饼江溶，你却又不认得，就说道无干。可知道你受人买嘱来害江溶，元不曾认得江溶的么！"贼首低头无语，只叫："小的该死。"知州叫江溶与皂隶仍旧换过了衣服。取夹棍来，把贼首夹起，要招出买他指扳的人来。贼首是顽皮赖肉，那里放在心上？任你夹打，只供称是因见江溶殷实，指望扳赔赃物是实，别无指使。知州道："眼见得是江溶仇家所使，无得可疑。今这奴才死不肯招。若必求其人，他又要信口诬害，反生株连。我只释放了江溶，不根究也罢。"江溶叩头道："小的也不愿晓得害小的的仇人，省得中心不忘，冤冤相结。"知州道："果然是个忠厚人。"提起笔来，把名字注销。喝道："江溶无干，直赶出去。"当下江溶叩头不止。皂隶连喝："快走！"江溶如笼中放出飞鸟，欢天喜地出了衙门。衙门里许多人撮空叫喜，拥住了不放。又亏得顾提控走出来,把几句话解散开了众人,一同江溶走回家来。

江老儿一进门,便唤过妻女来道:"快来拜谢恩人!这番若非提控搭救,险些儿相见不成了。"三个人拜做一堆。提控道:"自家家里,应得出力。况且是知州老爷神明做主,与我无干。快不要如此!"江嬷嬷便问老儿道:"怎生回来得这等撇脱?不曾吃亏么?"江老儿道:"两处俱仗提控先说过了,并不动一些刑法。天字号一场官司,今没一些干涉,竟自平净了。"江嬷嬷千恩万谢。提控立起身来,道:"你们且慢慢细讲,我还要到衙门去谢谢官府去。"当下提控作别自去了。

江老送了出门,回来对嬷嬷说:"正是'闭门家里坐,祸从天上来',谁想遭此一场飞来横祸!若非提控出力,性命难保。今虽然破费了些东西,幸得太平无事。我每不可忘了恩德,怎生酬报得他便好?"嬷嬷道:"我家家事,向来不见怎的,只好度日。不知那里动了人眼,被天杀的暗算,招此非灾。前日众捕人一番掳掠,狠如打劫一般,细软东西,尽被抄扎过了。今日有何重物谢得提控大恩?"江老道:"便是没东西难处。就凑得些少,也当不得数,他也未必肯受。怎么好?"嬷嬷道:"我倒有句话商量:女儿年一十七岁,未曾许人。我们这样人家,就许了人,不过是村庄人户。不若送与他做了妾,扳他做个女婿,支持门户,也免得外人欺侮,可不好?"江老道:"此事倒也好,只不知女儿肯不肯?"嬷嬷道:"提控又青年,他家大娘子又贤惠,平日极是与我女儿说得来的。敢怕也情愿。"遂唤女儿来,把此意说了。女儿道:"此乃爹娘要报恩德,女儿何惜此身?"江老道:"虽然如此，提控是个近道理的人，若与他明说，必是不从。不若你我三人只作登门拜谢，以后就留下女儿在彼，他便不好推辞得。"嬷嬷道："言之有理。"当下三人计议已定，拿本历日来看，来日上吉。

次日起早，把女儿装扮了，江老夫妻两个步行，女儿乘着小轿，抬进城中，竟到顾家来。提控夫妻接了进去，问道："何事光降？"江老道："老汉承提控活命之恩，今日同妻女三口登门拜谢。"提控夫妻道："有何大事，直得如此？且劳烦小娘子过来，一发不当。"江老道："老汉有一句不知进退的话奉告：老汉前日若是受了非刑，死于狱底，留下妻女，不知流落到甚处。今幸得提控救命重生，无恩可报。止有小女爱娘，今年正十七岁，与老妻商议，送来与提控娘子铺床叠被，做个箕帚之妾。提控若不弃嫌粗丑，就此俯留，老汉夫妻终身有托。今日是个吉日，一来到此拜谢，二来特送小女上门。"提控听罢，正色道："老丈说那里话！顾某若做此事，天地不容。"提控娘子道："难得老伯伯、干娘、妹妹一同到此，且请过小饭，有话再说。"提控一面分付厨下摆饭相待。饮酒中间，江老又把前话提起，出位拜提控一拜，道："提控若不受老汉之托，老汉死不瞑目。"提控情知江老心切，暗自想道："若不权且应承，此老必不肯住，又去别寻事端谢我，反多事了。且依着他言语，我日后自有处置。"饭罢，江老夫妻起身作别，分付女儿留住，道："你在此伏侍大娘。"爱娘含羞忍泪，应了一声。提控道："休要如此说。荆妻[1]且权留小娘子盘桓几日，自当送

---

[1] 荆妻——对妻子的谦指。荆，指"荆钗"，以柴荆为钗，形容贫贱。

还。"江老夫妻也道是他一时门面说话,两下心照罢了。

两口儿去得,提控娘子便请爱娘到里面自己房里坐了,又摆出细果茶品请他。分付走使丫鬟,铺设好了一间小房,一床被卧,连提控娘子心里也只道提控有意留住的,今夜必然趁好日同宿。他本是个大贤惠,不捻酸的人,又平日喜欢着爱娘,故此是件周全停当,只等提控到晚受用。正是:

一朵鲜花好护持,芳菲只待赏花时。

等闲未动东君[1]意,惜处重将帏幕施。

谁想提控是夜竟到自家娘子房里来睡了,不到爱娘处去。提控娘子问道:"你为何不到江小娘那里去宿?莫要忌我。"提控道:"他家不幸遭难,我为平日往来,出力救他。今他把女儿谢我,我若贪了女色,是乘人危处,遂我欲心,与那海贼指扳、应捕抢掳,肚肠有何两样?顾某虽是小小前程,若坏了行止,永远不吉。"提控娘子见他说出咒来,知是真心,便道:"果然如此,也是你的好处。只是日间何不力辞脱了,反又留在家中做甚?"提控道:"江老儿是老实人。若我不允女儿之事,他又剜肉做疮,别寻道路谢我,反为不美。他女儿平日与你相爱,通家姊妹,留下你处住几日,这却无妨。我意欲就此看个中意的人家子弟,替他寻下一头亲事,成就他终身结果,也是好事。所以一时不辞他去,原非我自家有意也。"提控娘子道:"如此却好。"当夜无词。

自此江爱娘只在顾家住,提控娘子与他如同亲姐妹一般,甚是看

---

[1] 东君——春神,这里借喻顾提控。

待得好。他心中也时常打点提控到他房里的,怎知道:

> 落花有意随流水,流水无情恋落花。
> 直待他年荣贵后,方知今日不为差。

提控只如常相处,并不曾起一毫邪念,说一句戏话,连爱娘房里脚也不蹮[1]进去一步。爱娘初时疑惑,后来也不以为怪了。

提控衙门事多,时常不在家里。匆匆过了一月有馀,忽一日,得闲在家中,对娘子道:"江小娘在家,初意要替他寻个人家,急切里凑不着巧。而今一月多了,久留在此也觉不便,不如备下些礼物,送还他家。他家父母必然问起女儿相处情形。他晓得我心事如此,自然不来强我了。"提控娘子道:"说得有理。"当下把此意与江爱娘说明了,就备了六个盒盘,又将出珠花四朵,金耳环一双,送与江爱娘插戴好。一乘轿,着个从人径送到江老家里来。

江老夫妻接着轿子,晓得是顾家送女儿回家,心里疑道:"为何叫他独自个归来?"问道:"提控在家么?"从人道:"提控不得工夫来,多多拜上阿爹,这几时有慢了小娘子,今特送还府上。"江老见说话跷蹊,反怀着一肚子鬼胎道:"敢怕有甚不恰当处?"忙忙领女儿到里边坐了,同嬷嬷细问他这一月的光景。爱娘把顾娘子相待甚厚,并提控不进房、不近身的事,说了一遍。江老呆了一晌,道:"长要来[2]问个信,自从为事之后,生意淡薄,穷忙没有工夫。又是素手[3],不

---

[1] 蹮(xǐ 徙)——同"屣",鞋。这里用作动词,意为迈、踏。
[2] 长要来——吴方言,经常要来之意。
[3] 素手——空手,意即没有携带礼物。

好上门。欲待央个人来,急切里没便处。只道你一家和睦,无些别话,谁想却如此行径。这怎么说!"嬷嬷道:"敢是日子不好?与女儿无缘法?得个人解禳[1]解禳便好。"江老道:"且等另拣个日子,再送去又做处[2]。"爱娘道:"据女儿看起来,这个提控不是贪财好色之人,乃是个正人君子。我家强要谢他,他不好推辞得,故此权留这几时,誓不玷污我身。今既送了归家,自不必再送去。"江老道:"虽然如此,他的恩德毕竟不曾报得,反住在他家,打搅多时,又加添礼物送来,难道便是这样罢了?还是改日再送去的是。"爱娘也不好阻当,只得凭着父母说罢了。

过了两日,江老夫妻做了些饼食,买了几件新鲜物事,办着十来个盒盘,一坛泉酒,雇个担夫挑了,又是一乘轿抬了女儿,留下嬷嬷看家,江老自家伴送过顾家来。提控迎着江老。江老道其来意。提控作色道:"老丈难道不曾问及令爱来?顾某心事,唯天可表。老丈何不见谅如此?此番决不敢相留。盛惠谨领,令爱不及款接,原轿请回。改日登门拜谢。"江老见提控词色严正,方知女儿不是诳语,连忙出门止住来轿,叫他仍旧抬回家去。提控留江老转去茶饭,江老也再三辞谢,不敢叨领。当时别去。

提控转来受了礼物,出了盒盘,打发了脚担钱,分付多谢去了。进房对娘子说江老今日复来之意。娘子道:"这个便老没正经。难

---

[1] 解禳(ráng 瓤)——一种祈祷消灾的迷信活动。
[2] 做处——指行为、做事。"又做处",即再来一遍、再做一次。

道前番不谐,今番有再谐之理? 只是难为了爱娘又来一番,不曾会得一会去。"提控道:"若等他下了轿。接了进来,又多一番事了,不如决绝回头了的是。这老儿真诚,却不见机。既如此把女儿相缠,此后往来倒也要稀疏了些。外人不知就里,惹得造下议论来,反害了女儿终身,是要好成歉[1]了。"娘子道:"说得极是。"自此,提控家不似前日十分与江家往来得密了。

那江家原无甚么大根基,不过生意济楚[2],自经此一番横事剥削之后,家计萧条下来。自古道:"人家天做。"运来时,撞着就是趁钱[3]的,火焰也似长起来;运退时,撞着就是折本的,潮水也似退下去。江家悔气头里,连五熟行[4]里生意多不济了。做下饼食,常管五七日不发市,就是馊蒸气了,喂猪狗也不中。你道为何如此? 先前为事时不多几日,只因惊怕了,自女儿到顾家去后,关了一个月多店门不开,主顾家多生疏,改向别家去,就便拗不转来。况且窝盗为事,声名扬开去不好听,别人不管好歹,信以为实,就怕来缠帐。以此生意冷落,日吃日空,渐渐支持不来。要把女儿嫁个人家,思量靠他过下半世,又高不凑,低不就。光阴眨眼,一错就是论年,女儿也大得过期了。

---

[1] 要好成歉——做好事反没得到好结果。
[2] 济楚——这里是赞美之词,"生意济楚"即生意好。
[3] 趁钱——赚钱。
[4] 五熟行——"五熟"亦作"五孰",指烹调成的各味食品。"五熟行",宋元以来指卖五种食品店铺的统称:卖面的唤做"汤熟",卖烧饼的唤做"火熟",卖鲊的唤做"腌熟",卖炊饼的唤做"气熟",卖馄饨的唤做"油熟"。文中江老是"卖饼的",亦属"五熟行"。

忽一日,一个徽州商人经过,偶然间瞥见爱娘颜色,访问邻人,晓得是卖饼江家。因问:"可肯与人家为妾否?"邻人道:"往年为官事时,曾送与人做妾。那家行善事,不肯受,还了的。做妾的事只怕也肯。"徽商听得此话去,央个熟事的媒婆到江家来说此亲事,只要事成,不惜重价。媒婆得了口气,走到江家,便说出徽商许多富厚处,情愿出重礼,聘小娘子为偏房。江老夫妻正在喉急头上,见说得动火,便问道:"讨在何处去的?"媒婆道:"这个朝奉只在扬州开当种盐〔1〕,大孺人自在徽州家里。今讨去做二孺人,住在扬州当中,是两头大〔2〕的,好不受用。亦且路不多远。"江老夫妻道:"肯出多少礼?"媒婆道:"说过只要事成,不惜重价。你每能要得多少?那富家心性,料必勾你每心下的。凭你们讨礼罢了。"江老夫妻商量道:"你我心下不割舍得女儿,欲待留下他,遇不着这样好主。有心得把与别处人去,多讨得些礼钱,也勾下半世做生意度日方可。是必要他三百两,不可少了。"商量已定,对媒婆说过。媒婆道:"三百两忒重些。"江嬷嬷道:"少一厘我也不肯。"媒婆道:"且替你们说说看。只要事成后,谢我多些儿。"三个人尽说三百两是一大主财物,极顶价钱了,不想商人慕色心重,二三百金之物,那里在他心上?一说就允。如数下了财礼,拣个日子,娶了过去,开船往扬州。江爱娘哭哭啼啼,自道终身不得见父母了。江老虽是卖去了女儿,心中凄楚,却幸得了一主〔3〕大财,在家别做生

---

〔1〕 开当种盐——即开当铺做盐商。种,原误做"中"。
〔2〕 两头大——吴方言,意即妻妾分居,两边都当大老婆看待。
〔3〕 一主——主,通"注"。一注,一项,一笔,多指钱财而言。

理,不题。

却说顾提控在州六年,两考役满,例当赴京听考。吏部点卯[1]过,拨出在韩侍郎[2]门下办事效劳。那韩侍郎是个正直忠厚的大臣,见提控谨厚小心,仪表可观,也自另眼看他,时留在衙前听候差使。

一日,侍郎出去拜客,提控不敢擅离衙门左右,只在前堂伺候归来。等了许久,侍郎又往远处赴席,一时未还。提控等得不耐烦,困倦起来,坐在槛上打盹。朦胧睡去,见空中云端里黄龙现身,彩霞一片,映在自己身上。正在惊看之际,忽有人蹴他起来,飒然惊觉。乃是后堂传呼,高声喝:"夫人出来!"提控仓惶失措,连忙趋避不及。夫人步至前堂,亲看见提控荒邋走出之状,着人唤他转来。提控自道失了礼度,必遭罪责,趋至庭中跪倒,俯伏地下,不敢仰视。夫人道:"抬起头来我看。"提控不敢放肆,略把脖子一伸。夫人看见道:"快站起来。你莫不是太仓顾提控么?为何在此?"提控道:"不敢。小吏顾芳,实是太仓人。考满赴京,在此办事。"夫人道:"你认得我否?"提控不知甚么缘故,摸个头路不着,不敢答应一声。夫人笑道:"妾身非是别人,即是卖饼江家女儿也。昔年徽州商人娶去,以亲女

---

[1] 点卯——点名。旧时官署办公从"卯时"(现在五至七时)开始,官员要查点吏役人数,谓之"点卯"。这里顾提控是来吏部"听考"的,"点卯过"含有考核过后的意思。
[2] 侍郎——官职名,门下省、中书省、尚书省等所属各部的副长官,明代为正二品的高级官员。

相待,后来嫁与韩相公为次房。正夫人亡逝,相公立为继室,今已受过封诰。想来此等荣华,皆君所致也。若是当年非君厚德,义还妾身,今日安能到此地位?妾身时刻在心,正恨无繇补报。今天幸相逢于此,当与相公说知就里,少图报效。"提控听罢,恍如梦中一般。偷眼觑着堂上夫人,正是江家爱娘。心下道:"谁想他却有这个地位!"又寻思道:"他分明卖与徽州商人做妾了,如何却嫁得与韩相公?方才听见说徽商以亲女相待,这又不知怎么解说。"当下退出外来,私下偷问韩府老都管〔1〕,方知事体备细:

当日徽商娶去时节,徽人风俗,专要闹房炒新郎。凡亲戚朋友相识的,在住处所在,闻知娶亲,就携了酒榼〔2〕前来称庆。说话之间,名为祝颂,实半带笑耍,把新郎灌得烂醉,方以为乐。是夜徽商醉极,讲不得甚么云雨勾当,在新人枕畔,一觉睡倒,直至天明。朦胧中见一个金甲神人,将瓜锤扑他脑盖一下,蹴他起来道:"此乃二品夫人,非凡人之配,不可造次胡行。若违我言,必有大咎!"徽商惊醒,觉得头疼异常,只得扒了起来。自想此梦稀奇,心下疑惑。平日最信的是关圣灵签〔3〕,梳洗毕,开个随身小匣,取出十个钱来,对空虔诚祷告,看与此女缘分何如。卜得个乙戊,乃是第十五签。签曰:

两家门户各相当,不是姻缘莫较量。

直待春风好消息,却调琴瑟向兰房。

---

〔1〕 都管——总管,仆役的头目。
〔2〕 酒榼(kē磕)——酒器。榼,古代木制的盛酒器具。
〔3〕 关圣灵签——关圣,指三国时蜀将关羽,托其名以示卜签灵验。

详了签意,疑道:"既明说'不是姻缘'了,又道'直待春风'、'却调琴瑟',难道放着见货,等待时来不成?"心下一发糊涂。再缴一签,卜得个辛丙,乃是第七十三签。签曰:

> 忆昔兰房分半钗,而今忽报信音乖。
>
> 痴心指望成连理,到底谁知事不谐。

得了这签,想道:"此签说话明白,分明不是我的姻缘,不能到底的了。梦中说有二品夫人之分,若把来另嫁与人,看是如何?"祷告过再卜一签,得了个丙庚,乃是第二十七签。签曰:

> 世间万物各有主,一粒一毫君莫取。
>
> 英雄豪杰本天生,也须步步循规矩。

徽商看罢,道:"签句明白如此,必是另该有个主。吾意决矣。"

虽是这等说,日间见他美色,未免动心。然但是有些邪念,便觉头疼。到晚来走近床边,愈加心神恍惚,头疼难支。徽商想道:"如此跷蹊,要见梦言可据,签语分明。万一破他女身,必为神明所恶。不如放下念头,认他做个干女儿,寻个人嫁了他,后来果得富贵,也不可知。"遂把此意对江爱娘说道:"在下年四十馀岁,与小娘子年纪不等。况且家中原有大孺人,今扬州典当内,又有二孺人。前日只因看见小娘子生得貌美,故此一时聘娶了来。昨晚梦见神明说,小娘子是个贵人,与在下非是配偶。今不敢胡乱,辱莫了小娘子。在下痴长一半年纪,不若认义为父女,等待寻个好姻缘配着,图个往来。小娘子意下何如?"江爱娘听见说不做妾做女,有甚么不肯处?答应道:"但凭尊意,只恐不中抬举。"当下起身,插烛也似拜了徽商四拜。以后只称徽商做爹爹，徽商称爱娘做大姐，各床而睡。

同行至扬州当里，只说是路上结拜的朋友女儿，托他寻人家的，也就分付媒婆替他四下里寻亲事。正是春初时节，恰好凑巧，韩侍郎带领家眷上任，舟过扬州。夫人有病，要娶个偏房，就便伏侍夫人，停舟在关下。此话一闻，那些做媒的如蝇聚膻，来的何止三四十起。各处寻将出来，多看得不中意。落末有个人说："徽州当里有个干女儿，说是太仓州来的，模样绝美，也是肯与人为妾的，问问也好。"其间就有媒婆叮揽去当里来说。

元来徽州人有个僻性，是乌纱帽、红绣鞋[1]，一生只这两件不争银子，其馀诸事悭吝了。听见说个韩侍郎娶妾，先自软瘫了半边，自夸梦兆有准，巴不得就成了。韩府也叫人看过，看得十分中意。徽商认做自己女儿，不争财物，反赔嫁妆，只贪个纱帽往来，便自心满意足。韩府仕宦人家，做事不小，又见徽商行径冠冕，不说身价，反轻易不得了，连钗环首饰段匹银两，也下了三四百金礼物。徽商受了，增添嫁事，自己穿了大服，大吹大擂，将爱娘送下官船上来。侍郎与夫人看见人物标致，更加礼仪齐备，心下喜欢，另眼看待。到晚云雨之际，俨然身是处子，一发敬重。一路相处，甚是相得。到了京中，不料夫人病重不起，一应家事，尽属爱娘掌管。爱娘处得井井有条，胜过夫人在日，内外大小无不喜欢。韩相公得意，拣个吉日，立为继房。

---

[1] 乌纱帽、红绣鞋——乌纱帽代指官吏，红绣鞋代指女色。

恰遇弘治改元覃恩[1]，竟将江氏入册报去，请下了夫人封诰，从此内外俱称夫人了。

自从做了夫人，心里常念先前嫁过两处，若非多遇着好人，怎生保全得女儿之身，致今日有此享用？那徽商认做干爷，兀自往来不绝，不必说起；只不知顾提控近日下落。忽然堂前相遇，恰恰正在门下走动，正所谓：

一叶浮萍归大海，人生何处不相逢？

夫人见了顾提控，返转内房。等候侍郎归来，对侍郎说道："妾身有个恩人，没路报效，谁知却在相公衙门中服役。"侍郎问是谁人，夫人道："即办事吏顾芳是也。"侍郎道："他与你有何恩处？"夫人道："妾身原籍太仓人，他也是太仓州吏。因妾家里父母被盗扳害，得他救解，幸免大祸。父母将身酬谢，坚辞不受，强留在彼，他与妻子待以宾礼，誓不相犯。独处室中一月，以礼送归。后来过继与徽商为女得有今日。岂非恩人？"侍郎大惊道："此柳下惠、鲁男子[2]之事，我辈所难，不道掾吏之中却有此等仁人君子。不可埋没了他！"竟将其事写成一本，奏上朝廷。本内大略云：

----

〔1〕改元覃恩——改元，指明孝宗登基后改年号为弘治，时公元1488年。覃恩，广布恩泽，指登基庆典时对臣下普行封赏或赦免。
〔2〕柳下惠、鲁男子——柳下惠，春秋时鲁国大夫，传说他夜宿城门口，见一女子受冻，就用衣服把她裹在自己怀里，由于正派，没人怀疑他有淫乱行为。鲁男子，春秋时鲁国的一位独居的男子。一个暴风雨的夜晚，邻家寡妇房屋被毁，要求到他家避雨，为避免嫌疑，他拒绝接纳。

窃见太仓州吏顾芳,暴白冤事,侠骨著于公庭;峻绝谢私,贞心矢乎暗室。品流虽贱,衣冠所难;合行特旌,以章笃行[1]。

孝宗见奏大喜,道:"世间那有此等人?"即召韩侍郎面对,问其详细。侍郎一一奏知,孝宗称叹不置。侍郎道:"此皆陛下中兴之化[2]所致,应与表扬。"孝宗道:"何止表扬？其人堪为国家所用。今在何处?"侍郎道:"今在京中考满,拨臣衙门办事。"孝宗回顾内侍,命查那部里缺司官。司礼监秉笔内监奏道:"昨日吏部上本,礼部仪制司[3]缺主事一员。"孝宗道:"好,好。礼部乃风化之原,此人正好。"即御批:"顾芳除补,吏部知道。"韩侍郎当下谢恩而出。

侍郎初意不过要将他旌表一番,与他个本等职衔,梦里也不料圣意如此嘉奖,骤与殊等美官,真个喜出望外。出了朝中,竟回衙来,说与夫人知道。夫人也自欢喜不胜,谢道:"多感相公为妾报恩,妾身万幸。"侍郎看见夫人欢喜,心下愈加快活,忙叫亲随报知顾提控。提控闻报,犹如地下升天。还服着本等衣服,随着亲随,进来先拜谢相公。侍郎不肯受礼,道:"如今是朝廷命官,自有体制。且换了冠带,谢恩之后,然后私宅叙不迟。"须臾,便有礼部衙门人来伺候,伏侍去到鸿胪寺[4]报了名。次早午门外谢了圣恩,到衙门到任。

------

〔1〕 以章笃(dǔ堵)行——来表扬他的诚实行为。章,通"彰"。
〔2〕 中兴之化——国家复兴的教化。
〔3〕 礼部仪制司——明代礼部下设执掌诸礼文宗封贡举学校之事的机构,其长官即为"主事"。
〔4〕 鸿胪寺——主管朝廷祭祀礼仪的官署。明制,百官复命谢恩须由鸿胪寺引奏。

正是：

> 昔年萧主吏[1]，今日叔孙通[2]。
> 两翅何曾异？只是锦袍红。

当日顾主事完了衙门里公事，就穿着公服，竟到韩府私宅中来拜见侍郎。顾主事道："多谢恩相提携，在皇上面前极力荐举，故有今日。此恩天高地厚。"韩侍郎道："此皆足下阴功浩大，以致圣主宠眷非常，得此殊典。老夫何功之有？"拜罢，主事请拜见夫人，以谢推许大恩。侍郎道："贱室既忝同乡，今日便同亲戚。"传命请夫人出来相见。夫人见主事，两相称谢，各拜了四拜。夫人进去治酒。是日侍郎款待主事，尽欢而散。夫人又传问顾主事离家在几时，父母的安否下落。顾主事回答道："离家一年。江家生意如常，却幸平安无事。"侍郎与顾主事商议，待主事三月之后，给个假限回籍，就便央他迎取江老夫妇。顾主事领命。果然给假，衣锦回乡，乡人无不称羡。因往江家拜候，就传女儿消息。江家喜从天降。主事假满，携了妻子回京复任。就分付二号船里，着落了江老夫妇。到京相会，一家欢忭无极。

自此侍郎与主事通家往来，俨如伯叔子侄一般。顾家大娘子与韩夫人愈加亲密，自不必说。后来顾主事三子皆读书登第。主事寿登九十五岁，无病而终。此乃上天厚报善人也。所以奉劝世间行善，原是积来自家受用的。有诗为证：

---

[1] 萧主吏——指汉初大臣萧何，曾为主吏，故称。主吏是一种职位低下的官吏。
[2] 叔孙通——汉初儒者，任博士，曾杂采古礼而立朝仪。

美色当前谁不慕?况是酬恩去复来。
若使偶然通一笑,何缘掾吏入容台?

二刻拍案惊奇卷十六

迟取券毛烈赖原钱　　失还魂牙僧索剩命

诗云：

一陌[1]金钱便返魂，公私随处可通门。

鬼神有德开生路，日月无光照覆盆[2]。

贫者何缘蒙佛力，富家容易受天恩。

早知善恶多无报，多积黄金遗子孙。

这首诗乃是令狐譔所作。他邻近有个乌老，家资巨万，平时奸贪不义。死去三日，重复还魂。问他缘故，他说："死后亏得家里广作佛事，多烧楮钱[3]，冥官大喜，所以放还。"令狐譔闻得，大为不平道："我只道只有阳世间贪官污吏受财枉法，卖富差贫[4]，岂知阴间也自如此？"所以做这首诗。后来冥司追去，要治他谤讪之罪，被令狐譔是长是短，辨析一番。冥司道他持论甚正，放教还魂，仍追乌老

---

〔1〕一陌——钱数。"陌"即"百"，一陌为一百钱。

〔2〕"日月"句——覆置的盆内见不到阳光和月光，因以比喻社会黑暗或沉冤莫白。语出《抱朴子·辨问》："是责三光不照覆盆之内也。"

〔3〕楮（chǔ楚）钱——祭奠时焚烧的纸钱。楮，树名，其皮可制纸，因作纸的代称。

〔4〕卖富差贫——指贪官污吏得富人钱有罪也可放归，得不到穷人好处无罪也要罚作苦役。

置之地狱。盖是世间没分剖处的冤枉,尽拚到阴司里理直。若是阴司也如此糊涂,富贵的人只消作恶造业,到死后分付家人多做些功果,多烧些楮钱,便多退过了,却不与阳间一样没分晓?所以令狐生不伏,有此一诗。其实阴司报应,一毫不差的。

宋淳熙年间,明州[1]有个夏主簿,与富民林氏共出本钱,买扑[2]官酒坊地店,做那沽拍[3]生理。夏家出得本钱多些,林家出得少些,却是经纪营运,尽是林家家人主当,夏家只管在里头照本算帐,分些干利钱。夏主簿是个忠厚人,不把心机提防,指望积下几年,总收利息。虽然零碎支动了些,拢统算着,还该有二千缗钱多在那里,若把银算,就是二千两了。去到林家取讨时,林家在店管帐的共有八个,你推我推,只说算帐未清,不肯付还。讨得急了两番,林家就说出没行止[4]话来道:"我家累年价辛苦,你家打点得自在钱,正不知钱在那里哩!"夏主簿见说得蹊跷,晓得要赖他的,只得到州里告了一状。林家得知告了,笑道:"我家将猫儿尾拌猫饭吃[5],拚得将你家利钱折去了一半,官司好歹是我赢的。"遂将二百两送与州官。

---

[1] 明州——辖境相当现在浙江省甬江流域,治所在今宁波市鄞州区。
[2] 买扑——亦作"买糵"、"扑买",为宋代一种招商承包税收的制度。这里即是说将官方的酒坊地店买来经营权。
[3] 沽拍——卖酒。拍,即"拍户",《梦粱录》卷十六"酒肆"云:"大抵酒肆除官库、子库、脚店之外,其馀谓之拍户,兼卖诸般下酒,食次随意索唤。"
[4] 没行止——无理、不讲道德。行止,指行为品德。
[5] 猫儿尾拌猫饭吃——意谓自己吃自己。这里指用夏家应得的利钱来与夏家打官司。

连夜叫八个干仆把簿籍尽情改造,数目字眼多换过了,反说是夏家透支[1]了,也诉下状来。州官得过了贿赂,那管青红皂白? 竟断道:"夏家欠林家二千两。"把夏主簿收监追比。

其时郡中有个刘八郎,名元,人叫他做刘元八郎,平时最有直气。见了此事,大为不平,在人前裸臂揎拳的嚷道:"吾乡有这样冤枉事! 主簿被林家欠了钱,告状反致坐监,要那州县何用? 他若要上司去告,指我作证,我必要替他伸冤理枉,等林家这些没天理的个个吃棒。"到一处,嚷一处。林家这八个人见他如此行径,恐怕弄得官府知道了,公道上去不得,翻过案来。商量道:"刘元八郎是个穷汉,与他些东西,买他口静罢。"就中推两个有口舌的去邀了八郎,到旗亭[2]中坐定。八郎问道:"两位何故见款?"两人道:"仰慕八郎义气,敢此沽一杯奉敬。"酒中说起夏家之事,两人道:"八郎不要管别人家闲事,且只吃酒。"酒罢,两人袖中摸出官券二百道来,送与八郎道:"主人林某,晓得八郎家贫,特将薄物相助。以后求八郎不要多管。"八郎听罢,把脸儿涨得通红,大怒起来道:"你每做这样没天理的事,又要把没天理的东西赃污我? 我就饿死了,决不要这样财物!"叹一口气道:"这等看起来,你每财多力大,夏家这件事在阳世间不能勾明白了。阴间也有官府,他少不得有剖雪处。且看,且看。"忿忿地叫酒家过来问道:"我每三个吃了多少钱钞?"酒家道:

---

[1] 透支——支出的钱超过了存入的钱。
[2] 旗亭——即酒楼。

"算该一贯八百文。"八郎道:"三个同吃,我该出六百文。"就解一件衣服,到隔壁柜上解当了六百文钱,付与酒家。对这两人拱拱手道:"多谢携带。我是清白汉子,不吃这样不义无名之酒!"大踏步竟自去了。两个人反觉没趣,算结了酒钱,自散了。

且说夏主簿遭此无妄之灾,没头没脑的被贪赃州官收在监里。一来是好人家出身,不曾受惯这苦;二来被别人少了钱,反关在牢中,心中气蛊,染了牢瘟,病将起来。家属央人保领,方得放出,已病得八九分了。临将死时,分付儿子道:"我受了这样冤恨,今日待死。凡是一向扑官酒坊公店,并林家欠钱帐目,与管帐八人名姓,多要放在棺内,吾替他地府申辨去。"才死得一月,林氏与这八个人,陆陆续续尽得暴病而死。眼见得是阴间状准了。

又过一个多月,刘八郎在家,忽觉头眩眼花。对妻子道:"眼前境界不好,必是夏主簿要我做对证,势必要死。奈我平时没有恶业,对证过了,还要重生,且不可入殓。三日后不还魂,再作道理。"果然死去。两日,活将转来,拍手笑道:"我而今才出得这口恶气!"家人问其缘故。八郎道:"起初见两个公吏邀我去,走勾百来里路,到了一个官府去处,见一个绿袍官人在廊房中走出来,仔细一看,就是夏主簿。再三谢我道:'烦劳八郎来此。这里文书都完,只要八郎略一证明,不必忧虑。'我抬眼看见丹墀之下,林家与八个管帐人,共顶着一块长枷,约有一丈五六尺长,九个头齐齐露出在枷上。我正要消遣他,忽报王升殿了。吏引我去见过。王道:'夏家事已明白,不须说得。旗亭吃酒一节,明白说来。'我供道:'是两人见招饮酒,与官券二百道，不曾敢接。'王对左右叹道：'世上却有如此好人，须商议报答他，可检他来算。'吏禀：'他该七十九岁。'王道：'穷人不受钱，更为难得，岂可不赏？添他阳寿一纪。'就着元追公吏，送我回家。出门之时，只见那一伙连枷的人，赶入地狱里去了。必然细细要偿还他的，料不似人世间葫芦提[1]。我今日还魂，岂不快活也？"后来此人整整活到九十一岁，无疾而终。可见阳世间有冤枉，阴司事再没有不明白的。

只是这一件事，阴报虽然明白，阳世间欠的钱钞到底不曾显还得，未为大畅。而今说一件阳间赖了，阴间断了，仍旧阳间还了，比这事说来好听。

阳世全凭一张纸，是非颠倒多因此。

岂似幽中业镜台，半点欺心没处使。

话说宋绍兴年间，庐州合江县[2]赵氏村有一个富民，姓毛，名烈。平日贪奸不义，一味欺心，设谋诈害。凡是人家有良田美宅，百计设法，直到得上手才住。挣得泼天也似人家，心里不曾有一毫止足。看见人家略有些小衅隙，便在里头挑唆，于中取利，没便宜不做事。其时，昌州[3]有一个人，姓陈，名祈，也是个狠心不守分之人，

〔1〕 葫芦提——宋元时口语，意即糊涂。据顾学颉、王学奇《元曲释词》考证："'葫芦提'是'鹘突'的转音，而'鹘突'即'糊涂'也，'提'字是语尾词。"
〔2〕 庐州合江县——按，庐州辖境相当现在安徽省中部地区，治内未见设置过合江县。而合江县历属泸州管辖，泸州治所即今四川省泸州市。故"庐州"当是"泸州"之误。
〔3〕 昌州——辖境相当现在四川省沱江支流濑溪河流域地区，治所在今重庆市大足区。

与这毛烈十分相好。你道为何？只因陈祈也有好大家事。他一母所生，还有三个兄弟，年纪多幼小，只是他一个年纪长成，独掌家事。时常恐怕兄弟每大来，这家事须四分分开，要趁权在他手之时，做个计较，打些偏手[1]，讨些便宜。晓得毛烈是个极有算计的人，早晚用得他着，故此与他往来交好。毛烈也晓得陈祈有三个幼弟，却独掌着家事，必有欺心毛病，他日可以在里头看景生情，得些渔人之利。所以两下亲密，语话投机，胜似同胞一般。

一日，陈祈对毛烈计较道："吾家小兄弟们渐渐长大，少不得要把家事四股分了。我枉替他们白做这几时奴才，心不甘伏，怎么处？"毛烈道："大头在你手里，你把要紧好的藏起了些不得？"陈祈道："藏得的藏了；田地是露天盘子，须藏不得。"毛烈道："只要会计较，要藏时，田地也藏得。"陈祈道："如何计较藏地？"毛烈道："你如今只推有甚么公用，将好的田地卖了去，收银子来藏了，不就是藏田地一般？"陈祈道："祖上的好田好地，又不舍得卖掉了。"毛烈道："这更容易。你只拣那好田地，少些价钱，权典在我这里。目下拿些银子去用用，以后直等你们弟兄已将见在田地四股分定了，然后你自将原银在我处赎了去，这田地不多是你自己的了？"陈祈道："此言诚为有见，但你我虽是相好，产业交关[2]，少不得立个文书，也要用着个中人才使得。"毛烈道："我家出入银两，置买田产，大半是大胜寺高公

---

[1] 打些偏手——在某种情事中，自己乘机找些便宜。
[2] 交关——犹言交易。

做牙侩[1]。如今这件事，也要他在里头做个中见[2]罢了。"陈祈道："高公我也是相熟的。我去查明了田地，写下了文书，去要他着字便了。"

元来这高公法名智高，虽然是个僧家，倒有好些不像出家人处。头一件是好利，但是风吹草动，有些个赚得钱的所在，他就钻的去了。所以囊钵充盈，经纪惯熟。大户人家做中做保，倒多是用得他着的，分明是个没头发的牙行。毛家债利出入，好些经他的手，就是做过几件欺心事体，也有与他首尾过来的。陈祈因此央他做了中，将田立券，典与毛烈。因要后来好赎，十分不典他重价钱，只好三分之一，做个交易的意思罢了。陈祈家里田地广有，非止一处，但是自家心里贪着的，便把来典在毛烈处做后门[3]。如此一番，也累起本银三千多两了。其田足值万金，自不消说。毛烈放花[4]作利，已此便宜得多了。只为陈祈自有欺心，所以情愿把便宜与毛烈得了去。

以后陈祈母亲死过，他将见在户下的田产分做四股，把三股分与三个兄弟，自家得了一股。兄弟们不晓得其中委曲，见眼前分得均平，多无说话了。过了几时，陈祈端正起赎田的价银，径到毛烈处取赎。毛烈笑道："而今这田却不是你独享的了？"陈祈道："多谢主见高妙。今兄弟们皆无言可说，要赎了去自管。"随将原价一一交明。

---

[1] 牙侩——即"牙商"，贸易双方的居间人。
[2] 中见——中间见证人。
[3] 做后门——吴方言，隐匿家产寄存在别人家。
[4] 放花——即放高利贷。所得利息即下文所说"花息"。

毛烈照数收了，将进去交与妻子张氏藏好。此时毛烈若是个有本心的，就该想着出的本钱原轻，收他这几年花息，便宜多了。今有了本钱，自该还他去，有何可说？谁知狠人心性却又不然，道这田总是欺心来的，今赎去独吞，有好些放不过。他就起个不良之心，出去对陈祈道："原契在我拙荆处，一时有些身子不快，不便简寻。过一日还你罢。"陈祈道："这等，写一张收票与我。"毛烈笑道："你晓得我写字不大便当，何苦难我？我与你甚样交情，何必如此？待一二日间，翻出来就送还罢了。"陈祈道："几千两往来，不是取笑。我交了这一主大银子，难道不要讨一些把柄回去？"毛烈道："正为几千两的事，你交与我了，又好赖得没有不成？要甚么把柄？老兄忒过虑了。"陈祈也托大，道是毛烈平日相好，其言可信，料然无事。

　　隔了两日，陈祈到毛烈家去取前券，毛烈还推道一时未寻得出。又隔了两日去取，毛烈躲过，竟推道不在家了。如此两番，陈祈走得不耐烦，再不得见毛烈之面，才有些着急起来。走到大胜寺高公那里去商量，要他去问问毛烈下落。高公推道："你交银时，不曾通我知道，我不好管得。"陈祈没奈何，只得又去伺候毛烈。一日撞见了，好言与他取券。毛烈冷笑道："天下欺心事只许你一个做？你将众兄弟的田偷典我处，今要出去自吞。我便公道欺心，再要你多出两千，也不为过。"陈祈道："原只典得这些，怎要我多得？"毛烈道："不与我，我也不还你券，你也管田不成。"陈祈大怒道："前日说过的说话，怎倒要诈我起来？当官去说，也只要的我本钱。"毛烈道："正是，正是。当官说不过时，还你罢了。"

陈祈一忿之气，归家写张状词，竟到县里告了毛烈。当得毛烈预先防备这着的，先将了些钱钞去寻县吏丘大，送与他了，求照管此事。丘大领诺。比及陈祈去见时，丘大先自装腔了，问其告状本意。陈祈把实情告诉了一遍，丘大只是摇头道："说不去。许多银两交与他了，岂有没个执照[1]的理？教我也难帮衬你。"陈祈道："因为相好的，不防他欺心，不曾讨得执照。今告到了官，全要提控说得明白。"丘大含糊应承了，却在知县面前只替毛烈说了一边的话，又替毛家送了些孝顺意思与知县了。知县听信。到得两家听审时，毛烈把交银的事一口赖定，陈祈其实一些执照也拿不出，知县声口有些向了毛烈。陈祈发起极来，在知县面前指神罚咒。知县道："就是银子有的，当官只凭文券。既没有文券，把甚么做凭据断还得你？分明是一划[2]混赖！"倒把陈祈打了二十个竹篦，问了不合图赖人罪名，量决[3]脊杖。这三千银子，只当丢去东洋大海，竟没说处。

陈祈不服，又到州里去告，准了。及至问起来，知是县间问过的，不肯改断，仍复照旧。又到转运司告了，批发县间，一发是原问衙门，只多得一番纸笔，有甚么相干？落得费坏了脚手，折掉了盘缠。毛烈得了便宜，暗地喜欢。陈祈失了银子，又吃打吃断，竟没处伸诉。正所谓：

---

[1] 执照——这里指凭证。
[2] 一划（chàn 忏）——一派、一味。
[3] 量决——衡量案情加以判决。

浑身似口不能言,遍体排牙说不得。

欺心又遇狠心人,贼偷落得还贼没。

看官,你道这事多只因陈祈欺瞒兄弟,做这等奸计,故见得反被别人赚了,也是天有眼力处。却是毛烈如此欺心,难道银子这等好使的不成?不要性急,还有话在后头。

且说陈祈受此冤枉,没处叫撞天屈,气忿忿的无可摆布。宰了一口猪、一只鸡,买了一对鱼、一壶酒,左近边有个社公祠[1],他把福物拿到祠里摆下了,跪在神前道:"小人陈祈,将银三千两,与毛烈赎田。毛烈收了银子,赖了券书。告到官司,反问输了小人。小人没处申诉。天理昭彰,神目如电,还是毛烈赖小人的,小人赖毛烈的?是必三日之内,求个报应。"扣了几个头,含泪而出。到家里,晚上得一梦,梦见社神来对他道:"日间所诉,我虽晓得明白,做不得主。你可到东岳行宫[2]诉告,自然得理。"

次日,陈祈写了一张黄纸,捧了一对烛、一股香,竟望东岳行宫而来。进得庙门,但见:

殿宇巍峨,威仪整肃。离娄[3]左视,望千里如在目前;师旷[4]右边,听九幽直同耳畔。草参亭内,炉中焚百合明香;祝

---

[1] 社公祠——即"土地庙"。社公,土地神。
[2] 东岳行宫——即"东岳庙"。东岳,泰山神,道教传说泰山神掌管人间生死。
[3] 离娄——相传为黄帝时人,目力极强,道教供奉为"千里眼神"。
[4] 师旷——春秋时晋平公的太师,即乐官之长,传说他耳力极强,道教供奉为"顺风耳神"。

献台前,案上放万灵杯珓[1]。夜听泥神声喏,朝闻木马号嘶。比岱宗[2]具体而微,虽行馆有呼应必。若非真正冤情事,敢到庄严法相前?

陈祈衔了一天怨忿,一步一拜,拜上殿来,将心中之事,是长是短,照依在社神面前时一样,表白了一遍。只听得幡帷里面仿佛有人声到耳朵内道:"可到夜间来。"陈祈吃了一惊,晓得灵感,急急站起,走了出来。候到天色晚了,陈祈是气忿在胸之人,虽是幽暗阴森之地,并无一些畏怯,一直走进殿来。将黄纸状在烛上点着火,烧在神前炉内了,照旧通诚。拜祷已毕,又听得隐隐一声道:"出去。"陈祈亲见如此神灵,明知必有报应,不敢再渎,悚然归家。此时是绍兴四年四月二十日。

陈祈时时到毛烈家边去打听。过了三日,只见说毛烈死了。陈祈晓得蹊跷,去访问邻舍间,多说道:"毛烈走出门首,撞见一个着黄衣的人,走入门来揪住。毛烈奔脱,望里面飞也似跑,口里喊道:'有个黄衣人捉我,多来救救。'说不多几句,倒地就死。从不见死得这样快的!"陈祈口里不说,心里暗暗道:"是告的阴状有应,现报在我眼里了。"又过了三日,只见有人说大胜寺高公,也一时卒病而死。陈祈心里疑惑道:"高公不过是原中,也死在一时。看起来,莫不要阴司中对这件事么?"不觉有些恍恍惚惚,走到家里,就昏晕了去。少顷

---

[1] 杯珓(jiào 较)——占卜吉凶的器具,系用蚌壳或形似蚌壳的竹、木两片,掷地观其俯仰,以定吉凶。
[2] 岱宗——即泰山,这里指岱庙,在山东省泰安市内,祀泰山神,也就是泰山神所在地。其他地方的东岳庙故称"行宫"、"行馆"。

醒将转来，分付家人道："有两个人追我去对毛烈事体。闻得说我阳寿未尽，未可入殓。你们守我十来日着，敢怕还要转来。"分付毕，即倒头而卧，口鼻俱已无气。家人依言，不敢妄动，呆呆守着，自不必说。

且说陈祈随了来追的人竟到阴府，果然毛烈与高公多先在那里了，一同带见判官。判官一一点名过了，问道："南岳发下状来，毛烈赖了陈祈三千银两，这怎么说？"陈祈道："是小人与他赎田，他亲手接受，后来不肯还原券，竟赖道没有。小人在阳间与他争讼不过，只得到南岳大王处告这状的。"毛烈道："判爷休听他胡说，若是有银与小人时，须有小人收他的执照。"判官笑道："这是你阳间哄人，可以借此赖赖。"指着毛烈的心道："我阴间只凭这个，要甚么执照不执照？"毛烈道："小人其实不曾收他的。"判官叫取业镜过来。旁边一个吏就拿着铜盆大一面镜子来，照着毛烈。毛烈、陈祈与高公三人一齐看那镜子里面，只见里头照出陈祈交银，毛烈接受，进去付与妻子张氏，张氏收藏，是那日光景宛然见在。判官道："你看我这里可是要甚么执照的么？"毛烈没得开口。陈祈合着掌向空里道："今日才表明得这件事，阳间官府要他做甚么干？"高公也道："元然这银子果然收了，却是毛大哥不通。"

当下判官把笔来写了些甚么，就带了三人到一个大庭内，只见旁边列着兵卫甚多，也不知殿上坐的是甚么人，远望去是冕旒衮袍[1]

---

[1] 冕旒衮袍——古代帝王诸侯的衣帽。冕，礼帽。旒，帽前垂挂的珠串。衮袍，绣有龙形的礼服。

的王者。判官走上去说了一回,殿上王者大怒,叫取枷来,将毛烈枷了,口里大声分付道:"县令听决不公,削去已后官爵。县吏丘大火焚其居,仍削阳寿一半。"又唤僧人智高问道:"毛烈欺心事,与你商同的么?"智高道:"起初典田时,曾在里头做交易中人,以后事体多不知道。"又唤陈祈问道:"赎田之银,固是毛烈耍赖欺心;将田出典的缘故,却是你的欺心。"陈祈道:"也是毛烈教道的。"王者道:"这个推不得!与智高僧人做牙侩一样,该量加罚治。两人俱未合死,只教阳世受报。毛烈作业尚多,押入地狱受罪。"说毕,只见毛烈身边就有许多牛头夜叉[1],手执铁鞭铁棒,赶得他去。毛烈一头走,一头哭,对陈祈、高公说道:"吾不能出头了,二公与我传语妻子,快作佛事救援我。陈兄原券在床边木箱之内,还有我平日贪谋强诈得别人家田宅文券,共有一十三纸,也在箱里。可叫这一十三家的人来,一一还了他,以减我罪。二公切勿有忘!"

陈祈见说着还他原契,还要再问个明白,一个夜叉把一根铁棍在陈祈后心窝里一捣,喝道:"快去!"陈祈慌忙缩退,飒然惊醒,出了一身冷汗。只见妻子坐在床沿守着,问他时节,已过了七昼夜了。妻子道:"因你分付了,不敢入殓。况且心头温温的,只得坐守,幸喜得果然还魂转来。毕竟是毛烈的事对得明白否?"陈祈道:"东岳真个有灵,阴间真个无私,一些也瞒不得。大不似阳世间官府,没清头[2]、

---

[1] 夜叉——梵文音译,佛教传说中一种吃人的恶鬼,这里指阴曹的鬼役。
[2] 没清头——吴方言,糊涂,头脑不清,也作"无清头"。

没天理的。"因把死后所见事体,备细说了一遍。

抖搜了精神,坐定了性子一回,先叫人到县吏丘大家一看,三日之前已被火烧得精光,止烧得这一家火就息了。陈祈越加敬信。再叫人到大胜寺中访问高公,看果然一同还魂,意思要约他做了证见,索取毛家文券。人回来说:"三日之前,寺中师徒已把他荼毗[1]了。"——说话的,怎么叫做荼毗?看官,这就是僧家西方的说话,又有叫得阇维的,总是我们华言火化也。——陈祈见说高公已火化了,吃了一大惊,道:"他与我同在阴间说阳寿未尽,一同放转世的,如何就把来化了?叫他还魂在何处?这又是了不得的事了,怎么收场?"

陈祈心下忐忑,且走到毛家去取文券。看见了毛家儿子,问道:"尊翁故世,家中有甚么影响否?"毛家儿子道:"为何这般问及?"陈祈道:"在下也死去七日,倒与尊翁会过一番来,故此动问。"毛家儿子道:"见家父光景何如?有甚说话否?"陈祈道:"在下与尊翁本是多年相好的,只因不还我典田文书,有这些争讼。昨日倒亏得阴间对明,说文书在床前木箱里面,所以今日来取。"毛家儿子道:"文书便或者在木箱里面,只是阴间说话,谁是证见,可以来取?"陈祈道:"有倒有个证见。那时大胜寺高师父也在那里同见说了,一齐放还魂的。可惜他寺中已将他身尸火化,没了个活证。却有一件可信,你尊翁还说另有一十三家文券,也多是来路不明的田产,叫还了这一十三家,

---

[1] 荼毗(pí 皮)——也作"阇毗"、"阇维",佛教名词,意为焚烧、火化,指僧人死后火葬。

等他受罪轻些；又叫替他多做些佛事。这须是我造不出的。"毛家儿子听说，有些呆了。你道为何？元来阴间业镜照出毛妻张氏同受银子之时，毛氏在阳间恰像做梦一般，也梦见阴司对理之状，曾与儿子说过，故听得陈祈说着阴间之事，也有些道是真的了。走进去与母亲说知，张氏道："这项银子委实有的。你父亲只管道便宜了他，勒掯[1]着文书不与他，意思还要他分外出些加添。不道他竟自去告了官，所以索性一口赖了。又不料死得这样咤异。今恐怕你父亲阴间不宁，只该还了他。既说道还有一十三纸，等明日一总翻将出来，逐一还罢。"毛家儿子把母亲说话对陈祈说了。陈祈道："不要又像前番，回了明日，渐渐赖皮起来。此关系你家尊翁阴间受罪，非同阳间儿戏的。"毛家儿子道："这个怎么还敢？"陈祈当下自去了。

　　毛家儿子关了门进来。到了晚间，听得有人敲门，开出去却又不见，关了又敲得紧。问是那个，外边厉声答道："我是大胜寺中高和尚。为你家父亲赖了典田银子，我是原中人，被阴间追去做证见。放我归来，身尸焚化，今没处去了。这是你家害我的，须凭你家里怎么处我。"毛家儿子慌做一团，走进去与母亲说了。张氏也怕起来，移了火，同儿子走出来。听听外边，越敲得紧了，道："你若不开时，我门缝里自会进来。"张氏听着，果然是高公平日的声音，硬着胆回答道："晓得有累师父了。而今既已如此，教我们母子也没奈何，只好做些佛事超度师父罢。"外边鬼道："我命未该死，阴间不肯收留，还

---

〔1〕勒掯（kèn 肯去声）——勒索、故意刁难。

有世数未尽，又去脱胎做人不得，随你追荐阴功也无用处。直等我世数尽了，才得托生。这些时叫我在那里好？我只是守住在你家，不开去了。"毛家母子只得烧些纸钱，奠些酒饭，告求他去。鬼道："叫我别无去处，求我也没干。"毛家母子没奈何，只得踽踽踱踱，过了一夜。第二日急急去寻请僧道做道场，一来追荐毛烈，二来超度这个高公。

母子亲见了这些异样，怎敢不信？把各家文券多送去还了。谁知陈祈自得了文券之后，忽然害起心痛来，一痛发便待死去。记起是阴中被夜叉将铁棍心窝里捣了一下之故，又亲听见王者道陈祈欺心，阳世受报，晓得这典田事是欺心的，只得叫三个兄弟来，把毛家赎出之田，均作四分分了。却是心痛仍不得止。只因平日掌家时，除典田之外，他欺心处还多。自此每一遭痛发，便去请僧道保禳，或是东岳烧献，年年所费不计其数，此病随身终不脱体。到得后来，家计倒比三个兄弟消耗了。

那毛家也为高公之鬼不得离门，每夜必来扰乱，家里人口不安。卖掉房子，搬到别处，鬼也随着不舍。只得日日超度，时时斋醮。以后看看声音远了些，说道："你家福事做得多了，虽然与我无益，时常有神佛在家，我也有些不便。我且暂时去去，终是放你家不过的。"以后果然隔着几日才来，这里就做法事退他，或做佛事度他。如此缠帐多时，支持不过，毛家家私也逐渐消费下来。以后毛家穷了，连这些佛事、法事多做不起了，高公的鬼也不来了。

可见欺诈之财，没有得与你入己受用的。阴司比阳世公道，使不得奸诈,分毫不差池。这两家显报,自不必说。只高公僧人,贪财利,管闲事,落得阳寿未终,先被焚烧,虽然为此搅破了毛氏一家,却也是僧人的果报了。若当时徒弟们不烧其尸,得以重生,毕竟还与陈祈一样,也要受些现报,不消说得的。人生作事,岂可不知自省?

  阳间有理没处说,阴司不说也分明。

  若是世人终不死,方可横心自在行。

又有人道这诗未尽,翻案一首云:

  阳间不辨到阴间,阴间仍旧判阳还。

  纵是世人终不死,也须难使到头顽。

二刻拍案惊奇卷十七

同窗友认假作真 女秀才移花接木

诗曰:

万里桥边薛校书[1],枇杷窗下闭门居。

扫眉才子知多少,管领春风总不如。

这四句诗乃唐人赠蜀中妓女薛涛之作。这个薛涛,乃是女中才子。南康王韦皋[2]做西川节度使时,曾表奏他做军中校书,故人多称为薛校书。所往来的是高千里、元微之、杜牧之[3]一班儿名流。又将浣花溪[4]水造成小笺,名曰"薛涛笺"。词人墨客得了此笺,犹如拱璧。真正名重一时,芳流百世。

国朝洪武年间,有广东广州府人田洙,字孟沂,随父田百禄到成都赴教官[5]之任。那孟沂生得风流标致,又兼才学过人,书画琴棋之类

---

[1] "万里桥"句——万里桥,在今四川省成都市城南锦江上。薛校书,指薛涛,字洪度,唐代长安(今西安市)人,幼随父入蜀,后沦为乐妓,能诗,晚年居成都。校书,即校书郎,秘书一类的官员,传薛涛曾任此职,后遂作妓女的雅称。
[2] 韦皋——唐代京兆万年(今西安市)人,官剑南、西川节度使,有功名,封南康郡王。
[3] 高千里、元微之、杜牧之——均中唐时人。高骈,字千里,曾官西川节度使,有文名。元稹,字微之;杜牧,字牧之:二人都是著名诗人。
[4] 浣花溪——在成都市西郊,为锦江支流,风光秀美,是著名的游览胜地。
[5] 教官——又称"学官",主管学务的官员或官学教师。教官俸禄少,称为"冷官",故下文有"寒官冷署"的说法。

无不通晓,学中诸生日与嬉游,爱同骨肉。过了一年,百禄要遣他回家。孟沂的母亲心里舍不得他去,又且寒官冷署,盘费难处。百禄与学中几个秀才商量,要在地方上寻一个馆〔1〕与儿子坐坐,一来可以早晚读书,二来得些馆资,可为归计。这些秀才巴不得留住他,访得附郭一个大姓张氏要请一馆宾,众人遂将孟沂力荐于张氏。张氏送了馆约,约定明年正月元宵后到馆。至期,学中许多有名的少年朋友一同送孟沂到张家来,连百禄也自送去。张家主人曾为运使〔2〕,家道饶裕,见是老广文〔3〕带了许多时髦〔4〕到家,甚为喜欢,开筵相待。酒罢各散,孟沂就在馆中宿歇。

到了二月花朝日〔5〕,孟沂要归省父母。主人送他节仪二两,孟沂袋在袖子里了,步行回去。偶然一个去处,望见桃花盛开,一路走去看,境甚幽僻。孟沂心里喜欢,伫立少顷,观玩景致。忽见桃林中一个美人掩映花下。孟沂晓得是良人家,不敢顾盼,径自走过,未免带些卖俏身子,拖下袖来,袖中之银不觉落地。美人看见,便叫随侍的丫鬟拾将起来,送还孟沂。孟沂笑受,致谢而别。

明日,孟沂有意打那边经过,只见美人与丫鬟仍立在门首。孟沂望着门前走去。丫鬟指道:"昨日遗金的郎君来了。"美人略略敛身,

----

〔1〕 馆——书塾。当家塾教师称"坐馆"。
〔2〕 运使——即转运使,唐代始置,为掌管军需粮饷水陆转运事宜的官员。
〔3〕 老广文——犹如说老教官。唐玄宗时创设广文馆,设博士官,被看作清苦闲散的教职,后遂称教官为"广文"。
〔4〕 时髦——读书人中的优秀人物。
〔5〕 花朝日——旧俗以二月十五日为"百花生日",称此日为"花朝"。

避入门内。孟沂见了丫鬟,叙述道:"昨日多蒙娘子美情,拾还遗金,今日特来造谢。"美人听得,叫丫鬟请入内厅相见。孟沂喜出望外,急整衣冠,望门内而进。美人早已迎着,至厅上相见礼毕,美人先开口道:"郎君莫非是张运使宅上西宾〔1〕么?"孟沂道:"然也。昨日因馆中回家,道经于此,偶遗少物,得遇夫人盛情,命尊姬拾还,实为感激。"美人道:"张氏一家亲戚,彼西宾即我西宾,还金小事,何足为谢?"孟沂道:"欲问夫人高门姓氏,与敝东何亲?"美人道:"寒家姓平,成都旧族也。妾乃文孝坊薛氏女,嫁与平氏子康,不幸早卒,妾独孀居于此。与郎君贤东乃乡邻姻娅〔2〕,郎君即是通家了。"孟沂见说是孀居,不敢久留,两杯茶罢,起身告退。美人道:"郎君便在寒舍过了晚去。若贤东晓得郎君到此,妾不能久留款待,觉得没趣了。"即分付快办酒馔。不多时,设着两席,与孟沂相对而坐。坐中殷勤劝酬。笑语之间,美人多带些谑浪话头。孟沂认道是张氏至戚,虽然心里技痒难熬,还拘拘束束,不敢十分放肆。美人道:"闻得郎君倜傥俊才,何乃作儒生酸态?妾虽不敏,颇解吟咏。今遇知音,不敢爱丑,当与郎君赏鉴文墨,唱和词章。郎君不以为鄙,妾之幸也。"遂叫丫鬟取出唐贤遗墨,与孟沂看。孟沂从头细阅,多是唐人真迹手翰诗词,惟元稹、杜牧、高骈的最多,墨迹如新。孟沂爱玩不忍释手,道:"此希世之宝也。夫人情钟此类,真是千古韵人了。"美人谦谢。两

---

〔1〕 西宾——此指家塾教师。古代礼节,主人居东席,宾客居西席,后遂称主人延请的塾师和幕友为"西宾",又叫"西席"。

〔2〕 姻娅——泛称有婚姻关系的亲戚。

个谈话有味,不觉夜已二鼓。孟沂辞酒不饮。美人延入寝室,自荐枕席道:"妾独处已久,今见郎君高雅,不能无情,愿得奉陪。"孟沂道:"不敢请耳;固所愿也。"两个解衣就枕,鱼水欢情,极其缱绻。枕边切切叮咛道:"慎勿轻言。若贤东知道,彼此名节丧尽了。"次日,将一个卧狮玉镇纸赠与孟沂,送至门外道:"无事就来走走,勿学薄幸人。"孟沂道:"这个何劳分付。"

孟沂到馆,哄主人道:"老母想念,必要小生归家宿歇,小生不敢违命留此。从今早来馆中,晚归家里便了。"主人信了说话,道:"任从尊便。"自此,孟沂在张家只推家里去宿,家里又说在馆中宿,竟夜夜到美人处宿了。整有半年,并没一个人知道。

孟沂与美人赏花玩月,酌酒吟诗,曲尽人间之乐。两人每每你唱我和,做成联句,如《落花》二十四韵,《月夜》五十韵,斗巧争妍,真成敌手。诗句太多,恐看官每厌听,不能尽述,只将他两人四时回文诗表白一遍。美人诗道:

　　花朵几枝柔傍砌,柳丝千缕细摇风。

　　霞明半岭西斜日,月上孤村一树松。(《春》)

　　凉回翠簟冰人冷,齿沁清泉夏月寒。

　　香篆袅风清缕缕,纸窗明月白团团。(《夏》)

　　芦雪覆汀秋水白,柳风凋树晚山苍。

　　孤帏客梦惊空馆,独雁征书寄远乡。(《秋》)

　　天冻雨寒朝闭户,雪飞风冷夜关城。

　　鲜红炭火围炉暖,浅碧茶瓯注茗清。(《冬》)

这个诗怎么叫得回文？因是顺读完了，倒读转去，皆可通得。最难得这样浑成，非是高手不能，美人一挥而就。孟沂也和他四首道：

芳树吐花红过雨，入帘飞絮白惊风。

黄添晓色青舒柳，粉落晴香雪覆松。（《春》）

瓜浮瓮水凉消暑，藕叠盘冰翠嚼寒。

斜石近阶穿笋密，小池舒叶出荷团。（《夏》）

残石绚红霜叶出，薄烟寒树晚林苍。

鸾书寄恨羞封泪，蝶梦惊愁怕念乡。（《秋》）

风卷雪蓬寒罢钓，月辉霜柝冷敲城。

浓香酒泛霞杯满，淡影梅横纸帐清。（《冬》）

孟沂和罢，美人甚喜。真是才子佳人，情味相投，乐不可言。

却是"好物不坚牢"，自有散场时节。一日，张运使偶过学中，对老广文田百禄说道："令郎每夜归家，不胜奔走之劳。何不仍留寒舍住宿，岂不为便？"百禄道："自开馆后，一向只在公家。止因老妻前日有疾，曾留得数日，这几时并不曾来家宿歇，怎么如此说？"张运使晓得内中必有跷蹊，恐碍着孟沂，不敢尽言而别。

是晚孟沂告归，张运使不说破他，只叫馆仆尾着他去。到得半路，忽然不见。馆仆赶去追寻，竟无下落。回来对家主说了。运使道："他少年放逸，必然花柳人家去了。"馆仆道："这条路上，何曾有甚么伎馆？"运使道："你还到他衙中问问看。"馆仆道："天色晚了，怕关了城门，出来不得。"运使道："就在田家宿了，明日早晨来回我不妨。"到了天明，馆仆回话，说是不曾回衙。运使道："这等，那里去了?"正疑怪间,孟沂恰到。运使问道:"先生昨宵宿于何处?"孟沂道:"家间。"运使道:"岂有此理!学生昨日叫人跟随先生回去,因半路上不见了先生,小仆直到学中去问,先生不曾到宅,怎如此说?"孟沂道:"半路上偶到一个朋友处讲话,直到天黑回家,故此盛仆来时问不着。"馆仆道:"小人昨夜宿在相公家了,方才回来的。田老爹见说了,甚是惊慌,要自来寻问。相公如何还说着在家的话?"孟沂支吾不来,颜色尽变。运使道:"先生若有别故,当以实说。"孟沂晓得遮掩不过,只得把遇着平家薛氏的话说了一遍,道:"此乃令亲相留,非小生敢作此无行之事。"运使道:"我家何尝有亲戚在此地方?况亲中也无平姓者,必是鬼祟。今后先生自爱,不可去了。"

孟沂口里应承,心里那里信他?傍晚又到美人家里,备对美人说形迹已露之意。美人道:"我已先知道了。郎君不必怨悔,亦是冥数尽了。"遂与孟沂痛饮,极尽欢情。到了天明,哭对孟沂道:"从此永别矣!"将出洒墨玉笔管一枝,送与孟沂道:"此唐物也,郎君慎藏在身,以为记念。"挥泪而别。

那边张运使料先生晚间必去,叫人看着,果不在馆。运使道:"先生这事必要做出来。这是我们做主人的干系,不可不对他父亲说知。"遂步至学中,把孟沂之事备细说与百禄知道。百禄大怒,遂叫了学中一个门子,同着张家馆仆,到馆中唤孟沂回来。孟沂方别了美人回到张家,想念道:"他说永别之言,只是怕风声败露。我便耐守几时,再去走动,或者还可相会。"正踌躇间,父命已至,只得跟着回去。百禄一见,喝道:"你书倒不读,夜夜在那里游荡?"孟沂看见张运使一同在家了,便无言可对。百禄见他不说,就拿起一条拄杖,劈头打去,道:"还不实告!"孟沂无奈,只得把相遇之事,及录成联句一本,与所送镇纸、笔管二物,多将出来道:"如此佳人,不容不动心。不必罪儿了。"百禄取来,逐件一看,看那玉色是几百年出土之物,管上有篆刻"渤海高氏清玩"〔1〕六个字。又揭开诗来从头细阅,不觉心服。对张运使道:"物既稀奇,诗又俊逸,岂寻常之怪? 我每可同了不肖子,亲到那地方去查一查踪迹看。"遂三人同出城来。

将近桃林,孟沂道:"此间是了。"进前一看,孟沂惊道:"怎生屋宇俱无了?"百禄与运使齐抬头一看,只见水碧山青,桃株茂盛,荆棘之中,有冢累然。张运使点头道:"是了,是了。此地相传是唐妓薛涛之墓。后人因郑谷〔2〕诗有'小桃花绕薛涛坟'之句,所以种桃百株,为春时游赏之所。贤郎所遇,必是薛涛也。"百禄道:"怎见得?"张运使道:"他说所嫁是平氏子康,分明是平康巷〔3〕了。又说文孝坊,城中并无此坊,'文孝'乃是'教'字,分明是教坊〔4〕了。平康巷教坊,乃是唐时妓女所居。今云薛氏,不是薛涛是谁? 且笔上有高氏字,乃是西川节度使高骈。骈在蜀时,涛最蒙宠待,二物是其所赐无

---
〔1〕 渤海高氏清玩——渤海,唐代属国,在我国东北乌苏里江流域,最盛时辖境有五京、十五府、六十二州,上京龙泉府遗址在今黑龙江省宁安市东京城。高氏,指高骈,祖籍渤海,故云。清玩,可供文人赏玩的东西。
〔2〕 郑谷——字守愚,唐末诗人,官都官郎中。下引诗句见其《蜀中三首》之三。
〔3〕 平康巷——唐代都城长安的里坊名,为妓女聚居之所。后世亦称妓女为"平康"。
〔4〕 教坊——管理宫廷音乐的官署。

疑。涛死已久，其精灵犹如此。此事不必穷究了。"

百禄晓得运使之言甚确，恐怕儿子还要着迷，打发他回归广东。后来孟沂中了进士，常对人说，便将二玉物为证。虽然想念，再不相遇了。至今传有《田洙遇薛涛》故事。

小子为何说这一段鬼话？只因蜀中女子，从来号称多才。如文君、昭君，多是蜀中所生，皆有文才。所以薛涛一个妓女，生前诗名不减当时词客，死后犹且诗兴勃然。这也是山川的秀气。唐人诗有云：

　　锦江腻滑蛾眉秀，幻出文君与薛涛。

诚为千古佳话。至于黄崇嘏[1]女扮为男，做了相府掾属，今世传有《女状元》本，也是蜀中故事。可见蜀中女多才，自古为然。至今两川风俗，女人自小从师上学，与男人一般读书，还有考试进庠，做青衿[2]弟子。若在别处，岂非大段奇事？而今说着一家子的事，委曲奇诧，最是好听。

　　从来女子守闺房，几见裙钗入学堂？

　　文武习成男子业，婚姻也只自商量。

话说四川成都府绵竹县，有一个武官，姓闻，名确，乃是卫中世袭指挥[3]。因中过武举两榜，累官至参将[4]，就镇守彼处地方。家

---

[1] 黄崇嘏（gǔ古）——前蜀时四川临邛的才女，工文词，曾女扮男装，被蜀相周庠录为相府掾属。明代徐渭据此故事演为《女状元》杂剧。
[2] 青衿——青色衣领。古代学子穿青领衣服，因以指读书人；明代则专指秀才。
[3] 指挥——即指挥使，明代卫的军事长官。
[4] 参将——明代镇守边区的统兵官，位次于总兵、副总兵，分守各路。

中富厚,赋性豪奢。夫人已故,房中有一班姬妾,多会吹弹歌舞。有一子,也是妾生,未满三周。有一个女儿,年十七岁,名曰蜚娥,丰姿绝世,却是将门将种,自小习得一身武艺,最善骑射,直能百步穿杨。模样虽是娉婷,志气赛过男子。他起初因见父亲是个武出身,受那外人指目,只说是个武弁[1]人家,必须得个子弟在黉门中出入[2],方能结交斯文士夫,不受人的欺侮。争奈兄弟尚小,等他长大不得,所以一向妆做男子,到学堂读书。外边走动,只是个少年学生;到了家中内房,方还女扮。如此数年,果然学得满腹文章,博通经史。这也是蜀中做惯的事。遇着提学[3]到来,他就报了名,改为胜杰,——说是胜过豪杰男人之意——表字俊卿,一般的入了队,去考童生[4]。一考就进了学,做了秀才。他男扮久了,人多认他做闻参将的小舍人[5],一进了学,多来贺喜,府县迎送到家。参将也只是将错就错,一面欢喜开宴。盖是武官人家,秀才乃极难得的。从此参将与官府往来,添了个帮手,有好些气色。为此,内外大小却像忘记他是女儿一般的,凡事尽是他支持过去。

他同学朋友,一个叫做魏造,字撰之;一个叫做杜亿,字子中。两人多是出群才学,英锐少年,与闻俊卿意气相投,学业相长。况且年纪

---

[1] 武弁(biàn 辨)——即武官。
[2] 在黉(hóng 红)门中出入——指成为入学的秀才。黉,古代学校。
[3] 提学——掌管所属州县学校的官员,也是主考官。
[4] 童生——又称"文童"、"儒童",指应考生员。
[5] 小舍人——明代军卫应袭子弟亦称舍人,蜚娥的父亲是"世袭指挥",故称她"小舍人"。

差不多:魏撰之年十九岁,长闻俊卿两岁;杜子中与闻俊卿同年,又是闻俊卿月生大些。三人就像一家弟兄一般,极是过得好,相约了同在学中一个斋舍里读书。两个无心,只认做一伴的好朋友。闻俊卿却有意,要在两个里头拣一个嫁他。两个人并起来,又觉得杜子中同年所生,凡事仿佛些,模样也是他标致些,更为中意,比魏撰之分外说得投机。杜子中见闻俊卿意思又好,丰姿又妙,常对他道:"我与兄两人,可惜多做了男子。我若为女,必当嫁兄;兄若为女,我必当娶兄。"魏撰之听得,便取笑道:"而今世界盛行男色,久已颠倒阴阳,那见得两男便嫁娶不得?"闻俊卿正色道:"我辈俱是孔门弟子,以文艺相知,彼此爱重,岂不有趣?若想着淫昵,便把面目放在何处?我辈堂堂男子,谁肯把身子做顽童乎?魏兄该罚东道便好。"魏撰之道:"适才听得杜子中爱慕俊卿,恨不得身为女子,故尔取笑。若俊卿不爱此道,子中也就变不及身子了。"杜子中道:"我原是两下的说话,今只说得一半,把我说得失便宜了。"魏撰之道:"三人之中,谁叫你独小些?自然该吃亏些。"大家笑了一回。

俊卿归家来,脱了男服,还是个女人。自家想道:"我久与男人做伴,已是不宜,岂可他日舍此同学之人,另寻配偶不成?毕竟止在二人之内了。虽然杜生更觉可喜,魏兄也自不凡。不知后来还是那个结果好,姻缘还在那个身上。"心中委决不下。他家中一个小楼,可以四望。一个高兴,趁步登楼,见一只乌鸦在楼窗前飞过,却去住在百来步外一株高树上,对着楼窗"呀呀"的叫。俊卿认得这株树,乃是学中斋前之树。心里道:"叵耐这业畜叫得不好听,我结果他去。"跑下来自己卧房中,取了弓箭;跑上楼来,那乌鸦还在那里狠叫。俊卿道:"我借这业畜,卜我一件心事则个。"扯开弓,搭上箭,口里轻轻道:"不要误我。"飕的一响,箭到处,那边乌鸦坠地。这边望去看见,情知中箭了,急急下楼来,仍旧改了男妆,要到学中看那枝箭的下落。

且说杜子中在斋前闲步,听得鸦鸣正急,忽然扑的一响,掉下地来。走去看时,鸦头上中了一箭,贯睛而死。子中拔了箭出来,道:"谁有此神手? 恰恰贯着他头脑。"仔细看那箭干上,有两行细字道:"矢不虚发,发必应弦。"子中念罢,笑道:"那人好夸口!"魏撰之听得,跳出来急叫道:"拿与我看。"在杜子中手里接了过去。正同看时,忽然子中家里有人来寻,子中掉着〔1〕箭自去了。魏撰之细看之时,八个字下边还有"蜚娥记"三小字。想道:"蜚娥乃女人之号,难道女人中有此妙手? 这也咤异。适才子中不看见这三个字,若见时,必然还要称奇了。"

沉吟间,早有闻俊卿走将来。看见魏撰之捻了这枝箭立在那里,忙问道:"这枝箭是兄拾了么?"撰之道:"箭自何来的,兄却如此盘问?"俊卿道:"箭上有字的么?"撰之道:"因为有字,在此念想。"俊卿道:"念想些甚么?"撰之道:"有'蜚娥记'三字。蜚娥必是女人,故此想着,难道有这般善射的女子不成?"俊卿捣个鬼道:"不敢欺兄,蜚娥即是家姊。"撰之道:"令姊有如此巧艺! 曾许聘那家了?"俊卿道:

---

〔1〕 掉着——抛开、放下。

"未曾许人家。"撰之道:"模样如何?"俊卿道:"与小弟有些厮像。"撰之道:"这等,必是极美的了。俗语道:'未看老婆,先看阿舅。'小弟尚未有室,吾兄与小弟做个撮合山〔1〕何如?"俊卿道:"家下事多是小弟作主。老父面前,只消小弟一说,无有不依。只未知家姐心下如何?"撰之道:"令姊面前,也在吾兄帮衬。通家之雅,料无推拒。"俊卿道:"小弟谨记在心。"撰之喜道:"得兄应承,便十有八九了。谁想姻缘却在此枝箭上,小弟谨当宝此,以为后验。"便把箭来收拾在拜匣内了,取出羊脂玉闹妆〔2〕一个,递与俊卿道:"以此奉令姊,权答此箭,作个信物。"俊卿收来束在腰间。撰之道:"小弟作诗一首,道意于令姊何如?"俊卿道:"愿闻。"撰之吟道:

闻得罗敷〔3〕未有夫,支机肯许问津无〔4〕?

他年得射如皋雉〔5〕,珍重今朝金仆姑〔6〕。

俊卿笑道:"诗意最妙。只是兄貌不陋,似太谦了些。"撰之笑道:"小弟虽不便似贾大夫之丑,却与令姊相并,必是不及。"俊卿含笑自

----

〔1〕 撮合山——媒人。
〔2〕 羊脂玉闹妆——羊脂玉,一种纯白而润泽的美玉。闹妆,腰带上一种用金玉珠宝制成的饰物,这里的闹妆是用羊脂玉制成的。
〔3〕 罗敷——古代美女名。
〔4〕 "支机"句——意思是探问"令姊"肯否与其成婚。支机,即支机石,神话传说为"织女"所有,故此处代指织女,而实借指"令姊"。问津,询问渡口所在,后用为探求途径或尝试的意思,这里指求婚。
〔5〕 如皋雉——据《左传·昭公二十八年》载,有贾大夫貌丑,妻子却很美,结婚三年,妻子从不言笑,后在如皋射中一只野鸡,她才又说又笑。后遂以"射雉"喻讨得妻子欢心。
〔6〕 金仆姑——本为春秋时鲁庄公所用的箭名,后用作箭的代称。

去了。

从此撰之胸中,痴痴里想着闻俊卿有个姊姊,美貌巧艺,要得为妻。有了这个念头,并不与杜子中知道,因为箭是他拾着的,今自己把做宝贝藏着,恐怕他知因来要了去。谁想这个箭元有来历。俊卿学射时节,便怀有择配之心。竹干上刻那二句,固是夸着发矢必中,也暗藏个应弦[1]的哑谜。他射那乌鸦之时,明知在书斋树上,射去这枝箭,心里暗卜一卦,看他两人那个先拾得者,即为夫妻,为此急急来寻下落。不知是杜子中先拾着,后来掉在魏撰之手里。俊卿只见在魏撰之处,以为姻缘有定,故假意说是姐姐,其实多暗隐着自己的意思。魏撰之不知其故,凭他捣鬼,只道真有个姐姐罢了。俊卿固然认了魏撰之是天缘,心里却为杜子中十分相爱,好些撇打不下。叹口气道:"一马跨不得双鞍,我又违不得天意,他日别寻件事端,补还他美情罢。"明日来对魏撰之道:"老父与家姊面前,小弟十分撺掇,已有允意。玉闹妆也留在家姊处了。老父的意思,要等秋试过,待兄高捷了,方议此事。"魏撰之道:"这个也好。只是一言既定,再无翻变才妙。"俊卿道:"有小弟在,谁翻变得?"魏撰之不胜之喜。

时值秋闱,魏撰之与杜子中、闻俊卿多考在优等,起送乡试。两人来拉了俊卿同去。俊卿与父参将计较道:"女孩儿家只好瞒着人,暂时做秀才耍子[2]。若当真去乡试,一下子中了举人,后边露出真

---

〔1〕 应弦——古时以琴瑟喻夫妻,这里以弓弦之弦代琴瑟之弦,"应弦"指选中夫婿。
〔2〕 耍子——玩耍。

情来，就要关着奏请干系。事体弄大了不好收场，决使不得。"推了有病不行。魏、杜两生只得撇了，自去赴试。揭晓之日，两生多得中了。

闻俊卿见两家报了，也自欢喜。打点等魏撰之迎到家时，方把求亲之话与父亲说知，图成此亲事。不想安绵兵备道[1]与闻参将不合，时值军政考察，在按院[2]处开了款数，递了一个揭帖[3]，诬他冒用国课[4]，妄报功绩，侵克军粮，累赃巨万。按院参上一本，奉圣旨着本处抚院[5]提问。此报一至，闻家合门慌做了一团。也就有许多衙门人寻出事端来缠扰。还亏得闻俊卿是个出名的秀才，众人不敢十分啰唣。过不多时，兵道行个牌到府来，说是奉旨犯人，把闻参将收拾在府狱中去了。闻俊卿自把生员出名，去递投诉，就求保候父亲。府间准了诉词，不肯召保。俊卿就央了同窗新中的两个举人去见府尊。府尊说："碍上司分付，做不得情。"三人袖手无计。此时魏撰之自揣道："他家患难之际，料说不得求亲的闲话。"只好不提起，且一面去会试再处。

两人临行之时，又与俊卿作别。撰之道："我们三人同心之友，我两人喜得侥幸，方恨俊卿因病蹉跎，不得同登。不想又遭此家难。

---

〔1〕 兵备道——明代于各省重要地方所设整饬兵备的道员。
〔2〕 按院——即巡按，明代派遣监察御史分赴各省巡视，考核吏治，称"巡按"。
〔3〕 揭帖——原指明代内阁直接给皇帝的一种机密文件，后使用广泛，这里指揭发材料。
〔4〕 国课——即赋税。
〔5〕 抚院——即巡抚，明代与总督同为地方最高行政长官。

而今我们匆匆进京去了,心下如割,却是事出无奈。多致意尊翁,且自安心听问。我们若少得进步,必当出力相助,来白此冤。"子中道:"此间官官相护,做定了圈套陷人。闻兄只在家营救,未必有益。我两人进去,倘得好处,闻兄不若径到京来商量,与尊翁寻个出场。还是那边上流头好辨白冤枉,我辈也好相机助力。切记,切记。"撰之又私自叮嘱道:"令姊之事,万万留心。不论得意不得意,此番回来,必求事谐了。"俊卿道:"闹妆现在,料不使兄失望便了。"三人洒泪而别。

闻俊卿自两人去后,一发没有商量可救父亲。亏得官无三日急,倒有七日宽,无非凑些银子,上下分派一分派,使用得停当,狱中的也不受苦,官府也不来急急要问,丢在半边,做一件未结公案了。参将与女儿计较道:"这边的官司既未问理,我们正好做手脚。我意要修下一个辨本,做成一个备细揭帖,到京中诉冤。只没个能干的人去得,心下踌躇未定。"闻俊卿道:"这件事须得孩儿自去。前日魏、杜两兄临别时,也教孩儿进京去,可以相机行事。但得两兄有一个人得第,也就好做靠傍了。"参将道:"虽然你是个女中丈夫,是你去毕竟停当,只是万里程途,路上恐怕不便。"俊卿道:"自古多称缇萦救父[1],以为美谈。他也是个女子。况且孩儿男妆已久,游庠已过,一向算在丈夫之列,有甚去不得?虽是路途遥远,孩儿弓矢可以防

---

[1] 缇(tí 提)萦救父——缇萦是西汉太仓令淳于意的小女儿,淳于意被告下狱,当受肉刑,缇萦上书汉文帝,愿作官婢以赎父罪,终于得到赦免。事见《史记·扁鹊仓公列传》。

身。倘有甚么人盘问,凭着胸中见识,也支持得他过,不足为虑。只是须得个男人随去,这却不便。孩儿想得有个道理,家丁闻龙夫妻,多是苗种,多善弓马,孩儿把他妻子也扮做男人,带着他两个,连孩儿共是三人一起走。既有妇女伏侍,又有男仆跟随,可以放心一直到京了。"参将道:"既然算计得停当,事不宜迟,快打点动身便是。"俊卿依命,一面去收拾。听得街上报进士,说魏、杜两人多中了,俊卿不胜之喜,来对父亲说道:"有他两人在京做主,此去一发不难做事。"就拣定一日,作急起身。在学中动了一个游学呈子[1],批个文书执照,带在身边了。路经省下来,再察听一察听上司的声口消息。

你道闻小姐怎生打扮?

> 飘飘巾帻,覆着两鬓青丝;窄窄靴鞋,套着一双玉笋。上马衣裁成短后,蛮狮带妆就偏垂。囊一张玉靶弓,想开时舒臂扭腰多体态;插几枝雁翎箭,看放处猿啼雕落逞高强。争羡道能文善武的小郎君,怎知是女扮男妆的乔秀士。

一路来到了成都府中,闻龙先去寻下了一所幽静饭店。闻俊卿后到,歇下了行李,叫闻龙妻子取出带来的山菜几件,放在碟内,向店中取了一壶酒,斟着慢吃。又道是无巧不成话,那坐的所在与隔壁人家窗口相对,只隔得一个小天井。正吃之间,只见那边窗里一个女子,掩着半窗,对着闻俊卿不转眼的看。及至闻俊卿抬起眼来,那边又闪了进去,遮遮掩掩,只不走开。忽地打个照面,乃是个绝色佳人。闻俊

---

[1] 游学呈子——向县学申请出外游历的呈文。

卿想道:"原来世间有这样标致的!"看官,你道此时若是个男人,必然动了心,就想妆出些风流家数,两下做起光景来。怎当得闻俊卿自己也是个女身,那里放在心上?一面取饭来吃了,且自衙门前干事去。

到得出去了半日,傍晚转来,俊卿刚得坐下,隔壁听见这里有人声,那个女子又在窗边来看了。俊卿私下自笑道:"看我做甚?岂知我与你是一般样的。"正嗟叹间,只见门外一个老姥走将进来,手中拿着一个小榼儿,见了俊卿,放下榼子,道了万福,对俊卿道:"间壁景家小娘子见舍人独酌,送两件果子与舍人当茶。"俊卿开看,乃是南充黄柑,顺庆[1]紫梨,各十来枚。俊卿道:"小生在此经过的,与娘子非亲非戚,如何承此美意?"老姥道:"小娘子说来,此间来万去千的人,不曾见有似舍人这等丰标的,必定是富贵家的出身。及至问人来,说是参府中小舍人,小娘子说这俗店无物可口,叫老媳妇送此二物来解渴。"俊卿道:"小娘子何等人家,却居此间壁?"老姥道:"这小娘子是井研[2]景少卿的小姐,只因父母双亡,他依着外婆家住。他家里自有万金家事,只为寻不出中意的丈夫,所以还未嫁人。外公是此间富员外,这城中极兴的客店,多是他家的房子,何止有十来处,进益甚广。只有这里幽静些,却同家小每住在间壁。他也不敢主张把外甥许人,恐怕做了对头,后来怨怅。常对景小娘子道:'凭你自

---
〔1〕 顺庆——旧府、路名,辖境相当现在四川省嘉陵江流域,明代治所在今南充市。
〔2〕 井研——旧县名,隋置,明代治所在今四川省井研县。

家看得中意的,实对我说,我就主婚。'这个小娘子也古怪,自来会拣相人物,再不曾说那一个好。方才见了舍人,便十分称赞,敢是舍人有些姻缘动了。"俊卿不好答应,微微笑道:"小生那有此福?"老姥道:"好说,好说。老媳妇且去着。"俊卿道:"致意小娘子,多承佳惠,客中无可奉答,但有心感盛情。"老姥去了,俊卿自想一想,不觉失笑道:"这小娘子看上了我,却不枉费春心?"吟诗一首,聊寄其意。诗云:

> 为念相如渴不禁,交梨邛橘出芳林。
>
> 却惭未是求凰客,寂莫囊中绿绮琴〔1〕。

次日早起,老姥又来,手中将着四枚剥净的熟鸡子,做一碗盛着,同了一小壶好茶,送到俊卿面前道:"舍人吃点心。"俊卿道:"多谢妈妈盛情。"老姥道:"这是景小娘子昨夜分付了,老身支持来的。"俊卿道:"又是小娘子美情,小生如何消受?有一诗奉谢,烦妈妈与我带去。"俊卿就把昨夜之诗写在笺纸上,封好了付妈妈。诗中分明是推却之意。妈妈将去与景小姐看了,景小姐一心喜着俊卿,见他以相如自比,反认做有意于文君,后边二句不过谦让些说话。遂也回他一首,和其末韵。诗云:

> 宋玉墙东思不禁,愿为比翼止同林。
>
> 知音已有新裁句,何用重挑焦尾琴〔2〕。

吟罢,也写在乌丝茧纸上,教老姥送将来。俊卿看罢,笑道:"元来小

---

〔1〕"却惭"二句——传司马相如有"绿绮琴",慕卓文君而以琴挑心,文君亦报以一曲《凤求凰》,二人遂相爱私奔。这里借其事暗示推却之意。

〔2〕 焦尾琴——琴名,传为汉末蔡邕见人烧桐做饭,闻声知为良木,遂制成此琴。

姐如此高才，难得！难得！"俊卿见他来缠得紧，生一个计较，对老姥道："多谢小姐美意。小生不是无情，争奈小生已聘有妻室，不敢欺心妄想。上覆小姐，这段姻缘种在来世罢！"老姥道："既然舍人已有了亲事，老身去回覆了小娘子，省得他牵肠挂肚空想坏了。"老姥去得，俊卿自出门去，打点衙门事体，央求宽缓日期。诸色停当，到了天晚才回得下处。是夜无词。

来日天早，这老姥又走将来笑道："舍人小小年纪，倒会掉谎。老婆滚到身边，推着不要。昨日回了小娘子，小娘子教我问一问两位管家，多说道舍人并不曾聘娘子过。小娘子喜欢不胜，已对员外说过。少刻员外自来奉拜说亲，好歹要成事了。"俊卿听罢，呆了半晌，道："这冤家帐那里说起？只索收拾行李起来，趁早去了罢。"分付闻龙与店家会了钞，急待起身。只见店家走进来报道："主人富员外相拜闻相公。"说罢，一个七十多岁的老人家笑嘻嘻进来堂中，望见了闻俊卿，先自欢喜，问道："这位小相公想就是闻舍人了么？"老姥还在店内，也跟将来说道："正是这位。"富员外把手一拱道："请过来相见。"闻俊卿见过了礼，整了客座坐了。富员外道："老汉无事不敢冒叩新客。老汉有一外甥，乃是景少卿之女，未曾许着人家。舍甥立愿不肯轻配凡流，老汉不敢擅做主张，凭他意中自择。昨日对老汉说，有个闻舍人下在本店，丰标不凡，愿执箕帚。所以要老汉自来奉拜，说此亲事。老汉今见足下，果然俊雅非常。舍甥也有几分姿容，况且粗通文墨，实是一对佳偶，足下不可错过。"闻俊卿道："不敢欺老丈，小生过蒙令甥谬爱，岂敢自外？一来令甥是公卿阀阅[1]，小生是武弁门风，恐怕攀高不着。二来老父在难中，小生正要入京辨冤，此事既不曾告过，又不好为此担阁，所以应承不得。"员外道："舍人是簪缨世胄，况又是黉宫名士，指日飞腾，岂分甚么文武门楣？若为令尊之事，慌速入京，何不把亲事议定了，待归时禀知令尊，方才完娶？既安了舍甥之心，又不误了足下之事，有何不可？"闻俊卿无计推托，心下想道："他家不晓得我的心病，如此相逼，却又不好十分过却，打破机关。我想魏撰之有竹箭之缘，不必说了。还有杜子中更加相厚，倒不得不闪下了他。一向有个主意，要在骨肉女伴里边别寻一段姻缘，发付他去。而今既有此事，我不若权且应承，定下在这里。他日作成了杜子中，岂不为妙？那时晓得我是女身，须怪不得我说谎。万一杜子中也不成，那时也好开交了，不像而今碍手。"算计已定，就对员外说："既承老丈与令甥如此高情，小生岂敢不受人提挈？只得留下一件信物在此为定，待小生京中回来，上门求娶就是了。"说罢，就在身上解下那个羊脂玉闹妆，双手递与员外道："奉此与令甥表信。"富员外千欢万喜，接受在手。一同老姥去回覆景小姐道："一言已定了。"员外就叫店中办起酒来，与闻舍人饯行。俊卿推却不得，吃得尽欢而罢。相别了，起身上路。

少不得风飡水宿，夜住晓行，不一日，到了京城。叫闻龙先去打

---

[1] 阀阅——本指古代仕宦人家大门外用以榜贴功状的左右柱，左叫"阀"，右叫"阅"，后来便以"阀阅"作仕宦人家的代称。

听魏、杜两家新进士的下处,问着了杜子中一家。元来那魏撰之已在部给假回去了。杜子中见说闻俊卿来到,不胜之喜,忙差长班来接到下处。两人相见,寒温已毕。俊卿道:"小弟专为老父之事,前日别时,承兄每分付入京图便,切切在心。后闻两兄高发,为此不辞跋涉,特来相托。不想魏撰之已归,今幸吾兄尚在京师,小弟不致失望了。"杜子中道:"仁兄先将老伯被诬事款,做一个揭帖,逐一辨明,刊刻起来,在朝门外逢人就送。等公论明白了,然后小弟央个相好的同年在兵部的,条陈别事,带上一段,就好到本籍去生发出脱了。"俊卿道:"老父有个本稿,可以上得否?"子中道:"而今重文轻武,老伯是按院题〔1〕的,若武职官出名自辨,他们不容起来,反致激怒,弄坏了事。不如小弟方才说的为妙。仁兄不要轻率。"俊卿道:"感谢指教。小弟是书生之见,还求仁兄做主行事。"子中道:"异姓兄弟,原是自家身上的事,何劳叮咛?"俊卿道:"撰之为何回去了?"子中道:"撰之原与小弟同寓了多时,他说有件心事,要归来与仁兄商量。问其何事,又不肯说。小弟说仁兄见吾二人中了,未必不进京来。他说这是不可期的,况且事体要来家里做的,必要先去,所以告假去了。正不知仁兄却又到此,可不两相左了?敢问仁兄,他果然要商量何等事?"俊卿明知是为婚姻之事,却只做不知,推说道:"连小弟也不晓得他为甚么,想来无非为家里的事。"子中道:"小弟也想他没甚么,为何恁地等不得?"两个说了一回,子中分付治酒接风,就叫闻家家

---

〔1〕 题——题本,即奏折。这里作动词用,意为上过题本。

人安顿好了行李，不必另寻寓所，只在此间同寓。盖是子中先前与魏家同寓，今魏家去了，房舍尽有，可以下得闻家主仆三人。子中又分付打扫闻舍人的卧房，就移出自己的榻来，相对铺着，说晚间可以联床清话。俊卿看见，心里有些突兀起来，想道："平日与他们同学，不过是日间相与，会文会酒，并不看见我的卧起，所以不得看破。而今弄在一间房内了，须闪避不得，露出马脚来怎么处？却又没个说话可以推掉得两处宿。只是自己放着精细，遮掩过去便了。"

虽是如此说，却是天下的事是真难假，是假难真。亦且终日相处，这些细微举动，水火不便的所在，那里妆饰得许多来？闻俊卿日间虽是长安街上去送揭帖，做着男人的勾当；晚间宿歇之处，有好些破绽现出在杜子中的眼里了。杜子中是聪明的人，有甚省不得的事？晓得有些咤异，越加留心闲觑，越看越是了。

这日俊卿出去忘锁了拜匣，子中偷揭开来一看，多是些文翰柬帖。内有一幅草稿，写着道：

　　成都绵竹县信女闻氏，焚香拜告关真君神前：愿保父闻确冤情早白，自身安稳还乡，竹箭之期、闹妆之约，各得如意。谨疏。

子中见了，拍手道："眼见得公案在此了！我枉为男子，被他瞒过了许多时。今不怕他飞上天去。只是后边两句解他不出，莫不许过了人家？怎么处？"心里狂荡不禁。忽见俊卿回来，子中接在房里坐了，看着俊卿只是笑。俊卿疑怪，将自己身子上下前后看了又看，问道："小弟今日有何举动差错了，仁兄见咍之甚？"子中道："笑你瞒得我好。"俊卿道："小弟到此来做的事，不曾瞒仁兄一些。"子中道："瞒得多哩，俊卿自想么！"俊卿道："委实没有。"子中道："俊卿记得当初同斋时言语么？原说弟若为女，必当嫁兄；兄若为女，必当娶兄。可惜弟不能为女，谁知兄果然是女，却瞒了小弟。不然，娶兄多时了，怎么还说不瞒？"俊卿见说着心中病，脸上通红起来，道："谁是这般说？"子中袖中摸出这纸疏头来，道："这须是俊卿的亲笔。"俊卿一时低头无语。子中就挨过来，坐在一处了，笑道："一向只恨两雄不能相配，今却遂了人愿也。"俊卿站了起来道："行踪为兄识破，抵赖不得了。只有一件：一向承兄过爱，慕兄之心，非不有之；争奈有件缘事已属了撰之，不能再以身事兄，望兄见谅。"子中愕然道："小弟与撰之同为俊卿窗友，论起相与意气，还觉小弟胜他一分，俊卿何得厚于撰之薄于小弟？况且撰之又不在此间，现钟不打，反去炼铜[1]，这是何说？"俊卿道："仁兄有所不知。仁兄可看疏上竹箭之期的说话么？"子中道："正是不解。"俊卿道："小弟因为与两兄同学，心中愿卜所从。那日向天暗祷，箭到处先拾得者即为夫妇。后来这箭却在撰之处，小弟诡说是家姐所射，撰之遂一心想慕，把一个玉闹妆为定。此时小弟虽不明言，心已许下了。此天意有属，非小弟有厚薄也。"子中大笑道："若如此说，俊卿宜为我有无疑了。"俊卿道："怎么说？"子中道："前日斋中之箭，原是小弟拾得。看见干上有两行细字，以为奇异，正在念诵，撰之听得走出来，在小弟手里接去看。此时偶然

---

[1] 现钟不打，反去炼铜——俗谚，意思是舍近求远，现成的机会不去利用，反要从头做起。

家中接小弟,就把竹箭掉在撰之处,不曾取得。何曾是撰之拾取的?若论俊卿所卜天意,一发正是小弟应占了。撰之他日可问,须混赖不得。"俊卿道:"既是曾见箭上字来,可记得否?"子中道:"虽然看时节仓卒无心,也还记是'矢不虚发,发必应弦'八个字,小弟须是造不出。"俊卿见说得是真,心里已自软了,说道:"果是如此,乃天意了。只是枉了魏撰之,望空想了许多时,而今又赶将回去,日后知道,甚么意思?"子中道:"这个说不得。从来说先下手为强,况且元该是我的。"就拥了俊卿求欢道:"相好弟兄,而今得同衾枕,天上人间,无此乐矣!"俊卿推拒不得,只得含羞走入帏帐之内,一任子中所为。有一首奋调[1]《山坡羊》单道其事:

> 这小秀才有些儿怪样,走到罗帏,忽现了本相。本是个黉宫里折桂[2]的郎君,改换了章台内司花的主将。金兰契,只觉得肉味馨香;笔砚交,果然是有笔如枪。皱眉头,忍着疼,受的是良朋针砭;趁胸怀,揉着窍,显出那知心酣畅。用一番切切偲偲[3],来也,哎呀,分明是远方来,乐意洋洋。思量,一巢一籴,是联句的篇章;慌忙,为云为雨,还错认了龙阳。

事毕,闻小姐整容而起,叹道:"妾一生之事,付之郎君,妾愿遂矣。只是哄了魏撰之,如何回他?"忽然转了一想,将手床上一拍道:

---
[1] 奋(tǎi 胎上声)调——犹歪调。
[2] 折桂——比喻科举及第。《晋书·郤诜传》:"臣举贤良对策,为天下第一,犹桂林之一枝,昆山之片玉。"
[3] 切切偲偲(sī 思)——朋友间互相切磋督促。

"有处法了。"杜子中倒吃了一惊,道:"这事有甚处法?"小姐道:"好教郎君得知,妾身前日行至成都,在店内安歇,主人有个甥女,窥见了妾身,对他外公说了,逼要相许。是妾身想个计较,将信物权定,推道归时完娶。当时妾身意思,道魏撰之有了竹箭之约,恐怕冷淡了郎君。又见那个女子才貌双全,可为君配,故此留下这头姻缘。今妾既归君,他日回去魏撰之问起所许之言,就把这家的说合与他成了,岂不为妙?况且当时只说是姊姊,他心里并不曾晓得是妾身自己,也不是哄他了。"子中道:"这个最妙,足见小姐为朋友的美情。有了这个出场,就与小姐配合,与撰之也无嫌了。谁晓得途中又有这件奇事?还有一件要问:途中认不出是女容,不必说了,但小姐虽然男扮,同两个男仆行走,好些不便。"小姐笑道:"谁说同来的多是男人?他两个元是一对夫妇,一男一女,打扮做一样的,所以途中好伏侍走动,不必避嫌也。"子中也笑道:"有其主必有其仆。有才思的人,做来多是奇怪的事。"小姐就把景家女子所和之诗拿出来与子中看。子中道:"世间也还有这般的女人!魏撰之得此,也好意足了。"

小姐再与子中商量着父亲之事。子中道:"而今说是我丈人,一发好措词出力。我吏部有个相知,先央他把做对头的兵道调了地方,就好营为了。"小姐道:"这个最是要着,郎君在心则个。"子中果然去央求吏部。数日之间,推升本上,已把兵道改升了广西地方。子中来回覆小姐道:"对头改去,我今作速讨个差,与你回去,救取岳丈了事。此间辨白已透,抚按轻拟上来,无不停当了。"小姐愈加感激,转增恩爱。

子中讨下差来，解饷到山东地方，就便回籍。小姐仍旧扮做男人，一同闻龙夫妻，擎弓带箭，照前妆束，骑了马，傍着子中的官轿。家人原以舍人相呼。行了几日，将过鄚州[1]，旷野之中，一枝响箭擦着官轿射来。小姐晓得有歹人来了，分付轿上："你们只管前走，我在此对付他。"真是忙家不会，会家不忙，扯出囊弓，扣上弦，搭上箭，只见百步之外，一骑马飞也似的跑来。小姐掣开弓，喝声道："着!"那边人不防备的，早中了一箭，倒撞下马，在地下挣扎。小姐疾鞭着坐马，赶上前轿，高声道："贼人已了当了，放心前去。"一路的人，多称赞小舍人好箭，个个忌惮。子中轿里得意，自不必说。

　　自此完了公事，平平稳稳，到了家中。父亲闻参将已因兵道升去，保候在外了。小姐进见，备说了京中事体，及杜子中营为，调去了兵道之事。参将感激不胜，说道："如此大恩，何以为报?"小姐又把被他识破，已将身子嫁他，共他同归的事也说了。参将也自喜欢，道："这也是郎才女貌，配得不枉了。你快改了妆，趁他今日荣归吉日，我送你过门去罢。"小姐道："妆还不好改得，且等会过了魏撰之着。"参将道："正要对你说，魏撰之京中回来，不知为何只管叫人来打听，说我有个女儿，他要求聘。我只说他晓得些风声，是来说你了。及至问时，又说是同窗舍人许他的，仍不知你的事。我不好回得，只是含糊说等你回家。你而今要会他怎的?"小姐道："其中有许多委曲，一时说不及，父亲日后自明。"

---

[1] 鄚(mào 冒)州——今属河北省任丘市。

正说话间，魏撰之来相拜。元来魏撰之正为前日婚姻事在心中，放不下，故此就回。不想问着闻舍人又已往京，叫人探听舍人有个姐姐的说话，一发言三语四，不得明白。有的说参将只有两个舍人，一大一小，并无女儿。又有的说参将有个女儿，就是那个舍人。弄得魏撰之满肚疑心，胡猜乱想。见说闻舍人回来了，所以亟亟来拜，要问明白。闻小姐照旧时家数，接了进来。寒温已毕，撰之急问道："仁兄，令姊之说如何？小弟特为此赶回来的。"小姐说："包管兄有一位好夫人便了。"撰之道："小弟叫人宅上打听，其言不一，何也？"小姐道："兄不必疑。玉闹妆已在一个人处，待小弟再略调停，准备迎娶便了。"撰之道："依兄这等说，不像是令姐了。"小姐道："杜子中尽知端的，兄去问他就明白。"撰之道："兄何不就明说了，又要小弟去问？"小姐道："中多委曲，小弟不好说得，非子中不能详言。"说得魏撰之愈加疑心。

他正要去拜杜子中，就急忙起身，来到杜子中家里。不及说别样说话，忙问闻俊卿所言之事。杜子中把京中同寓，识破了他是女身，已成夫妇的始末根鯀说了一遍。魏撰之惊得木呆，道："前日也有人如此说，我却不信，谁晓得闻俊卿果是女身！这分明是我的姻缘，平白错过了。"子中道："怎见得是兄的？"撰之述当初拾箭时节，就把玉闹妆为定的说话。子中道："箭本小弟所拾，原系他向天暗卜的。只是小弟当时不知其故，不曾与兄取得此箭在手。今仍归小弟，原是天意。兄前日只认是他令姐，原未尝属意他自身，这个不必追悔。兄只管闹妆之约不脱空罢了。"撰之道:"符[1]已去矣,怎么还说不脱空?难道当真还有个令姐?"子中又把闻小姐途中所遇景家之事说了一遍,道:"其女才貌非常。那日一时难推,就把兄的闹妆权定在彼,而今想起来,这就有个定数在里边了。岂不是兄的姻缘么?"撰之道:"怪不得闻俊卿道自己不好说,元来有许多委曲。只是一件,虽是闻俊卿已定下在彼,他家又不曾晓得明白,小弟难以自媒,何繇得成?"子中道:"小弟与闻氏虽已成夫妇,还未曾见过岳翁,打点就是今日迎娶。少不得还借重一个媒妁,而今就烦兄与小弟做一做。小弟成礼之后,代相恭敬,也只在小弟身上撮合就是了。"撰之大笑道:"当得!当得!只可笑小弟一向在睡梦中,又被兄占了头筹。而今不使小弟脱空,也还算是好了。既是这等,小弟先到闻宅去道意,兄可随后就来。"

魏撰之讨大衣服来换了,竟抬到闻家。此时闻小姐已改了女妆,不出来了。闻参将自己出来接着。魏撰之述了杜子中之言,闻参将道:"小女娇痴慕学,得承高贤不弃。今幸结此良缘,蒹葭倚玉,惶恐惶恐。"闻参将已见女儿说过,是件整备。门上报说:"杜爷来迎亲了。"鼓乐喧天,杜子中穿了大红衣服抬将进门,真是少年郎君,人人称羡。走到堂中,站了位次,拜见了闻参将。请出小姐来,又一同行礼。谢了魏撰之,启轿而行。迎至家里,拜告天地,见了祠堂。杜子中与闻小姐正是新亲旧朋友,喜喜欢欢,一桩事完了。

---

〔1〕符——古代凭证符券、符节等信物的总称。这里指订婚的信物玉闹妆。

只有魏撰之有些眼热，心里道："一样的同窗朋友，偏是他两个成双。平时杜子中分外相爱，常恨不将男作女，好做夫妇。谁知今日竟遂其志，也是一段奇话。只所许我的事，未知果是如何。"次日就到子中家里贺喜，随问其事。子中道："昨晚弟妇就和小弟计较，今日专为此事同到成都去。弟妇誓欲以此报兄，全其口信，必得佳音方回来。"撰之道："多感！多感！一样的同窗，也该记念着我的冷静。但未知其人果是如何？"子中走进去，取出景小姐前日和韵之诗，与撰之看了。撰之道："果得此女，小弟便可以不妒兄矣！"子中道："弟妇赞之不容口，大略不负所举。"撰之道："这件事做成，真愈出愈奇了。小弟在家颙望〔1〕。"俱大笑而别。

杜子中把这些说话与闻小姐说了。闻小姐道："他盼望久了的，也怪他不得。只索作急成都去，周全了这事。"小姐仍旧带了闻龙夫妻跟随，同杜子中到成都来。认着前日饭店，歇在里头了。杜子中叫闻龙拿了帖，径去拜富员外。员外见说是新进士来拜，不知是甚么缘故，吃了一惊，慌忙迎接进去，坐下了，道："不知为何大人贵足赐踏贱地？"子中道："学生在此经过，闻知有位景小姐，是老丈令甥，才貌出众。有一敝友，也叨过甲第了，欲求为夫人，故此特来奉访。"员外道："老汉是有个甥女，他自要择配。前日看上了一个进京去的闻舍人，已纳下聘物。大人见教迟了。"子中道："那闻舍人也是敝友，学生已知他另有所就，不来娶令甥了。所以敢来作伐。"员外道："闻舍

---

〔1〕 颙（yóng喁）望——殷切盼望。

人也是读书君子,既已留下信物,两心相许,怎误得人家儿女?舍甥女也毕竟要等他的回信。"子中将出前日景小姐的诗笺来,道:"老丈试看此纸,不是令甥写与闻舍人的么?因为闻舍人无意来娶了,故把与学生做执照,来为敝友求令甥。即此是闻舍人的回信了。"员外接过来看,认得是甥女之笔,沉吟道:"前日闻舍人也曾说道聘过了,不信其言,逼他应承的。元来当真有这话!老汉且与甥女商量一商量,来回覆大人。"员外别了,进去了一会,出来道:"适间甥女见说,甚是不快。他也说得是,就是闻舍人负了心,是必等他亲身见一面,还了他玉闹妆,以为诀别,方可别议姻亲。"子中笑道:"不敢欺老丈说,那玉闹妆也即是敝友魏撰之的聘物,非是闻舍人的。闻舍人因为自己已有姻亲,不好回得,乃为敝友转定下了。是当日埋伏机关,非今日无因至前也。"员外道:"大人虽如此说,甥女岂肯心伏?必得闻舍人自来说明,方好处分。"子中道:"闻舍人不能复来,有拙荆在此,可以进去一会令甥。等他与令甥说这些备细,令甥必当见信。"员外道:"有尊夫人在此,正好与舍甥面会一会,有言可以尽吐,省得传消递息。最妙,最妙。"就叫前日老姥来接取杜夫人。

老姥一见闻小姐举止形容,有些面善,只是改妆过了,一时想不出。一路相着,只管迟疑接到间壁。里边景小姐出来相接,各叫了万福。闻小姐对景小姐笑道:"认得闻舍人否?"景小姐见模样厮像,还只道或是舍人的姊妹,答道:"夫人与闻舍人何亲?"闻小姐道:"小姐恁等识人,难道这样眼钝?前日到此过蒙见爱的舍人,即妾身是也。"景小姐吃了一惊,仔细一认,果然一毫不差。连老姥也在旁拍手道:"是呀!是呀!我方才道面庞熟得紧,那知就是前日的舍人!"景小姐道:"请问夫人,前日为何这般打扮?"闻小姐道:"老父有难,进京辨冤,故乔妆作男,以便行路。所以前日过蒙见爱,再三不肯应承者,正为此也。后来见难推却,又不敢实说真情,所以代友人纳了聘,以待后来说明。今纳聘之人已登黄甲,年纪也与小姐相当,故此愚夫妇特来奉求,与小姐了此一段姻亲,报答前日厚情耳。"景小姐见说,半晌做声不得。老姥在旁道:"多谢夫人美意。只是那位老爷姓甚名谁,夫人如何也叫他是友人?"闻小姐道:"幼年时节,曾共学堂,后来同在庠中,与我家相公三人,年貌多相似,是异姓骨肉。知他未有亲事,所以前日就有心替他结下了。这人姓魏,好一表人物,就是我相公同年,也不辱没了小姐。小姐一去也就做夫人了。"景小姐听了这一篇说话,晓得是少年进士,有甚么不喜欢?叫老姥陪住了闻小姐,背地去把这些说话备细告诉员外。员外见说是许个进士,岂有不窜掇之理?真个是一让一个肯。回覆了闻小姐,转说与杜子中,一言已定。富员外设起酒来谢媒,外边款待杜子中,内里景小姐作主款待杜夫人。两个小姐说得甚是投机,尽欢而散。

约定了回来,先教魏撰之纳币[1],拣个吉日,迎娶回家。花烛之夕,见了模样,如获天人。因说起闻小姐闹妆纳聘之事,撰之道:"那聘物元是我的。"景小姐问:"如何却在他手里?"魏撰之又把先时

---

〔1〕 纳币——古代婚礼"六礼"之一,男女双方缔婚以后,男方把聘礼送给女方。

竹箭题字,杜子中拾得,掉在他手里,认做另有个姐姐,故把玉闹妆为聘的根繇,说了一遍。一齐笑道:"彼此夙缘,颠颠倒倒,皆非偶然也。"

明日,魏撰之取出竹箭来与景小姐看。小姐道:"如今只该还他了。"撰之就提笔写一柬与子中夫妻道:

> 既归玉环,返卿竹箭。两段姻缘,各从其便。一笑,一笑。

写罢,将竹箭封了,一同送去。杜子中收了,与闻小姐拆开来看,方见八字之下又有"蜚娥记"三字,问道:"蜚娥怎么解?"闻小姐道:"此妾闺中之名也。"子中道:"魏撰之错认了令姊,就是此二字了。若小生当时曾见此二字,这箭如何肯便与他?"闻小姐道:"他若没有这箭起这些因头,那里又绊得景家这头亲事来?"两人又笑了一回,也题了一柬,戏他道:

> 环为旧物,箭亦归宗。两俱错认,各不落空。一笑,一笑。

从此两家往来,如同亲兄弟姊妹一般。两个甲科合力与闻参将辨白前事,世间情面那里有不让缙绅的?逐件赃罪,得以开释,只处得他革任回卫。闻参将也不以为意了。后边魏、杜两人俱为显官,闻、景二小姐各生子女,又结了婚姻,世交不绝。这是蜀多才女,有如此奇奇怪怪的妙话,卓文君成都当垆〔1〕,黄崇嘏相府掌记,又平平了。诗曰:

---

〔1〕 当垆——意即卖酒。古时酒店垒土为垆,安放酒瓮,卖酒的坐在垆边,叫"当垆"。

世上夸称女丈夫,不闻巾帼竟为儒。
朝廷若也开科取,未必无人待贾沽。

二刻拍案惊奇卷十八

甄监生浪吞秘药　春花婢误泄风情

诗云：

　　自古成仙必有缘，仙缘不到总徒然。

　　世间多少痴心者，日对丹炉取药煎。

话说昔日有一个老翁，极好奉道，见有方外[1]人经过，必厚加礼待，不敢怠慢。一日，有个双髽髻[2]的道人特来访他，身上甚是蓝褛不堪，却神色丰满和畅。老翁疑是异人，迎在家中好生管待。那道人饮酒食肉，且是好量，老翁只是支持与他，并无厌倦。道人来去了几番，老翁相待到底是一样的。道人一日对老翁道："贫道叨扰吾丈久矣，多蒙老丈再无弃嫌。贫道也要老丈到我山居中，寻几味野蔬，少少酬答厚意一番，未知可否？"老翁道："一向不曾问得仙庄在何处，有多少远近，老汉可去得否？"道人道："敝居只在山深处，原无多远。若随着贫道走去，顷刻就到。"老翁道："这等必定要奉拜则个。"

当下道人在前，老翁在后，走离了乡村闹市去处，一步步走到荒

---

[1] 方外——意谓超然于世俗礼教之外，借指僧人道士。
[2] 髽（zhuā 抓）髻——梳在头顶两旁的发髻。

田野径中,转入山路里来。境界清幽,林木茂盛,迤逦过了几个山岭,山凹之中露出几间茅舍来。道人用手指道:"此间已是山居了。"不数步,走到面前,道人开了门,拉了老翁一同进去。老翁看那里面光景时——

虽无华屋朱门气,却有琪花瑶草香。

道人请老翁在中间堂屋里坐下。道人自走进里面去了一回,走出来道:"小蔬已具,老丈且消停坐一会,等贫道去请几个道伴,相陪闲话则个。"老翁喜的是道友,一发欢喜道:"师父自尊便,老汉自当坐等。"道人一径望外去了。老翁呆呆坐着,等候多时,不见道人回来。老翁有些不耐烦起来,前后走看。此时肚里也有些饥了,想寻些甚么东西吃吃,料道厨房中必有,打从傍门走到厨房中来。谁想厨房中锅灶俱无,止有些椰瓢棘匕〔1〕之类,又有两个陶器的水缸,用笠篷盖着。老翁走去揭开一个来看,吃了一惊,原来是一盆清水,内浸着一只雪白小狗子,毛多挦〔2〕干净了的。老翁心里道:"怪道他酒肉不戒,还吃狗肉哩!"再揭开这一缸来看,这一惊更不小,水里浸着一个小小孩童,手足多完全的,只是没气。老翁心里才疑道:"此道人未必是好人了。吃酒吃肉,又在此荒山居住,没个人影的所在,却家里放下这两件东西。狗也罢了,如何又有此死孩子?莫非是放火杀人之辈?我一向错与他相处了。今日在此也多凶少吉。"欲待走了去,

---

〔1〕 棘匕——枣木小勺。匕,勺、匙。
〔2〕 挦(xián贤)——拔。

又不认得来时的路，只得且耐着。

正疑惑间，道人同了一伙道者走来，多是些庞眉皓发之辈，共有三四个。进草堂中，与老翁相见叙礼坐定。老翁心里怀着鬼胎，看他们怎么样。只见道人道："好教列位得知：此间是贫道的主人，一向承其厚款，无以为答。今日恰恰寻得野蔬二味在此，特请列位过来，陪着同享，聊表寸心。"道人说罢，走进里面，将两个瓦盆盛出两件东西来，摆在桌上，就每人面前放一双棘匕，向老翁道："勿嫌村鄙，略尝些少则个。"老翁看着桌上摆的二物，就是水缸内浸的那一只小狗，一个小孩子。众道流掀髯拍掌道："老兄何处得此二奇物？"尽打点动手。先向老翁推逊，老翁慌了道："老汉自小不曾破犬肉之戒，何况人肉？今已暮年，怎敢吃此！"道人道："此皆素物，但吃不妨。"老翁道："就是饿死也不敢吃。"众道流多道："果然立意不吃，也不好相强。"拱一拱道："恕无礼了。"四五人攒做一堆，将两件物事吃个罄尽。盆中溅着几点残汁，也把来舔[1]干净了。老翁呆着脸，不敢开言，只是默看。道人道："老丈既不吃此，枉了下顾这一番。乏物相款，肚里饥了怎好？"又在里面取出些白糕来，递与老翁道："此是家制的糕，尽可充饥，请吃一块。"老翁看见是糕，肚里本等又是饿了，只得取来吞嚼，略觉有些涩味，正是饿得荒时，也管不得好歹了。才吃下去，便觉精神陡搜[2]起来，想道："长安虽好，不是久恋之家。

---

[1] 舔(tiǎn 舔)——这里意同"舔"。
[2] 陡搜——即"抖擞"。

趁肚里不饿了,走回去罢。"来与道人作别,道人也不再留,但说道:"可惜了此会。有慢老丈,反觉不安。贫道原自送老丈回去。"与众道流同出了门。众道流叫声"多谢",各自散去。

道人送老翁到了相近闹热之处,晓得老翁已认得路,不别而去。老翁独自走了家来,心里只疑心这一干人多不是善男子、好相识,眼见得吃狗肉、吃人肉惯的,是一伙方外采生折割[1]、做歹事的强盗,也不见得。

过了两日,那个双髽髻的道人又到老翁家来,对老翁拱手道:"前日有慢老丈。"老翁道:"见了异样食品,至今心里害怕。"道人笑道:"此乃老丈之无缘也。贫道历劫[2]修来,得遇此二物,不敢私享。念老丈相待厚意,特欲邀至山中,同众道侣食了此味,大家得以长生不老。岂知老丈仙缘尚薄,不得一尝。"老翁道:"此一小犬小儿,岂是仙味?"道人道:"此是万年灵药,其形相似,非血肉之物也。如小犬者,乃万年枸杞之根,食之可活千岁。如小儿者,乃万年人参成形,食之可活万岁。皆不宜犯烟火,只可生吃。若不然,吾辈皆是人类,岂能如虎狼吃那生犬、生人,又毫无骸骨吐弃乎?"老翁才想着前日吃的光景,果然是大家生啖,不见骨头吐出来,方信其言是真。

---

[1] 采生折割——一种以折割生人肢体,取五官脏腑等用以合药敛财的恶行。《明律·刑律·人命》:"凡采生折割人者,凌迟处死。"注:"采生折割人是一事,谓取生人耳目脏腑之类而折割其肢体也。"折,原作"灵"。

[2] 历劫——经历了极长时间。劫,佛教名词,意为"远大时节",古印度传说世界每四十三亿二千万年毁灭一次,谓之一劫。

懊悔道:"老汉前日直如此懵懂,师父何不明言?"道人道:"此乃生成的缘分。没有此缘,岂可泄漏天机?今事已过了,方可说破。"老翁捶胸跌足道:"眼面前错过了仙缘,悔之何及!师父而今还有时,再把一个来老汉吃吃。"道人笑道:"此等灵根,寻常岂能再遇?老丈前日虽不曾尝得二味,也曾吃过千年茯苓,自此也可一生无疫,寿过百岁了。"老翁道:"甚么茯苓?"道人道:"即前日所食白糕便是。老丈的缘分只得如此,非贫道不欲相度也。"道人说罢而去,已后再不来了。自此老翁整整直活到一百馀岁,无疾而终。

可见神仙自有缘分。仙药就在面前,又有人有心指引的,只为无缘,兀自不得到口。却有一等痴心的人,听了方士之言,指望炼那长生不死之药。死砒死汞,弄那金石之毒到了肚里,一发不可复救。古人有言:"服药求神仙,多为药所误。"自晋人作兴那五石散、寒食散〔1〕之后,不知多少聪明的人被此坏了性命。臣子也罢,连皇帝里边药发不救的也有好几个。这迷而不悟却是为何?只因制造之药,其方未尝不是仙家的遗传。却是神仙制炼此药,须用身心宁静,一毫嗜欲俱无,所以服了此药,身中水火自能匀炼,故能骨力坚强,长生不死。今世制药之人,先是一种贪财好色之念横于胸中,正要借此药力挣得寿命,可以恣其所为,意思先错了。又把那耗精劳形的躯壳,要降伏他金石熬炼之药,怎当得起?所以十个九个败了。朱文公有

---

〔1〕 五石散、寒食散——均为古代方士、道家炼制的求长生的内服散剂。五石散是用丹砂、雄黄、白矾石、曾青、磁石(据葛洪《抱朴子》说)五种矿物质药物烧炼而成;寒食散是用丹砂、雄黄、砒霜等制成。

《感遇》诗云:

> 飘摇学仙侣,遗世在云山。
>
> 盗启元命秘,窃当生死关。
>
> 金鼎蟠龙虎,三年养神丹。
>
> 刀圭一入口,白日生羽翰。
>
> 我欲往从之,脱屣谅非难。
>
> 但恐逆天理,偷生讵能安?

看了文公此诗,也道仙药是有的,只是就做得来,也犯造化[1]所忌,所以不愿学他。岂知这些不明道理之人,只要蛮做蛮吃,岂有天上如此没清头,把神仙与你这伙人做了去?落得活活弄杀了。而今说一个人,信着方上人,好那丹方鼎器,弄掉了自己性命,又几乎连累出几条人命来。

> 欲作神仙,先去嗜欲。
>
> 愚者贪淫,惟日不足。
>
> 借力药饵,取欢枕褥。
>
> 一朝药败,金石皆毒。
>
> 夸言鼎器,鼎覆其𫗦[2]。

话说国朝山东曹州[3]有一个甄廷诏,乃是国子监监生,家业富厚,有一妻二妾。生来有一件僻性,笃好神仙黄白之术。何谓黄白之

---

[1] 造化——指天地、自然界。
[2] 𫗦(sù速)——鼎中的食品。这里用《易》:"鼎折足,覆公𫗦"句意。
[3] 曹州——辖境相当现在山东、河南两省交界地区,明代治所在今山东省曹县。

术？方上丹客,哄人炼丹,说养成黄芽,再生白雪,用药点化为丹,便铅汞之类皆变黄金白银,故此炼丹的叫做黄白之术。有的只贪图银子,指望丹成;有的说丹药服了就可成仙度世,又想长生起来。有的又说内丹成,外丹亦成,却用女子为鼎器,与他交合,采阴补阳,捉坎填离,炼成婴儿姹女,以为内丹,名为采战功夫,乃黄帝、容成公、彭祖[1]御女之术,又可取药,又可长生。其中有本事不济,等不得女人精至,先自战败了的,只得借助药力,自然坚强耐久。有许多话头做作,哄动这些血气未定的少年,其实有枝有叶,有滋有味。那甄监生心里也要炼银子,也要做神仙,也要女色取药,无所不好;但是方士所言之事,无所不依。被这些人弄了几番喧头[2],提了几番罐子[3],只是不知懊悔,死心塌地在里头,把一个好好的家事,弄得七零八落,田产多卖尽,用度渐渐不足了。

同乡有个举人朱大经,苦口劝谏了几遭,只是不悟。乃作一首口号嘲他道:

> 曹州有个甄廷诏,养着一伙真强盗。
>
> 养砂干汞立投词[4],采阴补阳去祷告。

---

[1] 黄帝、容成公、彭祖——黄帝,传为中原各族的共同祖先,姬姓,号轩辕氏,后道家尊其为神,是五天帝之一。容成公,传为黄帝之师,也是道教的神仙,善补导之术。彭祖,神话中的仙人,为道教所尊奉,以长寿著称。
[2] 喧头——骗局、圈套。
[3] 提罐子——方士的隐语,意思是骗取了钱财。《拍案惊奇》卷十八有解释:"只要先将银子为母,后来觑个空儿,偷了银子便走,叫做提罐。"
[4] 投词——详叙诉讼事由的状子。

>一股青烟不见踪,十顷好地随人要。
>
>家间妻子低头恼,街上亲朋拍手笑。

又做一首歌,警戒他道:

>闻君多智兮,何邪正之混施? 闻君好道兮,何妻子之嗟咨?
>
>予知君不孝兮,弃祖业而无遗;又知君不寿兮,耗元气而难医。

甄监生得知了,心里恼怒,发个冷笑道:"朱举人肉眼凡夫,那里晓得就里!说我弃了祖业,这是他只据目前,怪不得他说,也罢;怎反道我不寿?看你们倒做了仙人不成?"恰像与那个憋气[1]一般的,又把一所房子卖掉了。卖得一二百两银子,就一气讨了四个丫头,要把来采取做鼎器。内中一个唤名春花,独生得标致出众,甄监生最是喜欢,自不必说。

一日,请得一个方士来,没有名姓,道号玄玄子,与甄监生讲着内外丹事,甚是精妙。甄监生说得投机,留在家里多日,把向来弄过旧方请教他。玄玄子道:"方也不甚差,药材不全,所以不成。若要成事,还要养炼药材。这药材须到道口集上去买。"甄监生道:"药材明日我与师父亲自买去,买了来从容养炼。至于内外事口诀,先要求教。"玄玄子先把外丹养砂干汞许多话头传了,再说到内丹采战,抽添转换,升提呼吸要紧关头。甄监生听得津津有味,道:"学生于此事究心已久,行之颇得其法。只是到得没后一着,不能忍耐。有时提得气上,忍得牢了,却又兴趣已过,以此不能如意。"玄玄子道:"此事

---
[1] 憋气——赌气、怄气。

最难。在此地位，须是形交而神不交，方能守得牢固。然功夫未熟，一个主意要神不交，才付之无心，便自软痿。所以初下手人，必须借力于药。有不倒之药，然后可以行久御之术；有久御之功，然后可以收阴精之助；到得后来，收得精多，自然刚柔如意，不用药了。若不先资药力，竟自讲究其法，便有些说时容易做时难，弄得不尴尬，落得损了元神。"甄监生道："药不过是春方，有害身子。"玄玄子道："春方乃小家之术，岂是仙家所宜用？小可有炼成秘药，服之久久，便可骨节坚强，长生度世。此乃至宝之丹，万金良药也。"甄监生道："这个就要相求了。"玄玄子便去葫芦内倾出十多丸来，递与甄监生道："此药每服一丸，然未可轻用。还有解药。那解药合成，尚少一味，须在明日一同这些药料买去。"甄监生收受了丸药，又要玄玄子参酌内丹口诀异同之处。玄玄子道："此须晚间卧榻之上才指点得穴道明白，传受得做法手势亲切。"甄监生道："总是明日要起早，到道口集上去买药，今夜学生就同在书房中一处宿了讲究便是。"当下分付家人："早起做饭，天未明就要起身。倘或睡着了，饭熟时来叫一声。"家人领命已讫。是夜遂与玄玄子同宿书房，讲论房事，传授口诀。约莫一更多天，然后睡了。

　　第二日天未明，家人们起来做饭停当，来叫家主起身。连呼数声，不听得甄监生答应，却惊醒了玄玄子。玄玄子摸摸床子，不见主人家，回说道："昨夜一同睡的，我睡着了，不知何往，今不在床上了。"家人们道："那有此话？"推进门去，把火一照，只见床上里边玄玄子睡着，外边脱下里衣一件，却不见家主。尽道想是原到里面睡去了,走到里头敲门问时,说道昨晚不曾进来。合家惊起,寻到书房外边一个小室之内,只见甄监生直挺挺眠于地上。看看口鼻时,已是没气的了。大家慌张起来,道:"这死得希奇!"其子甄希贤听得,慌忙走来,仔细看时,口边有血流出。希贤道:"此是中毒而死,必是方士之故!"希贤平日见父亲所为,心中不伏气,怪的是方士。不匡父亲这样死得不明,不恨方士恨谁?领了家人,一头哭,一头走,赶进书房中,揪着玄玄子,不管三七二十一,拳头脚尖齐上,先是一顿肥打。玄玄子不知一些头脑,打得口里乱叫:"老爷,相公,亲爹爹,且饶狗命,有话再说。"甄希贤道:"快还我父亲的性命来!"玄玄子慌了道:"老相公怎的了?"家人走上来,一个巴掌,打得应声响,道:"怎的了?怎的了?你难道不知道的?假撇清[1]么!"一把抓来,将一条铁链锁住在甄监生尸首边了,一边收拾后事。

待天色大明了,写了一状,送这玄玄子到县间来。知县当堂问其实情。甄希贤道:"此人哄小人父亲炼丹,晚间同宿,就把毒药药死了父亲,口中现有血流,是谋财害命的。"玄玄子诉道:"晚间同宿是真。只是小的睡着了,不知几时走了起去,以后又不知怎么样死了,其实一些也不知情。"知县道:"胡说!既是同宿,岂有不知情的?况且你每这些游方光棍,有甚么事做不出来?"玄玄子道:"小人见这个监生好道,打点哄他些东西,情是有的。至于死事,其实不知。"知县冷笑道:"你难道肯自家说是怎么样死的不成?自然是赖的。"叫左

---

[1] 假撇清——吴方言,意为假装正经,假装坏事与己无关。

右将夹强盗的头号夹棍,把这光棍夹将起来。可怜那玄玄子——

　　管甚么玄之又玄,只看你熬得不得。吆呵力重,这算做洗髓伐毛;叫喊声高,用不着存神闭气。口中白雪流将尽,谷道黄芽挣出来[1]。

当日把玄玄子夹得一佛出世,二佛生天,又打勾一二百榔头。玄玄子虽然是江湖上油嘴棍徒,却是惯哄人家好酒好饭吃了,叫"先生"、叫"师父"尊敬过的,倒不曾吃着这样苦楚,好生熬不得。只得招了道:"用药毒死,图取财物是实。"知县叫画了供,问成死罪,把来收了大监,待叠成文案,再申上司。

　　乡里人闻知的,多说甄监生尊信方士,却被方士药死了。虽是甄监生迷而不悟,自取其祸,那些方士这样没天理的,今官府明白,将来抵罪,这才为现报了。亲戚朋友没个不欢喜的。至于甄家家人,平日多是恨这些方士入骨的,今见家主如此死了,恨不登时咬他一块肉。断送得他在监里问罪,人人称快,不在话下。

　　岂知天下自有冤屈的事。元来甄监生二妾四婢,惟有春花是他新近宠爱的,终日在闺门之内轮流侍寝,采战取乐。终久人多耳目众,觉得春花兴趣颇高,碍着同伴窃听,不能尽情,意思要与他私下在那里弄一个翻天覆地的快活。是夜口说在书房中歇宿,其实暗地里约了春花晚间开出来,同到侧边小室中行事。春花应允了。甄监生先与玄玄子同宿,教导术法,传授了一更多次。习学得熟,正要思量

---

〔1〕"口中"二句——意谓打得口吐白沫,屎尿齐流。

试用,看见玄玄子睡着,即走下床来,披了衣服,悄悄出来。走到外边,恰好春花也在里面走出来,两相遇着,拽着手,竟到侧边小室中。有一把平日坐着运气的禅椅在内,叫春花脱了下衣,坐好在上面了,甄监生就舞弄起来。甄监生极了,猛想道:"日间玄玄子所与秘药,且吃他一丸,必是耐久的。"就在袖里摸出纸包来,取一丸,用唾津咽了下去。才咽得下,就觉一股热气竟趋丹田。两相吸牢,扯拔不出。甄监生想道:"他日间原说还有解药,不曾合成。方才性急头上,一下子吃了,而今怎得药来解他?"心上一急,便有些口渴气喘起来,对春花道:"怎得口水来吃吃便好。"春花道:"放我去取水来与你吃。"甄监生却被药力涩住,落得头红面热,火气反望上攻。口里哼道:"活活的急死了我!"咬得牙齿格格价响,大喊一声道:"罢了我了!"两手撒放,扑的望地上倒了下来。春花站起身来道:"这是怎的说!"去扶扶甄监生时,声息俱无,四肢挺直,但身上还是热的,叫问不应了。春花慌了手脚,道:"这事利害,若声张起来,不要说羞人,我这罪过须逃不去。总是夜里没人知道,瞒他娘罢!"且不管家主死活,轻轻的脱了身子,望自己卧房里只一溜,溜进去睡了,并没一个人知觉。到得天明,合家人那查夜来细帐?却把一个甚么玄玄子顶了缸〔1〕,以消平时恶气,再不说他冤枉的了。只有春花肚里明白,怀着鬼胎,不敢则声,眼盼盼便做这个玄玄子悔气不着也罢。

看官,你道这些方士固然可恨,却是此一件事是甄监生自家误用

---

〔1〕 顶了缸——代人受过。

其药，不知解法，以致药发身死，并非方士下手故杀的。况且平时提了罐、着了道儿的，又别是一伙，与今日这个方士没相干。只为这一路的人众恶所归，官打见在，正所谓"张公吃酒李公醉"，又道是"拿着黄牛便当马"，又是个无根蒂的，没个亲戚朋友与他辨诉一纸状词，活活的顶罪罢了。却是天理难昧，元不是他谋害的，毕竟事久辨白出来。这放着做后话。

且说甄希贤自从把玄玄子送在监里了，归家来成了孝服，把父亲所作所为尽更变过来。将药炉丹灶之类打得粉碎，一意做人家，先要卖去这些做鼎器的使女。其时有同里人李宗仁，是个富家子弟，新断了弦。闻得甄家使女多有标致的，不惜重价，来求一看。希贤叫将出来看时，头一名就点中了春花，用掉了六十多两银子，讨了家去。宗仁明晓得春花不是女身，却容貌出众，风情动人，两下多是少年，你贪我爱，甚是过得绸缪。

春花心性飘逸，好吃几杯酒。有了酒，其兴愈高，也是甄家家里操炼过，是能征惯战的手段。宗仁肉麻头里，高兴时节，问他甄家这些采战光景，春花不十分肯说。直等有了酒，才略略说些出来。宗仁一日有亲眷家送得一小坛美酒，夫妻两个将来对酌。宗仁把春花劝得半醉，两个上床，乘着酒兴，干起事来，就便问起甄家做作。春花乜斜着双眼道："他家动不动吃了药做事，好不爽利煞人。只有一日，正弄得极快活，可惜就收场了。"宗仁道："怎的就收场了？"春花道："人多弄杀了，不收场怎的？"宗仁道："我正见说甄监生被方士药死了的。"春花道："那里是方士药死？这是一桩冤屈事。其实只是吃了他的药,不解得,自弄死了。"宗仁道:"怎生不解得弄死了?"春花却把前日晚间的事,是长是短,备细说了一遍。宗仁道:"这等说起来,你当时却不该瞒着,急急叫起人来,或者还可有救。"春花道:"我此时慌了,只管着自己身子干净,躲得过便罢了,那里还管他死活?"宗仁道:"这等,你也是个没情的。"春花道:"若救活了,今日也没你的分了。"两个一齐笑将起来。虽然是一番取笑说话,自此宗仁心里毕竟有些嫌鄙春花,不足他的意思。

看官听说:大凡人情,专有一件古怪,心里热落〔1〕时节,便有些缺失之处,只管看出好来;略有些小不像意起头,随你承奉他,多是可嫌的,并那平日见的好处,也要拣相出不好来。这多是缘法在里头。有一只小词儿单说那缘法尽了的:

> 缘法儿尽了,诸般的改变。缘法儿尽了,要好也再难。缘法儿尽了,恩成怨。缘法儿若尽了,好言当恶言。缘法儿尽了也,动不动变了脸。

今日说起来,也是春花缘法将尽,不该趁酒兴把这些话柄一盘托了出来。男子汉心肠,见说了许多用药淫战之事,先自有些捻酸不耐烦,觉得十分轻贱。又兼说道弄死了在地上,不管好歹,且自躲过,是个无情不晓事的女子,心里澹薄了好些。朝暮情意,渐渐不投。春花看得光景出来,心里老大懊悔。正是一言既出,驷马难追。此时便把舌头剪了下来,嘴唇缝了拢去,也没一毫用处。思量一转,便自捶胸

---

〔1〕 热落——吴方言,也作"热络",指双方都极亲热、要好。

跌足,时刻不安。也是合当有事,一日公婆处有甚么不合意,骂了他弄死汉子的贱淫妇。春花听见,恰恰道着心中之事,又气恼,又懊悔,没怨怅处。妇人短见,走到房中,一索吊起。无人防备的,那个来救解?不上一个时辰,早已呜呼哀哉。

　　只缘身作延年药,一服曾经送主终。

　　今日投缳殆天意,双双采战夜台中。

　　却说春花含羞自缢而死,过了好一会,李宗仁才在外厢走到房中,忽见了这件打秋千的物事,吃了一惊,慌忙解放下来,早已气绝的了。宗仁也有些不忍,哭将起来。父母听得,急走来看时,只叫得苦。老公婆两个互相埋怨道:"不合骂了他几句,谁晓得这样心性,就做短见的事!"宗仁明知道是他自怀羞愧之故,不好说将出来。邻里地方闻知了来问的,只含糊回他道:"妻子不孝,毁骂了公婆,惧罪而死。"幸喜春花是甄家远方讨来的,没有亲戚,无人生端告执人命。却自有这伙地方人等要报知官府,投递结状,相验尸伤,许多套数。宗仁也被缠得一个不耐烦,费掉了好些盘费,才得停妥,也算是大悔气。

　　春花既死,甄监生家里的事越无对证,这方士玄玄子永无出头日子了。谁知天理所在,事到其间,自有机会出来。

　　其时山东巡按是灵宝许襄毅公[1],按临曹州,会审重囚。看见

---

[1] 许襄毅公——许进,字季升,灵宝(今河南省灵宝市)人,成化二年(1466)进士,历任甘肃、山东等地巡按,政绩卓著,官至兵部尚书,谥襄毅。

了玄玄子这宗案卷,心里疑道:"此辈不良,用药毒人,固然有这等事;只是人既死了,为何不走?"次早提问这事。先叫问甄希贤,希贤把父亲枉死之状说了一遍。许公道:"汝父既与他同宿,被他毒了,想就死在那房里的了。"希贤道:"死在外边小室之中。"许公道:"为何又在外边?"希贤道:"想是药发了当不得,乱走出来寻人,一时跌倒了的。"许公道:"这等,那方士何不逃了去?"希贤道:"彼时合家惊起,登时拿住,所以不得逃去。"许公道:"死了几时,你家才知道?"希贤道:"约了天早同去买药,因家人叫呼不应,不见踪迹,前后找寻,才看见死了的。"许公道:"这等,他要走时也去久了。他招上说谋财害命,谋了你家多少财?而今在那里?"希贤道:"止是些买药之本,十分不多,还在父亲身边,不曾拿得去。"许公道:"这等,他毒死你父亲何用?"希贤道:"正是不知为何这等毒害。"许公就叫玄玄子起来,先把气拍一敲道:"你这伙人,死有馀辜!你药死甄廷诏,待要怎的?"玄玄子道:"廷诏要小人与他炼外丹,打点哄他些银子,这心肠是有的。其实药也未曾买。正要同去买了,才弄起头,小人为何先药死他?前日熬刑不过,只得屈招了。"许公道:"与你同宿是真的么?"玄玄子道:"先在一床上宿的,后来睡着了,不知几时走了去。小人睡梦之中,只见许多家人打将进来,拿小人去偿命,小人方知主人死了。其实一些情也不晓得。"许公道:"为甚么与你同宿?"玄玄子道:"要小人传内事功夫。小人传了他些口诀,又与了他些丸药,小人自睡了。"许公道:"丸药是何用的?"玄玄子道:"是房中秘戏之药。"许公点头道:"是了,是了。"又叫甄希贤问道:"你父亲房中有几人?"希贤道："有二妾四女。"许公道："既有二妾，焉用四女？"希贤道："父亲好道，用为鼎器。"许公道："六人之中，谁为最爱？"希贤道："二妾已有年纪，四女轮侍，春花最爱。"许公道："春花在否？"希贤道："已嫁出去了。"许公道："嫁在那里，快唤将来。"希贤道："近日死了。"许公道："怎样死了？"希贤道："闻是自缢死的。"许公哈哈大笑道："即是一桩事，一个情也。其夫是何名姓？"希贤道："是李宗仁。"许公就掣一签，差个皂隶[1]去，不一时拘将李宗仁来。

许公问道："你妻子为何缢死的？"宗仁磕头道："是不孝公姑，惧罪而死。"许公故意作色道："分明是你致死了他，还要胡说？"宗仁慌了，道："妻子与小人从来好的，并无说话。地方邻里见有干结[2]在官，委是不孝小人的父母。父母要声说，自知不是，缢死了的。"许公道："你且说他如何不孝？"宗仁一时说不出来，只得支吾道："毁骂公姑。"许公道："胡说！既敢毁骂，是个放泼的妇人了，有甚惧怕，就肯自死？"指着宗仁道："这不是他惧怕，还是你的惧怕。"宗仁道："小人有甚惧怕？"许公道："你惧怕甄家丑事彰露出来，乡里间不好听，故此把不孝惧罪之说，支吾过了。可是么？"宗仁见许公道着真情，把个脸涨红了，开不得口。许公道："你若实说，我不打你；若有隐匿，必要问你偿命。"宗仁慌了，只得实实把妻子春花吃酒醉了，说出真情，甄监生如何相约，如何采战，如何吃了药不解得，一口气死了的

----

〔1〕 皂隶——原是古代的贱役，后来专指衙门里的差役。
〔2〕 干结——案情具结的证明。

话,备细述了一遍,道:"自此以后,心里嫌他,委实没有好气相待。妻子自觉失言,悔恨自缢。此是真情。因怕乡亲耻笑,所以只说因骂公姑,惧怕而死。今老爷所言,分明如见,小人不敢隐瞒一句,只望老爷超生。"许公道:"既实说了,你原无罪,我不罪你。"一面录了口词,就叫玄玄子来,道:"我晓得甄廷诏之死与你无干。只是你药如此误事,如何轻自与人?"玄玄子道:"小人之药,原用解法。今甄廷诏自家妄用,丧了性命,非小人之罪也。"许公道:"却也误人不浅。"提笔写道:

> 审得甄廷诏误用药而死于淫,春花婢醉泄事而死于悔,皆自贻伊戚,无可为抵。两死相偿足矣。玄玄子财未交涉,何遽生谋?死尚身留,必非毒害;但淫药误人,罪亦难免。甄希贤痛父执命,告不为诬;李宗仁无心丧妻,情更可悯。俱免拟释放。

当下将玄玄子打了廿板,引庸医杀人之律,问他杖一百,逐出境,押回原籍。又行文山东六府[1],凡军民之家,敢有听信术士道人邪说,采取炼丹者,一体问罪。

发放了毕,甄希贤回去与合家说了,才晓得当日甄监生死的缘故,却因春花,春花又为此缢死,深为骇异。尽道虽不干这个方士的事,却也是平日误信此辈,致有此祸也。六府之人见察院行将文书来,张挂告示,三三两两,尽传说甄家这事乃察院明断,以为新闻。好

---

[1] 山东六府——明代山东设六府,为济南府、兖州府、东昌府、青州府、莱州府、登州府。

些好此道的,也不敢妄做了。真足为好内外丹事者之鉴。

从来内外有丹术,不是贪财与好色。

外丹原在广施济,内丹却用调呼吸。

而今烧汞要成家,采战无非图救急。

岂有[1]神仙累劫修,不及庸流眼前力。

一盆火内炼能成,两片皮中抽得出。

---

[1] 岂有——此二字原底本纸残难辨,今据《别本二刻拍案惊奇》卷四《甄监生浪吞秘药,春花婢误泄风情》同诗校补。

二刻拍案惊奇卷十九

田舍翁时时经理　牧童儿夜夜尊荣

词云：

扰扰劳生，待足后、何时是足[1]？据见定、随家丰俭，便堪龟缩。得意浓时休进步，须防世事多翻覆。枉教人、白了少年头，空碌碌。

此词乃是宋朝诗僧晦庵所作《满江红》前阕，说人生富贵荣华，常防翻覆，不足凭恃。劳生扰扰，巴前算后，每怀不足之心，空白了头没用处，不如随缘过日的好。只看宋时嘉祐[2]年间，有一个宣议郎[3]万延之，乃是钱塘南新[4]人，曾中乙科出仕。性素刚直，做了两三处地方州县官，不能屈曲，中年拂衣而归，徙居馀杭。见水乡陂泽，可以耕种作田的，因为低洼，有水即没，其价甚贱。万氏费不多些本钱，买了无数。也是人家该兴，连年亢旱，是处低田大熟，岁收租米万石有馀。万宣议喜欢，每对人道："吾以万为姓，今岁收万石，也勾

---

[1]　"待足"句——底本作"待足何时足"，据原词校补"后"、"是"二字。
[2]　嘉祐——宋仁宗赵祯年号，公元1056—1063年。
[3]　宣议郎——宋初置，为从七品下阶文职散官。
[4]　钱塘南新——钱塘，即今杭州市，宋代为两浙路及临安府治所。南新，旧县名，故址在今浙江省杭州市富阳区。

了我了。"自此营建第宅,置买田园,扳结婚姻。有人来献勤作媒,第三个公子说合驸马都尉王晋卿[1]家孙女为室,约费用二万缗钱,才结得这头亲事。儿子因是驸马孙婿,得补三班借职[2]。一时富贵熏人,诈民无算。

他家有一个瓦盆,是希世的宝物。乃是初选官时,在都下,为铜禁甚严,将十个钱市上买这瓦盆来盥洗。其时天气凝寒,注汤沃面[3]过了,将残汤倾去。还有倾不了的,多少留些在盆内。过了一夜,凝结成冰,看来竟是桃花一枝。人来见了,多以为奇,说与宣议。宣议看见道:"冰结拢来,原是花的,偶像桃花,不是奇事。"不以为意。明日又复剩些残水在内,过了一会看时,另结一枝开头牡丹,花朵丰满,枝叶繁茂,人工做不来的。报知宣议来看,道:"今日又换了一样,难道也是偶然?"宣议方才有些惊异道:"这也奇了。且待我再试一试。"亲自把瓦盆拭净,另洒些水在里头。次日再看,一发结得奇异了,乃是一带寒林,水村竹屋,断鸿翘鹭,远近烟峦,宛如图画。宣议大骇,晓得是件奇宝,唤将银匠来把白金镶了外层,将锦绮做了包袱,十袭[4]珍藏。但遇凝寒之日,先期约客,张筵置酒,赏那盆中之景,是一番另结一样,再没一次相同的。虽是名家画手,见了远愧

---

[1] 驸马都尉王晋卿——驸马都尉,本为汉代掌副车之马的近侍官名,魏晋以后皇帝的女婿例加此称号,遂用作帝婿的代称,简称"驸马"。王晋卿,名诜,太原人,宋英宗的女婿,著名画家。
[2] 三班借职——宋代武臣的最低职级。
[3] 注汤沃面——倒热水洗脸。汤,热水。
[4] 十袭——包裹了许多层。袭,重叠。

不及。前后色样甚多，不能悉纪。只有一遭最奇异的，乃是上皇登极，恩典下颁，致仕官皆得迁授一级，宣议郎加迁宣德郎。敕下之日，正遇着他的生辰，亲戚朋友来贺喜的，满坐堂中。是日天气大寒，酒席中放下此盆，洒水在内，须臾凝结成象，却是一块山石上，坐着一个老人，左边一龟，右边一鹤，俨然是一幅寿星图。满堂饮酒的，无不喜跃赞叹。内中有知今识古的士人，议论道："此是瓦器，无非凡火烧成，不是甚么天地精华，五行间气结就的。有此异样，理不可晓，诚然是件罕物。"又有小人辈胁肩谄笑，掇臀捧屁，称道："分明万寿无疆之兆，不是天下大福人，也不能勾有此异宝。"当下尽欢而散。

此时万氏又富又贵，又与皇亲国戚联姻，豪华无比，势焰非常，尽道是用不尽的金银，享不完的福禄了。谁知过眼云烟，容易消歇。宣德郎万延之死后，第三儿子补三班的也死了。驸马家里见女婿既死，来接他郡主[1]回去，说道万家家资多是都尉府中带来的，伙着二三十男妇，内外一抢，席卷而去。万家两个大儿子只好眼睁睁看他使势行凶，不敢相争，内财一空。所有低洼田千顷，每遭大水淹没，反要赔粮，巴不得推与人了倒干净，凭人占去。家事尽消，两子寄食亲友，流落而终。此宝盆被驸马家取去，后来归了蔡京太师[2]。识者道："此盆结冰成花，应着万氏之富犹如冰花一般，原非坚久之象，乃是

---

[1] 郡主——宋代称诸王之女为郡主，这里当是借称。
[2] 蔡京太师——蔡京，字元长，北宋末年的权臣，崇宁元年（1102）为右仆射，旋拜太师，以复新法为名，排除异己，加重剥削，被时人称为"六贼"之首。太师，是一种特殊待遇表示恩宠的最高官衔。

不祥之兆。"然也是事后如此猜度,当他盛时那个肯是这样想?敢是这样说?直待后边看来,真个是如同一番春梦。

所以古人寓言,做着《邯郸梦记》、《樱桃梦记》[1],尽是说那富贵繁华直同梦境。却是一个人做得一个梦了却一生,不如庄子说那牧童做梦,日里是本相,夜里做王公,如此一世,更为奇特。听小子敷演来看。

人世原同一梦,梦中何异醒中?

若果夜间富贵,只算半世贫穷。

话说春秋时鲁国曹州有座南华山,是宋国商丘小蒙城庄子休流寓来此,隐居著书,得道成仙之处。后人称庄子为南华老仙,所著书就名为《南华经》,皆因此起。彼时山畔有一田舍翁,姓莫,名广,专以耕种为业。家有肥田数十亩,耕牛数头,工作农夫数人,茅檐草屋,衣食丰足,算做山边一个土财主。他并无子嗣,与庄家老姥夫妻两个早夜算计思量,无非只是耕田锄地,养牛牧猪之事。有几句诗单道田舍翁的行径:

田舍老翁性夷逸,僻向小山结幽室。生意不满百亩田,力耕水耨艰为食。春晚喧喧布谷鸣,春云霭霭檐溜滴。呼童载犁躬负锄,手牵黄犊头戴笠。一耕不自已,再耕还自力。三耕且插苗,看看秀而硕。夏耘勤勤秋复来,禾黍如云堪刈铚[2]。担箩

---

[1] 《邯郸梦记》、《樱桃梦记》——《邯郸梦记》为明汤显祖所撰戏曲,据唐沈既济的传奇小说《枕中记》改编。《樱花梦记》为明陈与郊所撰戏曲,据《太平广记》卷二百八十一《樱桃青衣》改编。

[2] 刈铚(yìzhì义至)——两种镰刀名,这里作动词用,意为收割。

负囊纷敛归,仓盈囷满居无隙。教妻囊酒赛田神[1],烹羊宰豚享亲戚。击鼓咚咚乐未央,忽看玉兔东方白。

那个莫翁勤心苦胝,牛畜渐多,庄农不足,要寻一个童儿,专管牧养。

其时本处有一个小厮儿,祖家姓言,因是父母双亡,寄养在人家,就叫名寄儿。生来愚蠢,不识一字,也没本事做别件生理,只好出力做工度活。一日在山边拔草,忽见一个双丫髻的道人走过,把他来端相了一回,道:"好个童儿,尽有道骨。可惜痴性颇重,苦障未除。肯跟我出家么?"寄儿道:"跟了你,怎受得清淡过?"道人道:"不跟我,怎受得烦恼过?也罢,我有个法儿,教你夜夜快活,你可要学么?"寄儿道:"夜里快活,也是好的,怎不要学?师父可指教我。"道人道:"你识字么?"寄儿道:"一字也不识。"道人道:"不识也罢,我有一句真言,只有五个字。既不识字,口传心授,也容易记得。"遂叫他:"将耳朵来,说与你听,你牢记着。"是那五个字?乃是:

　　婆珊婆演底。

道人道:"临睡时,将此句念上百遍,管你有好处。"寄儿谨记在心。道人道:"你只依着我,后会有期。"捻着渔鼓、简板[2],口唱道情[3],飘然

---

[1] 赛田神——古时遗俗,农事毕,陈酒食以祭田神,相与饮酒作乐,也叫"赛社"。
[2] 渔鼓、简板——均为打击乐器。渔鼓也叫"竹琴",竹筒为体,长二尺馀,筒底蒙皮,手敲发音。简板由两根二尺馀长的竹片组成,用手夹击发音。渔鼓简板合用,以伴奏"道情"。
[3] 道情——源于唐代道士所唱的"经韵",南宋时开始用渔鼓和简板伴奏,流传也越来越广。

而去。是夜寄儿果依其言,整整念了一百遍,然后睡下。才睡得着,就入梦境。正是:

人生劳扰多辛苦,已逊山间枕石眠。

况是梦中游乐地,何妨一觉睡千年!

看官牢记话头,这回书一段说梦,一段说真,不要认错了。却说言寄儿睡去,梦见身为儒生,粗知文义,正在街上斯文气象,摇来摆去。忽然见个人来说道:"华胥国〔1〕王黄榜招贤,何不去求取功名,图个出身?"寄儿听见,急取官名寄华,恍恍惚惚,不知涂抹了些甚么东西,叫做万言长策,将去献与国王。国王发与那掌文衡〔2〕看阅。寄华使用了些裹蹄金作为贽礼,掌文衡的大悦,说这个文字乃惊天动地之才,古今罕有,加上批点,呈与国王。国王授为著作郎,主天下文章之事,旗帜鼓乐,高头骏马,送入衙门到任。寄华此时身子如在云里雾里,好不风骚。正是:

电光石火梦中身,白马红缨衫色新。

我贵我荣君莫羡,做官何必读书人!

寄华跳下得马,一个虚跌,惊将醒来。擦擦眼看一看,仍睡在草铺里面,叫道:"呸!呸!作他娘的怪。我一字也不识的,却梦见献甚么策,得做了官,管甚么天下文章。你道是真梦么?且看他怎生应验!"嗤嗤的还定着性想那光景。

---

〔1〕 华胥国——传说中的国名。据《列子·黄帝》载,黄帝曾梦游华胥氏之国,其国无师长,其民无嗜欲。

〔2〕 掌文衡——谓掌管文章试士取舍权衡的人。

只见平日往来的邻里沙三走将来,叫寄儿道:"寄哥,前村莫老官家寻人牧牛,你何不投与他家了,省得短趁[1],闲了一日便待嚼本。"寄儿道:"投在他家可知好哩!只是没人引我去。"沙三道:"我昨日已与他家说过你了,今日我与你同去,只要写下文券就成了。"寄儿道:"多谢美情指引则个。"两个说说话话,一同投到莫家来。莫翁问其来意,沙三把寄儿勤谨过人,愿投门下牧养,说了一遍。莫翁看寄儿模样老实,气力粗夯,也自欢喜,情愿雇倩[2],叫他写下文券。寄儿道:"我须不识字,写不得。"沙三道:"我写了,你画个押罢。"沙三曾在村学中读过两年书,尽写得几个字,便写了一张"情愿受雇,专管牧畜"的文书,虽有几个不成的字儿,意会得去也便是了。后来年月之下要画个押字,沙三画了,寄儿拿了一管笔,不知左画是右画是。自想了暗笑道:"不知昨夜怎的献了万言长策来!"捻着笔千斤来重,沙三把定了手,才画得一个十字。莫翁当下发了一季工食,着他在山边草房中住宿,专管牧养。寄儿领了钥匙,与沙三同到草房中。寄儿谢了沙三些常例媒钱,是夜就在草房中宿歇。依着道人念过五字真言百遍,倒翻身便睡。

看官,你道从来只有说书的续上前因,那有做梦的接着前事?而今煞是古怪,寄儿一觉睡去,仍旧是昨夜言寄华的身分,顶冠束带,新

---

[1] 短趁——打短工。
[2] 雇倩——雇用。倩,请。

到著作郎衙门升堂理事。只见跄跄跻跻[1]一群儒生，将着文卷，多来请教。寄华一一批答。好的歹的，圈的抹的，发将下去，纷纷争看。众人也有服的，也有不服的，喧哗闹嚷起来。寄华发出规条，分付多要遵绳束，如不伏者，定加鞭笞。众儒方弭耳拱听，不敢放肆，俱各从容雅步，逡巡而退。是日同衙门官摆着公会筵席，特贺到任。美酒嘉肴，珍羞百味，歌的歌，舞的舞，大家尽欢。直吃到斗转参横，才得席散，回转衙门里来。

那边就寝，这边方醒，想着明明白白记得的，不觉失笑道："好怪么！那里说起？又接着昨日的梦，身做高官，管着一班士子，看甚么文字！我晓得文字中吃的不中吃的？落得吃了些酒席，倒是快活。"起来抖抖衣服，看见褴褛，叹道："不知昨夜的袍带多在那里去了！"将破布袄穿着停当，走下得床来，只见一个庄家老苍头，奉着主人莫翁之命，特来交盘[2]牛畜与他。一群牛共有八九只，寄儿逐只看相，用手去牵他鼻子。那些牛不曾认得寄儿，是个面生的，有几只驯扰不动，有几只奔突起来。老苍头将一条皮鞭付与寄儿，寄儿赶去，将那奔突的牛两三鞭打去。那些牛不敢违拗，顺顺被寄儿牵来，一处拴着，寄儿慢慢喂放。老苍头道："你新到吾主翁家来，我们该请你吃三杯。昨日已约下沙三哥了，这早晚他敢就来。"说未毕，沙三提

----

[1] 跄跄跻（jī基）跻——犹如说整整齐齐，形容衣帽鲜明，步趋有节。此即《诗·大雅·公刘》"跄跄济济"，朱熹注："有威仪貌。"
[2] 交盘——交割事物、交代手续。盘，清点。

了一壶酒,一个篮——篮里一碗肉,一碗芋头,一碟豆——走将来。老苍头道:"正等沙三哥来商量吃三杯,你早已办下了,我补你分罢。"寄儿道:"甚么道理要你们破钞?我又没得回答处,我也出个分在内罢了。"老苍头道:"甚么大事,直得这个商量?我们尽个意思儿罢。"三人席地而坐,吃将起来。寄儿想道:"我昨夜梦里的筵席好不齐整,今却受用得这些东西,岂不天地悬绝?"却是怕人笑他,也不敢把梦中事告诉与人。正是:

> 对人说梦,说听皆痴。
>
> 如鱼饮水,冷暖自知。

寄儿酒量元浅,不十分吃得多,饮了一杯,有些醺意。两人别去,寄儿就在草地上一眠,身子又到华胥国中去。国王传下令旨:访得著作郎能统率多士,绳束严整,特赐锦衣冠带一袭,黄盖一顶,导从鼓吹一部。出入鸣驺[1],前呼后拥,好不兴头。忽见四下火起,忽然惊觉,身子在地上眠着,东方大明,日轮红焰焰钻将出来了。

起来吃些点心,就骑着牛四下里放草。那日色在身上晒得热不过,走来莫翁面前告诉。莫翁道:"我这里原有蓑笠一副,是牧养的人一向穿的。又有短笛一管,也是牧童的本等。今拿出来交付与你。你好好去看养,若瘦了牛畜,要与你说话的。"牧童道:"再与我一把伞遮遮身便好。若只是笠儿,只遮得头,身子须晒不过。"莫翁道:

---

[1] 鸣驺(zōu 邹)——大官出行,有骑马的侍从喝道,称"鸣驺"。鸣,喝道,使行人避让。驺,骑马的侍从。

"那里有得伞？池内有的是大荷叶，你日日摘将来遮身不得？"寄儿唯唯，受了蓑笠、短笛，果在池内摘张大荷叶擎着，骑牛前去。牛背上自想道："我在华胥国里是贵人，今要一把日照[1]也不能勾了，却叫我擎着荷叶遮身！"猛然想道："这就是梦里的黄盖了，蓑与笠就是锦袍官帽了！"横了笛吹了两声，笑道："这可不是一部鼓吹么？我而今想来，只是睡的快活。"有诗为证：

> 草铺横野六七里，笛弄晚风三四声。
>
> 归来饱饭黄昏后，不脱蓑衣卧月明。

自此之后，但是睡去，就在华胥国去受用富贵；醒来只在山坡去处做牧童。无日不如此，无梦不如此，不必逐日逐夜件件细述。但只拣有些光景的，才把来做话头。

一日，梦中国王有个公主要招赘驸马。有人启奏："著作郎言寄华才貌出众，文彩过人，允称此选。"国王准奏，就着传旨：钦取著作郎为驸马都尉，尚范阳公主。迎入驸马府中成亲，灯烛辉煌，仪文璀璨，好不富贵。有《贺新郎》[2]词为证：

> 瑞气笼清晓。卷珠帘、次第笙歌，一时齐奏。无限神仙离蓬岛，凤驾鸾车初到。见拥个、仙娥窈窕。玉佩叮珰风缥缈，望娇姿、一似垂杨袅。天上有，世间少。

那范阳公主生得面长耳大，曼声善啸，规行矩步，颇会周旋。寄华身

---

[1] 日照——即伞。
[2] 《贺新郎》——此词本书卷二十五亦引，与之订正，此处"卷珠帘"下漏"次第笙歌"，"娇姿"上漏"望"字，今据补。

为王婿，日夕公主之前对案而食，比前受用，更加贵盛。

明日睡醒，主人莫翁来唤，因为家中有一匹拽磨的牝驴儿，一并交与他牵去喂养。寄儿牵了，暗笑道："我夜间配了公主，怎生烜赫[1]！却今日来弄这个买卖，伴这个众生[2]！"跨在背上打点也似骑牛的骑了到山边去，谁知骑上了背，那驴儿只是团团而走，并不前进，盖因是平日拽的磨盘走惯了。寄儿没奈何，只得跳下来，打着两鞭，牵着前走。从此又添了牲口，恐怕走失，饮食无暇，只得备了干粮，随着四处牧放。莫翁又时时来稽查，不敢怠慢一些儿。辛苦一日，只图得晚间好睡。

是夜又梦见在驸马府里，正同着公主欢乐，有邻邦玄菟、乐浪二国前来相犯，华胥国王传旨，命驸马都尉言寄华讨议退兵之策。言寄华聚着旧日著作衙门一干文士到来，也不讲求如何备御，也不商量如何格斗，只高谈正心诚意，强邻必然自服。诸生之中也有情愿对敌的，多退着不用。只有两生献策：他一个到玄菟，一个到乐浪，舍身往质，以图讲和。言寄华大喜，重发金帛，遣两生前往。两生屈己听命，饱其所欲，果然那两国不来。言寄华夸张功绩，奏上国王。国王大悦，叙录军功，封言寄华为黑甜乡侯，加以九锡[3]，身居百僚之上，富贵已极。有

---

[1] 烜(xuān 宣)赫——气势很盛。
[2] 众生——吴方言，畜牲，也泛指禽兽。
[3] 九锡——古代帝王赐给有大功权臣的九种物品。据《公羊传》何休注："礼有九锡：一曰车马，二曰衣服，三曰乐则，四曰朱户，五曰纳陛，六曰虎贲，七曰弓矢，八曰铁钺，九曰秬鬯。"

诗为证:

> 当时魏绛[1]主和戎,岂是全将金币供?
> 厥后宋人偏得意,一班道学自雍容。

言寄华受了封侯锡命,绿韨[2]衮冕,鸾路乘马,彤弓卢矢,左建朱钺,右建金戚,手执圭瓒,道路辉煌。自朝归第,有一个书生叩马上言道:"日中必昃,月满必亏。明公功名到此,已无可加,急流勇退,此其时矣。直待福过灾生,只恐悔之无及。"言寄华此时志得意满,那里听他?笑道:"我命中生得好,自然富贵逼人,有福消受,何须过虑?只管目前享用勾了。寒酸见识,晓得甚么!"大笑坠车,吃了一惊,醒将起来。

点一点牛数,只叫得苦,内中不见了二只。山前山后,到处寻访迹踪,元来一只被虎咬伤,死在坡前;一只在河中吃水,浪涌将来,没在河里。寄儿看见,急得乱跳道:"梦中甚么两国来侵,谁知倒了我两头牲口!"急去报与莫翁。莫翁听见,大怒道:"此乃你的典守,人多说你只是贪睡,眼见得坑了我头口!"取过扁担来要打。寄儿负极,辩道:"虎来时牛尚不敢敌,况我敢与他争夺,救得转来的?那水中是牛常住之所,波浪涌来,一时不测,也不是我力挡得住的。"莫翁虽见他辩得也有些理,却是做家心重的人,那里舍得两头牛死?怒吽吽[3]不息,定要打匾担十下。寄儿哀告讨饶,才饶得一下,打到九下住了手。寄儿泪汪汪的走到草房中,

---

[1] 魏绛——春秋时晋国大夫,曾力主与戎族和好,被晋悼公采纳。
[2] 韨(fú 弗)——系印玺的带子。
[3] 怒吽吽(hǒu 吼)吽——意通"怒吼吼"。吽,牛鸣。

摸摸臀上痛处道："甚么九锡九锡,倒打了九下屁股!"想道:"梦中书生劝我歇手,难道教我不要看牛不成?从来说梦是反的,梦福得祸,梦笑得哭。我自念了此咒,夜夜做富贵的梦,所以日里倒吃亏。我如今不念他了,看待怎的!"

谁知这样作怪,此咒不念,恐怖就来。是夜梦境,范阳公主疽发于背,偃蹇不起。寄华尽心调治未瘥。国中二三新进小臣逆料公主必危,寄华势焰将败,摭拾[1]前过,纠弹一本,说他御敌无策,冒滥居功,欺君误国许多事件。国王览奏大怒,将言寄华削去封爵,不许他重登著作堂,锁去大窖边听罪,公主另选良才别降[2]。令旨已下,随有两个力士,将锒铛[3]锁了言寄华,到那大粪窖边墩着。寄华看那粪积狼籍,臭不堪闻,叹道:"我只道到底富贵,岂知有此恶境乎?书生之言,今日验矣。"不觉号咷恸哭起来。

这边噙泪而醒,啐了两声道:"作你娘的怪!这番做这样恶梦。"看视牲口,那匹驴子蹇卧地下,打也打不起来。看他背项之间,乃是绳损处烂了老大一片跁踏。寄儿慌了道:"前番倒失了两头牛,打得苦恼。今这众生又病害起来,万一死了,又是我的罪过。"忙去打些水来,替他澡洗腐肉。再去拔些新鲜好草来喂他。拿着锲刀[4],望山前地上下手斫时,有一科草甚韧,刀斫不断。寄儿性起,连根一拔,

---

[1] 摭(zhí 直)拾——搜集,收取。
[2] 别降——犹言别嫁。公主是皇家,地位总比夫家高,故称嫁为"降"。
[3] 锒铛——锁犯人的铁链。
[4] 锲刀——即镰刀。

拔出泥来。泥松之处，露出石板，那草根还缠缠绕绕绊在石板缝内。寄儿将镢刀撬将开来，板底下是个周围石砌就的大窖，里头多是金银。寄儿看见慌了手脚，擦擦眼道："难道白日里又做梦么？"定睛一看，草木树石，天光云影，眼前历历可数，料道非梦。便把镢刀草蔀〔1〕一撩，道："还干那营生么？"取起五十多两一大锭在手，权把石板盖上，仍将泥草遮覆，竟望莫翁家里来。

见莫翁，未敢竟说出来，先对莫翁道："寄儿蒙公公相托，一向看牛不差。近来时运不济，前日失了两牛，今蹇驴又生病，寄儿看管不来。今有大银一锭，纳与公公，凭公公除了原发工银，馀者给还寄儿为度日之用。放了寄儿，另着人牧放罢。"莫翁看见是锭大银，吃惊道："我田家人苦积勤攒了一世，只有些零星碎银，自不见这样大锭。你却从何处得来？莫非你合着外人做那不公不法的歹事？你快说个明白。若说得来历不明，我须把你送出官府，究问下落。"寄儿道："好教公公得知，这东西多哩，我只拿得他一件来看样。"莫翁骇道："在那里？"寄儿道："在山边一个所在，我因斫草掘着的。今石板盖着哩。"莫翁情知是藏物，急叫他不要声张，悄悄问寄儿，到那所在来。寄儿指与莫翁，揭开石板来看，果是一窖金银，不计其数。莫翁喜得打跌，拊着寄儿背道："我的儿！偌多金银东西，我与你两人一生受用不尽。今番不要看牛了，只在我庄上吃些安乐茶饭，掌管帐目。这些牛只，另自雇人看管罢。"两人商量，把个草蔀来，里外用乱

〔1〕草蔀（bù 部）——草编的筐、篓一类容器。

草补塞，中间藏着窖中物事。莫翁前走，寄儿驮了后随。运到家中放好，仍旧又用前法去取。不则一遭，把石窖来运空了。莫翁到家，欢喜无量，另叫一个苍头去收拾牛只。是夜就留寄儿在家中宿歇，寄儿的床铺多换齐整了。寄儿想道："昨夜梦中吃苦，谁想粪窖正应着发财，今日反得好处。果然梦是反的。我要那梦中富贵则甚？那五字真言不要念他了。"

其夜睡去，梦见国王将言寄华家产抄没，发在养济院中度日。只见前日的扣马书生高歌将来道：

> 落叶辞柯，人生几何？六战国而漫流人血，三神山而杳隔鲸波。[1] 任夸百斛明珠，虚延遐算。若有一卮芳酒，且共高歌。

寄华闻歌，认得其人，邀住他道："前日承先生之教，不能依从，今日至于此地。先生有何高见，可以救我？"那书生不慌不忙，说出四句来道：

> 颠颠倒倒，何时局了？遇着漆园[2]，还汝分晓。

说罢，书生飘然而去。寄华扯住不放，被他袍袖一摔，闪得一跌，即时惊醒。张目道："还好，还好，一发没出息，弄到养济院里去了。"

须臾，莫翁走出堂中。元来莫翁因得了金银，晚间对老姥说道：

---

[1] "六战国"二句——言世上列国纷争，死人无数，只有海上三仙山才是安乐世界。"六战国"指战国时期的六国。"三神山"指传说中东海仙人所居的蓬莱、方丈、瀛洲三山。
[2] 漆园——古地名，一般认为在河南省商丘市北。庄子曾为蒙漆园吏，这里借指庄子。

"此皆寄儿的造化掘着的,功不可忘。我与你没有儿女,家事无传。今平地空得来许多金银,难道好没取得他的?不如认义他做个儿子,把家事付与他,做了一家一计,等他养老了我们。这也是我们知恩报恩处。"老姥道:"说得有理。我们眼前没个传家的人,别处平日地寻将来,要承当家事,我们也气不干。今这个寄儿,他见有着许多金银付在我家,就认义他做了儿子,传我家事,也还是他多似我们的,不叫得过分。"商量已定,莫翁就走出来,把这意思说与寄儿。寄儿道:"这个折杀小人,怎么敢当?"莫翁道:"若不如此,这些东西我也何名享受你的?我们两老口议了一夜,主意已定,不可推辞。"寄儿没得说,当下纳头拜了四拜,又进去把老姥也拜了。自此改姓名为莫继,在莫家庄上做了干儿子。

> 本是驴前厮养,今为舍内螟蛉[1]。
> 何缘分外亲热?只看黄金满籯[2]。

却是此番之后,晚间睡去,就做那险恶之梦,不是被火烧水没,便是被盗劫官刑。初时心里道:"梦虽不妙,日里落得好处,不像前番做快活梦时,日里受辛苦。"以为得意。后来到得夜夜如此,每每惊魇不醒,才有些慌张,认旧念取那五字真言,却不甚灵了。你道何故?只因财利迷心,身家念重,时时防贼发火起,自然梦魂颠倒。怎如得做牧童时,无忧无虑,饱食安眠,夜夜梦里逍遥,享那王公之乐。莫继

---

[1] 螟蛉——稻螟蛉的幼虫。古人误认蜾蠃蜂养螟蛉为子,因把螟蛉作养子的代称。
[2] 籯(yíng 营)——竹笼。

要寻前番梦境,再不能勾,心里鹘突[1],如醉如痴,生出病来。

莫翁见他如此,要寻个医人来医治他。只见门前有一个双丫髻的道人走将来,口称善治人间恍惚之症。莫翁接到厅上,教莫继出来相见,元来正是昔日传与真言的那个道人。见了莫继,道:"你的梦还未醒么?"莫继道:"师父,你前者教我真言,我不曾忘了。只是前日念了,夜夜受用。后来因夜里好处,多应着日里歹处,一程儿不敢念,便再没快活的梦了。而今就念煞也无用了,不知何故?"道人道:"我这五字真言,乃是主夜神咒。《华严经》[2]云:

善财童子参善知识[3],至阎浮提摩竭提国迦毗罗城,见主夜神,名曰婆珊婆演底。神言:我得菩萨破一切生痴暗法,光明解脱。

所以持念百遍,能生欢喜之梦。前见汝苦恼不过,故使汝梦中快活。汝今日间要享富厚,晚间宜受恐怖,此乃一定之理。人世有好必有歹,有荣华必有销歇,汝前日梦中岂不见过了么?"莫继言下大悟,倒身下拜道:"师父,弟子而今晓得世上没有十全的事,要那富贵无干,总来与我前日封侯拜将一般。不如跟的师父出家去罢。"道人道:"吾乃南华老仙漆园中高足弟子。老仙道汝有道骨,特遣我来度[4]汝的。汝既见了境头,宜早早回首。"莫继遂是长是短述与莫翁、莫

---

[1] 鹘突——糊涂。
[2] 《华严经》——中国佛教宗派华严宗的重要经典。
[3] "善财"句——善财童子,佛教菩萨名,亦简称"善财"。善知识,名师;佛教传说善财曾南行参访五十三位名师。
[4] 度——佛教以离俗出生死为"度",道教亦通用,意即引导出家。

姥。两人见是真仙来度他,不好相留。况他身子去了,遗下了无数金银,两人尽好受用,有何不可?只得听他自行。

莫继随也披头发,挽做两丫髻,跟着道人云游去了。后来不知所终,想必成仙了道去了。看官不信,只看《南华真经》有此一段因果。话本说彻,权作散场。

总因一片婆心,日向痴人说梦。

此中打破关头,棒喝[1]何须拈弄。

---

[1] 棒喝——佛教禅宗用语,是师父接待初入佛门者的手段之一,即对禅僧所问,不用语言回答,而用棒打,用口喝,以验其根机利钝。

二刻拍案惊奇卷二十

贾廉访赝行府牒　商功父阴摄江巡

诗曰：

　　世人结交须黄金，黄金不多交不深。

　　总令然诺暂相许，终是悠悠行路心。

这四句乃是唐人之诗，说天下多是势利之交，没有黄金成不得相交。这个意思，还说得浅。不知天下人但是见了黄金，连那一向相交人也不顾了。不要说相交的，总是至亲骨肉，关着财物面上，就换了一条肚肠，使了一番见识，当面来弄你，算计你。几时见为了亲眷，不要银子做事的？几曾见眼看亲眷富厚，不想来设法要的？至于撞着有些不测事体，落了患难之中，越是平日往来密的，头一场先是他骗你起了。

直隶常州府武进县有一个富户，姓陈，名定。有一妻一妾，妻巢氏，妾丁氏。妻已中年，妾尚少艾[1]。陈定平日情分，在巢氏面上淡些，在丁氏面上浓些，却也相安无说。巢氏有兄弟巢大郎，是一个鬼头鬼脑的人，奉承得姊夫、姊姊好，陈定托他掌管家事。他内外揽权，百般欺侵，巴不得姊夫有事，就好科派[2]用度，落来肥家。一

---

[1] 少艾——年轻漂亮。艾，美好。
[2] 科派——支配，多指钱财的支派花用。

日,巢氏偶染一病。大凡人病中性子,易得惹气。又且其夫有妾,一发易生疑忌,动不动就呕气,说道:"巴不得我死了,让你们自在快乐,省做你们眼中钉!"那陈定男人家心性,见大娘子有病在床,分外与小老婆肉麻的榜样,也是有的。遂致巢氏不堪,日逐嗔恼骂詈。也是陈定与丁氏合该悔气,平日既是好好的,让他是个病人,忍耐些个罢了。陈定见他聒絮不过,回答他几句起来。巢氏倚了病势,要死要活的,颠[1]了一场。陈定也没好气的,也不来管他好歹。巢氏自此一番,有增无减。陈定慌了,竭力医祷无效,丁氏也自尽心伏侍。争奈病痛犯拙,毕竟不起,呜呼哀哉了。

陈定平时家里饱暖,妻妾享用,乡邻人忌克[2]他的多,看想他的也不少。今闻他大妻已死,有晓得他病中相争之事的,来挑着巢大郎道:"闻得令姊之死,起于妻妾相争。你是他兄弟,怎不执命告他?你若进了状,我邻里人家少不得要执结人命虚实,大家有些油水。"巢大郎是个乖人,便道:"我终日在姊夫家里走动,翻那面皮不转。不若你们声张出首,我在里头做好人,少不得听我处法,我就好帮衬你们了。只是你们要硬着些,必是到得官,方起发得大钱。只说过了:处来要对分的。"邻里人道:"这个当得。"两下写开合同。果然邻里间合出[3]三四个要有事、怕太平的人来,走到陈定家里喧嚷,说人命死得不明,必要经官,人不得殓。巢大郎反在里头劝解,私下对

---

〔1〕 颠——通"癫",引申为大吵大闹。
〔2〕 忌克——嫉妒。
〔3〕 合出——纠合、拼凑。

陈定说:"我是亲兄弟,没有说话,怕他外人怎的?"陈定谢他道:"好舅舅,你退得这些人,我自重谢你。"巢大郎即时扬言道:"我姊姊自是病死的,有我做兄弟的在此,何劳列位多管?"邻里人自有心照,晓得巢大郎是明做好人之言,假意道:"你自私受软口汤[1],倒来吹散我们!我们自有说话处。"一哄而散。陈定心中好不感激巢大郎,怎知他却暗里串通地方,已自出首武进县了。

武进县知县是个贪夫。其时正有个乡亲在这里打抽丰[2],未得打发,见这张首状是关着人命,且晓得陈定名字,是个富家,要在他身上设处些,打发乡亲起身。立时准状,金牌来拿陈定到官,不繇分说,监在狱中。陈定急了,忙叫巢大郎到监门口与他计较,叫他快寻分上[3]。巢大郎正中机谋,说道:"分上固要,原首人等也要洒派[4]些,免得他每做对头,才好脱然无累。"陈定道:"但凭舅舅主张,要多少时,我写去与小妾,教他照数付与舅舅。"巢大郎道:"这个定不得数,我去用看,替姊夫省得一分是一分。"陈定道:"只要快些完得事,就多着些也罢了。"巢大郎别去,就去寻着了这个乡里,与他说倒[5]了银子,要保全陈定无事。陈定面前说了一百两,取到了

---

[1] 软口汤——犹如俗话所说"吃了人家的嘴软",意谓私受了好处而不得不帮人说话。
[2] 打抽丰——亦作"打秋风",指利用关系向人索取财物。郎瑛《七修类稿》:"米芾札中有'抽丰'二字,即世云'秋风'之义,盖彼处丰稔,往抽分之耳。"
[3] 分上——人情、面子。
[4] 洒派——分派、分摊。
[5] 说倒——说定。

手,实与得乡里四十两。乡里是要紧归去之人,挑得篮里便是菜[1],一个信送将进去,登时把陈定放了出来。巢大郎又替他说合地方邻里,约费了百来两银子,尽皆无说。少不得巢大郎又打些虚帐,又与众人私下平分,替他做了好些买卖,当官归结了。

乡里得了银子,当下动身回去。巢大郎贪心不足,想道:"姊夫官事,其权全在于我,要息就息。前日乡里分上,不过保得出狱,何须许多银子?他如今已离了此处,不怕他了。不免赶至中途,倒他的出来。"遂不通陈定知道,竟连夜赶到丹阳。撞见乡里正在丹阳写轿[2],一把扭住,讨取前物。乡里道:"已是说倒见效过的,为何又来翻帐?"巢大郎道:"官事问过,地方原无词说,尸亲愿息,自然无事的。起初无非费得一保,怎值得许多银子?"两不相服,争了半日。巢太郎要死要活,又要首官。那个乡里是个有体面的,忙忙要走路,怎当得如此歪缠?恐怕惹事,忍着气,拿出来还了他。巢大郎千欢万喜转来了。

乡里受了这场亏,心里不甘,稍个便信,把此事告诉了武进县知县。知县大怒,出牌重问,连巢大郎也标在牌上,说他私和人命,要拿来出气。巢大郎虚心,晓得是替乡里报仇,预先走了。只苦的是陈定,一同妾丁氏,俱拿到官,不繇分说,先是一顿狠打,发下监中。出

---

[1] 挑得篮里便是菜——吴方言,意谓不论多少,有所得就行。《何典》:"拾到篮中便是菜,得开怀处且开怀。"

[2] 写(xiè卸)轿——意谓把轿上的东西解取或拿下来。写,通"卸"。

牌吊尸,叫集了地方人等,简验起来。陈定不知是那里起的祸,没处设法一些手脚。知县是有了成心的,只要从重坐罪,先分付仵作〔1〕,报伤要重。仵作揣摩了意旨,将无作有,多报的是拳殴脚踢、致命伤痕。巢氏幼时喜吃甜物,面前牙齿落了一个,也做了硬物打落之伤。竟把陈定问了斗殴杀人之律,妾丁氏威逼期亲〔2〕尊长致死之律,各问绞罪。陈定央了几个分上来说,只是不听。

丁氏到了女监,想道:"只为我一身,致得丈夫受此大祸。不若做我一个不着,好歹出了丈夫。"他算计定了,解审察院,见了陈定,遂把这话说知。当官招道:"不合与大妻厮闹,手起凳子,打落门牙,即时晕地身死,并与丈夫陈定无干。"察院依口词驳将下来。刑馆再问,丁氏一口承认。丁氏晓得有了此一段说话在案内了,丈夫到底脱罪。然必须身死,问官方肯见信,作做实据,游移不得,亦且丈夫可以速结。是夜在监中自缢而死。狱中呈报,刑馆看详巢氏之死,即系丁氏生前招认下手,今已惧罪自尽,堪以相抵,原非死后添情推卸。陈定止断杖赎发落。

陈定虽然死了爱妾,自却得释放,已算大幸,一喜一悲。到了家内,方才见有人说巢大郎许多事迹:"这件是非,全是他起的,在里头打偏手使用,得了偌多东西,还不知足,又去知县乡里处拔短梯〔3〕,

---

〔1〕 仵作——官署中检验死伤的吏役。
〔2〕 期(jī基)亲——意犹嫡亲,直系亲属。期,期服,服丧一年,指近亲关系。
〔3〕 拔短梯——吴方言,已约定,后又失信毁约,谓之拔短梯。《太仓州志》:"许物不偿曰拔短梯。"

故重复弄出这个事来。他又脱身走了,枉送了丁氏一条性命。"陈定想着丁氏舍身出脱他罪一段好情,不觉越恨巢大郎得紧了。只是逃去未回,不得见面。

后来知县朝觐去了,巢大郎已知陈定官司问结,放胆大了,喜气洋洋转到家里。只道陈定还未知其奸,照着平日光景,前来探望。陈定虽不说破甚么,却意思冷淡了好些。巢大郎也看得出,且喜财物得过,尽勾几时的受用,便姊夫怪了,也不以为意。岂知天理不容。自见了姊夫归家来,他妻子便癫狂起来,口说的多是姊姊巢氏的说话,嚷道:"好兄弟!我好端端死了,只为你要银子,致得我粉身碎骨,地下不宁。你快超度我便罢,不然,我要来你家作祟,领两个人去。"巢大郎惊得只是认不是讨饶,去请僧道念经设醮。安静得两日,又换了一个声口道:"我乃陈妾丁氏。大娘病死,与我何干?为你家贪财,致令我死于非命。今须偿还我!"巢大郎一发惧怕,烧纸拜献,不敢吝惜,只求无事。怎当得妻妾两个,推班出色〔1〕,递换来扰,不勾几时,把所得之物干净弄完,宁可赔了些。又不好告诉得人,姊夫那里又不作准了,怏怏气色,无情无绪,得病而死。此是贪财害人之报。

可见财物一事,至亲也信不得,上手就骗害的。小子如今说着宋朝时节一件事,也为至亲相骗,后来报得分明,还有好些希奇古怪的事,做一回正话。

利动人心不论亲,巧谋赚取橐中银。

------

〔1〕 推班出色——轮番出场、交替而来。

直从江上巡回日,始信阴司有鬼神。

却说宋时靖康之乱,中原士大夫纷纷避地,大多尽入闽广之间。有个宝文阁[1]学士贾说之弟贾谋,以勇爵入官,宣和年间曾为诸路廉访使者[2]。其人贪财无行,诡诈百端,移来岭南,寓居德庆府[3]。其时有个济南商知县,乃是商侍郎之孙,也来寄居府中。商知县夫人已死,止有一小姐,年已及笄。有一妾,生二子,多在乳抱。家赀颇多,尽是这妾掌管,小姐也在里头照料,且自过得和气。贾廉访探知商家甚富,小姐还未适人,遂为其子贾成之纳聘,取了过门。后来商知县死了,商妾独自一个管理内外家事,抚养这两个儿子。商小姐放心不下,每过十来日即到家里,看一看两个小兄弟;又与商妾把家里遗存黄白东西在箱匣内的,查点一查点;及逐日用度之类,商量计较而行。习以为常。

一日商妾在家,忽见有一个承局[4]打扮的人来到堂前,口里道:"本府中要排天中节[5],是合府富家大户金银器皿、绢段绫罗,尽数关借一用,事毕一一付还。如有隐匿不肯者,即拿家属问罪,财物入官。有一张牒文[6]在此。"商妾颇认得字义,见了府牒,不敢不

---

[1] 宝文阁——宋阁名,收藏仁宗和英宗御书、文集的地方,神宗时置学士。
[2] 廉访使者——官名,代皇帝侦伺诸路情况。此称始于政和六年(1116),南宋初废罢。
[3] 德庆府——治所在今广东省德庆县。
[4] 承局——宋代殿前司属下将校的名称。此处泛称低级军职。
[5] 天中节——即"端午节"。吴自牧《梦粱录》卷三:"五月五日天中节。"
[6] 牒文——公文。

信。却是自家没有主意，不知该应怎的，回言道："我家没有男子正人，哥儿们又小，不敢自做主。还要去贾廉访宅上，问问我家小姐与姐夫贾衙内，才好行止。"承局打扮的道："要商量快去商量。府中限紧，我还要到别处去催齐回话的，不可有误。"商妾见说，即差一个当直的到贾家去问。须臾来回言道："小人到贾家，入门即撞见廉访相公，问小人来意。小人说要见姐姐与衙内。廉访相公道：'见他怎的？'小人把这里的事说了一遍，廉访相公道：'府间来借，怎好不与？你只如此回你家二娘子就是。小官人与娘子处，我替他说知罢了。'小人见廉访是这样说，小人就回来了。因恐怕家里官府人催促，不去见衙内与姐姐。"商妾见说是廉访相公教借与他，必是不妨。遂照着牒文所开，且是不少。终久是女娘家见识，看事不透，不管好歹多搬出来，尽情交与这承局打扮的道："只望排过节就发来还了，自当奉谢。"承局打扮的道："那不消说。官府门中，岂肯少着人家的东西？但请放心。把这张牒文留下，若有差池，可将此做执照，当官裹领得的。"当下商妾接了牒文，自去藏好。这承局打扮的捧着若干东西，欣然去了。

隔了几日，商小姐在贾家来到自家屋里[1]。走到房中，与商妾相见了，寒温了一会，照着平时翻翻箱笼看，只见多是空箱，金银器皿之类一些也不见，倒有一张花边栏纸票在内。拿起来一看，却是一张公牒，吃了一惊。问商妾道："这却为何？"商妾道："几日前有一个承

------
〔1〕自家屋里——指娘家。

局打扮的,拿了这张牒文,说府里要排天中节,各家关借东西去铺设。当日奴家心中疑惑,却教人来问姐姐、姐夫。问的人回来说撞遇老相公,说起道是该借的。奴家依言借与他去。这几日望他拿来还我,竟不见来。正要来与姐姐、姐夫商量了,往府里讨去,可是中〔1〕么?"商小姐面如土色,想道:"有些尴尬。"不觉眼泪落下来道:"偌多东西,多是我爹爹手泽〔2〕,敢是被那个拐的去了,怎的好?我且回家与贾郎计较,查个着实去。"当下亟望贾家来,见了丈夫贾成之,把此事说了一遍。贾成之道:"这个姨姨也好笑,这样事何不来问问我们?竟自支分〔3〕了去。"商小姐道:"姨姨说来,曾叫人到我家来问,遇着我家相公,问知其事,说是该借与他。问的人就不来见你我,竟自去回了姨姨,故此借与他去的。"贾成之道:"不信有这等,我问爹爹则个。"贾成之进去问父亲廉访道:"商家借东西与府中,说是来问爹爹,爹爹分付借他,有此话么?"廉访道:"果然府中来借,怎好不借?只怕被别人狐假虎威诓的去,这个却保不得他。"贾成之道:"这等,索向府中当官去告,必有下落。"遂与商妾取了那纸府牒,在德庆府里下了状子。

府里太守见说其事,也自吃惊。取这纸公牒去看,明知是假造的,只不知奸人是那个。当下出了一纸文书,给与缉捕使臣,命商家出伍十贯当官赏钱,要缉捕那作不是的。访了多时,并无一些影响。

----

〔1〕 中——成、行。
〔2〕 手泽——原意为手汗所沾润,后借指先人的遗物。
〔3〕 支分——打发。

商家吃这一闪〔1〕，差不多失了万金东西，家事自此消乏了。商妾与商小姐但一说着，便相对痛哭不住。贾成之见丈人家里零替如此，又且妻子时常悲哀，心里甚是怜惜，认做自家身上事，到处出力，不在话下。谁知这赚去东西的，不是别人，正是：

  远不远千里，近只在眼前。

看官，你道赚去商家物事的却是那个？真个是人心难测，海水难量，元来就是贾廉访这老儿。晓得商家有资财，又是孤儿寡妇，可以欺骗。其家金银什物，多曾经媳妇商小姐盘验，儿子贾成之透明知道。因商小姐带回数目一本，贾成之有时拿出来看，夸说妻家富饶，被廉访留心，接过手去，逐项记着。贾成之一时无心，难道有甚么疑忌老子不成？岂知利动人心，廉访就生出一个计较，假着府里关文，着人到商家设骗。商家见所借之物多是家中有的，不好推掉，又兼差当值的来，就问着这个日里鬼，怎不信了？此时商家决不疑心到亲家身上。就是贾成之夫妻二人，也只说是甚么神棍弄了去，神仙也不诓是自家老子。所以偌多时，缉捕人那里访查得出？

说话的，依你说，而今为何知道了？看官听说，天下事欲人不知，除非莫为。廉访拐了这主横财到手，有些毛病出来。俗语道："偷得爷钱没使处。"心心念念，要拿出来兑换钱钞使用。争奈多是见成器皿，若拿出来怕人认得，只得把几件来熔化。又不好托得人，便烧炽

---

〔1〕 闪——闪失、差错。

了炭,亲自坯销。销开了,却没处倾成锭子。他心生了一计,将毛竹截了一段小管,将所销之银倾将下去,却成一个圆饼,将到铺中兑换钱钞。铺中看见廉访家里近日使的多是这竹节银,再无第二样。便有时零錾[1]了将出来,那圆处也还看得出。心里疑惑,问那家人道:"宅上银两为何却一色用竹筒铸的?是怎么说?"家人道:"是我家廉访手自坯销,再不托人的,不知为着甚么缘故。"三三两两,传将开去,道贾家用竹筒倾银用,煞是古怪。就有人猜到商家失物这件事上去,却是他两家儿女至亲,谁来执证?不过这些人费得些口舌。有的道:"他们只当一家,那有此事?"有的道:"官宦人家,怕不会唤银匠倾销物件,却自家动手?必是碍人眼目的,出不得手,所以如此。况且平日不曾见他这等的,必然蹊跷。"也只是如此疑猜,没人凿凿说得是不是。至于商家,连疑心也不当人子,只好含辛忍苦,自己懊悔怨怅,没个处法。缉捕使臣等听得这话,传在耳朵里,也只好笑笑,谁敢向他家道个不字?这件事只索付之东流了。只可笑贾廉访堂堂官长,却做那贼的一般的事。

曾记得无名子有诗云:

　　解贼一金[2]并一鼓,迎官两鼓一声锣。

　　金鼓看来都一样,官人与贼不争多[3]。

------

〔1〕 錾(zàn 暂)——凿,这里指将竹节银砸碎。
〔2〕 一金——意同下句"一声锣"。金,指锣。
〔3〕 不争多——相差不多。

又剧贼郑广[1]受了招安,得了官位,曾因官员每做诗,他也口吟一首云:

郑广有诗献众官,众官与广一般般。

众官做官却做贼,郑广做贼却做官。

今日贾廉访所为,正似此二诗所言"官人与贼不争多"、"做官却做贼"了。却又施在至亲面上,欺孤骗寡,尤为可恨。若如此留得东西与子孙受用,便是天没眼睛。看官不要性急,且看后来报应。

果然光阴似箭,日月如梭,转眼二十年,贾廉访已经身故,贾成之得了出身[2],现做粤西永宁横州通判[3]。其时商妾长子幼年不育,第二个儿子唤名商懋,表字功父,照通族排来,行在第六十五,同母亲不住德庆,迁在临贺[4]地方,与横州不甚相远。那商功父生性刚直,颇有干才,做事慷慨,又热心,又和气。贾成之本意怜着妻家,后来略闻得廉访欺心赚骗之事,越加心里不安,见了小舅子十分亲热。商小姐见兄弟小时母子伶仃,而今长大知事,也自喜欢他。所以成之在横州衙内,但是小舅子来,千欢万喜,上百两送他,姐姐又还有私赠,至于与人通关节得钱的在外。来一次,一次如此。功父奉着寡母过日,靠着贾家姐姐、姐夫恁地扶持,渐渐家事丰裕起来,在临贺置有田产庄宅,广有生息。又娶富人之女为妻,规模日大一日,不似旧

---

[1] 郑广——不详。
[2] 出身——为官。
[3] 横州通判——横州,今广西壮族自治区横县。通判,州府副长官。
[4] 临贺——今广西壮族自治区贺县。

时母子旅邸荒凉景况。

过了几时，贾成之死在官上。商小姐急差人到临贺地方，接功父商量后事。诸凡停当过，要扶柩回葬。商功父撺掇姐姐道："总是德庆也不过客居，原非本籍。我今在临贺，已立了家业，姐姐只该同到临贺，寻块好地葬了姐夫，就在临贺住下，相傍做人家，也好时常照管，岂非两便？"小姐道："我是女人家，又是子身孀居，巴不得依傍着亲眷，但得安居，便是住足之地。那德庆也不是我家乡，还去做甚？只凭着兄弟主张，就在临贺同住了。周全得你姐夫入了土，大事便定，吾心安矣。"元来商小姐无出，有媵婢生得两个儿子，绝是幼小，全杖着商功父提拨〔1〕行动。当时计议已定，即便收拾家私，一起望临贺进发。少时来到，商功父就在自己住宅边寻个房舍，安顿了姐姐与两个小外甥。从此两家相依。功父母亲与商小姐两人，朝夕为伴，不是我到你家，便是你到我家，彼此无间。

商小姐中年寡居，心贪安逸，又见兄弟能事，是件周到停当，遂把内外大小之事，多托与他执料，钱财出入，悉凭其手，再不问起数目。又托他与贾成之寻阴地，造坟安葬，所费甚多。商功父赋性慷慨，将着贾家之物，作为己财，一律挥霍。虽有两个外甥不是姐姐亲生，亦且乳臭未除，谁人来稽查得他？商功父正气的人，不是要存私，却也只趁着兴头，自做自主，像心像意，那里还分别是你的我的？久假不归，连功父也忘其所以。贾廉访昔年设心拐去的东西，到此仍旧还与

----

〔1〕 提拨——调度，安排。

商家用度了。这是羹里来的饭里去,天理报复之常,可惜贾廉访眼里不看得见。

一日,商功父害了伤寒症候,身子热极。忽觉此身飘浮,直出帐顶,又升屋角,渐渐下来,恣行旷野,茫茫恰像海畔一般,并无一个伴侣。正散荡间,忽见一个公吏打扮的走来。相见已毕,问了姓名,公吏道:"郎君数未该到此。今有一件公事,郎君合当来看一看,请到府中走走。"商功父不知甚么地方,跟着这公吏便走。走到一个官府门前,见一个囚犯,头戴黑帽,颈荷铁枷,绷〔1〕在西边两扇门外。仔细看这门,是个狱门。但见:

> 阴风惨惨,杀气霏霏。只闻鬼哭神号,不见天清日朗。狰狞隶卒挨肩立,蓬垢囚徒侧目窥。凭教铁汉销魂,任是狂夫失色。

商功父定睛看时,只见这囚犯绷处,左右各有一个人,执着大扇相对而立,把大扇一挥,这枷的囚犯叫一声"阿呀",登时血肉糜烂,淋漓满地,连囚犯也不见,止剩得一个空枷。少歇须臾,依然如旧。

功父看得浑身打颤,呆呆立着。那个囚犯忽然张目大呼道:"商六十五哥,认得我否?"功父仓卒间不曾细认,一时未得答应。囚犯道:"我乃贾廉访也。生前做得亏心事颇多,今要一一结证。诸事还一时了不来。得你到此,且与我了结一件。我昔年取你家财,阳世间偿还已差不多了,阴间未曾结绝得。多一件,多受一样苦。今日烦劳你写一供状,认是还足,我先脱此风扇之苦。"说罢,两人又是一扇,

---

〔1〕 绷(bēng 崩)——本指穿甲的绳,这里作动词,意思是用绳捆绑。

仍如起初狼籍一番。功父好生不忍。因听他适间之言,想起家里事体来道:"平时曾见母亲说,向年间被人赚去家资万两,不知是谁。后来有人传说是贾廉访,因为亲眷家,不信有这事。而今听他说起来,这事果然是真了,所以受此果报。看他这般苦楚,吾心何安?况且我家受姐夫许多好处,而今他家家事见在我掌握之中,元来是前缘合当如此。我也该递个结状,解他这一桩公案了。"就对囚犯说道:"我愿供结状。"囚犯就求傍边两人取纸笔递与功父。两人见说肯写结状,便停了扇不扇。功父看那张纸时,原已写得有字。囚犯道:"只消舅舅押个字就是了。"功父依言,提起笔来写个花押,递与囚犯。两人就伸手来,在囚犯处接了,便喝道:"快进去!"囚犯对着功父大哭道:"今与舅舅别了,不知几时得脱。好苦!好苦!"一头哭,一头被两个执扇的人赶入狱门。

功父见他去了,叹息了一回,信步走出府门外来。只见起初同来这个公吏,手执一符,引着卒徒数百,多像衙门执事人役,也有掮旗的,也有打伞的,前来声喏,恰似接新官一般。功父心疑。那公吏上前行起礼来,跪着禀白道:"泰山府君道郎君刚正好义,既抵阴府,不宜空回,可暂充贺江[1]地方巡按使者。天符已下,就请起程。"功父身不自繇,未及回答,吏卒前导,已行至江上。空中所到之处,神祇参谒。但见华盖山、目岩山、白云山、荣山、歌山、泰山、蒙山、独山许多

---

[1] 贺江——源于广西富川瑶族自治县北,流经贺县,南入广东省,至封开县汇入西江。

山神，昭潭洞、平乐溪、考槃涧、龙门滩、感应泉、漓江、富江、荔江许多水神，多来以次相见，待功父以上司之礼，各执文簿呈递。公吏就请功父一一查勘。查有境中某家肯行好事，积有年数，神不开报，以致久受困穷；某家惯作歹事，恶贯已盈，神不开报，以致尚享福泽；某家外假虚名，存心不善，错认做好人，冒受好报；某家迹蒙暧昧，心地光明，错认做歪人，久行废弃；以至山中虎狼食人，川中波涛溺人，有冥数不该，不行分别，误伤性命的，多一一诘责，据案部判，随人善恶细微，各彰报应。诸神奉职不谨，各量申罚。诸神喏喏连声，尽服公平。迤逦到封州〔1〕大江口，公吏禀白道："公事已完，现有福神来迎，明公可回驾了。"就空中还至贺州，到了家里，原从屋上飞下，走入床中。一身冷汗，飒然惊觉，乃是南柯一梦。汗出不止，病已好了。

功父伸一伸腰，睁一睁眼，叫声"奇怪"，走下床来。只见母妻两人，正把玄天上帝画像挂在床边，焚香祷请。元来功父身子眠在床上，惛惛不知人事，叫问不应，饮食不进，不死不活，已经七昼夜了。母妻见功父走将起来，大家欢喜道："全仗圣帝爷爷保佑之力！"功父方才省得公吏所言"福神来迎"，正是家间奉事圣帝之应。功父对母妻把阴间所见之事，一一说来。母亲道："向来人多传说，道是这老儿拐去我家东西，因是亲家，决不敢疑心。今日方知是真，却受这样恶报。可见做人在财物上不可欺心如此。"正嗟叹间，商小姐恰好到来，问兄弟的病信，见说走起来了，不胜欢喜。商功父见了姐姐，也说

---

〔1〕 封州——治所在今广东省封开县。

了阴间所见。商小姐见说公公如此受苦,心中感动,商议要设建一个醮坛,替廉访解释罪业。功父道:"正该如此。神明之事,灼然可畏。我今日亲经过的,断无虚妄。"依了姐姐说,择一个日子,总是做贾家钱钞不着,建启一场黄箓大醮,超拔商、贾两家亡过诸魂,做了七昼夜道场。功父梦见廉访来谢道:"多蒙舅舅道力超拔,两家亡魂,俱得好处托生。某也得脱苦狱,随缘受生去了。"功父看去,廉访衣冠如常,不是前日蓬首垢面囚犯形容。觉来与合家说着。商小姐道:"我夜来梦见廉访相公,说话也如此,可知报应是实。"

功父自此力行善事,敬信神佛。后来年至八十余,复见前日公吏,执着一纸文书,前来请功父交代。仍旧卒徒数百人,簇拥来迎,一如前日梦里江上所见光景。功父沐浴衣冠,无疾而终,自然入冥路为神道矣。

周亲忍去骗孤孀,到此良心已尽亡。

善恶到头如不报,空中每欲借巡江。